シークレッツ

FBIトリロジー2

アリスン・ブレナン

安藤由紀子 訳

【目　次】

【主な登場人物】

ソニア・ナイト…ＩＣＥ（移民税関捜査局）
主任特別捜査官
ディーン・フーパー…ＦＢＩ長官補佐。
ホワイトカラー犯罪捜査担当
ザビエル・ジョーンズ…人身売買ブローカー
グレッグ（グレゴリー）・ベガ…ジョーンズの用心棒
チャック・アンジェロ（チャーリー・カマラータ）…ザビエルの運転手兼用心棒。元ＩＮＳ（移民帰化局）捜査官
クレイグ・グリースン…ザビエルの会社の筆頭ロビイスト
ノエル・マルシャン…ザビエルの取引相手
ミスター・リン（スン・リン）…ノエルのアシスタント
トビアス…ノエルの弟
アンドレス・サモーラ…人身売買の被害者
ケイン・ローガン…ソニアの友人。ローガン＝カルーソ警備サービス経営
トレース・アンダーソン…ＩＣＥ捜査官
トニ・ワーナー…ソニアの上司
サム・キャラハン…ＦＢＩサクラメント支局主任特別捜査官
オーエン・ナイト…ソニアの養父
マリアンヌ・ナイト…ソニアの養母
ライリー、マックス…ソニアの弟たち
シモーン・チャールズ…サクラメント警察鑑識課主任
ジョン・ブラック…サクラメント警察殺人課刑事
ハンス・ヴィーゴ…ＦＢＩプロファイラー
ジョージ・クリストプーリス…オメガ海運代表

シークレッツ

FBIトリロジー2

謝辞

私が客観的な事実を書けるよう、貴重な時間を割いて知識を分け与えてくださった寛大なかたがた数人にこの場を借りてお礼を申しあげたい。私が誤解していた部分があったとしたら、間違いの責任はすべて著者にある。

ジム・バティン、イゴール・バーマン、カレン・ヒューズ、キャリン・タブキー（彼女は私の愚痴にいつでもすすんで耳をかたむけてくれる）、そしてスティーヴ・デュプレ特別捜査官に心からの感謝を。これまで私に関するFBIファイルはなかったかもしれないが、いまはきっと存在しているはず！

私をよく知る人たちは、私が忘れっぽいことをご存じだと思う。とりわけ締め切りが迫っているときは。たぶんこれから先もこんな〝訂正〟を書くことになるのだろうが、今回は前作『サドンデス』の執筆中、数多くの質問に休日返上で答えてくださったサンタバーバラ警察のロレンツォ・ドゥアーテ巡査部長への謝意を記し忘れたことに気づいた。本当にありがとうございました！

今日の英雄たちのほとんどは、私たちの目に見えないところにいる。ここで名前を挙げることはできないが、私は格別の感謝をそうしたかたがたに伝えたい。きわめて不利な状況のなか、人身売買という悪と日夜闘っているICE移民税関捜査局に所属するたくさんの捜査官の献身と責任感には頭が下がる思いだ。

二〇〇八年六月四日、前国務長官コンドリーザ・ライスは言った。「人身売買は、地球規模で多元的な脅威をはらんでいます。人間から基本的人権と尊厳を奪い、地球全体の健康リスクを高め、犯罪組織に拡大のための資金をもたらし、法の支配を蝕《むしば》んでいきます」

国務省の報告書によれば、世界では毎年およそ八十万人の人間が国境を越えて密売買されている。八十パーセントは女性、半分は未成年だ。国内では強制労働や性的搾取を目的に**百万単位**の人間が取引されていると推定される。

こうした世界的な悲劇に関してさらなる情報を得るには、国務省のウェブサイト、www.state.gov をチェックされることをお薦めする。

六年前、アメリカロマンス作家協会の集会にはじめて参加した私に、見知らぬ女性が近づいてきてこう言った。「あなたの本、きっと売れるわ」私は、この人、ちょっとどうかしている、と思ったが、じつは彼女は超能力者だった。

本書をあなたに捧げます、アンナ・スチュアート。

プロローグ

二十一年前

ソニアがはじめて人を殺したのは十三歳のときだった。

イジーとともに監禁されていた不潔きわまる地下室。頭上で男たちの足音がどすんどすんとするたび、ソニアはぎくりとし、同時に埃《ほこり》が雨のように降ってきた。イジーはいつも反対側の隅っこで、硬い土の床に置かれた悪臭を放つしみだらけのマットレスの上で縮こまっていた。イジーはソニアより年上で、どこかの方言かと思われるスペイン語を話したが、ソニアにはほとんど理解できなかった――とはいえ、イジーはめったに口をきかなかった。いっしょに監禁されているあいだにソニアは彼女の名前を知ったが、それ以外のことはほとんど知らない。

ソニアの父親はさまざまな言語や方言を、彼女が小さいころからずっと教えてきた。村人との信頼関係を築くことが重要な状況にあっては、言葉とボディーランゲージを素早くものにしなければならなかった。父親はめったに褒《ほ》めてはくれなかったけれど、ソニアは褒めてもらいたくて熱心に授業に臨んだ。あのころ、せめて本当のことを知っていたら。

もし本当のことを知っていたら、命はなかっただろうが。

それまでの十日間、恐怖と怒りとたまらなく後味の悪い罪悪感のせいで、ひどい食事が出てきてもほとんど喉を通らなかった。失ったものを嘆いてばかりいた。無邪気さ。父親——自分の存在意義。

強く息を吸いこみ、すでに涸《か》れた涙をのみこんだ。もしも生き延びたいのなら、息の詰まるような自己憐憫《れんびん》を断たなければ。出口を見つけるのだ。

ベリーズをあとにした十日前の夜、トラックの荷台には三十人以上の少女が詰めこまれていた。恐怖と吐瀉物《としゃ》と小便のにおいが充満し、息もできないほどだった。泣いている子がいた。悲鳴をあげる子もいた。抵抗する子もいた。

抵抗した子たちは殴られたりレイプされたりした。ひとりの子は銃で撃たれ、焼けつくように熱い泥道の端に投げ捨てられた。あそこで死を待つばかりだ。ソニアはすべてを悪夢と信じたかった。しばらくして目が覚めたら、そこは小屋。ひとりぼっちで寂しいけれど、いつも寝ていた安全な小屋のはずだ。

もう安全じゃない。あれは錯覚。

村から連れてこられたほかの少女たちの身に何が？　あの子たちはどこへ連れていかれたのだろう？　なぜソニアはあの子たちと別々にされ、この不潔な地下室にイジーと二人、閉じこめられたのだろう？

盗み聞きしたやりとりから察すると、ソニアはヴァージン・ブライドを欲しがっている権力者に売られたらしい。ソニアたちを捕まえた男たちは〝ブライド〟と言いながらにたにたした。その男の手にわたったら、いったい何をされるのかわからなかった。レイプされる？　殺される？　囚《とら》われの身になる？　それともその男といやらしい変態仲間の共有の慰み者になる？

なんとしてでも脱出しなければ——自分を商品として買いたがる男の手にわたらないうちに。イジーといっしょに逃げたいと思ったが、手ぶりとイジーにわかるいくつかの言葉で脱走計画を伝えるたび、イジーは首を横に振り、擦《す》り切れたマットレスを指さした。ここで運命に従うとでもいうかのように。

「エスクラバ」とイジーは繰り返した。ソニアには理解できなかった。それが意味するところに最も近い語はたぶん〝奴隷〟だ。奴隷になる恐怖は言葉にはできないが、ソニアにとって何よりも現実味があった。だからそれを受け入れることができないのだろう。自分が実の父親に奴隷として売られたことをどうしても認められなかったのだ。

地下室の階段上にあるドアがガタガタいった。鍵を回しているようだ。イジーはその音にびくっとし、ソニアは心臓がどきどきした。痩せこけた体を縮めて隅にぎゅっと寄り、罠《わな》にかかった獲物のように左右にちらちらと視線を投げた。武器もなければ、身を守るために使えそうなものも何ひとつない。それまでの十二時間というもの、がらんとした部屋で何か使えそうなものを何度となく探していた。

いまにも壊れそうな木の階段を大男がずしんずしんと下りてくる。片側にだけついている手すりはあまりに古くて細く、大男の体重を支えられそうにない。男の名はカールトン。ソニアがさらわれたときも彼はいた。村の娘たちを連れ去ろうとするトラックを止めようとした村の長老をソニアの父親が射殺するのを、薄笑いを浮かべて眺めていた。

悪いのはおまえだよ、ソニア。好奇心は猫を殺すんだ、スイートハート。おまえはいままで、猫のようにこそこそ詮索しすぎた。

父親の最後の言葉をソニアは頭の奥のほうに押しやった。父親のことばかり考えていたら、抵抗する力を見いだすことができなくなりそうだ。とにかくこのまま死ぬわけにはいかなかった。奴隷のままでは嫌だ。

土の床に下りたカールトンがふんぞり返って歩いてくる。一辺が三・五メートルほどの四角い部屋の天井からぶらさがる裸電球が彼の頭をかすった。みすぼらしい黄色い光は窓のない壁を照らし出し、暗い影を投げかけられた四隅ではクモたちが糸にくるまれたごちそうを食べていた。階段上のドア以外に出口はない。

カールトンはソニアが縮こまっているほうを向いた。ソニアは顔を上げていようとしたが、全身ががたがた震え、黒い服を着た男から思わず目をそらせてしまった。父親より若く、いかにも重たそうで、髪の毛は薄い。タバコとビールのにおいをぷんぷんさせ、ズボンのベルトから拳銃の床尾《しょうび》が突き出ていた。

カールトンはブロークンではない英語をしゃべる。「おまえをいただくとするか」

ソニアはぎくりとし、怒りに燃える目を彼に向けた。いまのは命令？　死ねというわけ？　男は顔をしかめて黄色い乱杭歯《らんぐいば》をのぞかせ、邪《よこしま》な目つきでソニアの胸をねめつけた。ソニアは瞬間的に目をそらした。当惑し、怒りがこみあげ、父親が人を殺すのを目のあたりにしたとき以上に怖くなった。

男が手を伸ばしてきて、ソニアの乳首をつまんだ。ソニアは甲高《かんだか》い悲鳴をあげたが、すぐに舌を嚙《か》んでそれをぐっと押し殺した。恐怖が勇気を抑えこんだのだ。冷たいブロックの壁に身を寄せて縮こまり、声は出さずに祈った。祈りがなんとかしてくれると思ってはいなかった。これまでいろいろ見てきたソニアだった。男はソニアににやりと笑いかけると、ゆったりしたブラウスの袖をぞんざいに引きおろし、肩をぴしゃりと打った。所有物であることを示す焼き印を押された箇所に激痛が走る。泣きわめくのは嫌だったから、またぐっとこらえて舌を嚙むと、あまりに強く嚙みすぎて口のなかに血の味が広がった。

「これが奴隷のしるしなんだよ」男が親指をソニアの火傷《やけど》に押しつけた。ついに涙があふれ、苦悶の嗚咽《おえつ》がもれた。

男が残酷な高笑いをした。「おまえは自分を特別な人間だと思ってるんだろうが、ソニア・マーティン、おまえはただの女さ。そのことを忘れるなよ。いまんとこは可愛いから、いいカネになるが、可愛いなんてのは長続きはしない。面倒を起こしたりすりゃ、命はないからな」

ソニアは男の顔に向かって血がまじった唾《つば》を吐いたが、たちまち、しまった、と気づいた。

男は口もとを歪《ゆが》めるや、手の甲でソニアを叩き、ソニアの頭が壁に激突した。目の前がかすんだ。男のダイヤの指輪で頬が切れた。男はさらにソニアの腹に蹴りを入れ、もしそこで階段の上からの声に邪魔されなければ、ソニアの息の根が止まるまで叩きのめしていたはずだ。

「そいつはおまえのもんじゃないぞ」アメリカ人の声のようだった。ひょっとしてはるかアメリカまで連れてこられたのだろうか？ ありうることだが、だからといってどうなるものでもないとも思った。ここでは自分はよそ者。外国人。密入国者。

「このアマが――」

「女がおまえのあそこを食いちぎろうが、知ったこっちゃない。とにかく二度とその女に手を出すな。さもなきゃ、おれがおまえを殺す。それより女の傷が早く治ることでも祈ってろ。時間がかかったりすりゃあ、ボスがその分をおまえの分け前から差っ引くぞ。そっちの売春婦にしろ。さっさとやれ。ほかのやつらも、つぎのブツを積んだトラックが到着する前に一発やりたくて順番を待ってるんだからな」

ドアがバタンと閉まると、ソニアはいちばん奥へと這《は》いずっていった。ソニアの体からじわじわと命をしぼりとるのを楽しんでいるようににらみつけてくる恐ろしい男とのあいだにできるだけ距離をとろうとした。

「この売春婦《プータ》が」男が小声でつぶやいた。「困ったやつだ。誰もおまえの言うことなんか聞きゃしないんだ。またおれをばかにするようなことをしようもんなら、とことんぶちのめして――」男はそこで言葉を切り、怒りをイジーに向けた。ソニアは即座に理解した。男は階段の上にいる男にソニアに手を出すことを禁じられはしたが、もうひとりの少女にならば手を出してもかまわないのだ。

男がスペイン語で露骨な命令をぶつけた。ソニアは自分の耳を疑ったが、イジーは小麦色の可愛い顔を涙で濡らしながら、木綿のシンプルなワンピースのボタンをはずしはじめた。

「よく見てろ、ビッチ。ご主人さまがおまえの体に飽きたら、おまえも同じことをさせられるんだからな。ヴァージンなんて一回こっきりのことだ。そいつがなくなりゃ、おまえもただの売春婦になりさがる」

男がイジーを平手で打った。ソニアは自分が叩かれたようにぎくりとした。イジーはめそめそ泣きながら、せわしくワンピースを脱いだ。その下には何も着けておらず、細い体は傷だらけだった。ソニアの両手のこぶしに力がこもった。頭が痛かった。頰の傷からは破けて汚れた服に血が滴《したた》った。あまりの救いのなさがたまらなかったけれど、どうしたらいいのかわからない。

イジーはマットレスに横たわった。カールトンがズボンのファスナーを下ろし、ペニスを引っ張り出した。ソニアは目をぎゅっとつぶり、顔をそむけて壁のほうを向いた。イジーは抵抗はしないものの、泣いていた。これまでにいったい何度、男たちにこんなことをやられてきたのだろう?

ソニアは世間知らずではない――若い娘たちが仕事やお金の約束に釣られたあと、どうなるのかについてはよく知っていた。待っているのは過酷な労働や売春。イジーは屈辱や挫折を感じてはいても、もう長いこと、こういう生活をしてきたのだろう。ソニアはイジーを救いたかったが、待ち受ける運命から自分自身を救うことすらできそうもない。ソニアは餌《えさ》に釣られたわけではなかった。売られたのだ。なぜなら父親の本当の使命《ミッション》を知ってしまったから。ミッション！

おまえはいままでずっと気づかずにきた。ようやく気づいたようだが、もう手遅れだ。もう誰を救うこともできない。おまえ自身も。

「こっちを見ろ！」カールトンがわめいた。

ソニアはがたがた震えながら、両手で頭を抱えた。イジーが大きな声をあげ、ソニアが悲鳴をあげた。

「見てろと言っただろう」カールトンが薄笑いを浮かべながら、イジーをレイプしていた。「よく見てろよ。さもないとこいつを痛い目にあわせるからな。それともおまえ、こうしてほしいのか」

ソニアはしぶしぶ顔をおおった手を下ろした。カールトンはイジーの顔を押さえ、後ろからレイプしていた。十代の少女に比べたら、彼は巨大な怪物だ。怒りと恐怖で涙があふれてきた。ソニアはその涙を拭《ぬぐ》い、泣くところを二度と男に見せまいとした。苦しめてやったと思わせてはならない。泣き声を懸命に押し殺した。

男の両手がイジーの首にかかった。彼女をマットレスに押しつけて、自分は上体を起こし、射精に向かって激しく腰を動かしはじめた。イジーの顔……どこかおかしい。すごく苦しそうだ。それまでとは違う苦しみかた。

「やめて！」ソニアが叫んだ。「痛がってるじゃない！」すっくと立ちあがり、よろける足で獣《けだもの》に近づくと、もてる力を振りしぼって男を押した。男は微動だにしなかった。頭を殴りつけてみたが、自分の手が猛烈に痛いだけだった。男がうめく。

「ただじゃおかないからな、ビッチ」

「その子、死んじゃうわ！」

男はその意味が理解できなかったのか、それともそんなことはどうでもいいと思っているのか。ソニアは大声で助けを求めると同時に、男の股間を力いっぱい蹴った。

カールトンが甲高い悲鳴をあげ、イジーの隣に倒れこんだ。股間を両手で押さえながら、顔を真っ赤にして歪めている。

その表情はソニアに、殺してやる、と言っていた。

「イジー」ソニアがしゃがみこみ、イジーの体をひっくり返して仰向けにした。「イジー――」

死んでいた。ソニアはそれまでにも死んだ人間を見たことがあった。イジーがもう死んでいることはわかった。口から血が出ていた。胸は動いていない。

カールトンがうめき声をもらして腹這いになった。「生かしちゃおかないからな」声がかすれていた。

ソニアは助けを求めようと階段のほうへ歩きだしたが、そのとき銃が目にとまった。男がズボンをゆるめたせいで、銃は音もなくマットレスの上に落ちていたのだ。それがイジーの死んだ体の横にある。

カールトンが気づかないうちにと、ソニアは素早く跳び、銃をつかんだ。拳銃のことはあまりよく知らなかった。狩猟用のライフルなら使い慣れているのだが。ライフルには安全装置がある、と思いながら拳銃に目を落とすと、似たようなスイッチが見えた。震える親指でそれを押しさげる。

男が襲いかかってきた。ソニアは引き金を強く引いた。反動の大きさに驚く間に、銃弾は上のほうに飛び——

——カールトンの顔のど真ん中に当たった。階段の上から叫び声が聞こえた。地下室の天井を騒がしく横切る靴音がする。

あの男たちがあたしを殺しにくる。ああ、ソニア、なんてことをしたの？

いったん銃を捨て、もう一度拾いあげた。もしかしたら二、三秒はあるかもしれない。それだけあれば逃げられる。

階段の上まで上がり、ドアをどんどんと叩いた。「助けて！　お願い！　あの人が女の子を殺したの！　助けて！」

ドアの向こう側の叫びはどんどん逼迫《ひっぱく》した感じになり、家の中からも外からも、そのほかあらゆる方向から声が聞こえてくる。

ガラスが割れる音がすると、ソニアは悲鳴をあげ、階段を駆けおりた。自分の足につまずき、土の床に顔からつんのめって落ちた。一瞬、息が止まり、動けなくなった。いったい何が起きたんだろう？　窓のない地下室だから、昼と夜の区別もつかなくなっていた。途方に暮れた。ここには二つの死体と自分だけ。弾《たま》は二、三発あるが、それで身を守れるとは思えない。頭上で銃声が響くと、ソニアははっとした。焼けつくように苦しい胸に必死で息を吸いこむ。

　這いずって奥の壁まで移動した。そこからなら階段の上の人影が見える。震える両手で銃を握り、ドアに狙いを定めた。

震えちゃだめ。震えを止めないと撃ちそこなう。撃ちそこなうわけにはいかないのよ。相手を殺さなけりゃ、そのときはこっちが死ぬんだから。

　ソニアは死にたくなかった。生き延びてやろうという鉄の意志がどこからわいてきたのかわからないが、地下室で銃を構えたソニアにはそれがみなぎり、まもなく両手の震えまでがおさまってきた。両方のこぶしを膝に置き、唾をぐっとのみこもうとしたけれど、口のなかはからからで、血と泥の味しかしなかった。

　またガラスの割れる音がして、ドアの下から煙が入ってきた。ああ、神さま！　捕らえられたあげく、生きたまま焼かれてしまうのか。思いきりの悲鳴をあげた。

　頭上のさまざまな叫びにまじってある言葉を聞いたが、きっと気のせいだと思った。

「警察だ！」また叫び声。ドシン、バタン、ガラガラ、悲鳴。それがどれくらいつづいただろう？　一分？　十分？　一時間？　見当がつかなかった。だがやがて、銃声が聞こえなくなり、木が焼けるにおいもしなくなった。ソニアは階段の上を見つめて待った。あえて上がってはいかなかった。もう少し待とう。何をされるかわからない。

ドアが開き、まぶしい明かりが部屋を照らした。ソニアは目をおおい、唇を噛んだ。

「警察だ！　ポリシーア！　銃を捨てろ！　早く！」

信じていいのだろうか？　大勢の人がいた。耳ががんがんするほど騒がしい。銃を捨て、胸に銃弾が命中したときの痛みを想像し、覚悟した。目をつぶり、できるだけ体を縮めた。

男が数人、用心深く階段を下りてきて、狭い部屋のようすを調べた。そのうちのひとりがソニアに近づいてきた。

「ハニー、もう大丈夫だよ」

男の言うことは信じなかった。大丈夫であるはずがない。

ソニアは英語がわかっているのに、男はスペイン語で繰り返した。

男をじっと見た。若くもなければ年寄りでもない。顔つきは険しいが、青い目がやさしい。

男は名前を訊《き》いてきた。

「ソニア」四人の男が死んだ二人を囲んでいるほうに目を向けた。「あの人があの子を殺したの」小さな声で言った。「あの人があの子をレイプして殺したの。あたし、あたしはあの人の銃を拾って。しかたがなかったの」

「しいっ、ソニア。ハニー、いいんだよ、それで。きみはもう大丈夫だ。生きているんだから。必ず家に帰してあげるから」

また体が震えだし、涙があふれてきた。「あたし、家には帰れない」

「誰もきみを責めたりしない――」

「殺されちゃう」

「誰に？」

「お父さん。お父さんがあの人たちにあたしを売ったの。あたしと――ねえ、ほかの子たちはどうなった？　あたし、みんなと別々にされたの。あの子たちはどうなったの？」

悲しみが彼の顔をよぎったとき、ソニアはいい返事が返ってはこないことを知った。

警官はライフルを肩に掛け、ソニアを抱きあげた。「とにかくここから出よう。ぼくの名はウェンデル・ナイト、テキサスレンジャーだ。もう安心していい」

1

「クビですよ、こんなことして」

そうぼやく相棒を、ICE（移民税関捜査局）捜査官ソニア・ナイトは頼りなさそうに横目で見た。

「だからなんとしてでも成功させなきゃ」

トレースがかぶりを振った。「あの野郎を捕まえたい気持ちじゃ、あなたに負けちゃいませんが、おれたち、相当やばいことしてますよ」

「もう少しだから」

「おれたち二人とも、ここで死ぬかもしれないな」

「証人が危険を承知でくれた情報だもの。ベガが共犯証言をするってこと、ひょっとしてジョーンズが嗅《か》ぎつけたとしたら、ベガと妊娠中の奥さんはもう死んでるわ」

「よしましょう、そんなこと考えるのは」

「知ってるでしょ。彼からもう三日も連絡がないのよ。彼らしくないわ」

「ケンドラ・ベガは無事です。昨日の午後、チェックしたんで」

「いまのところはね。でもベガが怖気《おじけ》づいた可能性はあるわ。あの仕事から足を洗うって、口で言うのは簡単だけど、実行するとなると話はまったくべつ。ああいう連中は非情だから。ベガはそれをよく知ってる」

「だからあなたはあの手この手で根回しして、ベガが確証を持ってきたらその場で証人保護プログラムを適用して守ってやると約束した。あいつの情報がよっぽど有望でないかぎり、あなたがこんなとこにしゃがみこんで待っていられるはずないですから」

たしかにそうだが、これまでどう逆立ちしてもザビエル・ジョーンズには手が届かないと思っていた。ザビエルは当局の監視の目をかいくぐりながら長年にわたって人身売買をつづけてきた。鋭い勘とけっして人を信じない信条の賜物《たまもの》である。だから三週間前、彼の用心棒のひとりが取引したいと申し出てきたのは奇跡だった。そんな千載一遇《せんざいいちぐう》のチャンスをふいにするつもりはない――ザビエルを監獄に送り、ベガ夫婦の身の安全を確保したかった。ところがこの三日間、グレッグ・ベガからなんの連絡もなく、ソニアは不安をかきたてられていた。ベガはどこに？　なぜ連絡してこない？

「もっと確実な情報があればなあ」トレースがこう言うのはいったい何度目だろう。

二人が身をひそめているのはデビルズ湖に近い松林のなかだ。悪魔の息子ザビエル・ジョーンズが、シエラネバダ山麓《さんろく》のこの湖に隣接する土地を何百エーカーか所有していることを考えると、なんともぴったりのネーミングである。邸宅を双眼鏡で監視しているが、今夜も前夜と前々夜同様、真っ暗だ。

「今週中ってことだから」

「ジョーンズ邸を見張ってもう三晩目で、彼は国外にいる。ベガが最後の連絡で伝えてきたとおりだ。あいつの勘違いってこともあるんじゃないですかね」

「そんなはずないわ」すでに運輸保安庁には連絡を入れてあった。ザビエル・ジョーンズがパスポートを使った形跡はない。移動にはいつも自家用機を使っている。お抱え操縦士もいるし、本人もライセンスを取得している。小型機の追跡はきわめて困難で、そのことがこの数日をなおいっそう苛立《いらだ》たしいものにしていた。いずれにしても、入手した情報によれば、そろそろ北カリフォルニアに戻ってきてもいいころなのだ。

ソニアはこのところずっと、十歳のアンドレス・サモーラに日がな一日話しかけてきた。ただただ信頼してもらうためだ。アンドレスは家族が拉致《らち》されたことや兄が殺されたことについて、思い出せるかぎりのことを語ってくれた。話にブレはないし、それを証明する傷痕もあった。

「ぼくは逃げちゃいけなかったんだよ」

「あなたは正しいことをしたの。お兄さんが逃げろって言ってくれたんでしょ」

「あそこに残ってマヤを捜さなきゃいけなかったんだ。もうあの子しかいないんだから」

「お姉さんのこともあきらめないで」

「ひどい目にあわされても生きていられるかな？　どこへ連れていかれたのかもわからないんだよ」

ソニアは答えられなかった。彼の姉を発見できるかどうかわからないからだ。卑劣な裏社会での八日間は長い。十三歳のマヤはアメリカの土を踏む前に売られてしまった可能性が高い。アメリカにたどり着いたかどうかも不明だ。姉と弟は旅の途中で引き裂かれ、姉が連れ去られたとき、アンドレスは自分がどこにいるのか見当もつかなかった。最初はトラック、つぎに船でこっそりアメリカに連れてこられたという。

ソニアは渋い表情でトレースを見た。「譴責《けんせき》を受けるのが心配なら、チームのみんなだけじゃなく、あなたにも嘘をついていたってことにしてあげるわ」嘘はつきたくないが、それ以外に道はないと感じていた。根拠がまだ幼い密入国者からの情報だとなれば、ボスがこの張り込みを認めてくれるはずはなかった。

トレースがこぶしで地面を叩いた。「なんてこと言うんですか」

「ごめん」ソニアは双眼鏡をのぞいて真っ暗な家を見た。トレースを傷つけたくはなかったが、彼は現場での経験が浅く、この商売に関与している人間の本当の残忍さをまだわかっていない。ソニアは人身売買が商売と考えられていることに怒りを覚え、ずっとこの獲物から目を離さずにきた。ザビエルにガチャンと手錠をかけて、取調室に引っ張っていきたかった。

「いや、謝ることなんか。あなたはチームを守ろうと思ってるんでしょうが、そのじつ自分を傷つけてるだけだ。殉教者になんかならないでくださいよ、ソニア。なんていいやつなんだ、あなたは。おれだってそんなせこい人間じゃない。勝手にしろ、ってあなたを突き放すことも、ワーナーに、この情報の出どころはベガじゃない、と言うことも、その気になりゃできたんだ。おれがあなたをバックアップするのは、あなたの直感を信じているからだ。あなたに判断力を失わせたくなくて――」

そのとき、二人のイヤホンに声が飛びこんできた。

「ベータ2より報告。車が三台、西の方角から時速約六十キロで屋敷に向かって接近中」

ベータ2の配置地点は道路の分岐点で、道沿いに住宅は二軒しかない。一軒はシリコンバレーのエグゼクティブが所有者で、やってくるのは四半期に一度。現在は空き家状態だ。

全身をアドレナリンが駆けめぐった。さあ、やってやろうじゃないの。**これ**がソニアの生きがいだった。時刻は〇一〇〇時、空にはほぼ真ん丸な月。

「到着まであとどれくらい？」

「われわれの配置地点まで九十秒」

「警戒態勢を解いて。追跡しなくていいわ――ベータ4、回りこんで――」

指示はそこでさえぎられた。「ＦＢＩです」ベータ2が言った。

「**どういうこと?**」

「いまグリルライトが点灯。赤、青、白」

ソニアはこぶしですぐ横の木の幹を力任せに叩いた。道路に目を凝らしていると、数十秒後、レイク・アマドール・ドライブから分かれた私道沿いの木々を透かして、明滅する赤と青のライトが見えてきた。誰かの声――察するにベテラン捜査官、ジョー・ニコルソンのようだ――が聞こえてきた。「あの女、烈火のごとく怒るだろうな」

「見たいもんです」相棒が応じた。

「おれはできれば休暇中であってほしかったよ」

二人はソニアの話をしていた。そう、彼らの言うとおりだ。ソニアは、法の執行を司《つかさど》るどの警察組織よりもＦＢＩとのあいだでより多くの問題を起こしてきていた。そしていま、ＦＢＩは彼女の作戦をぶち壊しにしてくれた。それにしてもＦＢＩはどうやってこの張り込みを嗅ぎつけたのだろう？　なぜＩＣＥにジョーンズの捜査担当者は誰なのかを問いあわせてこなかったのだろう？　自分たちだけが連邦レベルの捜査機関であるかのような顔をするＦＢＩ。ジョーンズはＩＣＥの縄張りであることをＦＢＩに教えてやる必要があった。この作戦を台なしにされたら、罪もない子どもたちが死んでしまう。

黒いサバーバンが三台、堂々とそびえ立つジョーンズ邸正面の広々とした円形の車寄せに入ってきた。Ｂ級映画さながら、いきなりライトをつけ、キーッときしり音を立てて停止する。

こんなことをするＦＢＩは処罰もの。追いこんでやるから。たったひとりででも。チームに命令を下してからトレースのほうを向いた。ここを動かないで、と言いかけたが、口をつぐんだ。彼ももうルーキーではない。ソニアのチームに来て二年になる。「行くわよ、いい？」

トレースがうなずいた。「早まったことはしないように」

「こっちの作戦をＦＢＩがぶち壊してくれるのは、これが最初じゃないわ」

「そんなことはわかってますが、忘れちゃいけません。ハチミツを使えばハエをたくさん捕まえられる。でしょう？」

「あいつらを捕まえてもしょうがないわ。ピシャリと叩いてやりたいだけ」

　ソニアとトレースは低い体勢で屋敷に向かって駆けだした。百メートル近くあったが、目隠しになる木の葉がまばらな空間をうまく抜けて、ＦＢＩに気づかれることなく、石を並べた車寄せのへりに達した。大きな石の陰に身をひそめ、彼らの動きをうかがった。車のドアが開き、少なくとも八名の捜査官が降りてきた。黒い防弾チョッキにはくっきりした白いロゴが浮かび、その権威をこれみよがしに示している。ＦＢＩ。

　国土安全保障省（ＩＣＥはこの省の捜査部門）が毎度ＦＢＩに勝っている事実を、張り込みに割りこんできた間抜けたちに突きつけてやらなければ。

　向こうが黒の戦闘服に身を固めているのを意識し、ソニアはこちらがＩＣＥとわかる帽子をポケットから引っ張り出したあと、トレースの背中のカバーをはずしてＩＣＥの文字が見えるようにし、自分のバッジもベルトに留めた。トレースもそれにならった。ソニアは相棒に手ぶりで合図を送り、声は出さずに口を動かして「ワン、ツー、スリー」とタイミングをとる。二人はいかにも装飾的に並べられた大きな庭石の陰から姿を現した。いちばん近い捜査官まではほんの数メートル。もしソニアが悪党の一味なら、その捜査官の頭をきれいに撃ち抜いたところだ。いや、いくら銃の腕がそれほどではなくても、難なく三人は仕留めることができたはずだ。なんて無能なやつら。こんな連中にザビエル・ジョーンズを向こうに回す資格なんかない。

ソニアは、周辺を調べていた捜査官三人にゆったりと近づいた。防弾チョッキを着けたひとりが彼女を制し、バッジを見せて言った。「すみませんが、ここは――」

ソニアはベルトに留めたバッジを指さし、防弾チョッキに縫い取られた名前を一瞥《いちべつ》した。

「責任者は誰？　アイヴァーズ？　エリオット？　リチャードソン？」

「ぼくは――」

黒い髪の捜査官が近づいてきた。ソニアは彼を知っていた。サム・キャラハン、ＦＢＩサクラメント支局でホワイトカラー犯罪を担当する主任特別捜査官だ。政治家の収賄《しゅうわい》にマネーロンダリング。ザビエルの犯罪の規模ははるかに国際的――かつ人命にかかわる――ものなのに、彼がいったいここで何を？「キャラハン。ここであなたとばったりだなんて驚いたわ」

「その台詞《せりふ》、そっくりそのまま返させてもらうよ、ソニア」トレースに軽く会釈する。「やあ、アンダーソン」

ソニアは苛立ちを隠せなかった。「こっちは二年近く追ってきたっていうのに、これでもうめちゃくちゃだわ！　あなたたちの辞書に秘密工作って文字はないの？　こっちは重大事件の捜査中よ。ＩＣＥに連絡を入れようとは思わなかったの？」

キャラハンが背筋を伸ばし、顔を赤らめた。「こっちには召喚状がある」

召喚状？「なぜ？　わたしを差し置いて？　これはわたしの捜査――移民と人身売買なんだから、そちらの管轄外でしょう」ソニアはもう止まらなかった。「ひどいわ。ジョーンズはおそらくこの家を手下に見張らせてるし、もちろん警備システムだって――」手ぶりで三日前にチームが確認した監視カメラのほうを示した。「もう台なしよ、キャラハン」

ＳＵＶのドアを蹴飛ばしかけたが、ブーツがドアに触れる寸前にくるりと向きを変えた。頭にきてはいたが、この欲求不満はあとでラケットボールのコートででも発散させることにした。

アンドレスにはどう説明しよう？　彼の困った顔が思い浮かんだ。あたたかな茶色の目が、お姉ちゃんを見つけて、と懇願している。アンドレスはここ、ザビエルの家に来たことがある。屋敷の門を見ていたし、人魚の噴水も知っていた――山麓にあってははなはだしく場違いだ。マヤを捜すにはまずここからという場所である。

密告者グレッグ・ベガと話をする必要があるが、彼の身を危険にさらすわけにはいかない。とりわけ大詰めを迎えたいまは。彼からの定例の連絡が二度来なかったため、ソニアはなんとしてでも彼を引っ張ってきたかったが、ボスであるトニ・ワーナーはこう明言した。確証がなければ、証人保護もなし。ワーナーはザビエルのキーマンに対して強硬な姿勢を貫いていた。というのも、ベガがまともな市民であるはずはないからだ。ＩＣＥが免責特権や証人保護を与えるのは、その見返りとしてよほど大きな証拠物件、あるいは人物を確保できる場合に限られる。

ソニアがもう少しで怒りをぶつけるところだった助手席のドアが開いた。ほかのＦＢＩ捜査官がいっせいに口をつぐんだことから察するに、降りてきた男が指揮を執《と》っていることは一目瞭然だ。彼以外の捜査官がＦＢＩのロゴ入りジャケットとＳＷＡＴ（警察特殊部隊）式黒装束で武装しているのにひきかえ、その男はシャープなチャコールグレーのスーツ、ぱりっと糊《のり》のきいた白いシャツにダークブルーのタイ、まるで裕福な企業内弁護士といったいでたちだ。なかなかおしゃれに着こなしてはいるものの、どうも黒い防弾チョッキでＭ16を構えているほうがぴったりくるような風貌《ふうぼう》ではある。

　スーツの男は、ドアを閉めるとソニアをじっと見おろした。その目の茶色はたいそう濃く、瞳孔《どうこう》の輪郭がよく見えない。ソニアの背筋が無意識のうちに伸びた。思ったほどには縦も横も大きくはなかった――たぶん百八十四、五センチ、八十キロ少々といったところだろう――が、指揮官としての存在感が彼をもっと大きく見せていた。よく見ると、ダブルショルダーホルスターをつけている。片側に標準支給のグロック、反対側には支給品ではありえないヘックラー＆コッホＭＫ23。これは四五口径自動拳銃で、特殊作戦部隊などが使用するタイプだ。

　この男、いったい何者？

「キャラハン」男が命令した。「周囲を歩いて見まわってくれ。安全を確認してから召喚状を執行する」

「屋敷内には誰もいないわ」ソニアがぶっきらぼうに言った。「それに、あなた以下間抜けたちが、さあ、パーティーがはじまるぞ、とばかりにこんなところに車を停めてたら、誰も近づいてくるはずないし」

「行ってくれ」彼が言った。

ソニアはトレースを一瞥《いちべつ》し、頭をぐいと動かしてキャラハンのほうを示した。トレースはFBIチームとともに散開し、屋敷のごくごく周辺を捜索しはじめた。

「こっちの捜査をめちゃくちゃにしておきながら、命令を下すわけ？」

「こっちには召喚状がある」

「見せて」

彼の表情がわずかながら変わり、笑みのようなものが浮かんだ。「こいつにきみの名前は書いてないし、**お願いします**と言われてもいないが」

ソニアはからかわれたことに心底腹が立った。「人の命がかかってるのよ！　冗談なんか言ってる場合？」

彼の顔がこわばった。「こっちへ来てくれ」

彼は向きなおり、私道のへりに向かって歩いていく。ほかの捜査官に声が聞こえないところまで連れていこうというわけか。とりあえず彼のあとについていった。この件に関しては自分が命令系統のトップにいることを説明できれば、それだけでもいいと思った。（トレースに言われたように）〝早まったことをした〟気もしていたが、謝るつもりはなかった。

チームから見えない位置まで来たところで彼はくるりと向きなおり、ソニアをにらみつけた。がっちりと引き締まった体は、石でできているのかと思うほどだ。このときソニアははじめて、自分以外の人間が本物の情熱を秘めた怒りを放つのを見た。一歩あとずさりたい衝動を懸命にこらえる。

「そっちとこっちの組織のあいだでの情報交換が明らかに欠落していたようだ。もしICEが極秘作戦を進めているのを知っていたら、こっちは計画をとりやめていただろうが、こっちはあとちょっとで」――ソニアの鼻先で一センチほどの間隔を親指と人差し指でつくってみせる――「マネーロンダリングと闇取引でザビエル・ジョーンズを挙げられるところまできてる。正直なところ、ぼくはあの悪党がどんな罪でぶちこまれようがかまわないんだ。ただ、とにかくあいつを死ぬまで監獄に閉じこめておければ、それでいい」

ソニアはぐっと唾をのみこみ、深く息を吸いこんだ。マネーロンダリング？「そちらの熱意はわかったわ」怒りがうまく抑えこめなかった。「こっちもジョーンズの罪状がなんだってかまわないんだけど、そっちがまだまったく知らない大問題があるのよ！　われわれが関知しているアメリカ国内の人身売買事件の二十パーセントはジョーンズが糸を引いていると思われるわけ。いま、ある行方不明の少女に関する手がかりがつかめたところで、それによれば、その子が今夜ここに連れてこられるらしいのよ！」全部が本当というわけではなかった。そもそもはその子を連れ去った男たちに関する情報というだけなのだが、ソニアはマヤもここに来てほしいと切に願っていた。見込みはほんのわずかとはいえ、ゼロではない。

しゃべりだしたら止まらなくなった。「そっちがジョーンズをマネーロンダリングで挙げても、組織にとっては小さな波紋にすぎないわ。またべつの悪党が彼に取って代わるだけのこと。あらゆる国の、あらゆる港のボスを全員逮捕するまで終わらない。大物を一網打尽にするまで終わらないのよ。今度の情報に関してはジョーンズがキーマンなの。取引に絡む全員を知っているブローカーってわけ！」

ソニアが何をしようが——ザビエル・ジョーンズのような悪党を何人監獄送り、国外強制退去、尋問に処そうが——何十人もの後釜《あとがま》が手ぐすね引いて待っているのが現実だ。終わりなき悪循環。『カサブランカ』でシュトラッサー少佐がいみじくも言ったように、人間の命は安いものなのだ。子どもたちは家族から引きはがされ、穀物のように売買されては世界各地へと送られ、富める者、堕落した者、倒錯を抱えた者の玩具《がんぐ》や所有物となる。

ソニアは捜査の責任者である男に背を向けた。彼の名前すら知らなかったが、そんなことはどうでもよかった。なんとかしてベガに連絡をとる方法を見つけ、彼の無事を確認しなければ。ベガ夫婦を証人保護できるよう、確たる証拠を押さえなければ。ＦＢＩの奇襲となると、ＩＣＥの潜入スパイはどうなるのだろう？　ジョーンズは身内の誰かが寝返ったと考えるのでは？　ベガに目をつけるだろうか？　身内の監視を強化するだろうか？

「ソニア——」

くるりと振り向き、彼をにらみつけた。石のような表情から非情さが消え、代わりに同情に近い何かが浮かんでいた。

「どうしてわたしの名前を知ってるの？　あなた、ここははじめてでしょう。会ったことないわよね」

「きみの評判はかねがね耳にしていたからね。正直なところ、それさえなければ、上への報告書にきみのことを書くところだが」

わたしのことを報告書に書く？　わたしの張り込みの邪魔をしたことに文句を言ったから？

「あなたにそんな権限も根拠もないでしょう」

彼は愉快そうだった。おかげでソニアはかりかりした。トレースが言っていたことを思い出す。ハチミツを使えばハエをたくさん捕まえられる。

「ねえ、えーと、あなたは……」相手が名乗るのを待った。

「フーパー」

「ねえ、フーパー捜査官。こっちには保護すべき証人がいるんだけど、あなたたちの作戦のせいで彼の身が危険にさらされそうだわ。早いとこ撤収してもらわないと」

彼は何も言わない。ソニアはもう少しで罵詈雑言《ばりぞうごん》を浴びせそうになったが、ふと気づくと、彼はイヤホンからの音声に耳をかたむけていた。表情からは何も読みとれない。聞き終わった彼は袖口に向かって言った。「すぐにそっちへ行く」

「わたしもいっしょに」

フーパーは無言のまま、ソニアを見つめた。なに、それ？　ひょっとして憐《あわ》れみのまなざし？

嫌というほど知っている、見つめられ、分析され、解剖でもされるような感覚に、胃が引きつった。ソニアは彼を知らないのに、向こうはこっちを知っている。どれくらい知っているのだろう？　ソニアの過去は深くて暗い秘密というわけではないが、ウォータークーラーの周りでの雑談で話題になるはずはない。

　フーパーがうなずいた。「ああ、もちろん。ほかの誰とも組むつもりはなかったし」

　彼の怒気はややおさまり、ソニアの憤怒《ふんぬ》もいくらか晴れた。それでもソニアはあいかわらず、危険を知らせるシグナルを感知しようと頭の触角をぴくぴくさせる虫のような気分だった。

　それが傲岸《ごうがん》なフーパー捜査官のせいなのか、あるいは何かほかに原因があるのかはわからなかった。ＦＢＩよりはるかに危険な何か……

2

ザビエル・ジョーンズは、私生活においても仕事においても、すべての面で商売人だった。あらゆる決断は、慎重かつ素早い斟酌《しんしゃく》ののちに下される。それによって自分は利益を得、勢力基盤を拡大できるかどうか？　リスクを最小限に抑えるところが彼の強み。彼の商売――合法なものも非合法なものも――にあって、リスクはつきものだ。

これまでに築いてきたものが誰かのせいで危険にさらされるなど断じて許すつもりはなかった。とくに子どものせいで、など。

ザビエルはグレッグ・ベガと目を合わせ、腕時計をこつこつ打って示してから、ビジネスジェット機の操縦室を指さした。メキシコを発《た》つのが遅れたため、いまはとにかく早く着陸して、サモーラの小僧が姿を消したせいで余儀なくされた予定変更に関する手はずをととのえたかった。ベガが客室から操縦室へと行き、パイロットにそれを伝えた。

ザビエルは革張りのシートの背にもたれ、カベルネを飲んだ。実りの多い旅だった。今後も商品の一部を商売敵《がたき》に迂回《うかい》させることなく、彼のネットワークを通じて流しつづけるという取り決めをきっちりまとめてきた。サクラメントがもつ数多い利点を強調して売り手を説得したのだ――飛行機、船、トラックのいずれでもアクセスがたやすく、官憲の目もサンフランシスコやロングビーチといった主要港のようには厳しくなく、商品の大半は四十八時間以内にそこからまた移動させるから、内陸に位置するサクラメントは関係者にとってさらなる安全が確保される、といったふうに。ザビエルがこうした企画をわかりやすく説明すると、相手はほとんど全員がサクラメントの地の利は理想的だと賛同した。ザビエル以上の経験を有するものは誰ひとりいない。

ベガが客室に戻ってきて、ザビエルの向かい側に腰を下ろした。「いまフレズノの東を飛んでいるそうで、二十分で着陸態勢に入るそうです」

「そうか。あの小僧に関する連絡は何か？」

「いや、何も。姿を消したようです」

「姿を消す人間などいやしない。隠れてるんだ。捜し出せ」

ザビエルの知るかぎり、その子どもは何も知らないはずだが、その子が逃げたとわかったとき、マルシャンの顔から血の気が引いた。暴力の発生源となる商売をしながらも、ザビエルが恐怖を感じることはめったにないが、ノエル・マルシャンについては少なからず用心していた。ザビエルは冷酷だ。邪魔をする人間を殺すことにためらいはない。しかし私怨《しえん》のために人を殺すことはないし、殺人に快感を覚えることもない。それにひきかえ、マルシャンには殺人を楽しんでいる節がある。あの男にとって、これはたんなる商売ではないのだ。

「児童保護局に連絡はしたのか？」

「はい、もちろん。向こうを発つ前にそれらしい子どもたちをチェックしましたが、あいつはいませんでした」ベガが言った。「本当なんです、ミスター・ジョーンズ、どこにもいないんですよ。たぶん道に迷って、森のなかで死んだかなんかで」

「もう一度そんなことを言ってみろ、おまえを撃ち殺すぞ。死体を見つけないかぎり、あの小僧は生きている。いいな？」

「はい」

その小僧は町なかに紛《まぎ》れこみ、路上生活をしている可能性がかなり高い。サクラメントは小さな町のふりをした大都会で、家出人の数も半端ではない。その子は英語が話せないし、アメリカに来たこともないから、制服を着た人間を簡単には信じない。そうしたことがどれもザビエルに有利に働くはずだ。もし警察がその子を保護したとしても、その子は何もしゃべらない。万が一しゃべったとしても、肝心なことは何も知らない。すでに一週間あまり経過しており、何か感づいたことがあったとしても、状況はすべて変わっていた。ザビエルはその子を見てはいないから、たとえ手下のひとりやふたりを指さすようなことがあっても、ザビエル自身は心配ない。家族持ちを選んで手下にしているのは、こういうときのためだ。やつらはけっして口を割らない。

ちょっとした厄介者から頭痛の種に変わりつつあるのがマルシャンだ。

「サモーラの小僧を捜し出すのが最優先事項だ。見つけたときはどうするか、わかっているな」ザビエルはまたひと口ワインを飲んだ。「ところで、ケンドラは元気か？」

ベガが一瞬、間をおいた。「はい、元気にやってます」

「赤ん坊はもうすぐか。男の子、だと言ったな」

「来月です」

「そいつはいい。それまでにこいつを解決しておけよ。そうすりゃ家族とゆっくり過ごせる。おれの満足がいくように片付ければ、出産後は休暇をとってケンドラのそばにいてやれるようにする」

また沈黙があった。ザビエルはメッセージがしっかり伝わったことに満足し、ベガに笑顔を向けた。ベガの目をかすかなパニックがよぎり、こわばった顔には決意がにじんだ。ベガは信頼できる。やるべき仕事をやってくれるはずだ。

「ありがとうございます、ミスター・ジョーンズ。ありがたいことです。この件は必ず片付けますから」

「運転手は迎えにきているのか？」

「チェックします。ちょっと失礼」

ベガが飛行機の後部へ行くと、ザビエルはシステム手帳を取り出し、土曜の夜の交換に関する几帳面《きちょうめん》な書き込みを暗号で記しはじめた。ブツはザビエルの希望より早く、今夜到着ということだが、保管施設は万全だ。

手帳を閉じて胸のポケットに戻し、シートの背にゆったりともたれた。そして目をつぶったちょうどそのとき、商売用の電話が鳴った。電話を受ける。

会計士のポール・ハースからだ。「もう到着ですか？」

「まもなく着陸というところだ」

「ＦＢＩがお宅を囲んでますよ」

ザビエルの背筋が伸びた。血圧が上がる。「なぜだ？」

「召喚状をとっています。あなたの財務記録ですね」

「財務記録？　いったいどういうことなんだ？」

「さあ、わかりません。召喚状を見たわけではないので。おそらく税金でしょう」

「税金なら問題ないはずだ」

「ええ、まあ、それはそうなんですが――」

ザビエルがさえぎった。「逮捕状も持っているのか？」たとえひと晩であれ、監獄には行きたくなかった。あそこは、犯罪者とはいえ見るからにせこい小物が詰めこまれる不愉快な場所だ。操縦士に指示を下せば、このまま国境へと引き返せる。燃料はたっぷりあるし、合衆国政府に逆襲するとなれば、敵を寄せつけずにもちこたえるだけの金はある。

「いいえ。あなたの帳簿に関する召喚状だけです。しかし――」

「あの家には何もない」

「だとしたら、連中はなぜお宅に？」

「きみのオフィスには来ていないのか？」

「はい。ですが、ここにも重要なものは何ひとつ置いてはいません」

「おれのダウンタウンのオフィスはどうなってる？」

「わたしの知るかぎり、彼らが来ているのはお宅だけですが、つぎにダウンタウンに行かないともかぎりません」

ザビエルは腕時計に目をやった。「午前一時過ぎか。なんでまたこんな遅くに？」

「判事がちょっと前に召喚状を承認したからです。ここはリーランドに連絡しておいたほうが。彼ならたぶん法廷で闘ってくれますよ。しかし、大陪審を開いたってことですよ、これは——大陪審抜きで召喚状がとれるはずがありませんから」

そういう状況ならお抱え弁護士の腕の見せどころかもしれないが、ザビエルとしては、動く前にもっと情報が欲しかった。だめな商売人といい商売人の違いは情報だ。ザビエルならば、ごたごたなしで事態をおさめられるかもしれない。

「それよりまず詳細を教えてくれ。どういうふうに捜査がはじまったのか、いつはじまったのか、なぜなのかが知りたい。向こうが何を知ってるのかも。担当のＦＢＩ捜査官についても詳しく調べてくれ。対処法を決めるのはそれからだ」

「判事のところへ行ったのはディーン・フーパーです」

ザビエルは、なぜだかはっきりとはわからないが、胃のあたりに鋭い痛みを感じた。怖いもの知らずなのに、胃が締めつけられるようなその痛みが緊迫感と動揺をもたらした。

ＦＢＩのホワイトカラー犯罪（横領・脱税・贈収賄・不当広告などホワイトカラーの職務に関連した罪）捜査の頂点に立つディーン・フーパーの評判は、ザビエルの商売仲間のあいだでは伝説的である。没落したニューヨークのボナーノ・ファミリーの遠縁にあたると言われる、シカゴの大物リカルド・タットーリを逮捕した男だ。フーパーはまた、トマス・〝スミッティー〟・ダニエルズ逮捕の際も捜査の指揮を執っていた。スミッティーは人身売買では競合相手だったから、ザビエルも他人事《ひとごと》ではなかった。スミッティーが消えたことは喜ばしい——商売人として恥ずべき男で、輸入品の味見をみずから頻繁《ひんぱん》にするわ、地元をうろつくわ——とはいえ、スミッティー一味にＦＢＩの捜査の手が入ったことに腹が立った。スミッティーはＦＢＩとの銃撃戦で死んでもういないが、ザビエルが恐れていたのは、ひょっとして彼がザビエルや手下を示唆《しさ》する証拠を遺しはしなかったかということだった。今夜の召喚状は、スミッティーの一件に関する心配にはじゅうぶん根拠があったことを証明していた。

だがあれは四年前のことで、その後ザビエルは帳簿をじゅうぶんすぎるほどきれいにした。フーパーが何ひとつ見つけるはずはないと確信していたし、もし誰かが口を割ったとしても、全貌を語れる人間はいない。五、六人の部下に情報を分散しておくことで、一度ならず組織は救われてきた。情報をパズルにたとえるなら、ザビエルを逮捕にもちこめるだけの数のピースを持っている部下はひとりもいない。

それでもフーパーは強敵になるかもしれない。食いついたら放さないやつだという評判だ。

「ザビエル、聞いてるんですか？」ポールが情けない声で言った。

「やはり帰ろうと思う」

「わたしの話、聞いてなかったんですか——」

「ディーン・フーパーみたいな尊大なやつと立ち向かうときの最善の策は、正面からぶつかることだ。なんにも隠しちゃいないし、どこを探られようが痛くなどないってことを見せつけてやればいい。しかもおれが留守のあいだに召喚状を届けようとしたとなれば——控えめに言っても無礼きわまりない。連中がおれの書類をあれこれいじくりまわしているあいだに行ったほうがよさそうだ」

「でも——」

「おれを信じろ。判事は誰だ？」

「バーンハートです」

「うーむ」バーンハートに彼の息はかかっていないが、向こうの息もかかってはいない——犯罪者だけでなく警察官も信用していない判事なのだ。未知の要素である。ザビエルは未知の要素というのが好きではない。姿をくらましたサモーラの小僧しかり。フーパーはなぜバーンハートのような判事のところへ行ったのか。論理的な人選としては、トゥッチではないだろうか。ところがトゥッチは釣りのための遠出をよくする。おそらくトゥッチがつかまらなかったのだろう。

ベガが機体の後部から言った。「運転手は滑走路で待機しています」

「よし。何か言ってたか？」

「は？」

「下で何か問題が起きてたりしないかってことだ」

「いや、べつになんにも。十一時半から来ているそうです。言われたとおりに」

お抱え運転手は用心棒を兼ねており、その男チャックをザビエルは気に入っていた。無口で時間厳守、破壊的な腕力もそなえ、申し分ない男なのだ。チャックをベガの後任にしようかと考えはじめてもいる――もし交代が必要になったら、の話だが。そういうことにならないよう願っていた。厄介なことになりそうだからだ。というのは、ベガが彼と行動をともにするようになってからもう何年もたっており、ほかの手下たちは彼からも指示を受けるようになっていたからだ。衝突は好まないが、ときには避けられないこともある。

ザビエルはつねにそれを偶然に見せかけることができた。

もし必要になったら、の話だが。

ビジネスジェットが降下し、ジャクソン郊外の民間飛行場の滑走路に着陸した。機体が待機していたキャデラック・エスカレードのほうへと移動するあいだ、ザビエルはお気に入りの情報ブローカーに電話を入れた。

「ダーラか、おれだ。ディーン・フーパーってやつについて調べあげてもらいたい。ＦＢＩ捜査官だ。いまはサクラメントにいる」

「ほかに何かわかりませんか？」

「スミッティーを逮捕した男だ」

「そこを糸口に調べて、明日連絡入れます」

「至急たのむよ、ダーラ。礼ははずむから」

噂《うわさ》は間違っていた。ソニア・ナイトはただの美人ではなく、抜群の美人だった。ローライズ・ジーンズに包まれた魅力的な長い長い脚。男物の黒いTシャツを着ていても隠すことのできない女性的な体形。彼女の魅力をさらにアップさせる機能性一点張りの黒いブーツ。いや、まいった。ソニアなら麻袋を巻いていてもスタイリッシュに見えるはずだ。ディーン・フーパーはセクシーなICE捜査官から目をそらしたくて、メモ帳を取り出して、書き留める必要のないメモを走り書きした。それでもまだ、彼女の猫のようなハシバミ色の目が気になってしかたがなかった。ネズミに跳びかかるタイミングを計る猫を思わせる静かな激しさを秘めている。ソニア・ナイトほどの美貌の主であれば、ふつうは——ディーンの経験に基づけば——誰かに頼って現在の地位を獲得したのだろうと思うところだが、捜査においても生きかたにおいても妥協しない女がソニアだ。その点に関して、噂はずばり的中していた。気が荒く、ひたむきで、頭がよく、射撃の名手。最初の三つは直ちに確認できた。いずれ銃を使う彼女を見る機会があれば、と待ち遠しくもあった。

熱い血がたぎる男なら誰だって、激しやすいと悪名高いICE捜査官を無視できるはずはないが、ディーンは自分のそうした身体的反応はひとまず後回しにした。先立つ問題を抱えていた。ザビエル・ジョーンズが家にいない。一時間前に帰ってくるはずだったのに。彼の帰還と同時に踏みこむ計画を立てたのだ。ひょっとして誰かが彼に知らせたとか？　まだ上空にいたジョーンズに、ＦＢＩが来るぞ、と警告した？　どういうことなのかわからなかった――ジョーンズの着陸予定時刻に合わせて判事のところへ行ったというのに。

予定に遅れが生じた可能性もあるが、分刻みの情報を伝えてくる人間が組織内にいるわけではない。ＦＢＩに尻尾をつかまれたと知り、高飛びしたのではないかと不安になる。ジョーンズほどたんまり金を持っていれば、捜し出すのは至難の業《わざ》になる。とりわけディーンには逮捕令状もなく、連邦検事が立件するには証拠不十分ときては。

バーンハートのところに行き、本当は欲しくもない捜索令状のみならず逮捕令状までを強引に要求した時点で、すでに大きなリスクを冒していた。巧妙な駆け引きの末、まさに欲しかったものを手に入れたのだ。ザビエル・ジョーンズの自宅で管理されている個人ならびに法人の納税記録に関する限定召喚状である。何か発見できるなどと期待してはいなかったが、バーンハートにそれを言うことはできなかった。ジョーンズのような男が自分の有罪を示唆する書類を、たやすく捜索できるところに置いておくはずがない。じつはディーンは、分析作業の結論を出すため、無関係に見える何点かの書類の詳細な数字を必要としていたが、そうした当たり障《さわ》りのない項目を理由に令状がとれるはずがなかった。そこである犯罪者とジョーンズのつながりを利用し、バーンハートにあれこれ根拠を並べて言い分を伝えたというわけだ。

ディーンの狙いは、ジョーンズの檻《おり》を揺さぶることだった。彼の神経をぴりぴりさせ、判断を誤る状況に追いこむ。しかしザビエル・ジョーンズのような男ともなると、そう簡単にはガタガタとはならない。召喚状ははじめの一歩にすぎない。違法ビジネスの財務記録がどこかに保管されていることは間違いない。ディーンはそれを捜し出すつもりだった。それが彼の最善の策なのだ。

ＩＣＥと国土安全保障省が絡んでいることも問題のひとつではあるが、この障害を好都合な要因に変えることもできなくはない。数本の電話をすれば、ソニア・ナイトの行動を制することもできる。彼女は短気で、ＦＢＩの捜査を危険にさらす可能性もある。この大物の違法行為を押さえるためには忍耐と策略が要求されるのだ。

サム・キャラハンがソニアの相棒とともに引き返してきて、屋敷の周辺には誰もいないと報告した。

「誰もか？」ディーンが訊いた。

「わたしに訊いてくれてもよかったのに」ソニアがそっけなく言った。「わたしたち、二日間ずっとここを見張っていたんですもの」

ディーンはその理由を訊きたかったが、それはまたあとにしよう、と思った。「彼の弁護士には連絡したのか？」サムに尋ねた。

「バーンハートの家を出たとき、十一時半にメッセージを残したが」

「飛行機はもう着陸したのかな？」

「えっ？」ソニアが訊いた。

ディーンは眉を片方きゅっと吊りあげ、鼻で笑うように言った。「知らなかったのか、彼がいま何をしているのかを？　びっくりだな」

　ソニアの顔を緊張がよぎる。ディーンはくどくど言ったことを後悔しかけたところで、さっきはこっちの捜査理由を露骨にけなされてむかついたことを思い出した。口にこそ出さないが、彼もジョーンズに傷つけられた人びとのことが大いに気にかかっていた。

「彼、民間機には乗らなかったわ」ソニアがそっけなく言った。

「自家用機をもっているんだ。ビジネスジェット」

「そんなことは知ってるわ」しかし彼女の表情は明らかに、あれはずっと飛行場にあると思っていた、と語っている。もしかすると間違った情報を与えられたのかもしれない。あるいはICEもFBI同様、人手不足のなかで膨大な仕事をこなしているのか？

「ぼくたちは同じチームだ」ディーンが和平を申し出た。「情報を照らしあわせたいね。だけど、いまはまず、彼のご帰還を待つほかないな」腕時計をちらっと見る。「一時を過ぎた。着陸はいつだ？」ジョーンズは十一時半から十二時のあいだに戻ってくると聞いていた。だから到着を一時間遅らせたのだ。

「二十分前だ」

　ソニアが耳に指をやり、耳をすました。ディーンは、彼女がたのまれなくても情報を分けてくれることを願いながら待った。国土安全保障省下の組織との連携は危険だが、ICEは以前は独立した組織だったし、FBIは同類の捜査機関とけっして友好的な関係にあるとはいえないなかで、ディーン自身はここまでなんの問題もなくやってきた。

　ソニアが言った。「ジョーンズの車が高速を出たわ。あと四分で到着予定」

「きみたちは本当に——」ディーンはそこで言葉を切った。ある考えが浮かんだのだ。「ジョーンズはきみが誰だか知っているわけだな」あくまで冷静に言った。

「ええ、もちろん。何度も顔を合わせているもの」

「今日のところは、ぼくが特定財務文書に対する限定召喚状を送達する」

「なぜ——」

「説明している時間はないが、たのむ、信用してくれ。相棒を連れて監視場所に戻るんだ。みんなうまく身をひそめてる。チームの誰ひとり、こっちは気づかなかった」

ソニアの口もとをさも得意げな笑みがかすかによぎる。「ぜんぜん気づかなかったでしょう」

ディーンは感心したようにうなずいた。「チームをじつにうまく訓練してるよ。たのみがある。ここのところはぼくに召喚状を送達させてくれないか。自信満々のジョーンズを揺さぶってやりたいんだ。それがすんだら、きみたちはまたここの出入りの監視を続行して、やばい状況に追いこまれたジョーンズが誰に連絡するのかを突き止めてもらいたい。盗聴器は持ってる？」

「そっちは？」

「ディーン」サム・キャラハンが声をかけてきた。「三分」

「それじゃ、正午にFBIのオフィスに来てくれ。いいね？」ディーンが言った。

「うちのオフィスで一時にして。情報は全面開示するから」ソニアが応じた。

ディーンが協定成立の握手を求めて手を差し出しながら、微笑《ほほえ》みかけた。「場所はこっちのオフィス。一時は了解。書類や機材が多すぎて、そっちまで運ぶのはちょっとしんどい。しかし、期待してもらっていい。一見の価値はある」

ソニアの手は柔らかくて冷たかったが、握りは力強かった。「がっかりさせないでね」ソニアはポケットに手を入れて取り出した超強力マグネットを彼の手のひらに落とすと、屋敷の周囲の監視カメラを手で示した。「警備室はキッチンの脇の部屋よ。なんの変哲もないドア。テープを押収できる令状がないんだったら、データを消去したいとこでしょうね——こっちは、ジョーンズに張り込みを気づかれたところで痛くも痒《かゆ》くもないけど」

ソニアはその場を立ち去りたくなかったが、フーパーの正体を知ったいまは、いつものようにはいかなくなった。FBI捜査官が彼をファーストネームで呼び、フルネーム——ディーン・フーパー——がわかった瞬間の驚きを見破られなかったことを祈るばかりだ。

ポーチの階段を下りはじめたとき、そもそも自分はなぜここに来たのかを思い出した。階段を駆けあがって上に戻り、フーパーに声を抑えて耳打ちした。彼からは高級なコロンと革のにおいがした。「ヒスパニックのティーンエイジャー、十三歳の女の子を捜してるの。二週間前にアルゼンチンで誘拐された子なんだけど、ジョーンズは間違いなく、その子の居場所を知っているはずだわ。もしも何か見たり聞いたりしたら——」

サムが言った。「あと六十秒」

ソニアはディーンの目を見た。彼はわかってくれたはず。トレースについてくるよう身ぶりで合図すると、階段を駆けおり、体勢を低くして物陰に身をひそめながら歩を進め、屋敷から離れた。

ディーン・フーパー。さっき彼が最初にフーパーと名乗ったときは、ぴんとはこなかった。捜査官？　勝手に決めつけてしまうなど、とんでもなかった。

二年以上こういう仕事をしている者なら、誰もがディーン・フーパーを知っている。ＦＢＩ長官補佐。ＦＢＩ版のエリオット・ネス（財務省の犯罪捜査官。禁酒法時代のシカゴでアル・カポネをはじめとするギャングたちを一掃）。きみの評判はかねがね耳にしていたからね、ですって？　フーパーはソニアごときにとうてい太刀打ちできる相手ではない。もしこんな状況でなければ、ソニアはアイドルに会ったファンの女の子さながら、おもしろかった事件の話を聞かせてください、とねだっていたかもしれないくらいだ。

ＦＢＩがそこまでの高官にジョーンズを追わせていることが気に入らなかった。ソニアとしては、ジョーンズを逮捕したいだけでなく、できるだけ長く刑務所にぶちこんでおきたかったからだ。そのためには情報が必要で、組織内の情報源はいまも機能していた。もしフーパーの動きが早すぎれば、ソニアが面目と立件のチャンスを失うばかりか、もっと多くの人びと――女性や子ども――が姿を消したり死んだりすることになる。それにしても、彼は現場に来て何をしているのだろう？　ああいう人はワシントンにいるものとばかり思っていた。サクラメントやサンフランシスコにいたのなら、耳に届いていてもよさそうなものだが。

じつはソニアは、人と組むのが苦手だ。ＩＣＥの権威と命令の下で今日までうまくやってはきたものの、相棒を信頼した結果はさんざんなものだった。いまはトレースを相棒と呼んではいるが、厳密には彼は部下だから、彼がソニアに相談なしに判断を下したり、捜査官に負傷者が出る恐れのある作戦を彼女に隠れて練っていたり、というような心配はせずにすんでいる。

しかし、さっき目を合わせたディーン・フーパーからは、けっしてぶれない誠実さがはっきりと伝わってきて、彼を信頼したくなっていた。本当のところ、ソニアに選択の余地はなかった。彼が突然現れたことだけでなく、その身分を知って不意討ちをくらわされた格好だったからだ。とはいえ、もしザビエル・ジョーンズが自分のさまざまな動きをＦＢＩとＩＣＥが関連づけたと思いこめば、早めに見切りをつけて姿を消すこともありそうだ。

今夜はフーパーに譲《ゆず》ることにしよう。

ジョーンズの黒のエスカレードが車寄せで停まったとの報告が張り込みチームから入った。ソニアとトレースは元の位置まで全力疾走で引き返し、ソニアは屋敷のようすを観察すべく双眼鏡を構えた。

「どうなってます？」トレースが訊いた。

「ちょっと待ってて」ポーチにサム・キャラハンと並んで立つディーン・フーパーを見ていた。ディーンのほうが身長は二、三センチ低いが、存在感ははるかに大きい。たっぷり一分間はなんの変化もなかった。やがて運転手が降りてきた。

ソニアは口のなかがからからだった。ひと晩じゅう飲みつづけていたコーヒーのせいで胃はむかついている。そのとき、ぎょっとして目を凝らした。何かの間違いにちがいない。久しぶりに見るチャーリー・カマラータだ。なぜすぐに彼だとわかったのだろう？

　運転手がドアを閉めたとき、かつてチャーリーが腕に沿って入れていたあのタトゥーの一部が見えたからだ。袖に隠れた部分まではっきりと頭に浮かんだ。入り組んだ黒い十字架の中央から鮮血を思わせる赤い文字が滴っている。

ラ・ヴェンデータ・エ・ミーア。

復讐するは我にあり。

元ＩＮＳ（移民帰化局。ＩＣＥの前身）捜査官が札付きの悪党の下で働くとは、なんと面汚しな裏切り者。

いったい何をたくらんでるの、チャーリー？

　チャーリーがエスカレードの後部のドアを開けると、その悪魔本人、ザビエル・ジョーンズが降りてきた。いっそこのまま彼に狙いを定めて殺してしまおうか、との思いが頭をかすめた。ザビエルだけでなくチャーリーにも銃弾を撃ちこんでやりたい自分にぞっとする。チャーリーの裏切りのショックはもう乗り越えたと思っていたのに。彼のことなどもう忘れたと思っていたのに。

　衝動はすぐに抑えこむことができた——刑務所に入れられてしまえば、マヤを捜し出すこともできなくなるし、ジョーンズが絶え間なく供給してくる外国の少女の買い手を捕らえることもできなくなる。あの悪党はあくまで生け捕りにし、商売相手をひとり残らず明らかにさせて、ひとり残らず逮捕しなければ。彼らの記録を丹念に調べて、性的搾取《さくしゅ》や強制労働を目的に売り飛ばされた女性たちをひとり残らず追跡し、未来を与えるのだ。せめて生き延びた者たちだけには。

観察をつづけていると、ジョーンズが玄関ポーチへと歩きだした。自信に満ちた足取りと横柄《おうへい》な薄ら笑いは、フーパーの出現が驚きではないことを語っている。チャーリーが強面《こわもて》の堂々たる用心棒をつとめていることにも気づいた。グレッグ・ベガの姿も見えたので、思わず安堵《あんど》のため息が出た。ソニアに連絡を入れるリスクがとてつもなく大きいことは承知していたから、このスパイのことが心配でならなかったのだ。だが彼は無事だった。少なくともいまのところは。彼が確実な情報をもっていることを願った。それさえあれば、彼と身重の妻を安全な場所にかくまってやることができる。

チャーリーがＦＢＩ捜査官をにらみつけている前で、キャラハンがジョーンズに召喚状を手わたした。キャラハンやフーパーやそのほか経歴の長い捜査官はチャーリーが誰だか気づかないのだろうか？　たぶん気づいていないのだ。チャーリーの処罰は迅速だった。懲役刑はない代わりに、彼はすべてを失った。手にするはずだったものまですべて。解雇前、彼は主として潜入捜査に携わっていたため、彼の名前を知る者は当時のＩＮＳ以外の捜査官にはほとんどいなかった。ましてや顔は。

チャーリーがここにいるのは、ジョーンズないしは側近の誰かに対する復讐が目的なのだろう、とソニアは確信した。チャーリーは報復という動機なしに何かをする人間ではない。それが彼自身の報復であれ、他人の報復であれ――少なくとも過去においてはそうだった。

だが、いまはどうなのだろう？　ソニアにわかるはずはなかった。もう十年、彼を見かけてはいなかった。ひょっとしてFBIの連絡係？　それならわかる。ジョーンズ一行が飛行場を発ったとき、フーパーは彼を通じて旅行の情報を入手した。とはいえ、チャーリー・カマラータのような男がFBIに情報を提供するとは思えない。FBIに対する敬意など微塵《みじん》ももっていなかった。自分が所属する組織にさえ、ぎりぎりのところで我慢していた男だ。

ああ、じれったい！　彼らがどんな会話をかわしているのか、聞きたかった。控え選手の位置にすわっているのは耐えがたかった。主導権を引き渡したも同然なほどつらかった――それも、まさかのFBIに。フーパーに主役を譲ったことが、とんでもないミスになりませんように。

「ちょっと、チャーリー、あんた、そこでジョーンズとつるんで何をしてるわけ？」ぶつぶつとつぶやいた。

「えっ、誰のこと？」

トレースが自分の双眼鏡をのぞきながら訊いてきた。「チャーリーって誰？」

チャーリーが解雇されたとき、トレースはまだ高校生だ。彼を知っているはずがない。

「チャーリー・カマラータ」ソニアはしぶしぶ答えた。「エルパソにいたときの相棒」

トレースが何も言わないので、いささかほっとした。あのとき何があったのか、彼は知るはずもないのだ。だが、ほっとしたのもつかのまだった。

「なんで元INS捜査官がジョーンズの下で働いてるんだろう？」

　トレースの口調は、チャーリーが悪の一味の側についた、悪党のひとりになったと決めてかかっているようだ。たしかにチャーリーは聖人ではないが、人身売買をしているわけではない。「あくまで当てずっぽうだけど、彼は仕事をしてるのよ」

「おれたちの側ってことですか？」

「そうじゃないわ」彼自身のために。

「報告を入れなきゃ」

「そうね」

「おれが入れます」トレースが声をひそめた。「だってあなたは――」

「わたしから入れるわ」きっぱりと言った。トレースはソニアとチャーリー・カマラータのあいだに起きたことの半分も知らない。十年前に職務責任局がおこなった非公開の査問会の記録のほとんどはいまだに機密扱いあるいは秘密のままで、ソニアが生きているうちは開示されないような気がしているくらいだ。

　それにしても、チャーリーがジョーンズに絡んでいるとなると、この捜査の大きな邪魔になることは間違いなかった。

3

ジョーンズ邸を表現するにあたって、ディーン・フーパーには〝そびえ立つ〟の一語しか思い浮かばなかった。三階までの吹き抜け、なだらかに弧《こ》を描く階段、天井から床までの窓からはデビルズ湖とその向こう側に広がるサンホアキン・バレーを見わたすことができる。内装はダークな色調の田園風で、しごくさっぱりしている。洗剤と光沢剤のにおいがうんざりするほど漂っていた。塵《ちり》ひとつ、クモの巣ひとつ見当たらない。

ジョーンズはコンサルティング会社経営のほかにも、あれこれ手を出していた。ドナルド・トランプも羨《うらや》むほどの資産、国税庁をいらいらさせるほどの収入源を所有している。もしディーンが、トマス・ダニエルズ逮捕後、ダニエルズの書類にジョーンズの名を見つけて目をつけなければ、国税庁が捜査に乗り出していたはずだ。しかしジョーンズはこの八年間に二度の会計検査を受けており、国税庁は何ひとつ違法な点を発見することができずにいた。

ディーンは長年の友人である財務省のアナリストに言われた。「おれの勘じゃ、あいつは黒なんだが、どんなルートで調べてもなぜか合法って結論に行き着いてしまう。何か月もずっと調べてきたが、もうこれまでだ。きみはＦＢＩの俊英。おれが見逃していたものをきっと見つけられるはずだ」

ディーンは自分の評判が以前から嫌でしかたがなかった。おかげで友だちは少なく、周囲は彼がこけるのを待っている人間ばかりだ。たしかに彼は数字のなかから、ほかの人間が――コンピューターも含めて――見逃す違法行為の形を読みとることができた。あくまで人間がやることなのだ。情報をいろいろな形でまとめ、人間の心理を要因として考慮し、標的の個性も加味する。そうした経験、そして直感はコンピューターには真似できない。

ザビエル・ジョーンズとじかに顔を合わせるのはこれがはじめてだ。一瞬たりとも無駄にはしたくない。早くも彼の性格と個性をかなり見抜いていた。極端なきれい好き。衛生観念が強い。他人が自分の家に入って、そのへんのものに手を触れるといらいらする。FBIが有罪の証拠となるものを見つけられるはずがないと自信満々ながらも、一方で苛立ちを隠せず、横柄。私生活についてはまったくわからない――写真も、卒業証書も、表彰状も何ひとつない。もしそのてのものがあるとしても、客の目には触れないところにあるようだ。

「あなたがたの捜査のお手伝いができれば光栄ですが、フーパー捜査官、お探しのものが見つかるとは思えませんね」ジョーンズが言った。

「こちらが何を探しているか、ご存じなんですか?」

ジョーンズが肩をすくめた。薄ら笑いがなんとも横柄だ。「知るわけないでしょう。商売人の景気がいいと、政府は応分の負担金を払っていないと思う。言っておくが、フーパー捜査官、わたしの所得申告には一点の曇りもありませんよ」

それが最大の障害であることはディーンもわかっていた。計算によれば、ジョーンズはしかるべき税金を納めている。ジョーンズの主たる事業はコンサルティング会社の経営だ——膨大な数のクライアントのために州政府、連邦政府の両方でロビー活動を展開している。クライアントはほとんどが、地方公共団体やインディアン・カジノ（北米先住民の部族が運営するカジノ）や労働組合のような大金を動かす組織だ。

ジョーンズが脇に立つ武装した用心棒にちらっと目をやると、ディーンは、万が一キャラハンが用心棒のベルトの銃に気づいていない場合を考えて、機先を制した。「その銃の許可証はあるんでしょうね」

大男が前に進み出た。腕のタトゥーが袖からはみ出ている。〝ンデータ・エ・ミーア〟。復讐《ヴェンデータ》か？　おもしろい。

ジョーンズがボディーガードを目で制した。「そんなもの必要ないだろうに。彼はここに住んでましてね」

「その銃をメキシコに持ちこんだのでは？」

「わたしを怒らせたいようですな、フーパー捜査官」

そう、まさにそのとおり。

「いや、ただ、おたくのゴリラがいきなり襲いかかってきたりしないことを確認したくて」

ゴリラと言われた用心棒が怖い顔をした。

「そろそろお引き取り願いましょうか、フーパー捜査官」

「はい、もう就寝時刻を過ぎていますので、喜んでそうしたいところですが、その召喚状に記されているとおり、あなたはすべての財務文書を直ちにこちらに引き渡す義務があります。キャラハン捜査官がいっしょに行って、押収書類すべての預かり証を出します。そのほかにもあなたが所有するハードドライブ、パソコン、フラッシュドライブ、ディスク類も要求します」

ジョーンズの顔を怒りと戸惑いがよぎった。どうしろと命令されるのが嫌いなのだ。そこでディーンはぐっとこらえて満足感をあからさまには顔に出さず、さらにプッシュした。彼はこの仕事をこよなく愛していた。

「ご希望とあらば、弁護士を待つこともできますが、しかるべきものをすべて受け取るまでは帰りませんので」

「探りを入れにきたってわけかな、フーパー捜査官。何ひとつ引き渡すつもりなどありませんよ。明日の朝一番に弁護士を裁判所に出向かせ、この召喚状について一戦まじえさせましょう」

ディーンは相手を気づかうような寛大な表情をのぞかせた。「ご不満はよくわかりますが、ミスター・ジョーンズ、この召喚状への応諾《おうだく》を拒否はできません。文書をここに置いたままにしておけば、ひょっとして当該文書の消失あるいは改竄《かいざん》の可能性があるという点で判事も同意しました。こちらには、この令状に記されたものを直ちに押収する権限があります。弁護士を待ってもいいというのは、あくまでこちらの好意ですが」

ジョーンズの目にかっと怒りが燃えあがると、一目置かれる実業家の顔の裏にひそむ犯罪者が垣間《かいま》見えた。冷酷で、打算的で、悪事にかけての才覚はぴかいち。ディーンの首をのせた大皿を持つジョーンズの姿が目に浮かび、内心ほくそ笑んだ。この男をいらいらさせろ。それがこの肩慣らしの狙《ねら》いじゃないか。

もうすぐ監獄にぶちこんでやるからな、ザビエル・ジョーンズ。覚悟しておけ。

ディーンの冷静さは変わらず、かたやジョーンズは無言のうちに怒気を発していた。幸いなことに、忍耐力はディーンの長所だった。ジョーンズはすぐさま自制をきかせた。正体は利己主義なギャング、人身売買の容疑者で、自己防衛本能が何よりも先立つ。かっときてミスをするなどあってはならないのだ。そういうところはきわめて鋭い。

しかし事業に対するジョーンズの几帳面なアプローチは失敗の原因になりかねない。ジョーンズのような犯罪者は、差引勘定はすべて帳尻を合わせ、現金はすべて何度となく数えなおす。そこを利用できるのでは。ジョーンズと対峙《たいじ》してすでに十分、立件のためにジョーンズの財務履歴を利用して追跡するという新たな考えが浮かんできた。彼のリアクションを観察しようという作戦は大いに有益だった。思わくどおりに。

今夜、ICE捜査官ソニア・ナイトがこの人物に絡んでいるとわかった。これを機に捜査が一気に進展する可能性もある。人身売買がらみの金の動きについては彼女のほうがはるかに詳しいはずだから、彼女にはこっちには見えていないものが見えているかもしれないのだ。ソニア・ナイトが証言台に立った人身売買事件の公判は、この二年間に五件を下らない。

　ディーンはある聴聞会を有線テレビで見たことがあった。ソニアのチームがＦＢＩが捜査していた事件を引き継ぎ、中国から女性を甘言で釣って連れ出し、使用人として家事に従事させていた夫婦を逮捕したあとのことだ。契約した女性たちにとって、〝使用人〟は〝奴隷〟を意味していた。女性たちは、もちろん密入国者だから、身元を証明する書類はすべて剝奪されて、セックスを強要され、長時間労働を強いられるも、報酬はいっさいなかった――〝稼ぎ〟は全額、アメリカまで連れてきてやった〝手数料〟の返済に充《あ》てられてしまう。女性たちは恐怖と不法入国者という立場のせいで彼らに従うほかなかった。ソニアのチームは闇取引を暴いて関係者をすべてつぶし、ＩＣＥにとって画期的な成功をおさめた。その捜査方法についてソニアが書いた報告書は現在、ＩＣＥとＦＢＩの潜入捜査訓練の一環として使われている。

　ディーンはずっと前からソニア・ナイトを高く評価してはいたが、彼女を統制下に置けるかどうか確信がなかった。ザビエル・ジョーンズのような大物の場合、捜査にデリカシーが要求される。

　ジョーンズがゴリラに言った。「この人たちを見張っていろ。この令状に明記されていないものは何ひとつ持ち出されることがないように。いいな？」

「はい、ミスター・ジョーンズ」

「寝室へ行きます」

「お供しましょう」ディーンが言った。キャラハンがすべてを確保するまで、ジョーンズから目を離すわけにはいかなかった。「チーム全員を呼び入れてくれ、サム。長い夜になるぞ」

シエラネバダ山脈に夜明けが訪れ、山々の輪郭が明るいオレンジに染まりはじめた。畏怖の念すら覚える眺めに、ほかの人間なら思わず足を止めるところだろうが、ザビエル・ジョーンズにきれいな景色など無用の長物だった。自分の所有物をFBIにいいようにいじくられ、無言のうちにいきりたっていた。身の回りの品を手荒く扱い、衣類に手を触れる――何もかもクリーニングしなければ。

午前六時前に電話が鳴ったときも驚きはしなかった。FBIが引きあげてからまだ三十分とはたってはいない。相手がマルシャンだということにも驚かなかった。

「面倒なことがあったそうだな」

「いや、問題ありませんよ」

「面倒はないに越したことはない」

FBIにしてやられた怒りは静まっていた。記録から何かをつかまれるはずがない。あいつら、おれをばかだと思っているのか？　ただ探りを入れた、それだけのことだろうが、向こうが大陪審を開き、こっちの財務状況を精査したことがわかっているからむかついた。金の処理はうまくやっているし、誰も口を割らないこともわかっていた。みなそれぞれ失うものが大きいからだが、それだけでなく、誰ひとりとしてすべての情報を握ってはいないから、彼が深刻なダメージを受けることはない。

「船荷の心配はいりませんよ」

「そんなことをいま話すつもりはない」

「安全策は講じてありますから」ＦＢＩに通話を盗聴される恐れはなかった。そういうことがないよう、最新式の警備システムを設置してある。

「とにかく会おう、今夜」

ザビエルはノエル・マルシャンが好きではないが、両面――輸入と輸出――で上客のひとりである。商売においては、取引相手を好きである必要はない。金を払ってくれて、用心深く仕事を進めてくれるかぎり、ザビエルは喜んで取引をした。そもそも彼は、友だちづくりに熱心ではない。友だちにしたいと思う人間がいるときは、どんな人間であれ、慈善事業への寄付を通じて買収すればいいのだ。

「こちらへ？」ザビエルはあの男を自分の聖域に入れるのが嫌で、そう尋ねはしたものの、それも厚意の表明のひとつであり、当面はマルシャンの機嫌をそこねるわけにもいかなかった。

「いや、まさか。夜中の十二時、きみのレストランでどうだ」

ザビエルは去年、川に面したレストランを買い、現在改装中だ。店なら西リバー通りを少しはずれた便利な場所にあり、プライバシーも守れる。ザビエルの縄張りとなれば、マルシャンもあまり無茶はしないはずだ。

「それじゃ、そういうことで」

電話を切り、ベッドルームのバルコニーに立った。ＦＢＩとの一件に比べれば、マルシャンはささやかな頭痛の種にすぎない。ＦＢＩはあらゆるものを脂《あぶら》ぎった手でいじっていった。壁の絵がかたむいているし、引き出しは順番が違っているし、磨きこんだ床板には汚い足跡がついている。

秘書の携帯電話を呼び出した。彼女はコンサルティング会社のほうに出勤するが、彼のスケジュールは公私ともに管理している。彼のほうは彼女にそそられるようなことがないにもかかわらず、デニースは週に一度、フェラチオをして大いに満足させてくれる。彼は自分のペニスを、男であれ女であれ、人の体に挿入しないことにしていた。自分以前にどんな男が？　そう考えるだけで反吐《へど》が出る。

「清掃業者を入れてくれ」と命じた。「早いとこたのむ――昼までにこの家を上から下までぴかぴかにしてもらいたい」

つぎにクレイグ・グリースンに電話した。ＸＣＪコンサルティングの日々の運営は、弁護士であり筆頭ロビイストである彼に任せている。「昼前にはそっちへ行ってブリーフィングする。おかしな電話や訪問者はなかったか？」

「〝おかしな〟の定義をたのみます」

「冗談じゃないんだ、クレイグ。家のほうでちょっとした騒動があってな。記者やらハゲタカやらがあたりを旋回していないことを確認したいんだ」

「今日は水曜、カリフォルニア州議会は予算案が山場を迎えてますが――こちらはいつもどおりです」

「そうか。よし。それじゃ、ブリーフィングに必要な資料と現在プッシュ中の重要法案の進《しん》捗《ちょく》状況をそろえてくれ。一時間やる。うまくたのむ」

「承知しました」

この二十数年間のほとんどは、ノエル・マルシャンと名乗ってきた。いまたたずんでいるのは、カリフォルニア州議会議事堂から道を隔てたところに位置するハイアット・ホテルのペントハウス・スイートのバルコニー。アメリカに来ることはめったになく、来るときはきわめて用心している。むろん、身分証は偽造した。ピエール・デヴェロー。モントリオールから来たフランス系カナダ人。笑えるのは、実際、自分はモントリオール生まれで、フランス系カナダ人の血が流れているということだ。だがフランツ・コルベールとしての人生は九歳のときに終わった。父親が母親を殺し、フランツと弟のトビアスを連れて南米に高飛びしたからだ。以来、父親が死んだあとも、彼は一度もカナダに戻ってはいない。母国への郷愁はいっさいなかった。

アメリカも好きではない。何をしようと、誰を支配下に置こうと、ここではキングにはなれない。強大な権力を振るうことができる土地が好きなのだ。そういうところでなら誰を殺そうが、疑問を口にする者はいない。彼の乗った車が通過するだけで、人びとは怯《おび》える。彼が部屋に入っていけば、女たちは言われたとおりにし、たとえ罰しなければならなくとも、誰ひとり理由は訊かない。

アメリカ人は金をもっており、アメリカの富裕層は玩具を好む。彼はその玩具を供給し、ザビエル・ジョーンズは買い手を供給する。

彼の供給先はアメリカだけではないが、アメリカ人はあらゆるものにたっぷり金を払ってくれる。とはいえ連邦政府の監視の下で輸入するリスクを考慮すれば、北米の買い手に対する膨大な経費を上乗せした請求金額も正当だと思えた。

いらいらしながら、ホテルの室内を行ったり来たりする。身の安全のためには、土曜の夜の交換のときまで引きこもっていなければならないことは重々承知していた。アメリカで過ごす時間が短ければ短いほど、腕のいい警察官に気づかれる可能性は低くなる。警官がみんな怖いというわけではない――彼がノエル・マルシャンだとわかる警官はほんのひと握りしかいない――が、そのうちのひとりがサクラメントを地元と言っていた。サモーラの小僧のことさえなければ、こんなに早くまたここへ来ることなどなかっただろうに。

ノエル・マルシャンはジョーンズの無能さを嘆いていた。思えばつい先週まで、ザビエル・ジョーンズはプロ意識と慎重さにおいて頂点にいたではないか。少年をもうひとりうまく調達したジョーンズではあるが、最初の子を逃がしたのはとんでもない失策だ。ジョーンズにとっては痛くも痒くもないかもしれないが、ノエルにとっては脅威だ。あの小僧はおれの顔を見た。

サモーラの小僧には死ぬか姿を消すかしてもらわないと――誰にもしゃべらなければ、かまうほどのことではない。たとえあの子が知っていることを全部しゃべったところで、有罪を証明する情報にまでまとめることなど事実上不可能だ。ただし、ノエルも同じサクラメントにいる事実だけが、リスクをゼロからわずかに引きあげていた。しかし、いらいらの本当の原因は、〝自分〟が犯した二つのミスだった。ひとつは、あの小僧を見くびっていたことだ。アンドレス・サモーラが隙を見て逃げ出すとは思ってもみなかった。これまで捕らえたやつらはたいてい、逃げても見つけ出されたあげく、さんざん罰せられるものとわかっているから、それを恐れて逃げなかった。もうひとつのミスは、サモーラの子ども二人を逃がさないためには、家族を少なくとももうひとり生かしておくべきだったという点だ。故郷の家族をもちだして脅すのは、奴隷をつなぎとめておく唯一無二の手段である。

　こんなミスを犯すノエルではないのだが、あの母親が抵抗したこと、兄貴が跳びかかってきたこと、娘が約束を取り消したがったことがどうにも我慢ならなかったせいだ。腹立ち紛れに決断を下した結果、必然的にいくつか問題を抱えてしまった。そのひとつが、カリフォルニアで姿を消した子どもが彼の顔を知っている、といった問題だ。

　ノエルは慎重さゆえに成功していた。あらゆる年代やタイプの男女の贅沢《ぜいたく》な要求を確実に満たすため、相当数の人間を雇い、じゅうぶんな報酬を払っていた。彼が西側諸国で専門とするのは、売春のための十代から二十代の女性だが、大金を提示されれば、拘束可能な労働者の供給にも何度か応じたことがあった。つぎの荷にする女性を集めていたとき、少年二人という注文を受けた。ちょうど声をかけたばかりの少女に、たまたま兄弟が二人いた。そこでその兄弟にもアメリカに仕事があるようなことをほのめかすと、少女はいっしょに行きたいと熱望した。

嘘はすらすらと出てきた。ところが兄とはすぐさま言い争いになった。ノエルが母親を殺すのを——きわめて厄介な存在になったため、始末するほかなかった——目撃したのは弟だが、あのときさっさと兄も弟も射殺し、娘だけをトラックにのせるべきだった。しかしスジュールがきつくて、タイミング的にそうはいかなかった。サモーラ一家がどれほどの面倒を引き起こそうと、カリフォルニア行きのほうがはるかに重要だった。

弟をジョーンズの監視下に置いた結果、つぎつぎに発生した問題にノエルは動揺していた。だが突き詰めれば、こうした状況を招いたのはすべてジョーンズのせいばかりとは言い切れなかったから、彼としてはなりゆきに任せておくこともできた。それよりも気に入らないのは、FBIがジョーンズに目をつけたことだ。令状が財務記録の押収だろうがなんだろうが、もしジョーンズが逮捕されれば、ノエルにとっては脅威となる。アメリカ政府がどう出てくるかをノエルはよく知っていた。政府も自分と同じことをするのだ——買収。それをくれれば、これをやる。唯一の違いは、相手が条件で折りあわない場合、ノエルが与える罰は禁固よりはるかに永久的になる点だ。

ジョーンズは脅威となりかねない。この商売にかかわってきたなかで最高と言ってもいい取引相手を殺すのは忍びないが、看過《かんか》するつもりはなかった。

ジョーンズの後継者が必要になるときを想定して、べつの人間を訓練していた。予定より早く交代させなければならないかもしれない。商売には継続的な人事の調整が必要である。

万が一、サクラメントを完全に放棄せざるをえなくなったら、そのときはそのときだ。ジョーンズのようなブローカーはほかにもいる。ジョーンズほど幅広い顧客層を抱える者は少ない――しみひとつないきれいなカネを供給してくれることも大きな魅力のひとつだ――が、ノエルが築いてきたより大きな帝国を守るためとあらば、多少の損失くらい耐えられる。ジョーンズが保証する〝しみひとつないきれいな〟カネも、アメリカの警察に目をつけられていることは明らかだ。もはやジョーンズとの取引は安全ではなくなった。

ノエルは決断を下した。土曜の取引に関する情報をもっと集め、少女たちが無事に到着して安全な場所に移されたのを確認したら、ジョーンズを殺そう。

スイートのドアのひとつからアシスタントが入ってきて咳払いをした。

ミスター・リン。ノエルは手招きし、バルコニーの窓に呼び寄せた。リンは中国系、四十代前半の禿《は》げた男だ。難なく人を殺すことができ、頭の回転も速い。ノエルの側近として、すでに十年以上やってきていた。

「なんだね、ミスター・リン？」

「トビアスがあの女のしかるべき処理を怠《おこた》ったようでして」

ノエルがこぶしを握った。彼の怒りが見てとれる唯一の兆候がそれだった。弟のトビアスがこれまた厄介な存在なのだ。できることならメキシコに置いてきたかったが、この前トビアスから一日以上目を離したとき、弟は三週間行方不明となり、ノエルがもみ消すには手に余る数の死体を置き去りにした。知恵が総身に回らない、困った弟の面倒を見なければならないことを、ノエルは恨《うら》んでいた。父親が死ぬ前は、トビアスと顔を合わせる必要も、口をきく必要もなかった。しかしいま、彼は弟の番人――彼はこの役回りを恨んでいた。

「おやじが死んだとき、いっしょに殺しておけばよかったな」

ミスター・リンはうなずいて同意を示したが、ノエルがあのときそうするはずがなかったことは二人ともわかっていた。父親はノエルにトビアスの命乞いをした。立派だった父親をノエルは心底敬愛していた。ヨハン・マルシャンは南米を数年にわたって放浪したのち、メキシコのはるか北に腰を落ち着け、小さな売春宿を大々的国際売春組織へと変貌させた。ノエルには人を惹《ひ》きつける魅力とハンサムな外見のほか、殺しの才覚と並んでしらっと嘘をつける能力もあったから、大人になってからしばらくは旅に出て、若い女を雇ったり誘拐したりして家業を支えた。あの仕事は実入りもいいうえ、若者の旅心を満たしてもくれた。

女というのはセックス以外にあまり使い道がなく、たいていの女はそれすらまともにできないときている。トビアスがはじめて女を殺したとき――十五歳の誕生日プレゼントとして父親が与えた売春婦とやったときのことだ――ノエルがはじめから知っていたことを、ヨハンがついに認めた。トビアスにはおかしなところがあることを。鈍いというだけではない。彼は幼いころからよく動物を殺していたが、それは面白半分とか快楽のためとかではなく、ただ――トビアスが一度だけノエルに言ったことがあった――骨が折れる音を聞きたいがためなのだ。

ヨハンはトビアスに、たまに売春婦を与えていた。五人中四人は死に、ノエルはその後始末をしなければならなかったが、それも父親にノエルのほうが新人補給にかけては上だと納得させるまでのことだった。ヨハンはそれを聞き入れ、ノエルが補給のための旅行中はトビアスに自分で後始末をさせるように教えこんだ。

その訓練がしっかり定着しなかったことは明らかだった。ノエルとしてももうこれ以上、弟を生かしておくことはできない。父親もわかってくれるはずだ。トビアスに好き放題させて、そのリスクを負うのはもうこりごりだった。もうこれまでだ。

「あいつはどこだ？」

「自分の部屋です」

「あいつを見張っていてくれ。きみのほかには誰も信用できん。何か方法を考えよう。とにかくあいつがわれわれといっしょにメキシコに戻ることはもうない」

「そうですね」

「チームを出して、死体を回収してくれ」

「もう向かっています。どうも人目がある場所に置き去りにしたようです」

「今度はいったい何をしたんだ？」

「女を川に捨てたところが、片腕が茂みに引っかかったらしいんです。彼は水に濡れたくなかったようです」

トビアスは泳げない。溺死《できし》させよう、とノエルは思った。当然の報いだ。

あいつに慈悲をかけてやってくれ、たのむ。トビアスはかわいそうな子なんだよ。父親との約束は守るつもりだ。慈悲はかけてやる。重りをつけて川に投げこむ前に、弟の頭に銃弾を一発撃ちこんでやろう。死体が上がるころには、ノエルはとうにここにはいない。アメリカにはもう戻ってこないだろう。未来永劫。

「たったの四日だ。四日ですむはずだったが、六時間とたたないうちにもうやらかしてくれた」ノエルが言った。

「ジョーンズのほうは？」

「今夜会うことにした。それまでに、彼の下の人間の背景を洗いざらい調べて――」

「それならもうお手もとに――」

「もっと深く探るんだ。この二か月間に、彼らがどんな人間と連絡をとったか、どこへ行ったかを調べてくれ。ジョーンズの動きをＦＢＩに内報したのが誰なのか、そいつがおれについてどの程度知っているのか、それが知りたい。ジョーンズがどうなろうといっこうにかまわないが、おれまで道連れにされてはかなわないからな」

その時点でノエルは、ジョーンズの計画に絡んでいる人間すべてを殺したくなっていたが、アメリカではそうもいかないことが悔やまれた。二ダースほどの人間が殺害されたり失踪したりすれば、この国ではささやかな波紋を引き起こすどころではすまなそうだ。

「この取引に関与している者全員、見せかけだけの者も全員、調べあげてくれ。そのなかから、このまま残す者、手を切る者を取捨選択する。きっちり仕事をする、信用できるやつのリストの作成にとりかかろう」

ＦＢＩに内報したのが誰なのかを突き止め、はっきりと言ってやるのだ。そのうえであえておれを敵に回す者などいないはずだ。

それはまあどうでもいい。とにかく四日後には無事、アメリカの警察の権力が遠くおよばないところに戻っているのだ。おれを捕らえるとしたら軍隊の出動が必要となるところだ。

4

夜勤明けだから半日の休みをとろうと思えばとることもできたが、ソニアの頭のなかにはさまざまな問題が渦巻き、眠ることなど考えもしなかった。それに、もし家に帰って二時間ほど休憩をとったりしようものなら、ふたたびチャーリーを見たいま、ずっと前に葬った悪夢がまたよみがえりそうで怖かった。

この件はなんとしてでも片付けなければならない。

ＩＣＥのサンフランシスコ地方支局担当特別捜査官補佐——本拠地はオークランド——に電話を入れた。

トニ・ワーナーは、多州にわたる担当地区の支局すべてを広く監督下に置いていた。ソニアが彼女とはじめて会ったのは十年近く前、テキサスからサンフランシスコ支局に異動になったときのこと。彼女とは角《つの》突きあわせることもしばしばだが、この仕事に携わる人間のなかでソニアが最も尊敬し感服しているのがほかならぬ彼女だ。トニは頭が切れ、有能で、粋で、情け容赦がない。

「はい、ワーナー」

「ソニアです。お知らせしたいことがあって」

「ジョーンズの身柄を拘束、確たる証拠を司法省に引き渡したとか？」

「それはまだですが」

「お願いだから、テレビをつけてくれ、なんて言わないでね」

　身のすくむ思いがした。去年、前後関係がまったく切り離された状況で、ソニアのとんでもない映像がテレビに流れたのだ。どういうことかといえば、ソニアは不法入国者を〝雇っている〟搾取工場への手入れを指揮していた。ただし、そこの不法入国者はいわゆる年季奉公人――アメリカに密入国させられただけでなく、時給一ドルの労働のために意に反して監禁され、稼ぎの半分は部屋代と賄《まかな》い料としてはねられていた。ソニアが工場に踏みこんだとき、監督のひとりがちょうど未成年者に鞭《むち》を振りおろしていた。その少年は十二歳、あとから判明したところでは、七歳のときからずっと働かされていたという。ソニアは思わずその鞭をつかみ、子どもを虐待していた男に向かって振るった。男の顔にすっと傷が入った――ソニアに男を傷つける意図はまったくなく、ただ威嚇《いかく》しようとしただけなのに。男に手錠をかけて外に連れ出したときもまだ、ソニアの手には鞭が握られており、その場面をメディアに撮られたというわけだ――悪党の顔の切り傷が強調されていた。

　あとから何を言ってもはじまらない――不法入国者たちが生活し強制労働させられていた劣悪な状況を目のあたりにしたときは、あいつをもっと叩いてやりたかった――が、あくまで後知恵とはいえ、男の顔に袋でもかぶせ、鞭をトレースにわたすべきだった。

「今朝、チャーリー・カマラータを見たんです」

トニは無言のままだ。ソニアはもどかしくてたまらず、早口で先をつづけた。「なんとザビエル・ジョーンズの車を運転してたんです。あの屋敷を今朝早く見張っていたら、エスカレードからジョーンズといっしょに降りてきた彼を見ました。彼、何かしらたくらんでますよ」尋ねるのは怖かったが、そうするほかなかった。「ひょっとして復職したんですか？　わたしにはひとこともなしに？　理解できないわけじゃありませんが、わたしにだって――」

トニがさえぎった。「チャーリーは復職しちゃいないわ。少なくともわたしの知るかぎりでは。でも調べておくわ。ICEが彼を復職させるとは思えないけれど、もっと不思議なことだって起こりうるもの」

「ほかの捜査機関が潜入捜査させているとか？　もしかしてFBIが？」

「FBI？」

「今朝、FBIがジョーンズに召喚状を送達したんです。おそらく脱税かマネーロンダリングでしょうね。わたしは書類を見てはいませんが、今日の午後、指揮を執っていた捜査官に会います」

「カマラータはあなたに気づいたの？」

「いいえ。彼から最後に連絡があったのは四年前で、そのときはメキシコからの電話でした。南米東部で捕らえた人たちをのせたコンテナ船がパナマ運河を航行中という情報です。ご存じですよね」ただ彼の声を聞いただけなのに、ソニアはそのあと何か月も悪夢に苛《さいな》まれた。過去に苦しめられる自分が、もろくて愚かな気がした。なぜさらりと忘れられないのだろう？　しかし今日見たチャーリーに、すでにおぞましい記憶を呼び覚まされていた。十年といえば長い時間だ。死にかけた記憶とはいえ、そろそろ乗り越えることができてもよさそうなものだが。

死ぬほうがよっぽど簡単。

「ＦＢＩがジョーンズの捜査をオープンにするとはね。知らなかったわ」現場に現れたＦＢＩを見た瞬間のソニアと同じく、トニの口調はむっとしていた。

「わたしだって。ですがこれで、梯子《はしご》の上のほうまで登れそうな気がしてるんです。担当の捜査官はディーン・フーパー」

「長官補佐のディーン・フーパー？」

「たぶんほかにはいないと思います。それからサム・キャラハン――彼はホワイトカラー犯罪担当の主任特別捜査官ですが――彼がフーパーの指示に従ってます。これって異例のことですよね。長官補佐が現場で令状を送達するなんて前代未聞でしょう」

「フーパーは存在自体が異例だから」トニが言った。「だけど、ここはうちの管轄でしょう。いったいどういうことなのか、わたしに調べろってわけ？」

「そうしていただければありがたいけど、ジョーンズ逮捕の助けにはなりませんよね。やっぱりわたし、フーパーがどんな情報を手に入れたのか見にいってきます。もしジョーンズが帳簿を操作していたとすれば、わたしたちがそれを証明すればいいんです。それを取引の材料にできるんじゃないでしょうか。名前、ルート、場所。もしわたしがうまくジョーンズを丸めこんで協力させることができたら、アメリカ西部の人身売買の流れに大きなダメージを与えられますよ」あんな悪党と取引などしたくはなかったが、もっと全体像に目を向ける必要がある。いずれにしろ、ジョーンズには監獄に入ってもらう。

「そうよね。後押しするわ」

「本当のところ、心配なのはFBIが世間をあっと言わせたくて割りこんできたんじゃないかってことなんです。経済がどん底で、政治家はつねに人身御供《ひとみごくう》を探してます。ジョーンズのような金持ちを脱税で押さえれば、新聞のトップに見出しが躍《おど》り、得意な顔もできるというものです。ほら、FBIの連中ってそうじゃないですか。新聞の見出しに自分たちの存在と予算を正当化してもらいたいんですよ」国家安全保障省と、その主たる捜査機関としてのICEは、人の命にかかわる可能性がある状況にはメディアの好奇の目を避けて静かに対応する。ICEやその他の捜査機関が9・11後のいまだけでなく、それ以前にもどれほどの計画を挫折させてきたかを一般の人びとがほとんど知らないのはそのためだ。

「それじゃ二、三、電話を入れてみるわ——フーパーの捜査とカマラータについて。ある程度わかるまであまりことを荒立てないように」

「フーパーが何を入手しているのか、あとで報告します。そこからはじめましょう」

「バックアップはするけど、ソニア、状況しだいでは、わたしを悪者にするといいわ。わたしはあなたが大好きだし、捜査官としても買ってはいるけど、あなたって直情的だから。短気は身をほろぼすわよ」またこれだ。

「わかりました。ありがとう、トニ。チャーリーの件、わかりしだい教えてくださいね。もし彼がこの一件に単独で絡んでいるとしたら、そのときは彼を排除しないと。さもないと、捜査をぶち壊しにされる可能性がありますから」

「カマラータが危険だなんて話、わざわざわたしにする必要ないわ。彼を逮捕する覚悟はできてるわね？」

オフィスまでの道すがらに食べてきたペイストリーが、胃のなかでじゃぶじゃぶしているコーヒーのなかでじたばたと泳いでいた。「もちろん。この事件をすっきり立件させるためなら、なんだってしてします。細かい手続き上の理由でジョーンズを無罪放免にするつもりなんかありませんから」

5

ディーン・フーパーはFBI支局で、今朝ザビエル・ジョーンズ邸から押収してきた証拠の整理をしていた。ホワイトカラー犯罪チームのほぼ全員に書類とパソコンのファイルをひとつ残らず分析させていたが、彼自身は本当に欲しかったある一点を手に自分のデスクに戻ってきた。チームの面々は全員が会議室にいるか外に出ていたため、オフィスには彼ひとりだった。

システム手帳を両手で持ち、ページを繰った。七穴の中間サイズ、エグゼクティブ向け手帳は黒い革表紙で、一ページ一日の形式だった。ページは必要に応じてはずしたり足したりできる。動かぬ証拠、そして最終的には有罪判決へとつづく道は、ジョーンズの日常行動の一見なんということのない細部にある。これまでに入手したものはすべて情況証拠にすぎない。ディーンが探しているのはあくまで確たる証拠である。

ジョーンズは几帳面だ。自分の所有物を調べている捜査官たちへの反応から察するところ、強迫性障害の可能性も高い。ディーンが花瓶を中心からほんの二、三センチ動かしたときには、あやうく心臓発作を起こしそうだった。ジョーンズは大股《おおまた》でテーブルに歩み寄り、完璧な左右対称になるよう花瓶をど真ん中に戻した。

そう、あいつの几帳面さは強度の肛門性格（潔癖、けち、頑固さが特徴）の表れだ。

厳密には、システム手帳は令状に記されてはいなかったが、あの屋敷でこれをぱらぱらと繰ったとき、ジョーンズがここに銀行口座番号一覧と会計士との打ち合わせの予定を記していることに目を留めた。となれば手帳はディーン基準の〝財務関係〟に分類されるため、押収とあいなった。

あからさまに違法とわかる事柄を書きこむほどの間抜けではないだろうが、打ち合わせの予定は書いているだろうし、会合の時間帯や空きスペースにはなんらかのパターンがきっとある。つぎはジョーンズがいつ、どこにいたか、すでに判明している居場所と手帳を照合して、一見なんということのない書き込みに暗号がひそんでいないか調べよう。さらには、特定の会合が銀行での一見合法的な預け入れや引き出しと一致した場合、その実態を調べれば、その記録に関する令状をとる根拠となりうるかどうかがわかるはずだ。

この十年間で犯罪者たちはきわめて洗練されてきており、マネーロンダリングは複雑さを増している。悪党の多くが立証済みの手法――例を挙げれば、小規模かつ合法的な事業に現金を入れて洗浄する、といった――を使う一方で、莫大《ばくだい》な違法マネーを抱える犯罪者たちは、その莫大な金額を洗浄ののち流通させる革新的な新手をあれこれ開発しなければならないのが現状だ。

ジョーンズのスケジュールをデータベースに入力するといういささか退屈な作業は誰かに

任せるという手もあったが、自分でキーボードを叩くほうがパターンや変則的な事柄に気づく幸運の確率が高いように思えた。自分の思考が異なるデータ処理をすることもあるだろうし、あるいはこのなかにひそむ情報をつかみたいと願う思いの強さがパターン発見能力を最大限まで引きあげてくれることもあるかもしれない。データベースは日付、金額、法人、口座番号その他で簡単に分類してあるが、ディーンは生のデータを日付によって分析するほうが好きだ。犯罪者が悪事の発覚を避けるために自分の行動を無作為化しようとするとき、会合や口座への入金はたいてい決まった日や決まった時間におこなう、ということはすでにわかっていた。トマス・〝スミッティー〟・ダニエルズは毎月第一月曜日に資金を洗浄していたから逮捕できたのだ。

ダニエルズ逮捕はじつにうまくいった。特定の時間枠なしでは、いくらディーンでもあれほど素早く割り出せなかっただろう。噂によれば、ダニエルズは数十もの賃貸物件を所有する大家だった。彼は毎月第一月曜日に家賃――現金――を口座に入金していた。そこが大いに引っかかった。店子《たなこ》全員が期日までにきちんと家賃を支払ってくれる大家がどれほどいるだろうか？　ディーンは不動産登記の記録をくまなく調べてまわり、ダニエルズが実際には所有していない不動産を自分のものだと主張し、実在しない人びとから〝家賃〟を集めていた事実を突き止めた。もし彼が入金額を引きあげる必要に迫られなければ捕まらなかっただろうが、そのことがＦＢＩの注意を喚起した。法律により、一万ドルを超える銀行取引はＦＢＩに報告される。ほとんどは合法だし、不動産関係では高額の預け入れや引き出しはあたりまえだ。しかし毎月四万から五万ドルだったダニエルズの預け入れは九万ドルまで上がっていた。

ディーンが記録を調べ、預け入れが毎月同じ日に全額現金でおこなわれていると判明したとき、彼は大陪審捜査に着手した。ダニエルズがどんな手段で不正な金をつくっているのかは知らなかった――アメリカのマネーロンダリングのおよそ九十パーセントは麻薬がらみだから、おそらく麻薬だろうと仮定したが、誤りだった。まもなくダニエルズが性犯罪に関与していることがわかった。なかでもインターネット・ポルノに使うため、家出した未成年女子を誘拐するという形で。

ザビエル・ジョーンズの名はダニエルズの身辺を調べるあいだに浮かんできたが、ダニエルズ関係の記録のなかにジョーンズの犯罪行為を示すものは何ひとつなかった。捜査を勢いづけたのは、ジョーンズとダニエルズが犯罪者や犯罪の嫌疑がかかる者たちの一団とともに写っている一枚の古い写真だった。その写真を見たときの直感のせいで、ディーンはこの二年間というもの、ジョーンズから目を離さずにきた。

ディーンはジョーンズが性的な違法取引に絡んでいるのではと疑っていたが、ジョーンズを直接示す証拠はなかった。ＩＣＥの関与を知るまでは売春だと思いこんでいた――ジョーンズはある売春組織と接触がある。ディーンはＩＣＥ捜査官ソニア・ナイトほどにはジョーンズの海外での活動を知りはしない――外国との人身売買は主として国土安全保障省の管轄下にある。ＩＣＥの捜査について知っておくべきだったが、情報の共有が簡単になったこの時代にあっても、情報がすべてしかるべき人間に下りてくるわけではない。

ソニアにはいますぐ、彼が入手した情報をすべて見てもらいたかった。彼には見えないものが彼女になら見えそうな気がしていた。というのは、人身売買をずっと追ってきた彼女の経験は伝説的だからだ。

ソニア・ナイトは子どものころに人身売買の犠牲になりながら脱出した。それだけでも信じがたい話なのに、その彼女が移民関係の捜査官として勲章を授けられたとなると、さらに驚くべきことだ。彼女がここに来たとき、ほかに誰もいないほうがいいと思ったから、ソニアのお尻がとびきり魅力的だった話は広めずにおいた。評判によれば、彼女は短気なだけでなく、きわめて聡明、思いやりもあるらしい。リスクも冒す、というか冒しすぎるが、ディーンの経験では、意味があるのは正義のために評価や命をすすんで危険にさらす捜査官だけだ。彼はもう何年も前から、遠くから彼女を高く評価していたが、正直なところ、彼女といっしょに仕事をする機会があるとは思ってもみなかった。国土安全保障省に属するICEと司法省に属するFBIはまったく関連のない捜査機関であるため、彼女がサクラメント支局にいることすら知らなかった。

ジョーンズが画策したと疑われる貨物の出入りの記録をもし彼女が持っていたなら、その情報を彼のデータベースに追加すれば、既存の情報が一気にそろうから、その糸をたぐれば連邦検事局が起訴のために必要とする証拠にたどり着けるかもしれない。

カネの流れの追跡は、FBIにあっていちばんセクシーな仕事とは言いがたい。たいていの捜査官は対テロ対策とか凶悪犯罪とかといった部署を希望する。ディーンのようにＩＴに精通した者はネット犯罪に配属になるのがふつうだ。だがホワイトカラー犯罪捜査班がほかとは比較にならないほどの熱心さでディーンを引き入れた。とどのつまりは信頼性の確保が問題となる。自分の国の政府を、自分のささやかな事業を、自分の会社を信頼できなければ、社会は崩壊する。犯罪者がのさばり、法を遵守《じゅんしゅ》する市民が経済的、精神的、肉体的に苦しむ。無政府状態は無作為の最終結果である。

ありていにいえば、彼の強みは数字の咀嚼《そしゃく》とパターン認識。彼の父親はそこのところをけっして理解してくれなかった。クリント・フーパーはシカゴで受け持ち区域をパトロールする警官だった。タバコの吸いすぎと脂肪の摂《と》りすぎで健康を害し、早死にした。善良な警官で、ディーンと弟のウィルに善悪の区別を教えはしたが、警官であることが彼のすべてだった。非番のときも、つねに街に出たがった。子どもたちの野球の試合を見にきても、やはり警官をしている父親たちといつもいっしょにいた。その結果、ディーンは警官たちと暮らし、警官たちとつきあい、警官の生活以外には何も知らなかった。だから何かほかのものになりたかった。

そこで予備役将校訓練部隊なるプログラムを通じて軍隊に行き、海兵隊で職業軍人になろうと考えた。第一の選択肢ではなかった——数学はつねに抜群の成績だったから、教師か公認会計士を考えていた——が、会計士はいくじなしの仕事だと考えるブルーカラーの父親がプレッシャーとなり、男らしさを証明しなければと思いこんだ。

これは違う、と気づいたのは父親が死んだあとのことだった。彼は海兵隊を辞め、学位を取得、適性検査でＦＢＩに採用された。つまり最終的には、得意なことと唯一熟知していたこと――警官であること――をつなぎあわせた仕事を得たわけである。たぶん、警官の子は警官ということなのだろう。ディーンはそれはそれでいいと思っていた。就《つ》くべくして就いた職なのだ。これ以外にやりたいことはない。

ジョーンズの手帳に記された情報の入力は思ったより早く終わった。すぐに何かが飛び出てくることはなかったけれど、もう一度、メモや奇妙な印はないかと目を凝らした。とくになし。システム手帳もまた、ザビエル・ジョーンズの屋敷や相貌と同じく整然として要領のよさを感じさせた。書きこまれた文字はすべて凛《りん》とした大文字で、小さすぎず大きすぎず、乱れもほとんどない――目を近づけなければ、同じ文字同士の微々たる違いすらわからなかった。どの〝Ｅ〟もほとんど同じに見える。手書きでは不可能なレベルだが、間違いなくインクで記されていた。すべて黒の極細フェルトペンで。

たとえ筆跡鑑定の専門家でも、ジョーンズの性格についてディーンがすでに推測した以外に有用な特徴を発見できれば、大成功、と大喜びしそうだ。

今日のページに目をやった。六月三日、水曜日。

午前十一時　ブリーフィング＠ＸＣＪ
午前十二時　ランチ＠チョップス：クライアント

午後五時　カクテルパーティー＠フランクファッツ：クライアント

奇妙だ。この日以前の会合予定の書き込みを見返した。会合の相手はいっさい記していないのに、場所だけは必ず書きこまれている。この場所はひょっとして暗号か？　あるいは会合にやってくる人間を物理的に記録したくないということか？

ＸＣＪはジョーンズのロビー活動会社だ。もう一度、手帳を繰った。毎週定例の〝ブリーフィング〞――たいていは月曜で、今日は例外だ――以外、仕事の予定はいっさい記されていない。

今週の月曜は彼が街を出ていたからか？

今週の月曜と火曜、つまり彼が出かけていた日には予定が何ひとつ書きこまれていなかった。目を近づけてよく見た。数か所に白い修正液で消された跡がある。またしても几帳面さが光っている。フェルトペンだから修正液を透かしても痕跡が見えない。ということは、キャンセルになった予定は読みとれない。そのページをめくって裏側を見た。裏から透かして判読できないかと思ったのだが、修正液は裏側にも塗られていた。

証拠対応チームがたぶんなんとかしてくれるだろうが、ディーンは気長に待てる心境ではなかった。

もうひとつ、気になることがあった。いくつもの事業と巨万の富を抱える慈善家にしては、手帳に記された予定が驚くほど少ない点だ。証拠対応チームからはすでに、ジョーンズはパソコンのスケジュール管理用カレンダーは使っていないとの報告は入っていた。彼のブラウザの履歴からオンライン・カレンダーを調べようと試みたが、ジョーンズは精巧なソフトを使ってファイルやネット履歴を永久に消去していた。

ジョーンズのスケジュール管理をする人間がいるとしたら、誰だろう？　予定や会合をすべて頭のなかに入れておくなんてことができるだろうか？　携帯電話の可能性もあるが、通話記録に関する令状はとっていなかった。そもそもジョーンズが証拠になりそうなことをそんなところに残しておくはずもない。雇い人の誰か——可能性があるとしたら、そのあたりだろう。違法行為の記録から自分自身を切り離すために第三者を介在させる。

雇い人……給料はどういう形で？　現金？　それだけでは起訴にはもちこめない。とりわけ記録があるとなれば。ジョーンズの銀行口座から月に一度、大金が引き出されているのに気づいた。給料の支払い？　おそらくは。彼は二つの事業の従業員に給与を支払っている。XCJコンサルティングとXCJ警備保障。税の申告書類にはすでに目を通していたものの、これといって奇妙な点は見当たらなかった。ただ、二社ともにきわめて大きな収益を上げていた——そしてジョーンズはその利益に対してしかるべき税金を支払っていた。

サム・キャラハンがディーンの仕切りスペースにやってきた。「朝メシを食いそこねたな。腹ぺこだよ。この先のデリまで行ってくるが、何か欲しいものは？」

ディーンは腕時計をちらっと見た。十一時。

ジョーンズが十二時に行く場所はわかっている。南への旅のあとで彼がどんな〝クライアント〟と食事をするのか、興味がある。

「ビジネスランチはどうだ？」

「どうしてまた？」

「ダウンタウンへ行こう。〈チョップス〉だ」

「ここに来てから三週間というもの、きみがこのデスクか会議室以外で食事するなんて見たこともないっていうのに、どうしてチョップスを知ってるんだ？」

ディーンはジョーンズのシステム手帳をぽんぽんと叩いた。「ジョーンズがかなりお気に入りの店らしい。毎週、ランチに出かけている。じつは今日もお出ましの予定なんだ」

「ソニア・ナイトとの打ち合わせはどうする？」

「一時までには戻るさ。ただちょっと、ジョーンズが誰と食事するのか見たいだけだ」


ソニアは早めにオフィスを出て、FBI支局へ行く前に養父母の家に寄っていくことにした。サウスランド公園に近い昔からの住宅地で、街路樹が連なるなだらかにカーブした通りに、築百年以上の堂々とした邸宅やクラシックなチューダー朝様式や名匠の手になる邸宅の数々があたたかで魅力的な高級感をかもしていた。ソニアは両親の家からほんの二ブロック離れた小さな平屋に住んでおり、弟たち――ライリーとマックス――は反対方向に数ブロック離れた一軒家をシェアしていた。海兵隊員のマックスが家に帰ってくるのは年に二、三週間程度で、いまもアフガニスタンに派遣されている。ごく最近、また三年間の海外勤務を再登録したばかりだから、家はライリーがほぼ独占している状態だ。とはいえ、子どもたちはみんな両親の家によく集まる。ソニアもこの前両親の家に行ってからまだ二、三日しかたっていなかった。

ソニアがアンドレスを発見したのは、〝匿名《とくめい》〟通報を受けてのことだった。ジョーンズの屋敷に監禁されていた十歳の少年がアイオーネ通りを歩いている、との情報。追跡不可能なEメール。ソニアはグレッグ・ベガからのものとばかり思いこんでいた。彼が慎重になる理由はいくらでもあったからだが、いまは確信がなくなった。あの子がどんな目にあったかのを知り、ザビエル・ジョーンズは見たこともないし、誰だか知らないし、自分はただお姉ちゃんを見つけて家に帰りたいだけだと聞いたあとも、ずっとやさしく接してきた。

彼を本国に送り返すわけにはいかなかった。それ以前にまだ姉マヤの居場所を突き止めることができずにいた。アンドレスのグアテマラにいる家族をソニアがしかるべきルートで目立たないように捜すあいだ、彼にとっていちばん安全な場所はソニアの両親の保護下なのだ。ソニアはあのとき救出され、そのあと幸運にも家庭を見つけることができたけれど、組織を通じて売られてきた子どもたちがその後どうなるのかを見てきた。本国に送り返す以外にできることはほとんどなかった。ソニアたちが救出した人びとは、誘拐された密入国者や偽りの理由で不法にこの国へ運びこまれた人たちばかりでなく、食べ物と住処《すみか》を約束されてストリートから連れてこられた家出人も多い。そしていたかもしれない友だちと引き離されたあと、売春を強要された。幼くして誘拐され、買い手の望みどおりに訓練された子どもたちもいる——性奴隷、召使、兵士——ソニアが耳にしたところでは、少年兵士は“大砲のえじき《キャノンフアダー》”と呼ばれていた。

犠牲者たちが姿を消し、いったん人身売買ネットワークに取りこまれたが最後、救出されるのはごくわずかにすぎないのが実情だ。そこには毎年八十万人以上の女性や子どもが巧《たく》みに操られたり誘拐されたりする、手に負えない現実が横たわる。アメリカ合衆国は諸外国と協力して、こうした違法組織の問題に少しずつ取り組んではいるが、悪の組織は成長をつづけ、いつしかソニアも絶望感しか抱けなくなっていた。

ただ、ソニア自身は数えきれないほどの犠牲者を救出し、その人たちが人生を取り戻す手助けをしてきた。それだけでも、この仕事をしている価値があった。自分が助けた人びとのことを思えば、この仕事をつづけることができた。彼女自身、養子にしてくれた家族に信じられないほど支えられてきた。もし彼らに出会えなかったら、彼女の人生はまったく違うもの、はるかに惨憺《さんたん》たるものになっていたはずだ。もしも彼らが無条件の愛と本物の家庭を与えてくれなかったら。

ドアをノックしてから、自分の鍵を使って入った。「ママ？　パパ？　わたしよ」

「キッチンにいるわ」マリアンヌ・ナイトの声が聞こえた。

散らかってはいるが掃除の行き届いたリビングルーム、整然としたダイニングルームを抜け、その奥にある明るいキッチンへと進んだ。ママはレンジの前でホットサンドイッチを焼いているところで、古ぼけたレッド・ツェッペリンTシャツを着た弟のライリーがコーヒーを飲みながらくつろいでいた。彼はサクラメント警察で夜間シフト勤務――午後四時から深夜十二時まで――をしているため、ランチタイムに朝食をとる。ライリーはソニアより一歳下だが、高校時代は同学年だった。ナイト家に引き取られたときのソニアは、みんなに追いつかなければならなかったからだ。

親愛の情をこめてライリーの腕にパンチを入れて、「やあ」と声をかけ、ママをぎゅっとハグした。

「あらまあ、びっくり」マリアンヌが言った。「それじゃあ、サンドイッチをもうひとつ焼くわ」

「わたし、時間がないのよ」そう言いながらコーヒーをついだ。「アンドレスに話さなくちゃならないことがあって」

「持っていったらいいわ」マリアンヌの口調は有無を言わせない。

ライリーをちらっと見ると、にやにやしている。「口答えはしない。どっちみち、コーヒーだけじゃ生きていけないよ」

「朝食は食べたの」

「ほう。当ててみようか。ドライブスルーのスターバックスでブルーベリースコーン」

「それが、ブルーベリーが売り切れてて」ソニアが切り返す。「しかたなくバニラにしたわけ」

「ブルーベリースコーンを食いそこねるほど寝坊したのか？」ライリーがからかう。

「張り込みだったのよ。午前九時までその場を離れられなかったの」

きれいに焼けたハムとチーズのサンドイッチをフライパンから取り出しながら、マリアンヌが顔をしかめた。「つまり、寝てないってこと?」

「トレースに追い返されて」嘘だが、ママを心配させないためだ。「一時間くらい寝てきたわ」

ライリーが**嘘つけ**という顔でソニアを見た。ソニアの弁解を信じたのかどうかはともかく、マリアンヌは決めつけた。「睡眠一時間じゃ反射能力がじゅうぶんじゃないわ。今日は気をつけるのよ」

「アンドレスはどこ?」

「パパといっしょに公園よ。オーエンったら野球を教えるんですって。アンドレスは素質があるわ。ライリーやマックスよりうまくスポーツが身につきそう」

「やれるだけのことはやったんだけどね」ライリーが言った。

「そろそろ帰ってくるころよ」マリアンヌが言った。

「あの子のようす、どう?」ライリーの向かい側に腰を下ろした。ソニアを見たライリーの表情は、張り込みのことが知りたくてたまらないと言っていた。**あとでね**、と声には出さず、口だけ動かした。ライリーはソニアがジョーンズを追っていることを知っていたが、ママの前で詳しいことを話したくなかった。これは極秘捜査だから、厳密にはライリーにもしゃべってはいけないのだ。しかし先週、あの匿名のEメールを受け取ったあと、アンドレスを捜すのに彼の協力が必要だった。それに、弟には話しておきたかった。彼は冷静で頭がいい。話をじっくり聞いてくれるし、手堅いアドバイスを与えてくれる。

「まあまあかしら」マリアンヌが答えた。「お姉ちゃんのことはもちろん心配してるけど、よく食べてるし、公園へ行くのも楽しんでるみたい。まだ訊かれてはいないけど、ええ、大丈夫、あの子から一瞬たりとも目を離さないようにしてるから」

「わかってるわ」ソニアが言った。

裏口のドアが開き、オーエンとアンドレスが入ってきた。二人ともにこにこして、手にはボールとバットを持っていた。大きなジャーマンシェパードが、ソニアを見るなり駆け寄ってきて、きちんとおすわりはしたものの、尻尾だけはどうにも我慢できずにパタパタさせていた。ソニアは元警察犬の耳のあいだを撫《な》でてやった。「よしよし、サージ、わたしも会いたかったわ」

アンドレスの笑顔が、ソニアを見たとたんに揺らいだ。悪いニュースを聞かされるのでは、と恐れているのだ。「ハーイ、アンドレス」ソニアは笑みを浮かべ、スペイン語で話しかけた。「あなた、第二のホセ・カンセコなんですってね」

アンドレスは神経質そうに笑いながら、オーエンをちらっと見あげた。オーエンが家族のつぎに愛しているのが野球だ。

「明日のジャイアンツのゲームのチケットがあるんだ。もしよければ、アンドレスを連れていってやりたいんだが」

「もちろんよ」ソニアが言った。「楽しそう」

「あなたも行けるの？」アンドレスがそうしてほしそうな顔で尋ねてきた。

ソニアが首を振った。「ごめんね。仕事なのよ」

「おれは休みだから、おれが行くよ」ライリーが言った。

アンドレスがにこっとした。

ソニアはライリーを一瞥したけれど、何も言わなかった。彼が休みでないことはわかっていた——彼の勤務は月曜から金曜までだ——が、両親がそのことに気づくようすはなかった。

ライリーはソニアに向かい、かすかに首を振った。

「アンドレス、あなたに訊きたいことが二つあるの」

「さ、手を洗ってらっしゃい」マリアンヌがさえぎり、シンクを指さした。「お昼の用意ができてるわ」

ソニアは腕時計をちらっと見た。マリアンヌがサンドイッチを入れた紙袋を差し出してきた。「車のなかでも食べられるでしょ」

ソニアは母親の頰にキスをし、袋を受け取った。「ありがとう、ママ」

アンドレスが席に着くとソニアは言った。「アンドレス、あなたが閉じこめられていたガレージから逃げたときのことだけど、男の人が扉の閂《かんぬき》をはずして、おれが歩き去ったら逃げろ、と言ったって言ったわよね」

アンドレスがこっくりとうなずいた。茶色の目が戸惑っている。

ソニアは持ってきたフォルダーから写真を一枚取り出した。「その男の人ってこの人かしら？」

アンドレスはチャーリー・カマラータの写真を見つめた。ライリーがソニアの横で緊張する。チャーリーとの一件は両親には話さなかったが、弟に秘密にしていることはほとんどない。

「うん《シー》」アンドレスが答えた。「逃げろ、って言ったのはこの人だよ」

胸が締めつけられた。チャーリーは危険なゲームの真っ只中にいるのだ。「ありがとう」無理やり作り笑いを浮かべたものの、声はそっけなかった。チャーリーを捜し出して話をしなければ。何か大きなことが起きていそうだ。さもなければチャーリーが、ザビエル・ジョーンズみたいなそれと知られた人身売買ブローカーに接近するはずがない。チャーリーの場合、潜入捜査官として潜《もぐ》りこみ、彼の下で仕事をしながら情報収集するというより、ジョーンズ暗殺が狙いという感じがしないでもない。

しかし、チャーリーはもはや捜査機関に所属してはいないことに気づいた。だからといって、どこかの捜査機関が彼をフリーランスで雇わないともかぎらない。たとえ気まぐれな一匹狼ではあっても。

「わたし、行かなくちゃ」ソニアが立ちあがった。

「そこまで送っていくよ」ライリーが言った。

少なくとももっと情報を入手するまで弟を避けたい気持ちはあったが、話を聞くまで追ってきそうだった。

ランチの袋を手に取り、アンドレスの頭のてっぺんにキスをした。「それじゃ、また来るわ。野球、楽しんでらっしゃいね」

玄関ドアがまだ閉じ終えないうちにライリーが訊いてきた。「カマラータのやつ、いったいここで何をしてやがるんだ？」

「それがわからないのよ」ソニアも認めざるをえなかった。

「ちくしょう、むかつくな。あの野郎のせいで、きみは殺されかけたんだぞ、ソニア。それもこれもあいつが自分勝手で裏切り者のごろつき捜査官だったからだ。そのあいつが今度はアンドレスを逃がしただと？　あの子の姉さんはどうなんだ？　あいつが売り飛ばしたのか？　そうやって買い手を突き止めようって魂胆か？」

ソニアは昔からすぐにかっとくる性格で、そんな彼女を誰よりもかっとさせるのが弟だった。「そこまで言うのは一方的すぎるわ。いまさら過去のことを蒸し返さないで——」

「だけど本当のことだろう。あいつはきみを利用したんだ、ソニア。おかげできみは死にかけた。カマラータは刑務所にぶちこまれるべきだった。バッジの剝奪なんて甘すぎたよ」

「あのときのチャーリーはどうかしてたわ。でも彼はずっと、すごく優秀な捜査官だったのよ」

「あんなやつ、かばうなよ！」

「かばってなんかいないわ。彼を告発したのはわたしよ！」

「きみはそのことで、あれからずっと罪の意識を感じてる」

「もし立場が逆だったら、あなただってそうなんじゃない？　ブルー・コード（警官同士、仲間のミスや犯罪を報告せずにかばいあうという暗黙の了解）はあなたたち同様、連邦警察の警官たちのあいだにもしっかり根を下ろしてるわ。だからチャーリーに不利な証言をしたわたしは後ろめたかった。あなただったらそんなことはなかったなんて言わないで。ついでに、彼が犯罪者みたいな言いかたもやめて。彼、たしかにミスはしたけど――」

「とんでもないミスだろうが」ライリーはぼさぼさの髪を両手でかきあげた。「ソニア、悪かったよ。だけど、おれはきみを愛してるから、きみがひどい目にあったってだけで腹が立つんだ」

「わたしなら大丈夫」

ライリーは両手をソニアの肩に置き、彼女をじっと見た。「本当だな？」

「ええ。大丈夫よ。チャーリーのことはなんとかできるわ。でも、この状況に何がなんだかわからなくなっちゃったことは認める。うちのボスが調べてくれてるの、チャーリーがなんらかの捜査機関の指示で――たぶんフリーランスだろうけど――潜入捜査をしているのかどうか。ＦＢＩはマネーロンダリングでジョーンズを追っている。マヤがどこに連れていかれたのか、痕跡はいっさいつかめない。万策尽きたわ。これからＦＢＩのホワイトカラー犯罪班と打ち合わせがあるの。急がないと遅れちゃいそう。ジョーンズ関連の情報交換をすることになってるのよ。正直なところ、ほかにこれという手がないんで、ここは彼らとうまくやることにしたの」

「向こうから必要な情報を引き出して利用しようってわけか」

「そういうこと。問題は、向こうも確たる証拠をつかんでるとは思えないってことね。思うに、わたしが持ってるものは向こうも持っていそう。つまりジョーンズを示す情況証拠のことだけど、彼を取調室に連行できるほどの事実は押さえちゃいない。だけど内部にチャーリーがいるとなると——」

「あいつを使おうなんてやつがいるか？　あんなやつ、誰も信用しちゃいないだろう」

ソニアが背筋をしゃんと伸ばした。「そう、そこなのよ」

「何が言いたいのかわかんないよ」

「誰も彼を信用してはいない。でも必死になれば、人はなんでもするものよ」

「まだわかんない」

「彼を雇ったのが誰なのか、わかる気がする。ううん、〝誰〟じゃなくて〝なぜ〟だわね」

「おれみたいなアホな警官にはまだぜんぜんわかんないんだけど」ライリーがじれったそうに言った。

ソニアが目をきょろっとさせた。「こう考えてみて。チャーリーは裏切り者だけど、重要な情報をずっとＩＣＥに提供してきた。いまもまだＩＣＥに関与している。ただし民間セクターで」

「だから、誰があいつを雇うんだよ？」

「必死な人」

「だからさ、気が向いたら情報を提供してくれるかもしれない、気まぐれで不名誉な元捜査官を雇うほど必死な人って誰なんだよ？」

ソニアは思わずあとずさった。まさにライリーの言うとおりだ。チャーリーは手にした情報をどうにもできず、ただ彼らに放り投げてきただけ。警察はときに行動を制約されるから、国境の外で失踪した愛する人を見つけるため、民間人ができるだけのことをしたとしてもソニアには責められない。

「彼が最後にわたしに連絡してきたのは四年前。春休み中に失踪した女子大生三人に関する情報をくれたの。彼は女子大生のひとりの両親に雇われていたのね。わが子の身に何が起きたのか突き止めようと必死になれば、なんだってするわ」

ライリーの声が和《やわ》らいだ。「思い出したよ。三人とも遺体で発見されたんだったな」

ソニアがうなずいた。「でも彼が三人を拉致誘拐した人身売買組織に関する情報を持っていたんで、わたしたちは国際タスクフォースを立ちあげて、重要人物を数人挙げることができた。風の便りに聞いたところじゃ、彼、何年も前からそういう事件を引き受けているらしいわ」

「じゃあきみは、今回もそういうケースだと思うわけ？」

「筋は通るわよね。こういうとき、誰に訊いたらいいかはわかってるわ」

「まさか」

「ケイン・ローガン」ソニアが携帯電話を取り出した。

「ローガンもおれに負けないくらいあいつを憎んでると思うよ」

「たぶんね。でも二人は海兵隊でいっしょで、ローガンもこれまでずっと同じような仕事をしてきている。彼ならたぶん、チャーリーが何をしているのか知っていると思うの。もし知らなくても、情報源はいろいろもってるはずだわ」

6

ザビエル・ジョーンズはきっかり正午に〈チョップス〉の入り口を通過した。サクラメントのダウンタウンにある、州議会関係者やロビイストに人気のレストランだ。ディーンとサムはバッジを利用して、入り口とフロア全体を見わたせる、隅のテーブルを確保していた。

ジョーンズはひとりで入ってきたが、奥のブースに歩いていくと、そこにはわずか二、三分前に到着した男が二人すわっていた。ジョーンズがすわってしまうと、ディーンからはもうその姿は見えなくなった。

「あそこの二人の写真は撮ったか？」ディーンがサムに訊いた。サムは着席してからずっと、レストランに入ってくる客を全員、デジタルカメラで撮っていた。

「ああ」サムがカメラの画像から彼らを探した。小さな画面をディーンのほうに向ける。

「了解。やったな」ウエートレスが注文した料理を運んできた。「それ、持ち帰り用の箱に入れてもらえますか？　これから奥のブースにいる人と話があるので、帰りに受け取っていきます」ディーンはそう言い、クレジットカードを手わたした。

二人は奥に行き、ブースに近づいた。ジョーンズは明らかに二人が誰かわかったようだったが、それでもディーンはバッジを取り出し、高く差し出した――ジョーンズと向かいあってすわる男たちに自分が誰かを伝える必要があるからというより、むしろジョーンズを怒らせるのが目的だ。「連邦捜査局長官補佐のディーン・フーパーです」略さずに名乗った。「差しつかえなければ、こちらのミスター・ジョーンズにうかがわなければならないことがありまして」

ジョーンズから多少の苛立ち以上の反応が見てとれたのは唯一、首の横で大きく脈打つ動脈と、ディーンのところまで歯ぎしりの音が聞こえてきそうなほどぐっと歯を食いしばっている顎《あご》だった。

「あとからでもいいでしょう」ジョーンズがディーンに言った。「わたしを尾行する権利などないはずだが」

「尾行はしていません。キャラハン捜査官と昼食をとっていたら、ちょうどあなたが入ってらしたというわけです。これでもう一度お宅までうかがう手間が省けましたが、ご都合が悪ければ今日の午後にまたうかがうことにしましょうか」

二人の男の片方が腰を浮かしながら言った。「しばらく席をはずしますよ、ザビエル――」

「いや」ジョーンズがきつい口調で言った。「すわれ」

命令だった。男はまた腰を下ろした。おもしろい、とディーンは思った。クライアントにこんな口のききかたをするとは、いったいどういうビジネスマンだ？

「フーパー捜査官、きみが何をしたいのかはわかっているが、うまくいくはずがない。きみは何もつかんではいないし、何も発見できない。なぜなら何もないからだ。これは完全に血税の無駄づかいだ。きみのボスもそう時間はかからずにそのことに気づくはずだ。わたしからきみに話すまでもない。さあ、もう行ってくれ。さもないと警察を呼んできみを排除させ、嫌がらせに対して訴訟を起こすことにする」

「そいつはおもしろそうだ」ディーンが言った。「まだ地元の警察と顔を合わせる機会がなかったんですよ」ジョーンズの隣にさっと腰を下ろす。「ところであなたがたは？」向かい側の男に尋ねた。

「答えるな」ジョーンズが言った。

「ちょっと世間話でもと思っただけですよ、ザビエル」ディーンは言った。

ジョーンズがディーンに体を寄せ、彼にしか聞こえない小声で凄《すご》んだ。「おれを怒らせたくないだろう」

ディーンも小声で応じた。「いや、ぜひそうしたいね。こっちはそっちが思ってるよりずっと近づいてるんだ」

こっちのメッセージがジョーンズにしっかり伝わったと確信するや、ディーンはすっと立ちあがり、向かい側の男たちにおどけた笑顔を向けた。「ではランチをお楽しみください」

ディーンとサムが席を離れると、第四の男がテーブルに近づいた。「どういうことですか？」その男の声をディーンの耳はとらえた。

「黙ってすわれ」ジョーンズがうなるように言った。

ディーンがサムにささやいた。「あいつの写真もたのむ」

「もう撮りましたよ、ボス」

「そんな呼びかた、やめてくれよ」

「感動したよ」サムがそっと言った。「クアンティコ（ＦＢＩの訓練施設や養成所の所在地）で習った以上のことを、いまきみから習ってる」

「ときにはいかにもそれらしく振る舞うことで、より多くのことがわかる」

ディーンは受付デスクでクレジットカードの伝票にサインをし、ランチを受け取った。サムが言った。「じつに威勢のいい一幕だったが、もしジョーンズがソニア・ナイトが思っている半分でも危険な人間だとしたら、身辺に気をつけたほうがいいな」

「いっそおれを襲ってほしいね。やつの刑務所送りが簡単になる」

二人はレストランをあとにし、サクラメントの乾燥した暑さのなかに出た。「きみが死んだらそうはいかない」サムが言った。


ソニアがＦＢＩ支局までの道のりの半分ほどまで行ったとき、携帯電話が鳴った。ケイン・ローガンからであってほしいと願いながら電話をつかんだが、ソニアの秘書グレース・ヤングからだった。

「グレース、いまＦＢＩ支局に向かってる途中なの。ひょっとして向こうから電話があった？　遅刻といってもほんの二、三分なのに」

「FBIからの電話は入っていませんけど、サクラメント警察のシモーン・チャールズから電話があって、至急の用件だそうです」

ソニアはランチアワーの渋滞のなか、巧みに車を走らせながら顔をしかめた。「誰かしら？　知らないわ。どういう用件？」

「言いませんでしたけど、あなたに名指しでかかってきました。不在だと伝えたんですけど、なかなか頑固で。いま病院にいると言ってました。もしかして弟さんがどうかしたとか、警官の――」

胃がひっくり返りそうになったが、ライリーならいま両親の家で別れたばかりで、元気だった。「違うわ。弟ならちょっと前に会ったばかり。話してみるわ。つないでくれる」

転送する音がした。「もしもし、ソニア・ナイトです」

「ナイト捜査官、こちらはシモーン・チャールズ、サクラメント警察鑑識課の主任です。いまサッター病院にレイプ被害者が搬送されてきたんですが、あなたが検証なさったらどうかと思ったものですから」

「どうしてわたしの名前や電話番号を？」

「二、三年前、犯罪がらみのタトゥーに関する文書を出されましたよね」

その文書のことなら憶えていた。三年前、オレゴン州との州境付近の売春宿に対して強制捜査をおこなったあと、サクラメント支局の主任特別捜査官に昇格したときに出したものだ。その売春宿には不法入国のロシア人女性がたくさんいて、みな所有者を示すタトゥーを入れられていた。ソニアはそれまでに判明していたさまざまなタトゥーを編集して徹底した文書を作成、各地方や連邦レベルの捜査機関に送っていた。被害者、被疑者、どちらを扱うときも目印になると考えたからだ。それ以降、ほんの二、三件とはいえ電話を受けてはいたが、自分の管轄内からの連絡はこれがはじめて、それも被害者に関するはじめての連絡だった。

「レイプ被害者ですか？」

「はい。あなたは人身売買事件専門に捜査なさっていると聞いていましたし、被害者のタトゥーがあの文書のなかのひとつとそっくりなので連絡しました。搬送されてきた身元不明女性は白人、髪はブロンド、目は青です。どこの出身かは不明。タトゥーがなければ、家出人か何かだろうと思ったはずです」

「ロシア人かしら？」

「骨格的にはわからないんですが、おそらくロシア系かヨーロッパ系のようです。正直なところ、容姿的には隣の女の子といったタイプ。もし血と痣《あざ》と鼻骨骨折、肋骨のひびがなければ、少なくともわたしはそういう容姿を思い浮かべますね」

「発見場所は？」

「ディスカバリー公園近くのサクラメント川河畔。今朝早く釣り人が、裸で半ば水面に浮かぶ被害者を発見。死んでいると思ってそれ以上近づかず、九一一番に通報。救急隊が到着したとき、まだ呼吸があると判明、サッター病院に至急搬送されました。重体で、医師も楽観視はしていません」

「意識はあるの？」

「いいえ。発見時からずっと意識不明です」

「どんなタトゥー？」

「左上腕上部に星四つ、それと番号が。Ｄ１０４５。何か意味があるんでしょうか？」

「そういう番号はまだ見たことがないけど、星よね？　ええ、それには何か意味があるはずよ」無意識のうちにひるんでいた。鋭い針でつつかれでもしたかのように。「すぐにそっちへ行くわ」

ノエル・マルシャンは安全な携帯電話を通じて、ブラジルでのとびきり有利な契約をまとめたところだ。昼食後、持参した十五年ものスコッチウイスキーで一杯やって、自分への褒美《ほうび》とした。ラフロイグ。グラスゴーから取り寄せた、これまで味わったなかで最高に繊細で香り豊かなスコッチのひとつ。

グラスを唇に寄せて口にふくみ、味蕾《みらい》を生き返らせるあたたかみを堪能した。家にいるときは、家に囲った女たちの誰かにペニスをくわえさせながら、クラシック音楽に耳をかたむける時間を享受していた。好みは初期バロック時代、とりわけモンテヴェルディやブクステフーデが好きだ。しかし今日はひと口かふた口だけ――そしてフェラチオはなし――にしておかなければ。まだまだたくさんの仕事が待っていた。

電話が鳴ったとき、名乗ることなく取った。「なんだ？」

「問題発生です」

地元の手下のひとりからだった。「問題は嫌いだ」

「使用済みの商品を回収に行ったところ、そこにありませんでした」

「死体保管所《モルグ》は調べたか？」問題とはいっても致命的ではなさそうだ。

「病院に運ばれました」

ノエルは乱暴に電話を切った。スイートを横切り、トビアスのベッドルームへ通じるドアを勢いよく開けた。ミスター・リンがノートパソコンを置いたデスクの前にすわっていた。弟をコントロールできる人間はほかにはいない。ミスター・リンは金のかかるベビーシッターというわけだ。「女だが、死んでいないぞ」ノエルが歯嚙みしながら言った。

ナイフをケースから抜き、弟をにらみつけた。トビアスは愛らしい笑顔をノエルに向け、すぐまたばかげたアニメに目を戻した。一日の大半はそれを見て過ごしている。ノエルの怒りにもナイフにも、あやうくその場で喉《のど》を掻《か》き切られるところだったことにも気づいたようすはない。トビアスは生まれたその日からずっと、ノエルにとっては忌々《いまいま》しい心の重荷だった。二十歳のときにようやくそんな状況から解放されたというのに、父親の死後はまたしても困った足かせになっていた。

「ミスター・マルシャン」リンが静かに言った。「もっといい方法がありますよ」

リンの言うとおりだ。「それよりまず大問題をなんとかしないと」ノエルが言った。

「いちばん腕のいいやつらを送りこみましょう」

「あの女が口を割らないうちに始末しろ」

7

　ソニアがFストリートにあるサッター病院に到着したとき、鑑識主任は機材をまとめていた。「あなたがシモーン・チャールズ？」

　振り向いた若い女性は、ソニアを頭のてっぺんから爪先《つまさき》までまじまじと見た。「ナイト捜査官ですね」

「ソニアでいいわ」

「わたしのほうは完了です。せいぜい体内にレイプ犯のＤＮＡが残されていないか調べるくらいしかできなくて」

「精液は残っていた？」

「ええ、たっぷり。ふつう、レイプ犯は証拠を残さないものですが、今回の犯人は被害者の体の内部外部にたくさんの証拠を残してくれたみたいです」

「川で発見されたって言ってらしたわよね？　ＤＮＡが損なわれることはないのかしら？」

「彼女の場合、完全に水中に沈んでいたわけではなく、水につかっていた時間も長くはなかったんです。爪の下の皮膚や体毛と並んで、保存状態のいい精液もじゅうぶん採取しましたから、中身の濃い報告書が書けると思います。この犯人、よほどの間抜けか逮捕されたいかのどちらかみたいですね」

「あるいはその両方か」ソニアが顔をしかめた。

「どうかしました？」

「もしこれがよくあるレイプだとしたら、タトゥーがどういうことなのか、わからないのよね。わたしが扱ってきた犯人たちはふつう、もっとうまく被害者を処理するわ。手に負えない状況になるまでは殺さないし。しょせん彼らは、呼吸している生身の女性を使って儲《もう》けているんですもの」

「このタトゥー、人身売買とは無関係かもしれませんね。電話を入れたのはただ、あなたの文書がずっと気になっていたせいで、星を見た瞬間、ぴんときたからなんです」

「感謝するわ」ソニアが言った。「意識はどう？」

「あなたと電話で話したあと、しばらく意識が戻ったんです。でもパニックを起こして、それは驚くようなことではありませんが、そのあと発作を起こしたんです。医師たちは安定させなければということで鎮静剤を投与しましたが、また意識不明に陥りました」

「何か言った？」

「いいえ。口がきけないんです。医師の話では、喉頭をつぶされていて、運がよければまた話せるようになるとか。あとでX線写真を撮って検査をするそうです」

ソニアはぞっとした。「喉頭をつぶされた？」

「わたしの推測では、犯人は絶頂を迎えたところで彼女の首を絞めたんじゃないでしょうか。担当の医師は本気で彼女を守ろうとしてくれていて、わたしもあなたに電話したのを見つかって怒鳴りつけられました。警察ができるだけ早く彼女と話をして犯人の風体を聞く必要があるってことは理解してくれてますけど、被害者が深刻なトラウマを抱えていることは明らかですからね。捜査に役立つ細部などは思い出せないかもしれない、と。医師は彼女に無用なストレスをかけたくないんです」

「事件担当の刑事は誰かしら？」

「殺人課のジョン・ブラックです。わたしたち、最初は被害者死亡と聞かされていて、ここに到着してはじめて、まだ生死の境をさまよっている状態だと知ったわけで。ジョンは優秀ですよ。きちんと捜査するはずです」

「よかったわ」ソニアは閉じたドアにちらっと目をやった。「警護をつける必要があるわね」

「わたしに手配できるかどうかはちょっと」シモーンは言った。「ジョンに話してもらえます？　彼、まだ現場にいますから」

「彼女、このままでは危険だわ。もし死ななかったことが犯人に知れたら、確実に狙ってくるはずよ」

「この状況について説明してもらえるとありがたいんですけど」

じつのところ、ソニアも何がなんだかわからなかった。

「被害者の年齢は？」

「未成年です。十五か十六ってとこでしょうか」

年齢的にはど真ん中。「彼女、ちょっとでいいから見せてもらえないかしら？」

「そしたら、どういうことなのか教えてもらえます？」

「そう、たしかにあなたはどこに目をつけたらいいのかを知っておく必要があるわね。ブラック刑事にも話しておきたいし」

「あの文書は人身売買に関するものでしたよね。ということは、あのタトゥーはそういう意味なんですか？」シモーンが訊いた。

「対象にタトゥーを入れたり焼き印を押したりするのは、もうあたりまえになってきているわ。ハイテクを導入した組織には、対象追跡のためにGPSチップを利用しているところもあるけれど、永久に消えない刻印は所有権を示すため、GPSは完全な服従を保証するために使われることが多いわね。対象からしばらく目を離しても、GPSが逃亡を防いでくれる。チップを埋めこむのはふつう、肩とか首の後ろとか」ソニアが手のひらでおでこをぴしゃりと叩いた。「そうだわ、いますぐ被害者のX線写真を撮ってもらわなくちゃ。皮膚の表面を見ただけでわかることもあるけど、時間がたっていると、そう簡単には見つからないものなの」

シモーンが憤然と歯を食いしばった。「先生を呼んできます」

男性の声がさえぎった。「ぼくの患者はまだ面会謝絶だよ」

ソニアがくるりと振り返ると、被害者の病室から出てきた白衣の男が立っていた。短く刈った髪は全部が白髪だから高齢かと思いきや、顔はすべすべして若々しい。六十歳よりは四十歳に近そうだ。ブルーの目にかけた銀縁眼鏡が、ぼくの患者に一歩でも近づいてみろ、と言わんばかりだ。

「ドクター・……」――白衣に縫い取られた名前を見る――「ミラー、ICE移民税関捜査局の捜査官、ソニア・ナイトと申します。いますぐ被害者から話を聞く必要はありませんが、傷の状況と腕のタトゥーを見せていただきたいんです。それから――」

医師がさえぎった。「それならもう、ミズ・チャールズが写真を撮ったでしょう。彼女に見せてもらえばいい」

患者を守ろうとする医師に感心しながらも、わたしは脅威でもなんでもないのに、と思った。「先生、あなたの患者ですが、きわめて危険な状況です。このドアのところに警護の警官を配置させていただかないと」

「警備室に知らせておこう」

「それじゃだめです。つまり、本物の警官を二十四時間態勢で張りつけて、被害者から一瞬たりとも目を離さないようにしないと。もし彼女がわたしが考えているような子なら、悪者たちは彼女の口を塞《ふさ》ぐためなら何をするかわかりません」

「あの子は二度と口がきけないかもしれない。喉頭をつぶされてね。生きているだけで幸運なんだよ」

幸運。彼女が自分の身に今朝起きたことを、もし五分間でも忘れられたら、それは幸運と言えるかもしれない。今朝だけではない。この残虐な暴行に至るまでの数日間、数週間、あるいは数か月間を。

「ドアの外に武装した警護要員が立つまで、わたしはここを離れません。ICEでも、サクラメント警察でも、FBIでも、どこの人間でもかまいません。わたしはただ、あの子の身の安全を確保したいだけなんです」ソニアはウインドブレーカーの前を開いて銃とバッジをのぞかせ、腕組みをしてドアを背に立った。「それから、いますぐ彼女の身体検査をしないと。もしかすると彼女は、皮下にGPS追跡装置を埋めこまれているかもしれません。となれば、彼女にこんなことをした人間はすでに彼女の居場所を知っているということです」

ドクター・ミラーの抵抗がやや弱まった。「病院の警備室に連絡して、警官が到着するまでドアの前に誰かを立たせてもらおう」

「彼女を移動させる必要が生じるかもしれません。もしGPSが――」

医師がかぶりを振った。「とうてい動かせる状態ではないんだ。あの子が危険だとそこまで確信があるなら、いいだろう。警官を呼びなさい。われわれも協力しよう」

それでじゅうぶんというわけではないが、ソニアとしてはまずマイクロチップの有無の確認が必要だった。重篤《じゅうとく》な状態にある被害者をべつの施設へ移送してほしいと主張するのはそのあとでいい。「それから、この病室を担当する看護師と清掃員の名前も教えてください。入り口で確認する必要があります。確認できた人だけが警官といっしょに病室に入ることが許されます」

「やりすぎじゃないのか？」

ソニアはこれまで、多くの証人を人身売買組織の手によって惨殺されてきた。「とんでもない。それでもじゅうぶんとは言えません。どんなことがあっても、身元不明者《ジェーン・ドウー》ってことは伏せてください」

「いや、すでに――」

「変更願います――直ちに。なんて名がいいのか、うーん、シモーン、あなたのミドルネームは？」

「アンですが、なぜ？」

「とりあえずアン・チャールズにしてください。コンピューターのデータもすべて変更願います。向こうは彼女を捜しにかかります、というか、すでに捜しはじめているはずです」それについては確信があった。手遅れにならずに阻止できればいいが。少なくとも時間が稼《かせ》げれば。

ついにドクター・ミラーが深刻に受け止めてくれた。「さっそくとりかかろう」

「先生」ソニアは尋ねた。「彼女、助かる可能性はどれくらいですか？」

「ほんのしばらくとはいえ意識が回復したのはいい兆候なんだが……現状では手術は危険すぎる。これが夏じゃなかったら、低体温症で死んでいたところだろうね。この暑さだというのに、体温が極端に低かった。傷の程度はぼくもまだ全部把握できてはいないんで、三十分以内にＣＴスキャンに回すことにするよ」

「ポータブルX線撮影装置はありませんか？」ソニアは訊いた。「追っ手の状況をつかむ必要があるんですが」

「だったら、ここへ運ばせよう。ちょっと待ってて」医師は速足で廊下を歩き去り、途中看護師もいっしょに引っ張っていった。

ソニアはシモーンのほうを向いた。「その前にサクラメント警察から誰かここに来てもらえないかしら？」

「がんばってみます」シモーンが電話を手にした。

ソニアが言った。「向こうを向いて、ドアの前に立ってて。油断しないでね」

ソニアはシモーンに引きとめる間を与えず、〝アン・チャールズ〟の病室へするりと滑りこんだ。

ドアは勝手に閉まった。

「入室禁止ですよ」

振り向くと、いかにも経験豊富な看護師が、さまざまな音を立てている数種類の機械を監視しながらカルテに書きこんでいた。四床の集中治療室だが、患者は問題の被害者ひとりだけだ。「移民税関捜査局の捜査官、ソニア・ナイトといいます。ドクター・ミラーから患者を見てもいいと許可をいただいてます」看護師にバッジを見せた。

看護師はかぶりを振った。「本当ですか？　先生は警察の証拠採取は許可なさいましたけど、患者さんはいま――」

犯人が彼女を追跡してサッター病院を突き止めれば、アンを守るためのスタッフの努力などなんの意味ももたない。情け容赦のない連中なのだ。邪魔者は誰だろうと殺す。人身売買がらみの荒っぽい暴力が起きるのは主としてアメリカの国境の外側でだが、三百二十億ドル以上に膨張している人身売買ビジネスの副産物だろうとICEが踏んでいる〝未解決〟殺人事件は、この数年間に著《いちじる》しく増加した。

「五分ですみます」看護師に告げ、被害者に近づいた。

看護師は警備室に電話を入れたあと、ベッドの足もとに立ってソニアを見張った。「手を触れないように」うなるような声だが、ソニアを病室から追い出しにかかる気配はない。

被害者が生き延びるとは思えないことは一目瞭然だった。皮膚は痣だらけで、頭部は半分が包帯におおわれ、数えきれないほどの切創は手当てされたあと、深い傷には絆創膏《ばんそうこう》が何か所も貼られていた。驚いたことに、きれいな顔には二、三の小さな擦過傷しかついていない。それなのに喉もとには、濃い紫色の痣が明らかに指の跡とわかる模様を描いていた。

これ以前の被害者たちの姿がソニアの頭をかすめた。これとそっくりの指の跡を見たことがあった。国際タスクフォースの一員としてメキシコ南部に行ったときのこと、十人あまりの女性の墓標すらない墓を発見した。女性たちが殺された時期はみな異なっていた。その墓のなかでいちばん新しい遺体は死後四十八時間とは経過していなかったが、その遺体の頸部《けいぶ》全体もこれとそっくりなむごたらしい痣でおおわれていた。

タスクフォースが徹底的に捜査したにもかかわらず、容疑者はひとりとして浮上しなかった。DNAは採取したが、FBIのDNAデータベースに登録された人間とは誰ひとり一致しなかった。メキシコやその他の国々にもDNAデータベースが存在するとはいえ、アメリカやヨーロッパ諸国のそれと比較すると、完成度はまだ低い。それでもシモーンが採取したDNAサンプルを、データベースと照合する能力をもつ西側諸国全部に送っておくことに意味はありそうだ。アンをレイプした犯人とメキシコ南部の殺人犯が同一人物である確率はきわめて低いが、人身売買が絡んでいれば可能性はわずかながら上がる。

罪もない少女にこれほどまでの苦痛とトラウマを与えた獣《けだもの》を思い浮かべると、怒りがふつふつとわきあがってきた。なんとしてでもその悪党を捜し出し、阻止しなければ。しかし、そうしたところでアンの身は危険にさらされたままだ。もしも彼女が組織に捕らえられていた人間ならば、生き延びていきさつを語ったり関与した人間を指さしたりすることを組織は断じてさせないはずだ。ソニアとしては、何と対峙しているのかをはっきりつかんでおく必要があった。

アンは人工呼吸装置と点滴につながれ、薬剤による深い眠りに落ちていた。頸部には部分的だが固定器が装着されており、損傷を悪化させるリスクを考えると、あえてチップを手で探るわけにはいかなかった。X線撮影を待つほかない。

人身売買組織は、捕らえた人びとを生かして働かせようと決めると、それが強制労働であれ売春であれ、GPSを埋めこむ。GPSは、埋めこんでさえおけば、たとえうまく機能しなくても、逃げてもどうせ捜し出されると思いこませ、つなぎとめておけるからだ。皮膚を切ってマイクロチップを取り出す者もいるけれど、簡単でもなければ安全でもない。首の後ろ側を切るだけなら手早く簡単にできるし感染症の心配もほとんどないが、装置を取り出すとなると協力者なしではほぼ不可能だ。

こっちを監視している看護師の視線を感じながらも、選択の余地はなかった。ソニアはさっと手を伸ばし、アンの患者着の袖を押しあげてタトゥーを見た。

四つの星はいやというほど見覚えがあり、この少女を知っているような気がしたくらいだ。むろん、じかに知っているわけではない。ただ、この子のような少女たちを知っているということだ。ソニア自身もアンのようになっていたかもしれなかった。自分が、これほどの肉体的精神的トラウマを負わされる前に脱出したごくわずかな犠牲者のひとりであるという事実が複雑な思いをもたらした。安堵と喜び、罪悪感と悲しみ。自分のような幸運に恵まれなかった者がいることは知っている。アンのような子。イジーのような子……

看護師がソニアの腕をむんずとつかんだ。「刑事さん、いますぐ出ていってください。ずかずかとここに入ってきて、わたしの患者を手荒く扱う権利があるとでも思ってるんですか？」抑えた声でささやく。「この子がどんなつらい目にあってきたのか、わかってるんですか？」

「この子がどんな目にあったのかは、あなたよりずっとよく知ってます」

看護師の手を払いのけ、患者着の袖をそっと元に戻した。番号の意味するところはわからなかった――それに類似するものを見たことがなかった。違うインクが使われたみたいで、どうもおかしい。だが、どこが奇妙なのかじっくり観察できる時間を看護師が与えてくれるはずがなかった。

ドアが開き、警備員が入ってきた。

「この女性を病院の外へお連れして」看護師が命じた。

「いま出ますから」ソニアは言った。

「出口までお送りしますので、どうぞ」警備員が言った。

「担当医を待たせてもらいます」ソニアはドアの外に出た。ドクター・ミラーが駆け寄ってきて顔をしかめた。

「ナイト捜査官、患者に話しかけてはだめだと言ったじゃありませんか」

「話しかけてなんかいませんよ。ちょっと見たかっただけです」

「協力が必要なら、ぼくのルールに従ってもらわないと」医師は警備員をその場から去らせた。「ポータブルX線撮影装置はもうこっちに向かっている。ここで待っているように。さもないと、きみを病院から退去させるからな」医師は病室に入っていき、憤懣《ふんまん》やるかたない看護師をなだめた。

シモーンが苦笑した。「いい度胸してますね」

「よく言われるわ。DNA検査、急いでもらえる？　それとも国土安全保障省のラボに証拠の一部を送ってみる？　あくまで推測だけど、これが人身売買がらみだとすると、犯人は外国人かもしれないわ。国土安全保障省はFBIや外国の捜査機関とも密接に連携しているのよ」

「すぐやります」

「照合の結果、一致が出ればラッキーよね」そう言いながら、ソニアは入手した情報をボスにEメールで送った。

「犯人引き渡し条約を結んでいる国であってほしいわ」シモーンが言った。「タトゥーはどうでした？」

「星はあの子の送り先を示してるの。あの子たちって、組織にとっては商品にすぎないわけ。あのマークは〝商品〟を仕分けする際の目印で、ああしておけば〝在庫管理〟も〝配送〟も楽にできるってことね」

「生身の人間が奴隷みたいに扱われているっていうのに、どうしてそんなに冷静に説明できるんですか？」シモーンが怪訝《けげん》な顔で訊いた。

ソニアは苛立ちを覚えたが、ぐっとこらえた。犯罪学の専門家としてきわめて妥当な質問だとは知りながら、ソニアも答えの代わりに質問を返した。「あなたはどうしてレイプ被害者から証拠採取なんてできるの？」

シモーンがかぶりを振った。「それとこれとは違います」

「わたしたちみんな、最善を尽くして自分の仕事を遂行してるの。わたしは客観的にならなきゃならない。さもなければ仕事にならないわ」

「ごめんなさい。失礼なことを言ってしまって」

ソニアは手のひらを額《ひたい》に当てた。「こっちも過剰反応しちゃったみたい」

過度に熱しやすいこと、過度に冷ややかなこと。ソニアはその二つを周囲からずっと責められてきた。昔はそれをおもしろがっていたものだが、あるときたいていの人は両極端を見たくないのだと気づいた。深刻な犯罪を、問題解決のためとはいえ、明快かつ理性的に語られたくはないし、だからといって問題を無視している自分の罪深さについて聞かされたくもないというわけだ。自分の命に危険がおよばなければ、知らんふりをする。自分が着ている服を縫ったのは強制労働者だとか、はいている靴の糊付けをしたのは八歳の子どもだとか、そんなことは知りたくないのだ。

「X線撮影装置、チェックしてきますね」シモーンが言い、看護師を探しにいった。

ソニアの携帯電話が振動した。番号にちらっと目をやると、九一六という市外局番のみ表示されていた。ひょっとしてFBI？「もしもし？」しまった。FBIとの約束の時間を大幅に過ぎていた。

「ソニア・ナイト捜査官を」

「フーパー捜査官、ですよね？ 申し訳ありません」

「それじゃ、約束を憶えてはいたんだ」

「はい。本当にごめんなさい。どうにも抜けられない状況になってて」

「じつはトニ・ワーナーに電話を入れたんだ。そしたら彼女に言われた。きみときみの相棒アンダーソン捜査官との連携はどうぞ自由になさってください、と。いざそんなふうに言われてみると、こっちにとってどれほどの利益になるのか、わからなくなったよ」

ソニアはちょっと考えた。抑えこんだ怒りのせいで神経がぴりぴりしていた。「はあ？　もう一度言っていただけます？」

「縄張り争いをしたり、きみが肝心な情報を隠すんじゃないかと疑心暗鬼になったりする時間はないんだ」ディーンの傲慢さ――上からの物言い――にカチンときた。

「縄張り争いするつもりなどありませんから」きっぱりと言った。「言いがかりはよしてください」

「そうかな？　今朝、情報を分けあおうと約束したと思ったのに、遅刻を知らせる程度の礼儀すらわきまえてない。ぼくの時間もきみの時間に負けないくらい貴重なんだよ」

「いいですか、フーパー、わたしはこの件に関して連携できることになってよかったと思ってます。ですがいま、すごくデリケートな問題を抱えていて、あなたの高いプライドをなだめてる余裕がないんです」ソニアはわれながら一瞬びくっとした。口が脳より先に動いてしまうことがときどきある。心して声を和らげ、付け加えた。「あと一時間いただければ、そちらへうかがいます。必ず」

長い間があった。「謝らせてもらうよ」フーパーの言葉にぎくりとし、ソニアは黙りこんだ。「きみにがみがみ言うつもりはなかった。高いプライドなんかぼくにはないから」

つまり、ソニアがフーパーの痛いところをついたにちがいない。「わかりました。プライドが高くはない。わたしもです」そう言うなり、唐突に声をあげて笑った。驚くほど爽快《そうかい》な気分になった。

「きみ、笑ってるの?」フーパーの声から驚きが伝わってきた。

「だって」ソニアは深く息を吸いこんでから、にこやかに言った。「わたしたち、おたがいに、慎み深くて御しやすい、ささやかなプライドの持ち主だってことを認めたほうがよさそうだと思って」

ディーンもこみあげてくる笑いを抑えきれなかった。「同感だよ、ぼくも」

ソニアは駆け引きが好きではなかったが、現時点ではジョーンズ事件に関してFBIとの連携が捜査に不可欠だ。問題もありすぎるほどある。それでもソニアは、生きているマヤ・サモーラを捜し出し、弟アンドレスと再会させるためなら、なんだってする気でいた——たとえ悪魔との取引だろうと。

「それじゃ、のちほどうかがいます」腕時計に目をやった。「いま二時ですから、被害者に警護の警官を配備したらすぐ、わたしはそっちへ——」

「被害者? いったい何があった?」

「ジョーンズには関係ありませんが」少なくともソニアは関係ないと思っていた。ジョーンズはブローカーだ。密入国させた人間を殺しはしないだろう。とはいえ、FBIも協力してくれるかもしれない。「ご協力いただければありがたいわ」ソニアは〝アン〟の身に起きたこと、彼女が売春を強要されていた可能性について手短に伝えた。「あのタトゥーは間違いなく、彼女が人身売買の犠牲者であることを示してます。レイプ犯のDNAは採取しました。

犯人が被害者を川に遺棄したとき、殺意があったことは明らかです。あんな目にあいながら生き延びたなんて奇跡ですよ。鑑識のシモーン・チャールズがＤＮＡサンプルを国土安全保障省のラボに送って、外国も含めたデータベースとの照合をしてもらう予定なので、あなたのほうからもお役所的な障害を排除して、処理が迅速にすすめられるようご協力願いたいと思っていたところです」

「なんとかするよ。長官補佐って肩書きは、ときにめちゃくちゃ有利なんだ。ぼくの秘書の連絡先をミズ・チャールズにＥメールして、必要な部署に電話を入れておくよ」

「ありがとう、ディーン。心から感謝するわ」ソニアは詳細を伝え、電話を切った。

電話を切ったソニアを見て、シモーンが近づいてきた。「ブラック刑事に連絡入れました。いますぐ二十四時間警護の許可をとってくれるそうですから、一時間以内に誰か来るはずです」

「ＦＢＩがＤＮＡ照合にたどり着くまでの障害を取り除いてくれるそうよ。ディーン・フーパーからあなたにＥメールで指示が送られてくるわ」ディーンの連絡先をメモしてシモーンに手わたした。

ドクター・ミラーが看護師、Ｘ線撮影装置などをのせたテーブルとともに引き返してきた。医師がアンの状況を深刻に受け止めてくれたことにほっとした。「もし患者の頸部にその忌々しいコンピューターチップが入っていたら、誰にも追跡できないように、わたしがなんとか処置しよう」

「ありがとうございます、先生。手術室への移動はいつごろになるか、わかりますか？」

「いまは容体が安定しているんで、少ししたらCTスキャン室へ搬送しよう。そうすれば、もっと詳しいことがわかる」

「警護の警官が到着するまで待っていただきたいんです」ソニアが言った。「それとも、わたしがいっしょに行ってもいいでしょうか？」早くジョーンズ事件の捜査に戻らなければならなかったが、アンを無防備な状態のまま残してはいくことはできない。ソニアは二つの事件のはざまで迷った。

「少なくとも三十分はかかるね」

「GPSを取り除いたら、それが欲しいんです。われわれが逆にそれを追跡できるかもしれないので」いちかばちかだが、なんとしてでもアンをこんな目にあわせた人間をひとり残らず捜し出すつもりだった。レイプの実行犯のみならず、関与した者すべてを。タトゥーを入れたのは誰？　番号を入れたのは？　最初に彼女をこの国に連れてきた――誘拐した――のは？　いつから売春を強要されていたのだろう？　どこで？　サクラメントには彼女のような子がもっといるのだろうか？　答えがイエスであることをソニアは知っていたが、ザビエル・ジョーンズに口を割らせる以外、どこから捜索をはじめたらいいのかわからなかった。

アンの病室のドアをじっと見つめ、少女の回復を願った。もうひとつの鍵は彼女だ。その点はアンドレスと同じだが、彼女は組織の一部でもあった。証言だけでなく、監禁されていた場所にソニアを連れていくこともできるかもしれない。レイプ犯の風貌も説明できる。アンこそ鍵となる証人、それが彼女をなんとしてでも守らなければならないもうひとつの理由だ。

これまでにソニアが発見した人身売買の犠牲者の大半は死んでいた。あるいは地下組織については何も知らされないうちに救出されたか、だ。アンは稀有《けう》な、願ってもない生き延びた証人である。

ソニアの弟、ライリーが病室に近いエレベーターから降りてきた。制服姿の彼にソニアが訊いた。「ここで何してるの？」

「きみもかかわってるって噂を耳にしたんだ。レイプ被害者に警察の警護が必要なんだろ」

ライリーは首をかしげて、シモーンのほうを示した。「やあ、シモーン」

「ライリー」

「ありがとう、ライリー」ソニアはできるだけかいつまんで事件を説明した。「よく来てくれたわ。あなたなら安心してアンを任せられるわ」

「アン？　あの子の名前、わかったのか？」

「ううん。でも身元不明ってことを公《おおやけ》にしたくないの。油断は禁物よ、ライリー。あの連中ときたら情け容赦がないから」

「その言葉、そっくりそのまま返すよ」

心強い警護はついたし、医師は被害者の身元と生命の両方を本気で守ってくれそうだし、ということでソニアは病院をあとにした。車に乗りこむとすぐ、トニ・ワーナーに電話を入れた。「チャーリーについて何かわかりました？」前置き抜きで質問した。

「ジョーンズ周辺への潜入捜査について知っていそうな人全員に訊いてみたけど、みんな、うちは関係ない、って言うのよ」

「だからといって、どこも動いていないとは言いきれませんよね」連邦レベルのさまざまな捜査機関は、9・11の惨事が各組織の使命の宣言や目標を統一化して以来、以前に比べてだいぶ協力するようにはなったものの、あいかわらずこの国にも世界にも秘密工作はいろいろ存在する。ソニア自身、二〇〇一年以降、数件のそうした工作に参加してきた。だがトニほどの地位と評判があれば、しかるべき情報は入るはずだ。もしも秘密工作が進行中であれば、その空気くらいは察知できるはずだ。ただ、時間がかかるかもしれない。そして一日、また一日と過ぎていくにつれ、マヤを捜し出すのはむずかしくなっていく。

「気をつけなさいよ、ソニア。カマラータは何をしでかすかわからない危険なやつなんだから」

「わたしに危害を加えることはありませんよ」金輪際。

「故意じゃないってこともあるわ。あの男、自分の考えはつねに正しくて、行動は必要だったと思っているのよ。結果が手段を正当化すると、昔から信じていたもの。正直なところ、彼の目標がどれほど崇高《すうこう》だろうとかまわないの。まずいのは、つぎつぎに法を犯したこと。彼が解雇された理由はそれだし、ブラックリストに載った理由もそれだし、あなたやそのほかの人たちが殺されかけたのもそのせいでしょ。彼は十年前のことを後悔しているはずだ、なんてことを考えて信用したらだめ。わたしを信じて。チャーリー・カマラータって男をよく知ってるんだから。弱者を救おうって彼特有の使命感は、彼が抱える罪悪感に比べたらはるかに重くて、自分で自分の身を守れそうな人間がその犠牲にされるのよ」

「面と向かって顔を合わせたら、そのときは彼に口を割らせるし、必要とあらば身柄を拘束するつもりです」ソニアがボスに言った。

「バックアップを連れていくのよ、ソニア。彼を信用しちゃだめ」

8

ディーンは、ソニアから依頼されたレイプ犯のDNA鑑定の手配に忙殺され、午後三時をとっくに過ぎていることにも気づかなかった。クアンティコに電話したところ、至急鑑定し、来週中には結果を知らせてくれるという。すでに山ほどの作業を抱えているのだから、それ以上は望みすぎだ。地元の警察にも連絡を入れ、証拠が明日の朝にはクアンティコに到着するよう、発送の手配を要請した。何本もの電話を待つあいだには、ザビエル・ジョーンズの仕事に関する図表を更新する余裕もあった。

更新してプリントアウトしたデータシートに目を凝らしていると、サム・キャラハンがソニアを案内して部屋に入ってきた。三週間前にディーンがここに来て以来、ずっと独占している小さな会議室だ。

「被害者の容体は？」サムが、昨夜の令状による捜査に関する報告書類を仕上げないと、と席をはずしたあと、ディーンがソニアに尋ねた。

ソニアがかぶりを振った。「危険な状態ですが、生きています。このまま生き延びてくれる可能性も、そう大きくはないけど、ありますし、いまのところはもちこたえてくれてます。

もし病院から連絡があったら、わたし、また駆けつけることになるかもしれません。頸部からGPSチップを摘出したら、そのときは行きたいんですよね、病院へ」

「えっ？　GPSチップ？」

「人身売買組織は二十一世紀の革新的技術を導入して、捕らえた人びとをつなぎとめてるんですよ」ソニアが会議室内にさっと視線をめぐらせ、ハシバミ色の目でディーンが作成した図表、グラフ、そのほか大量のプリントアウトをとらえた。「これ、全部ジョーンズ関連ですか？」

「税金、法人情報、適正な政治的慣行に関する委員会の報告書、証券取引委員会情報、その他の広報」

ソニアはジョーンズの納税申告書のひとつをぱらぱらと繰り、額にしわを寄せた。「数学は苦手で」

「人それぞれ、持ってる才能は違うからね。さ、すわって」ディーンが椅子を引くと、ソニアがぐったりと腰を下ろした。昨夜の張り込みのあと、ひょっとしたら寝ていないのでは、とディーンは思った。「どこからはじめようか？」

「まず知りたいのは、あなたがジョーンズに目をつけたいきさつと、誰にも通知しなかった理由ですね」

ディーンはいらっとしたが、ソニアにこっちを侮辱するつもりがないことはすぐにわかった。「ま、たしかにそうだろうな。きみは憶えているかな、スミッティーことトマス・ダニエルズって悪人を？」

ソニアが細い眉を吊りあげた。「もちろん、憶えてますよ。マネーロンダリングや不正経理でFBIが追っていた男で、逮捕時に抵抗して射殺された」

「あいつを撃ったのはぼくなんだ」ディーンが言った。やむをえず被疑者に発砲した複雑な思いを隠した、静かな口調だった。

それを理解したソニアの表情が和らいだ。「まあ」

ディーンはすでにソニアの記録に目を通していたから、彼女も過去に強攻策をとったことがあるのを知っていた。軽々しく考えてはならない行動なのだが、不幸なことに、映画などでは警察はやたらを銃を振りまわし、引き金を引きたがる自警団のごとく描かれている。現実には、武器は不承不承、必要に迫られて使う程度なのだ。

「彼の記録に目を通すうちに、マネーロンダリングの手口が見えてきたんだ。単純という点では光るものがあった。その手口がわかってくると、ほかの捜査の解決にも役に立った。要するに、犯罪者が使っている新しいシステムにわれわれが追いついていなかったから、証拠がつかめなかったってことなんだ。ここしばらくはこっちが時代を先取りしてきた――この四年間は狙ったやつらをほぼ全員逮捕している。例外がジョーンズ。あいつはもう長いこと、ぼくを巧みにかわしてきてる」

「スミッティーがジョーンズの名を明かしたとか？」

「いや、あいつは何ひとつ口を割らなかった。すべては彼の記録からわかったことだが、これが支離滅裂なものだったんで、謎のメモを分析するのに一年以上かかってしまった。とはいえ、スミッティーがジョーンズと取引関係にあったことが発見できた。それが人身売買だとは考えなかったが――」ディーンがもどかしそうに肩をすくめた。「あとちょっとだったな。売春だとばかり思っていた」

ソニアがうなずいた。「スミッティーは商売敵のひとりだったんですよ。彼は家出人が専門で、ジョーンズはメキシコから南米を縄張りとするコヨーテ――密入国を手引きする業者――と手を組んでるんです。でも、ジョーンズはたくさんの商品を入手できる一方で、スミッティーより経費がかかるんです。だからジョーンズは数で稼ぎ、かたやスミッティーは街で家出した若い子をだましては、全米各地へ移送していた。いざ逃げ出したくなっても簡単には逃げられないような土地へ。スミッティーの手にかかった女の子は、子どものころに性的虐待を受けたり暴力を振るわれたりしていた子が多くて、どんな目にあおうとどうせあたしなんか、と感じる傾向があったんです。スミッティーは傷ついた子を見つけることに、じつに長《た》けていましたね」

「きみもスミッティーの捜査に関与していたのか？」ソニアが事件についてあまりにも詳しく知っていることに驚き、ディーンが訊いた。だが当時、彼女が加わっていた記憶はない。

ソニアがかぶりを振った。「わたしがサクラメントに異動になったのは、彼が死んだあとだったので。でも彼が大物のひとりだってことは知ってました。残念ながら、彼はうちの守備範囲外なんですよ。わたしたちの仕事は国をまたいでの人身売買にかぎられていて、9・

11以降はテロリストの密入国も重点事項に含まれました。なかでも全米にちらばる秘密支部の解体が主眼です」

「だけどきみは、そこには打ちこめない」

「犠牲者のことを考えたいんです。もちろん、テロ防止のためにもそれなりのことはしてきましたけど、何十万人という純真無垢《むく》な若い子が、だまされたり誘拐されたりして売春や強制労働をさせられてるっていうのに、そこに集中しろと言われても」

ディーンはソニアを間近から観察していた。気持ちを高ぶらせてはいたが、リアリストでもある。こうしたおぞましい犯罪を阻止する手立てはほとんどないのに、彼女は敵をくじくためなら、できることはなんでもする覚悟でいた。その意欲、献身、仕事に対する情熱、自分が刑務所に送りこむべき人びとと救うべき人びとに対する情熱に感服した。ソニアはけっして傍観者のままでは終わらない女性なのだ。自分と同じだ。もしかすると仕事以外の生活はほとんどないのではないだろうか。

ソニアが質問した。「あなたがジョーンズをレーダーにとらえたきっかけはなんだったんですか？」

「薄っぺらなファイルだよ。公判で使えるようなものじゃない。われわれがダニエルズを不正経理で追いはじめたのは、やつがストックトンの麻薬密売の大物たちと組んで何か画策していたからだ。やつは彼らの金をロンダリングする責任を負い、存在すらしない不動産からの収入をでっちあげていたんだ。それに気づくには時間がかかったが、やつの入金の習慣が変わったとき、関係した銀行が警報を発してくれたんで、われわれはやつの金の出どころを突き止めるため、大陪審の手続きをとった。相当な数にのぼる不動産の実地検分にはさらに数か月を要したが、ついに詐欺《さぎ》行為の全貌をとらえた。

　そのあとすぐ、われわれはダニエルズを追うのをやめた。というのは、組織全体に対して立件したかったからだ。うちのプロファイラーは、彼は仲間を売ったりしない、と言った――元軍人だから、きわめて厳しい訓練を受けているというわけだ。そこでダニエルズの監視を開始し、まもなくわれわれが撮った写真の一枚にジョーンズが写っていることに気づいた。ジョーンズは名の知れた慈善家だから、最優先して調べたりはしなかったが、ダニエルズの死後、ぼくが発見したメモに、ジョーンズの名とアマドール郡にある土地の売渡証のことが書かれたものがあった。表面的には違法な点はないようだったし、その土地について調査したあとも、売却におかしな点は何ひとつ発見できなかった。キャラハンがジョーンズのところへ話を聞きに出向いたときも、なんら問題なさそうな返事が返ってきた。それでダニエルズ事件が片付くまではとりあえず棚上げってことになったんだが、何か月後かに証拠の記録作業をしていたら、また一枚の写真を発見した。ダニエルズ、ジョーンズ、そのほか何人かが写った写真で、かなり前にメキシコで撮られたものだった――分析してもらったところ、アカプルコ郊外のラグーナ・トレスパロスというところだと判明した。ジョーンズはキャラハンに、トマス・ダニエルズとはほんの顔見知りだ、と言っていたのに、それが怪しくなった。ぼくはジョーンズの事業を細かく調べはじめた――ダニエルズの死後、麻薬密売人の金を彼がロンダリングしている可能性もある、と。ジョーンズの所得申告書を取り寄せてみると、巨万の富を手にしてはいるが、目立った不審点はなかった。しかし国税庁の専門家から聞いたところでは、ジョーンズはその莫大な金をごくごく短期間に稼いだらしい。税金は納めているが、彼の稼ぎ高はああいう会社の標準額をはるかに超えていた。そこで彼の事業内容に注目した。何もかも整然としているかに見えた……が、ダニエルズとの関係が気になったもので、入手できる資料をひとつ残らずかき集めた。そして必要な情報が最低限出そろったところで、大陪審を経て捜査を開始した」

ソニアが何ひとつ聞き逃すまいと夢中で耳をかたむけていることが、ディーンにもわかった。「すごいっ」大きく見開いた目をきらきら輝かせた。「そしてあの召喚状をとった？　漠然とした直感で？」

「いや、あれはほんの手始めだ」

「それじゃあ、情報提供者がいたわけではない？」

「いない。喉から手が出るほど欲しいけどね。ジョーンズの手下にそれとなく探りを入れた結果、口は割らないだろうし、じゅうぶんな情報も持っていないだろうと判断した」

「だとしたら、昨日の夜送達した召喚状はどうやって？　簡単には通りませんよ」

「うまくいくとは思っていなかった」ディーンがぼそっと言った。

「えっ？」

「全面開示といこうか。じつは、ぼくは向こうに不利な証拠をつかんではいない。ただし、腕のいい連邦検事補がついててくれて、判例を使って手堅い論拠を組み立ててくれた。ぼくは間違いなく何かあると思ってる。ジョーンズは犯罪に絡んでると直感してる――彼のロビー活動会社のクライアントに対する請求額は、州や国に登録しているその他のロビイストに比べて高い。しかし、口を割りそうなやつが見つからないうえ、ジョーンズの書類はそれこそ整然としていて、記入ミスひとつないときてる。押さえようがないんだ。クライアントが喜んで払っているとしたら、こっちは手も足も出ない。そうだろ？　ぼったくりなのか？　それとも賄賂《わいろ》？　われわれはいま、政治がらみの違法行為の可能性を調査中だ――少なくともぼくがこっちに来るまでは、サムの主眼はそこだった――が、そこからも何も出てこない」

「たくさんの人間がそんなに長いあいだ沈黙を守っているって考えにくいわ。政治家はあさましいやつらかもしれないけど、人は殺さないし、人身売買にも手を染めないのがふつうでしょう」

ディーンは思わず苦笑した。「たしかに。ま、例外もあったけどね。きみは知ってるかな、一九二〇年代に国会議員が秘書を巻きこんだ三角関係のもつれで参謀を射殺したんだが？」

「あなたって殺人事件系トリビアの泉だわ」ソニアが笑顔をのぞかせた。「ジョーンズのロビー活動、わたしはごく大ざっぱにのぞいただけで、よく調べてはいないんですけど……何かありそうですか？　というか、人身売買から上がる利益の抜け道として事業を利用しているのでは？」

「ぼくも調べてみたんだが、手口が見えてこない。クライアントから受け取った金はすべて記載されてるし、クライアント側の書類と照合しても、全部ぴったり一致する。つまり、クライアントAがコンサルティング会社に二万ドル支払ってると、ジョーンズの側にも二万ドルと記載されている――もし違法なドルを洗ってるとしたら、三万とか四万とか書かれているんじゃないかと期待してたんだが」

ディーンが先をつづけた。「ジョーンズの主要な事業の二つ――ロビー活動と警備会社――を見ると、どっちも大きな利益を上げている。同業他社に比べても一目瞭然だ。そこで、切り口を変えてみようと思った。会社、スタッフ、クライアント。そうこうするうちに、ジョーンズ本人を揺さぶってやろうということになった」

「それじゃ、いまの動きは全部、ジョーンズを揺さぶるためなんですか？」

「彼がどう出てくるのかが見たかったんだ。いまのところ、スケジュールどおりに動いている。彼の予定をチェックしておいて、今日その約束の会合に姿を見せたことはたしかめた。明日も尾行して、予定を変更するかどうかチェックを入れる。今日の昼は、ぼくがランチデートの邪魔をしたんでおかんむりだった」

「デート？」ソニアが眉を吊りあげた。

ディーンは手を振った。「いや、たんなる言葉のあやだよ。打ち合わせだな――ジョーンズとクライアントが二人。二人とも男、ビジネスマンだ。たぶんインディアン・カジノの経営者かなんかだろう。遅れて到着した第四の男は、ロビー活動会社の参謀であるクレイグ・

グリースン。ジョーンズのことは早い段階でざっと調べてみたけれど、とりたてて何も出てこなかった。もちろん、背景をもっと深く探ってみるつもりだ。自家用機にも捜査官を二名、張りこませてあるんで、万が一高飛びしようとしたら、そのときは身柄を拘束することになっている」

「なんの容疑で？」

「訴追逃れの国外逃亡未遂ってところだな」

「でも、訴追までは」

「そうなんだが、とりあえず四十八時間は身柄拘束できるんで、そのあいだになんとかする」

「国土安全保障省の規則はいいかげんだと思われてるってわけね？」

「ぼくは規則には従うよ」ディーンが強調した。「最大限に利用させてもらってるだけだ。犯罪者を守る規則のほうが、追跡するわれわれの権利を守るものより数が多いんだよな。ジョーンズの権利を踏みにじるつもりはないが、出国は断じて阻止しようと思ってる。パスポートも税関で引っかかるようにしてある。彼がパスポートを使おうとすれば、ＦＢＩに連絡がきて、搭乗は許可されない」

「ジョーンズは事業を抜け道にして人身売買で儲けたお金を処理してると本当に思ってます？」ソニアがいささか懐疑的な口ぶりで訊いた。彼女の混乱はディーンにも理解できた――ホワイトカラー犯罪は、彼女がこれまで扱ってきた事件とあまりにもかけ離れていた。

「うん。だが、どうやって、が問題だ。せこい麻薬密売人が麻薬を売って違法な金を手にする。やつらはその金を合法な事業に投資する。そして時間がたてば、その事業への疑いは晴れる。必要な期限は五年。もしも五年間、犯罪にかかわらず、われわれに動きを嗅ぎつけられなければ、向こうの勝ちだ」

「それは、その後は犯罪行為をつづけていない場合でしょ」

「もちろん、そうだ。ジョーンズの不動産を見てくれ」ディーンが部屋を横切り、ホワイトボードをひっくり返した。裏側はサクラメント周辺の地図になっており、二ダースほどの色分けした点が書きこまれていた。「点が示しているのは、ジョーンズが所有する土地ないしは建物だ。赤い点は空き地、あるいは利用されていない土地。青い点は人が住んでいるところ——彼が所有する数か所の物件に従業員が住んでいるし、あとは彼の自宅、そしてアパートメントビルがある。緑の点は事業所を示している。いまのところ、すべてに違法な点はない——そこがスミッティーと違うところで、実在する人間が住んでいる。彼らの経済状態も調べてみた。ジョーンズが従業員に過分な現金を与えているかもしれないと思ったからだが、これもいまのところ、みんな分相応《ぶんそうおう》に暮らしている」

ソニアはその地図に目を凝らした。

「この点のどれかに、はたと思い当たるようなことはないかな?」ディーンが訊いた。「まだパターンを発見できずにいるんだが」

「わかりませんねえ」ソニアはそう認めるほかなかった。「この不動産は全部現地へ足を運ばれたんですか？」

「キャラハンのチームとぼくとで手分けして、全部視察してきたよ」

「地元で起きた犯罪との突き合わせは？」

「えっ、どういうこと？」

「殺人とか、たとえばですが」

「そんな必要はないだろう」

「やってみたほうがいいですよ」

「それで何がわかる？」

「さあ、それはちょっと。でも、ここなんか」――ジョーンズの所有地が広がる山麓地帯を指さした――「死体の隠し場所としてはもってこいですよね。あるいは生きている人間を隠すにも」

「きみは捜査の一環として彼の所有地を見たことは？」

「まだ捜査をはじめたばかりですから」

「だけど今朝、きみはもう何年もジョーンズを追っていると言っていただろう」

ソニアがおずおずとディーンのほうを向いた。ディーンはいらついていた。嘘をつかれるのが大嫌いなのだ。とりわけ自分が最初から先頭に立っているときには。「何年も前からジョーンズを追ってはいたんですが、公に捜査を開始できずにいたんです。ところが彼の側近のひとりが、証言とひきかえに証人保護を求めてわたしのところへ来たんです」

ディーンが抑えた声で言った。「なのに、ぼくにはそのことを話してくれなかった?」

「昨夜は時間がなかったんです」ソニアがぶっきらぼうに言い、目をこすった。

「そんな重要なこと、まず最初に話してくれて当然だろう、ソニア」

「言ったはずですよ、情報提供者がいるって」ソニアが答えた。「詳しいことまでみんなの前で言って、彼の身を危険にさらしたくなかったんです」

「みんな? うちの人間が情報をリークするとでも思ってるのか?」

「そうは言ってませんよ」

「そんな言いかただった」

「うちのオフィスの人間でさえ、情報提供者が誰なのか知らないんです。知っているのは相棒のトレースとわたしのボスだけ。あとは彼らに関する証人保護プログラムを組み立ててくれる連邦保安局の執行官です」

「彼ら?」

「その情報提供者は結婚していて、妻が妊娠中。彼がわたしのところに来たのは、足を洗うのは不可能だとわかってのことでした。彼は妻のことが心配だと言い、わたしは彼の言うことを信じました。人間としての彼や彼がしてきたことまで好きになる必要はありませんけどね」

「それなのにまだ、ジョーンズに関する情報はじゅうぶんじゃないのか?」

「その手下はジョーンズの命令で殺人を犯してますし、売春目的の女性の移送もしてきました。関与している者何人かの名前を挙げましたけど、証拠はありません。ジョーンズに関する彼の証言の内容はそんな程度です。弁護士によれば、地元の慈善事業に毎年百万ドル以上を寄付している有力な慈善家に対する告発ですから、公判までもちこめる確率は五十パーセントだそうです。この男に盗聴器のたぐいをつけることはできません。ジョーンズは精巧な警備システムを導入しているんですよ。自宅、電話、オフィス、あらゆるところを盗聴器がないか、定期的に調べているとかで。でもこの情報提供者は、わたしが怪しんでいたあらゆることを追認してくれました。あと必要なのは確たる証拠だけなんです！」ソニアがこぶしでテーブルをがんと叩いた。

「協力してやつを挙げよう」ディーンが言明した。

「今度こそいけると思ってます」ソニアが彼と目を合わせると、決然とした表情の陰に見え隠れするもろさにディーンは驚いた。

「彼、グレッグ・ベガっていって、ジョーンズの警備要員のトップなんです。長年、ジョーンズの下で働いてる男です」

情報を明かしたソニアを、ディーンは高く評価した。たやすくできることではないから、ソニアが自分に置いてくれた信頼を尊重した。「その情報提供者から話を聞きたいね」

ソニアが言葉につまった。「それはだめです」

「ぼくが信用できない？」

「あなたじゃなく、制度ですね。ベガのことを知っている人間が少なければ少ないほど、彼が生き延びる可能性が高まるでしょう」

「きみが訊きそびれた情報もあるかもしれないだろう」

ソニアがむっとしたようすで表情をこわばらせた。「わたし、自分の職務はよくわかっていますから」

「言わせてもらうと、ぼくは不正経理についてよくわかってる。ジョーンズがどんな手でマネーロンダリングをしているか、どうしても知りたいんだよ。人間の闇取引を面白半分でやっているとは思えない。膨大な儲けがあるからに決まってるさ」

「たしかにそうですけど――」

「アル・カポネも脱税で逮捕された。いまはザビエル・ジョーンズのような悪党を阻止するためのもっといい法律もある。金の追跡さえできれば、やつを逮捕できるんだ。きみの情報提供者は守ろう。ベガとその家族の身に何も起きてほしくない点ではぼくも同じだ。信じてくれよ、ソニア」

ディーンの言葉はすべて本心からのものだとソニアは受け止めた。ベガ夫婦を守るため、彼が大きな権限を駆使して手を尽くしてくれることは間違いなさそうだ。ソニアはディーンを信じたかった。ここで彼に和平のしるし、オリーブの枝を差し出すことがなぜそんなにむずかしいのだろう？　信頼関係は相棒のあいだで最も大事なところであり――同時に厄介なところでもある。チャーリーは相棒ソニアとの協力関係を裏切っただけでなく、彼女が抱いていた、人間を信じる心をもぶち壊した。その後、ふたたび人を信じられるようになるまでに何年も要したほどだ。

沈黙が二人を包み、やがてディーンの懇願が怒りに変わった。「わかった」

彼はわかってなどいない。過去に何があったか、彼にわかるはずがなかった。彼女としてはこんな状況で話せるわけがない。誰にも話さずにいることだ。何があろうと。だが、〝わかった〟のひとことで片付けられたくはなかった。ディーンには好感をもっていたし、なんとしてでも彼にジョーンズを挙げてほしかった。とはいえ時間は貴重だ。ここはやはり、何かしら打ち明けなければ。そうすれば彼もこちらのためらいの理由《わけ》を理解してくれるはず。

ソニアはもどかしさのまじった長いため息をついた。ディーンは背を向けたが、ソニアは彼の腕をつかんで引き戻した。いかにも高級そうなあつらえのシャツの下に岩のように硬い筋肉が感じられた。

「四年近く前なんですけど、わたし、情報提供者を死なせてしまって」ソニアが切り出した。「まだここへ異動になる前のことです。アルゼンチンから来た十九歳の売春婦。わたしもアルゼンチンの生まれなので、なんとしてでも彼女に情報提供をしてもらおうと粘りました。たのみこんだり、脅したり、罪の意識を感じさせたり。彼女、死ぬほど怯えてましたけど、自分より年下の女の子たちの身に何が起きているのかは知っていました。姉妹のように仲良くしていた女の子たちだったから、彼女もそんな事態を阻止したかったんでしょうね」

ソニアは腕をつかんでいた手を離し、ディーンに背を向けると、整然と積まれた書類に目をやった。何も見えてはいなかった。ただ白と黒がぼやけて見えるだけ。声に出して話すとなると、なぜこんなにつらいんだろう？　いまも一日たりとも思い出さない日はない……

「その子の名はマリア。彼女にも、いまサッター病院で懸命に闘ってるアンと同じようなタトゥーがありました。四つの星ではなく、正方形に十字架を重ねたタトゥー。年下の女の子のひとりが客に殺されたあと、マリアはようやくわたしに協力すると言ってくれた。全員が危険にさらされていることに気づいたらしくて。彼女の説得には数か月かかったんです。なぜかといえば、わたしは潜入捜査官で、週に一度しか会いにいけなかったから。わたしは〝看護師〟で、彼女たちに避妊薬を注射したり、妊娠や性感染症の相談に乗ったり、切り傷や痣の手当てをしたり」

「潜入捜査の期間は？」

「十五週間。彼女たちを違法売春で挙げることもできたんでしょうけど、わたしは彼女たちが密入国させられたことを証明しなければならなかったんです。不法入国者というだけでなく、意に反して連れてこられた未成年者だってことを。わたしは組織の一部分だけじゃなく、全員を捕らえたかったんです」毎晩、しぶしぶその場をあとにした。二十四人の女の子を全員連れて帰りたかった。彼女たちを救出し、守りたかった。そうすれば胸が張り裂ける思いはしないですむ。

「で、逮捕したの？」ディーンが静かに尋ねた。

「ええ。そのおとり捜査の逮捕者は二十七人でした。使いっぱしりのチンピラからそういう店を複数経営している大物に女の子を流すコヨーテまで。起訴したのは九人、残りは高飛びしましたけど、去年、五人が逃亡犯として引き渡しされ、現在公判待ちです。それ以外は手が出せません。アメリカ人じゃないんで、本国へ逃げられるともうだめなんです。でも全体として見れば、作戦は大成功でした。つまり、わたし以外の人にとっては」

ディーンはソニアのすぐ後ろにいた。うなじに彼の息づかいを感じたほどだ。「マリアって子はどうなった？」

ソニアは瞬《まばた》きして涙をこらえた。「逮捕劇の二日前、マリアから重大な情報が入りました。もう情報は足りていたのに、彼女、その重大さに目がくらんじゃったみたいで――その夜、新たな女の子たちが連れてこられる予定だっていうんです。張りこみましたけど、ガセネタでした。翌朝、マリアは死んでました。はめられて――」そこで言葉が切れた。その先まで話す必要はなかった。

「向こうはきみだとわかっていたのか？」

「ええ。わたしの失策です」

「だけど、きみはやつらを挙げた」

「マリアは殺されただけじゃなく、拷問も受けたんです。しかも逮捕前に女の子の半分はすでにどこかへ送り出されてた。何人かはそのあと見つけたけど……人身売買組織の人間を刑務所にぶちこむのも大事だけれど、純真無垢な子どもたちを救出するのも大事でしょう。マリアを死なせちゃいけなかったの。あれが罠だってこと、わたしが察知しなけりゃいけなかったのに、連中を一網打尽にできると思ったら、こっちまで高ぶってしまって、目隠しされちゃったのね」

「だから二度とそんなリスクは冒したくないのか」

「冒せるはずないでしょう！」

「ぼくなら安心していいよ、ソニア。この協力態勢にはきみも同意したじゃないか。きみがぼくを信用してくれなくちゃ、協力なんてできないよ。きみの決断しだいだ」

できることならそうしたかった。そうしたいのに、にわかにきつい縛りがかかって、そのまま何もかもがものすごい速さで動きだした。考える時間が必要だ。

そのとき、ソニアの電話が鳴った。ちょっと失礼、と言い、二、三分は稼げると少しほっとした。ディーンは、水がどうのこうのとつぶやきながら会議室を出ていった。腹を立てていそうな彼に、ソニアはなんとかこの場をとりつくろえないものかと悔やんだ。ディーンはチャーリーではないのだから、彼をなんとしてでも信頼しなければ。

「もしもし」電話に出た。

「ソニアか」

深みのある声はほかならぬケイン・ローガンだった。ソニアはほっと息をついた。ケインはけっして期待を裏切ることのない人間だ。ディーンもケインのように信頼したいが、彼という人間をそれほどには知らなかった。だがケインにしても、さほどよく知っているわけではない。命を救ってもらった事実以外には。

「わざわざお電話、ありがとうございます」

「きみはしょっちゅう電話してくる人じゃないからね」

「チャーリー・カマラータのことなんです」

怖いほどの沈黙。ソニアの頭には石像のように動かなくなったケインが浮かんだ。脅威を冷静に査定したのち、言動を起こす。「彼が何か？」

「今朝、彼を見たんです。人身売買組織の親玉の下で働いてました。あなたは彼を雇ったことがありましたよね——彼がいま何をしているのか、ご存じですか？」

「雇ったといっても、十年も前のことだろうが」ケインが低い声でゆっくりと、きっぱりと言った。

ソニアは居心地悪そうに唾をのみこんだ。そんなつもりはなかったのに、ケインを怒らせてしまった。「それはわかってますが、それ以降も音信不通というわけではありませんよね」

「仕事を回したことはあるよ。ほかに引き受け手がいないときに」

「最近はどうですか？」

「去年、船旅の途中で失踪した娘を捜してくれという女性の話をしたよ。警備担当者は酒を飲みすぎて海に転落したんだろうと判断したが、母親は納得がいかなかった。ところが警察は納得して、捜査は打ち切られた」

「それだけですか？」

「ここ二、三年、カマラータは当てにならなかったからね」

「その女性の連絡先、いまもわかりますか？」

「もちろん」

「チャーリーの連絡先は？」

「ああ、知ってるよ」

「彼にどうしても訊きたいことがあるんですけど」

「なるほどね。きみが何をしようとしているのか想像はつくが、チャーリーが十年前の彼ではないことは承知しておくといい。ま、当時ですら信頼に値しなかったが」

「わかりました」ソニアが穏やかに言い、咳払いをした。「助言に感謝します」

「いつでも電話してくれていいんだよ、ソニア」

「はい」

「何か必要なときは弟に連絡しなさい。なんであれ、デュークが力を貸してくれるから」

「でも、わたしのことなんか知らないでしょう」

「ぼくはきみを知っている。それじゃ、気をつけるんだよ、スイートハート」電話が切れた。

十秒後、欲しかった連絡先情報がメールで送信されてきた。ケインの弟、デューク・ローガンの私用携帯電話番号も含まれていた。

ケイン・ローガンのことは心から信頼していた。もし彼がいなかったら、ソニアは十年前に死んでいただろう。チャーリーが、訓練を終えてまだ一年のソニアを人生で二度目の、そのままでは殺されるだけの状況に置き去りにし、独自の使命を果たすために姿を消したときのことだ。

しかしケインは、真の英雄しか勝つ見込みのない戦いばかりを戦い抜いていた。あるときソニアが彼のことを、命が九つある猫みたい、と言ったら、ケインが本当に笑った——めったにないことだった。

長いこと会ってもいない人間を信頼できるのなら、なぜＦＢＩ捜査官ディーン・フーパーを信じることができないのだろう？　こうしていっしょに仕事をしているというのに？　出会ってからまだ二十四時間とたっていないが、フーパーに関することならもう、十年前から知っているケインよりよく知っていた。

ディーンが冷たい水のボトルを二本を手に戻ってきて、一本をソニアに手わたした。水がこんなにおいしそうに見えたことはない。喉がからからだった。「どうもありがとう」

彼はあえて訊いてはこなかったが、茶色い目で射抜くようにソニアを見つめ、返事を要求してきた。

「いいわ」ソニアは言った。「情報提供者と会えるようにします。でもその前に、あなたに知っておいてもらわなければならないことがほかにもあるの」

身元不明被害者の病室の前、ライリー・ナイトが警護に立っていた。アン、だったよな、と頭のなかで念を押した。誰だかわからない被害者に自分で名前をつけるところが、いかにも姉らしい。人身売買組織やその他の虐待犯が犠牲者を意気沮喪《そそう》させるために仕掛ける心理ゲームの目的は、人間性を奪うことにより、自分がひとりの人間であることを忘れさせ、自分の存在価値は自分が誰なのかではなく、何をするかなのだと思いこませることにある。ソニアは何も言わなかったが、そんな被害者をひとくくりに〝身元不明者《ジェーン・ドゥー》〟と呼ぶことが、彼女にとっては黒板を爪で引っかく音さながら耳障りなのだろう。

ソニアが言わないことはたくさんあるが、実質的双子として二十年間をともに過ごしてきたライリーは本人以上にソニアをよく知っている、と言っても過言ではない。ソニアは自分の心のなかを観察したくないのだと思う。優秀な警官はみんなそうだが、彼女が複雑で精神的にきつい仕事をこなせているのは、物事を仕分けできるからだ。その特性のおかげでソニアは過去を、めったに蓋《ふた》を開けることのない箱にしまっておける。だからといって、彼女の過去が彼女の現在や未来の形成に関係がないという意味ではない。ソニアほど自立した人間をほかには知らないが、それでも彼女のことが心配でならない理由はたぶんそこにあるのだろう。

チャーリー・カマラータ――こいつのせいで、ソニアはあやうく殺されかけた――がどんなとっぴな任務を負っているにせよ、ソニアを傷つけないでほしかった。ソニアはライリーに一度だけ、十年前の潜入捜査の際に起きたことを話したが、その後は二度と口にしなかった。ライリーが忘れられないのは、カマラータは手柄を立てたいがあまりにソニアを窮地に陥《おとしい》れたという点だ。ソニアをひどい目にあわせておきながら、謝りもしなかった。ただ、「事態が手に負えなくなってしまった」けれど、「ソニアを傷つけるつもりはなかった」と言っただけだ。

　カマラータはジハードのつもりなのか、自分の目的さえ達成できれば、誰が傷つこうがかまわないのだ。その目的がどれほど崇高だろうと、ライリーはまったく関心がなかった。カマラータが通っていった跡に横たわるたくさんの死体を考えるだけで、彼はライリーの敵だった。ソニアにはそのなかの一体になってほしくなかった。

　ピーター・ミラー医師がアンの病室から出てきて、ライリーの存在を確認したのち、廊下を歩いていった。先のほうでコーヒーカップを手にこっちへ近づいてくるジョン・ブラック刑事とすれ違うのが見えた。「コーヒー、飲みたいだろうと思って」ブラック刑事が言った。

「ありがたいな」ライリーはコーヒーを飲んだ。ママがいれたおいしいコーヒーとは似ても似つかない味だが。

「二十一時にエリクソンと交代の予定だが、それまで大丈夫か？」

「大丈夫ですよ」

「それじゃまた明日の朝に。何かあったらすぐ知らせてくれ。証人はこの子以外にいないんだから」

　ブラックが歩き去ると、ライリーはまたコーヒーをひと口飲んだあと、すぐ脇の低いテーブルにカップを置いた。眠くはなかった。正式には彼のシフトは二時間前にはじまったばかりで、エネルギーはじゅうぶんに残っていた。夜間シフトの魅力をママは理解できないようだが、ライリーにとっては何よりなのだ。昔からずっと夜型人間だった彼に、いまや昼まで寝ている口実ができたのだから。

清掃員が近づいてきて、ライリーを無視したまま、ドアを開けようとした。

ライリーが男の前に立ちはだかった。「ここは入室禁止です」

「いや、そんなはずないけどな」男は名札を示した。ホセ・マルティネス。

「名前が名簿にありません」

「おまるの交換をするだけだよ」

ライリーは譲らなかった。

マルティネスが悪態をついた。「あのさ、これを交換していかないと、おれがボスにどやされるんだよ。なんでおれの名前が名簿にないんだよ。いっしょにボスんとこへ行って話をつけてくれないか」

マルティネスのあたりをうかがうような目の動きが気に入らなかった。つぎに彼は、ネズミを思わせる黒い目をいぶかしげに細め、ライリーを見た。ライリーはもう一度名札の写真にちらっと目をやり、その男がホセ・マルティネスではないことに気づいた。人種は同じで容貌も似通ってはいるが、別人だ。

「ボスをここへ呼んでください」ライリーは固定電話を手ぶりで示した。「ボスの名前は?」

偽《にせ》の清掃員にだまされているふりをする必要があった。早くアンの病室の前から追い払わなければ。できるだけさりげなく、バッジの番号とともに暗号を無線機に打ちこみ、〝援助要請〟の合図を送った。ブラック刑事がまだ無線機のスイッチを入れた状態で病院内にいることを願いながら。

偽清掃員はうなずき、電話のほうへ歩きだしたが、つぎの瞬間駆けだし、廊下の先へと逃げていった。

「くそっ！」ライリーも駆けだしたが、すぐに足を止めた。アンのそばを離れるわけにはいかなかったし、偽清掃員は胡散臭《うさんくさ》すぎた。おれを病室から引き離すためのおとりだ、と気づいた。

くるりと振り返ると、ブロンドで痩身長軀《そうしんちょうく》の白人男性がアンの病室のドアに手をかけていた。こんなにすぐ、いったいどこから？

ライリーは命じた。「動くな」

男は動きを止めない。ライリーは大股で三歩進み、男に手が届く位置に達した。男は体を回転させ、後ろ向きにアンの部屋に入っていく。右手にはメスを持ち、左手にもライリーの位置からは見えない何かを持っている。

「警備員！」ライリーがあらんかぎりの大声で叫ぶと、通りかかった看護師が小走りで電話に近づくのが見えた。

男をアンに近づけるわけにはいかない。ライリーはテーザー銃を構えたが、怪しい男に手首を蹴られた。テーザー銃は落とさなかったが、腕がまっすぐ上に跳ねてしまうと、その隙に男はメスをアイスピックさながらに構え、ライリーの喉もとめがけて突進してきた。

ライリーは右によけると見せかけ、左に体を回転させてアンに近づいた。男はフェイントに引っかかったものの、すぐにバランスを取り戻してライリーに跳びかかり、メスを太腿《ふともも》の高い位置に突き刺した。ライリーはこみあげる悲鳴を押し殺した。鋭い刃が腿の肉を十センチあまり切り裂く。ライリーはすぐさま男の胸を狙いテーザー銃を撃ったが、矢が跳ね返された。防弾チョッキだ！

男は早くも体勢を立てなおし、素早い動きで意識不明の少女に近づこうとした。ライリーが男の脚をつかみ、引っ張った。そのときだ。男が左手に持ったものが見えた。注射器。その針を刺されたら、アンであれ自分であれ、間違いなく死ぬはずだ。

脚の傷から血が噴き出し、冷や汗で視界がぼやけ、かすんできた。ライリーは男の左手首をがっちりとらえ、床に叩きつけた。もう一回。さらにもう一回。男は無言だが、痛みともどかしさがうめき声となって表れる。ライリーには自分の頭に向けられたメスは見えなかった。

後方が騒がしくなった。ついで頬に鋭い痛みを感じた。ジョン・ブラックの叫び声が響く。「ナイト！」ブラックが男の右手をつかみ、床に叩きつけているのが見えた、というより意識のなかでとらえた。

「注射器が！」声を張りあげようとしたものの、舌がもつれた。

ブラックの両手が伸びてきて、男の手首をむんずとつかみ、ぎゅっとひねった。骨が折れる音が耳に届くと、男がライリーの下で苦痛に満ちた悲鳴をあげた。

「これでよし、と」ブラックが言った。

ライリーは男の上からごろんと転がり落ち、床に横たわった。薄れゆく意識のなかで、警官二名がブロンドの男に手錠をかけ、アンの病室から連れ出していくのがわかった。

「ライリー」ブラックの声がした。「救急隊がもうこっちに向かってる」

「そりゃそうでしょう」もう何も見えず、視界全体が灰色だった。「ここは病院だからね」

ブラックはライリーのズボンを引き裂いて脱がせると、アンのベッドの足もとにあった毛布を取って圧力をかけた。「無線の合図を受け取ったんだよ」

「あっという間の出来事で」ライリーの意識は見る見る薄れていった。「おれなら大丈夫」

「しっかりしろよ。きみの姉さんにどやされる」

「ソニアに連絡を」

医師と看護師三人が入ってきた。ブラックが言った。「この病室はおれが見張るんで、彼の処置をたのみます。できるだけ早く話を聞かないと」

9

ディーンを全面的に受け入れるというソニアの決断が簡単ではなかったことは、ディーンにもよくわかっていたが、それが正しい選択であることは間違いなかった。いっしょにザビエル・ジョーンズを挙げようというのなら、無条件で信用してもらわないことには。折衷案《せっちゅう》など存在しないのだ。

ソニアが言った。「ベガを守るために何重もの防衛手段を施してるんで、彼にすぐに連絡をとるのはわたしでも簡単じゃないんですよ。彼が危険にさらされると困りますから」

「彼は何をしてる？　何かを探し出そうとしてるのか？　ファイルとか写真とか――」

ソニアはかぶりを振った。「ジョーンズは現行犯逮捕するほかないと思うんです。そのためには取引現場――密入国者と現金を交換する現場――が見えるところに陣取らないと。そうなの、できることなら外国人をアメリカに密入国させた罪であいつを挙げたいところなんだけど、あいつは自分の手は汚さないときてるから。でも、あいつが人身売買の主役たちとじかに会うことは間違いないわ。必ずしも交換のときとはかぎらないけれど、それが話し合いで決まって、もしその情報が手に入れば、そして顔合わせの場所がどこかわかれば、隠しカメラやマイクを取り付けておくこともできます。ベガは、もうすぐ何かしらの動きがありそうだ、と言ってましたけど、正確な日付や場所はまだです。この近くで、ってことしかわかっていません。中国で誘拐した十代の女性が三十人以上関係しているとか。詳細がわかりしだい、すぐに張り込みを開始します。チャンスは一度だけ。ジョーンズを挙げるにしろ、ベガを保護拘置するにしろ。密告者が誰なのか、ジョーンズはすぐに気づくはずだから」

「それできみたちは昨日の夜、ジョーンズ邸にいたのか？」

「そういうわけじゃありません」

「じゃあ、どういうわけで？」

　ソニアがまた椅子に腰かけ、首の後ろをこすった。ディーンは思わず肩をマッサージしてやりたい衝動に駆られた。どこか窮屈そうな彼女を、もっとリラックスさせたかった。事件に心をつかまれたときの感覚は彼もよく知っていた。つかんだ手に力がこもるにつれ、全身の筋肉が張りつめてくる。ソニアはそのきゃしゃな肩にとてつもない重圧を背負っているように見えた。

「先週、誰からなのかわからないEメールが来たんです。ジョーンズ邸に監禁されていた少年が逃げたという内容の。その子が向かいそうな大まかなエリアが書かれていたんで、サクラメント警察で警官をしている弟と二時間ほど捜索した結果、アンドレス・サモーラという名の少年を発見しました。わたしはてっきり、ベガが情報を流してくれたものと思ってました。アンドレスは英語は少ししか話せないけれど、わたしはスペイン語ならぺらぺらです。

アンドレスは十歳。二週間前にアルゼンチンで十三歳の姉マヤとともに誘拐され、誘拐に抵抗した母親と兄は殺されたということでした」

「ジョーンズか?」

「いいえ。アンドレスに彼の写真を見せたら、見たことがない、と」

「だったらなぜジョーンズ邸に連れてこられたんだろう? その子はどうしてそこがジョーンズ邸だとわかったんだろう?」

「アンドレスは知りませんでした。知っていたのは匿名の情報提供者。翌日、ベガに連絡がとれたので尋ねたところ、なんのことだかわからない、と言ったんです——少年が脱走したのは知っているけれど、そんなEメールは送ってない、とも。わたし、彼の言うことを信じませんでした。だって、寝返ってわたしに連絡してくる人は、ジョーンズの手下のなかには彼以外にいませんから。それはともかく、姉のマヤは誘拐から二、三日後に弟と引き離されました。おそらくアメリカとの国境にたどり着く前のことです。マヤはべつのトラックにのせられ、アンドレスは船で連れてこられました。彼の記憶では、何十人もの八歳から十六歳の少年といっしょに船倉に詰めこまれていたけれど、期間については憶えていないようです。何日間も、とだけ。毎日、水とわずかな食事を一回与えられていたらしく、たしか食事は四回くらいだったとか。甲板に出ることは禁じられてました。あるとき、船に誰かが乗りこんでくると——彼の話から察すると、たぶん沿岸警備隊です——誘拐犯たちに、ちょっとでも音を立てたら皆殺しにするからな、と脅されたそうです。

その後、アンドレスは船倉の隣にハッチを見つけて、そこに隠れました――船倉より少しは身動きがとれたからだったようです。でも船が波止場に着くと、誰にも気づいてもらえず、そこから出られなくなりました。やっと発見されたのは一日たってからで、そのあとジョーンズ邸に連れていかれたんです。アンドレスにはベガやそのほかジョーンズの手下の写真を見せましたけど、誰ひとり知りませんでした。

ところが今朝」

ソニアがファイルを開き、四十がらみの男の写真を一枚取り出した。短く刈った黒っぽい髪。もみあげのあたりに白いものがまじりはじめている。ディーンの記憶より若く見えるが、非情な印象はそのままだ。

「ジョーンズの運転手か」ディーンが言った。

「名前はチャーリー・カマラータ。元ＩＮＳ捜査官」

「元？」

ソニアの目に涙がきらっと光ったが、瞬きをすると、つらそうな表情はすぐに消えた。あくまで仕事人間なのだ。「はい。カマラータはわたしの指導捜査官でしたが、背信行為がありました。わたしが彼を訴えて証言もした結果、彼は解雇されて、褒賞や年金をすべて剝奪されたんです。そのあと姿を消したんですけど、なぜかわたしに数回連絡をくれました。わたしに情報を与えたいみたいで、正直な話、それがまたとっておきの情報なんです。でも……」

「ソニア」ディーンはソニアが自分と目を合わせるまで待ったのち、先をつづけた。「でも、どうした?」

「なんでもありません」

「でも?」

「彼にはほうっておいてほしいんです。力なんか借りたくないし、口もききたくないくらい。なのにわたしが有力情報を一度だけ利用させてもらったら、今度はなんの前触れもなくジョーンズの組織の奥深くに潜入して、スパイ活動するなんて。だから彼があなたの指示で動いているんであれば、と祈るような気持ちでした」

「残念ながら違う」

「そう思っていたわけじゃないんです。あなたと彼がうまくいくはずはないから」

「たしかにそうだな。彼とうまくやれるとは思わない」ソニアには何か言いたくないことがある。ディーンはそこが気に入らなかった。ソニアが話してくれたことよりはるかに重大ないきさつがありそうな気がしてならない。しかし無理やり聞き出すわけにもいかないので、こう質問した。「ひょっとして、アンドレスの件をきみに知らせてきたのがカマラータだった?」

「ええ。さっきアンドレスから聞いて、チャーリーがアンドレスを故意に逃がしたことがわかりました。たまたま脱出できたんじゃなかったんです。たぶんチャーリーは、アンドレスがこれからどうなるのかを知っていて、死なせるわけにはいかないと思ったんでしょうね。子どもはだめだ、と」

子どもはだめだ？　ということはつまり、自分の正体を隠し通すために、大人なら死なせることもあるということか？　ディーンは訊きたい衝動をぐっと抑えた。

ソニアが先をつづけた。「なんとしてでもチャーリーに連絡をとらなくちゃ。いったい何をしているのかを聞き出したいけど、ジョーンズの警報を鳴らさずに彼にアプローチする手立てがなくって。べつにチャーリーに死んでもらいたいわけじゃないんですよ。ただ彼を排除したいだけで。もし彼を逮捕したりすれば、ジョーンズは捜査の手が迫っていることを察知して、この二、三日中に予定されている取引をキャンセルするかもしれません。なんとかできないでしょうか？」

「ぼくが彼にこっそりメモをわたしてくる、とか？」

ソニアが肩をすくめた。「ぜひその〝とか〟という方法で」彼女の意図は明らかだ。

ディーンはうなずいた。「やってみるか」

ソニアがさらにつづけた。「この件に関してはどこまでも慎重にならないと。ジョーンズに圧力をかければ、向こうは取引をキャンセルしたり船の針路を変更したりする可能性があるので、そうなれば犠牲者たちの行方はつかめなくなります。たちまち地下組織に送りこまれてしまうんで、たとえジョーンズが知っていることをすべて吐いたとしても、犠牲者を見つけることはできなくなります。だからジョーンズ逮捕の前に、彼女たちがどこにいるのかをどうしても確認しておく必要があるんです」

「わかった」ディーンが言った。

ソニアが携帯電話にちらっと目をやり、顔をしかめた。「もしもし?」下唇がわなわな震えはじめた。ディーンの目の前でソニアの顔から血の気が見る見る引いていき、ドアに向かって歩きだした。

電話を切った。歯を食いしばった彼女が立ちあがり、ドアに向かって歩きだした。「すぐ行きます」「今夜、何者かがアンを殺しにやってきて、わたしの弟を刺したそうです。わたし、病院に行かないと」

「ぼくが運転しよう」

「いいえ――」

「震えてるじゃないか」

「いいえ、大丈夫です」両手をじっと見る。恐怖を隠せていない自分が信じられないかのようだ。

ディーンはソニアの両手を取り、ぎゅっと握りしめた。氷のように冷たい。ディーンは両手のひらでソニアの手をこすった。「もしぼくの弟だったら、ぼくはきみに運転してもらうけどな」

「ありがとう」

ライリーの姿を見るまで、ソニアは生きた心地がしなかった。

バッジを見せながら声を上《うわ》ずらせて名前を告げると、看護師が手術室の窓から内部をのぞかせてくれた。ライリーの脚を縫合しているところだ。輸血バッグから滴った血が腕のなかへと入っていく。「なぜ輸血なんですか?」ソニアが詰問した。

「ロビーで説明します」看護師が答えた。

ディーンはソニアの腕を取って支え、待合室へと連れていった。ソニアは彼の支えに感謝していた。いつ自制を失うか卒倒するかわからなかった。全身の末端神経が焼けつくようだった。ライリーは弟というだけでなく、親友でもある。もし彼が死んだら……ディーンに肩に手を回されてはじめて、全身が震えていることに気づいた。一度深呼吸をしてから質問した。「どうして輸血なんですか?　頬に絆創膏が貼ってありましたけど、あれはどうして?　それから——」

看護師——名札にはティナと書かれている——がソニアをさえぎった。「出血多量だったんです。幸いなことに大動脈は無事でしたけれど、傷口は十センチでかなり深い傷だったので、大量に失血しました。処置が早かったので、二日ほどベッドで横になられたら、起きあがって動けるようになりますから」

「アンはどうしました?」

「アン?」

「アン・チャールズ——彼が警護していた身元不明の被害者ですが——あの子はどこに?」

「ブラック刑事の指示があって、べつの病棟に移されましたよ。ご案内しましょう」

「お願いします」

「ありがとうございます」ディーンが付け加えた。

ソニアは彼にちらっと目をやった。岩のように動じることのない姿に、大いに気持ちが静まった。「いっしょに来てくださってありがとう」小さくつぶやいた。

「お礼なんか言わないでいいよ」

手術室からアンの新しい病室まで行くあいだに一ダースほどの警官の前を通り過ぎた。アンが襲われたから警護要員を増やしたのか、あるいはライリーの容体を確認に来たのか、ソニアにはわからなかったが、警察の強烈な存在感がありがたかった。

アンの病室の外には制服警官四名と高くそびえるブラック刑事がいた。ブラックがソニアに気づいて近づいてきた。「さ、こっちに入って」そう言いながらドアを開け、空室のなかに入っていく。「この病棟の部屋は全部、空《から》にしてもらったよ。巡査六名のローテーションで警備する——被害者に二名、病室前に二名、パトロールが二名」

「わたしが最初からそうすべきだったんだわ」ソニアが自己批判を口にした。

「きみが？」ブラックの黒い目には、ソニアも感じている苦悩と共通したものがうかがえた。

「こいつはきみの責任じゃない」

「起きてしまったことの責任を誰かに押しつけてもはじまらないよ」ディーンが言った。

「何者かがあの子に死んでもらいたがっている。ということは、あの子は自分を殺そうとしているのが誰だか、きっと知っている。そいつの顔を知っているんだ」

「そのとおりだわ」ソニアが言った。「いったい何が起きたの、ジョン？」

「何者かが清掃員の服を着て病室に入ろうとした。そいつが胡散臭い言動でライリーの気をそらしている隙に、べつの男がこっそりドアのなかに入りこんだ。ライリーはテーザー銃でその男を撃ったが、なんと防弾チョッキを着けていた。そいつはメスでライリーを刺したあと、注射器を手にあの子に近づいた──注射器の中身は砒素《ひそ》液と判明、ほんの少量で誰でも殺せただろうって話だ──が、ライリーが男に跳びかかった。ちょうどそこへおれが駆けつけて、それ以上何もさせずに犯人を取り押さえた」

「誰なの、その男？　レイプ犯？」

「何者なのかはわからないが、ＤＮＡは採取したからもうすぐわかるだろう。警官を殺そうとしたんだ、刑は重いさ」

「その男から話が聞きたいわ」

「いま、署で調書をとっているところだ」

「かまわないわ。どうしても話を聞かないと。アンの肩には独特のタトゥーがあって──」

「それが何かは知っているよ、ソニア。しかし、いまはまだ口を割るはずがない。『おれの弁護士を呼んでいいか』しか言わない」

ソニアが空のベッドを蹴った。「なんなのよ、それ！」

「保釈はさせないよ」ジョンがきっぱりと言った。

「そうじゃないの。その男が知っていることを聞き出す必要があるのよ」

「相当な悪党だぜ。身元がわかるものは何ひとつ身につけてない。名前を言うのも拒んでる。自分の弁護士が誰かすら言わないときてる。おそらく、誰だかは知らないが、あいつの雇い主にあいつからの連絡がとだえた時点で、弁護士が留置場に現れるって手はずになってるんだろうな」

ソニアは両手をこぶしに握り、目をつぶった。「指紋はとった？」

「もちろん。遅かれ早かれ、何者なのかはわかるはずだ」

「写真が欲しいの」

「一時間以内に用意する」

ディーンが言った。「もしもその男のＤＮＡ、指紋、写真をクアンティコに送るなら、またぼくが手を回すよ」

「どうもアメリカ人ではないらしいんだ」ブラックが言った。

「英語は話すの？」ソニアが訊いた。

「ああ。訛ってはいるが」

「ヒスパニック系？」

「いや、違う。金髪碧眼の白人だ。東欧かどこかだろうな」

「アメリカ人ってこともあるわね」ソニアが言った。「この国のロシア系の人口はかなりなものよ。年齢はどれくらい？」

「三十代」

ソニアは目をこすった。ザビエル・ジョーンズがロシア人と手を組んでいるという証拠や情報は何ひとつない。ロシア人は取引をおこなうにしても、いわゆる内輪だけで完結させたがる傾向がある。ジョーンズの取引相手の国籍はさまざまで、スミッティー・ダニエルズが排除されたいま、ジョーンズのちょっとした市場独占状態にある。だからといって、その男が一匹狼ではないということにはならない。つまり今回のことはジョーンズとは無関係の、たんなる人身売買がらみの悲劇のひとつにすぎない可能性もある。そうなると捜査はきわめてむずかしい。

ディーンが尋ねた。「アンの容体は？」

「変化なし。医者はいいことだと言ってる。あの子の体が反撃に出てるってことで。手術は明日に予定されてる。腎臓のダメージが大きくて、内出血の可能性があるそうだ。彼女の容体が悪化しないかぎり、午前六時に手術を開始する、とドクター・ミラーが言ってる」

「あなたも来られる？」ソニアが訊いた。

「サクラメント警察の警官の半分を配置させる。あの子の身に何かが起きるようなことはないよ、ソニア。約束する」

ソニアの両親が病院に到着すると、ディーンはその場を離れ、サム・キャラハンに電話した。

「ジョーンズはいまどこにいる？」

「自宅だ」

「運転手は？」

「夕方五時にジョーンズを降ろし、帰っていった。どこに行ったのかは知らない」

「運転手から話を聞く必要が生じた。ジョーンズ邸の敷地内のどこかに住んでいると思ったんだが」

「昨夜彼から聞いたところでは、ジョーンズ邸の敷地内にあるキャビンに住んでいるようです。邸内ではなく」

「そこへの道順をEメールで教えてもらえるかな？」

「了解」キャラハンはもっと知りたそうな口ぶりだったが、ディーンがそれ以上何も言わずにいると、訊いてきた。「援軍の必要は？」

「いまのところはない」

ディーンはキャラハンが送信してくれた道順に従ってジョーンズの土地に入り、ジョーンズ邸の車寄せを通り過ぎたあと、主要道路から一・五キロほど入ったあたりで砂利敷きの細い道へと折れた。八時を過ぎて、気温はまだ三十度前後あるが、夏の太陽はちょうど地平線にかかっていた。奇襲にそなえての心の準備はできていた。長い一日だったが、これは前夜遅く、バーンハート判事にこの事件の申し立てをして令状をとったときからはじまっていた。まだ二十四時間とはたっていない？　なんだか何日間にも感じられた。

今日はこれを最後の仕事にしよう。これがすんだら、借りたアパートメントに戻って寝よう。明日もまた長い一日になるとわかっていた。

小さなキャビンのカーポートにスポーツセダンが駐車してある。車を近づけて、その後ろに停めた。閉じたブラインドの向こうから鈍い明かりがもれている。チャーリー・カマラータについて知っていることといったら、かつてソニアと組んでいたこと、ソニアの告発や証言があって解雇されたこと、それだけだ。よほどひどい状況で、そうするほかない場合を除き、警察官が警察官を告発することはめったにない。たとえ問題が起きても、ふつうは内部で処理される。

ソニアとカマラータの場合も、よほど深刻な状況だったにちがいない。なぜ自分はそれについて知らなかったのだろう――むろん、ＩＣＥのことではあるが。ＦＢＩはけっして手の内を明かさないと思われている。それはＩＣＥと手を組んだことが一度もないからだ。それにしてもＩＣＥの〝口の堅さ〟は半端じゃない。

キャビンはこぢんまりとしていて、どう見てもワンルームだ。階段を三段のぼったところがポーチになっている。生活感はいっさいない。車と明かりを除けば、どこから見ても空き家だ。

ジョーンズがキャビンに盗聴器を仕掛けてあると考えたほうがいいから、心してうまくやらないといけない。

ドアをノックしながら、用心棒の名前を思い出そうとした。ジョーンズは彼をなんと呼んでいたか。思い出せない――ジョーンズはディーンの前で彼の名を口にはしなかった。サム・キャラハンからのメールにちらっと目をやった。タイトルに。

チャック・アンジェロ。

「アンジェロ！　ＦＢＩ捜査官のフーパーだ。いくつか訊きたいことがある」

「うるせえ。さっさと消え失せろ」

「逮捕させてもらってもいいんだが」

「冗談はよせ、ＦＢＩ野郎。おれを逮捕する理由がないだろう」

「現場幇助《ほうじょ》の容疑だ」

ドアの向こう側のカマラータが大声で笑った。「おれはおまえより法律に詳しいんだよ」

「だろうな。五分でいい」

「とっとと消えろ」

「いや、ここで待たせてもらう。相棒に電話して逮捕状をとってこさせ――」

ドアが開いた。カマラータの手には銃が握られていた。背丈こそディーンより二、三センチ低いものの、肩幅は広く、胸板も厚い。隆々《りゅうりゅう》たる筋肉。定期的にワークアウトしている体だ。四十代後半だが、肉体的にはもう十歳若い。目の周囲のしわが実年齢を語っている。いやというほど世の中を見てきた目だ。

カマラータの後方にあるテーブルの上はちょっとした兵器庫のようで、一丁は分解されている。掃除中だったというわけだ。むっとする暑さのなかで溶剤のにおいが鼻をついた。

「窓を開けたほうがいいな」ディーンが言った。「シンナー遊びが好きなら話はべつだが。

ま、それも犯罪だな」

カマラータがディーンをにらみつけた。

「入ってもいいか？」

「いや、断る」

ディーンが軽く肩をすくめた。「今朝は口をきくチャンスがなかったが、われわれがミスター・ジョーンズのマネーロンダリングと不正経理に関する捜査をしていることはわかってるな。きわめて重大な犯罪だ。立件したら、そのときはあんたも共犯者として告訴することになる。**必ず**立件するからな。助かるチャンスをやろう。いいか――」

カマラータが目をぎょろっとさせ、ドアを閉めようとした。ディロンはドアと側柱のあいだに足を入れた。カマラータが目を落とす。「その足、撃たれたいのか？」

「あんた、相当やばい橋を渡ってるな、ミスター・アンジェロ」

「おまえだってそうだろうが。おれは話すことなんかないからな」

「あんた、ほんとに――」

「引っこんでろ」

「ま、そう言わずに」ディーンは手を差し出した。カマラータに握手する気配などない。ディーンは小さな紙片を彼の指のあいだに押しこんだ。いやでも気づくように。

カマラータが紙片をじっとにらんだ。

「いい警官ぶるんじゃねえよ。おまえらはしょせんファシスト集団なんだ」

ディーンが手を下ろすと、メモは床に落ちた。カマラータがいよいよ喧嘩腰になり、紙片を真上から踏みつけた。「さあ、出てけ。さもないとハラスメント行為で訴えるぞ」

「その短気に注意したほうがいいな、チャック。ぼくはあんたが気に食わないってだけで逮捕することもある」

カマラータは足を——ついでにメモも——なかに引きずり、ドアをバタンと閉めた。

ディーンは車に戻り、これでソニアが必要なものを手に入れられれば、と思ったが、チャーリー・カマラータに会ってみて疑問が生じた。この男が個人的な動機以外で動くことなどあるのだろうか。たとえそれがなんであれ。

10

ノエル・マルシャンは悪い知らせにうまく対応できずにいた。

ミスター・リンが運転する車で川に向かった。ジョーンズに会うためだ。後部座席のトビアスに一瞥を投げた。通り過ぎる明かりを子どものように見つめている。ノエルは自分がこれからしようとしていることになんの罪悪感も感じなかった。

ヨハンが売春婦の息の根を止めることに失敗したせいで、悲惨な一日がなおいっそうひどいものになった。病室に入っていき、意識不明の女の静脈に砒素を注射する仕事のどこがそんなにむずかしかったというのだ?

ミスター・リンが言った。「今回のプロジェクトですが、放棄して帰ったほうがいいような気がしますね」

ホテルではなくメキシコへ帰るという意味だ。もしリン以外の使用人がこんなことを言ったらノエルに殺されかねないが、リンにはノエルも一目置いていた。彼の助言と忠誠心は称賛に値するからだ。

「ほう」深く考えずに相槌《あいづち》を打った。「この取引にはおいしい点がたくさんある。新たな地盤、新たな客、新たな商機。革新的な発想が気に入っているんだ。双方向オンライン・セックス。すごいじゃないか。女の子を供給すれば、その先何年にもわたって著作権料が入る。テレビの再放送料みたいなものだ。女を使い捨てたあとも、そいつがまだ稼ぐ。しかも毎年最低二百人は欲しいって話だろ？　これからはもう、ジョーンズのようなブローカーとの取引じゃなくなる」

そうなのだ。この取引を考え出したのはザビエル・ジョーンズで、売買ごとに自分にも取り分が入ると期待しているようだが、死人に払うことはできない。そうだろう？

「彼らへのアプローチはあとからでもできます。一件落着してからでも」

「心配はもっともだが、ミスター・リン、そう時間はかからない。もしいまこの取引を放棄したら、彼らはほかの誰かに話をもちかける――目障りなロシア人とかに。用心深くいかないとな。もうひとつの問題、あの売春婦の件だが、弁護士を見つけてしっかり説明しておけ。ヨハンが月曜まで口を割らなければ、弁護の報酬はたっぷり払うつもりだ」

「承知しました、ミスター・マルシャン」

ミスター・リンが先をつづけた。「ジョーンズを裏切った可能性のある者をしぼりました」

「幸運な死人はどいつだ？」

「クレイグ・グリースン、ジョーンズの参謀です」

「グリースン？」

「マキアヴェリ式に考えて、ミスター・ジョーンズがいなくなれば、ヒエラルキーをより速やかに駆けあがれると踏んだのかもしれません」

ノエルは横柄なロビイストについて考えをめぐらした。「あいつにそんな危険を冒す度胸はないだろう」

「おっしゃるとおりかもしれません」

「ほかには？」

「グレゴリー・ベガ」

「そっちのほうがはるかに可能性が高いな——あいつならそれくらいの気骨は間違いなくある。まっすぐな男で、ずっとジョーンズひと筋できた」じつはノエルは、ジョーンズがいなくなったらベガを責任者に据えようと考えていた。もしも彼が裏切り者だとしたら……。

「なぜあいつなんだ？」

「女房があれやこれや準備しているんですよ」

「詳しく聞かせてくれ」

「定期購読していた雑誌は期限が切れたままにしていますし、インターネットでよその州の家や学校の通学区域をチェックしてました」

「通学区域？」

「妊娠してるんです」

「ジョーンズは堕ろすように言わなかったのか？」

「ジョーンズの子じゃありませんから」

「関係ないさ。ガキは面倒なだけだ。アメリカ人は子どもが生まれると、ビジネスで愚かな決断を下すようになる。しかし、だからといってベガがFBIに情報をもらしているとは思えないが」

ミスター・リンがダッシュボードのボタンを押した。「今朝指示を受けたあと、ベガの自宅に盗聴器を仕掛けてきました。彼は定期的に家のチェックをしますが、やってみるだけのことはあるだろうと思いまして。毎日チェックするわけじゃありませんから」

ノエルがミスター・リンを買っているもうひとつの理由が、彼の洞察力である。

「この会話は、われわれがホテルを出る少し前のものです」

車のスピーカーから、皿がぶつかる音にかぶって不明瞭なやりとりが聞こえてきた。椅子が床をこする音。水を注ぐ音。台所用品のさまざまな音。

「うまかったよ、ケンドラ」と男の声。グレッグ・ベガ。

「ありがと」

「そんなに立っていちゃだめだろう。おれはテイクアウトでかまわないよ」

「料理は好きなの。赤ちゃんもこうしてるのが好きなのよ。女の子だったら、エミリーって名前はどう？　流行っていえばそうなんだけど、〝エミリー・ベガ〟っていい感じでしょ。エリザベスとかもいいな」

「Eではじまる名前が好きってこと？　男の子だったらイーサンがいいって言ってたよな」

「あれはあんたが却下したじゃない」

ノエルがそっけなく言った。「ばかばかしい」

「これからですよ」

ノエルは、もし子どもを持つ気になったら、名前は自分が選ぶ。女がどんな名を望もうと関係ない。どうせ女は出産後すぐに死ぬ。彼の子どもに母親の情緒的な影響がおよぶことがあってはならない。

「――ペンシルベニアに」

「しいっ」ベガが言った。

「あそこに行かせてもらえると思う？　きれいなところなのよ。緑が多くて。あんたから訊いておいて――」

皿が派手に割れる音がし、低い声がつづいた。「黙れよ！」

まもなく女のすすり泣きが聞こえてきた。ベガのくぐもった声。「くそっ」

テープが止まった。

ノエルはかっときた。人を見る目に自信はあったが、グレッグ・ベガに関しては間違っていた。ノエルは間違えることが心底嫌いだった。

「こいつらはおれが片付ける」ノエルが歯を食いしばった。「おれに任せてくれ」

ソニアは病室のベッドで眠るライリーのかたわらに腰かけていた。もう夜も更け、面会時間が終わろうとしていた。たったいま、両親にキスをして送り出したところだ。ソニアは疲労困憊《こんぱい》、家に帰って一週間くらい眠りたかったが、弟をもうぜったいに大丈夫というところまで見届けなければ、ここを離れることはできなかった。

ライリーが漂わせている……無力感。〃無力感〃と〃ライリー・ナイト〃がひとつの文章のなかに並ぶことはありえないのだが。ライリーは最初からずっと、輝く鎧《よろい》に身を固めた騎士《ナイト》でいてくれた。子どものときに救出されたソニアは、ウェンデル・ナイトの家で九か月間暮らした。ウェンデルに、きみはサバイバーなんだ、と教えられた。彼が注いでくれた無条件の愛情は、ソニアが生まれてはじめて体験したものだった。そして彼はこの世を去った。カリフォルニアに連れてこられ、ウェンデルの兄の家族と暮らすことになったときは怖かったが、うまくいった。

養母を尊敬していたが、はじめに絆《きずな》ができたのはライリーとだった。いっしょに高校に通った――ソニアは同学年の生徒たちより一歳年上でありながら、ついていくのに必死だったが、ライリーが毎晩宿題を手伝ってくれた。彼がいなかったら、卒業できなかっただろう。彼がいなかったら、男の子に気を許せるようにはならなかっただろう。大人の男性にも。ライリーがいなかったら、ひとりぼっちで途方に暮れていただろう。ライリーはいつだって、彼女をまったくふつうの子として扱ってくれた。〃ふつう〃は素晴らしい。それこそソニアに必要なことだった。心の奥深くでは、自分は学校のほかの女の子たちとは違う、とわかっていたからだ。わたしは**ふつう**じゃない、と。ライリーがいてくれれば、なんにでもなれる、なんでもできる、と思えたし、おかげで**ふつう**の大人に成長できた。

ライリーはこちらの話にじっと耳をかたむけてくれて、けっして批判しなかった。ソニアを信じてくれた。過去がどうだとか感情的すぎるだとか、そんな理由でソニアに何かを禁じることはなかった。必要があるときは呼びつけて叱ったりもしたが、ソニアがそんな彼から感じたのは兄弟の愛情と敬意だけだ。

「どうしちゃったのよ、ライリー。もう二度とこんな怪我《けが》なんかしちゃだめよ。わたしのほうが死にそう」

「うーん」

ソニアががばっと顔を上げた。「目が覚めた？」

「うーん。ああ」ライリーの声は弱々しかったが、間違いなくしゃべっていた。

ソニアは彼の手を取り、自分の頰にぎゅっと押し当てた。「もう怖くて死にそうだったわ」

「きみは」ライリーが咳払いをした。「きみは怖いものなしだろう」

「あなたを失うかと思ったら、もう怖くて怖くて」ソニアがささやいた。「わたしの親友だもの」真の友は彼だけだった。少なくとも、なんでも話せる友だちは彼しかいない。

「愛してるよ、姉貴」

「わたしもよ、ライリー。さあ、もう少し寝ないと」

「きみもだろう」

ソニアはかがんで、彼の額にキスをした。元気なときのライリーは冗談を連発し、いつも笑顔のにぎやかな男だ。病院のベッドは彼には似合わなかった。輸血もだ。

弟を死の寸前まで追いやった犯人を突き止めてやる。この罰を受けさせてやる。

チャーリーの直感がじりじりと焼けつくように反応した。何かが起きている。まずいことが。

午前零時まであと五分。彼はサクラメント川の土手に沿ってだらしなく伸びた木々や灌木《かんぼく》の陰にうずくまっていた。ジョーンズから、表には出ず、身をひそめてようすをうかがっていろ、と言われていた。何かおかしなことが起きたら、すぐさま命令が飛んでくるはずだ。

これから誰に会うのか、チャーリーは聞かされていない。それを尋ねたとき、ジョーンズはただ、「納入業者だよ」とだけ答えた。ジョーンズには複数の納入業者がいることはチャーリーもよく知っていたが、それ以上は訊かなかった。チャーリーはジョーンズが知らないことも知っているからだ。

この密談のことをソニアに知らせることもできたかもしれない。

張り込みは準備に時間がかかる。

ソニアならそんなことはないだろう。あの子は機敏だ。

チャーリーが鼻梁《びりょう》を親指でこすった。ソニアのことを考えるのはやめよう。当面の目標、アシュリー・フォックスの救出に集中するんだ。肝心なのはそれだ。あともうちょっとでジョーンズの日誌の暗号が解けるところまできていた。完全に解ければ、必要な情報はすぐに入手できるはずだ。

アシュリーを救出し、そのあとは日誌をソニアに送る。あの傲岸なＦＢＩ捜査官、ディーン・フーパーではなく、ソニア・ナイトに。あの子には借りが……

借りなどないさ。

いや、借りとはちょっと違うが、名誉挽回をしないことには。あの子がどう思っていようと、自分は悪人ではない。それをソニアに対して立証したかった。なんとしてでも。彼女の管轄で何かが起きそうなとき、何度となく情報を送ってきたのはそのためだ。

ザビエル・ジョーンズについては伝えてないだろう。

その必要がないのは明らかだ。ソニアはもう、ジョーンズに何かあることは嗅ぎつけている。行方不明の少年も見つけてくれたはずだ。ジョーンズはあいかわらずあの子を捜している。これはいいニュースだ。あの子は大したことは知らないが、あの子が殺されると知ったとき、チャーリーはなんとしても許せないと思ったのだ。ほんの十歳の子どもにそれはない。子ども殺しの一味に加わるつもりはなかった。

ジョーンズはレストランの敷地内を歩きまわっていた。丹念に調べているかのようだが、チャーリーにはそれが何気ない行動なのか、あるいは本気で店の周囲を調べているのか、判断がつかなかった。すでに十二時を過ぎている。相手の到着は遅れていた。

チャーリーの頭上の道路でヘッドライトが闇を切り裂いた。銃を手に身をひそめ、車が通過するのを待った。

車は通過しなかった。

川に面したレストランの駐車場へと侵入してきて、ライトを消し、停まった。

男が二人、降りてきた。

二人は車の後ろで合流し、小声で言葉をかわした。チャーリーからはシルエットがようやくわかる程度で、特徴まではわからなかった。車がゆらゆら揺れはじめた。二人の男のうちの大きいほうが後部座席のドアを開けると、背の高いでっぷりした男が降りてきた。興奮しているらしく、生あたたかい静寂をその声が破った。

「水は嫌いだよ！」大声でわめく。

二人が男をなだめすかす。ジョーンズがレストランの陰から姿を現した。

チャーリーは銃を手に身構えた。

ノエルはミスター・リンとトビアスに背を向け、ザビエル・ジョーンズに笑いかけた。

「また会えてうれしいよ」片方の手を差し出す。

ジョーンズがその手を握ってきた。手のひらは乾いていたが、ノエルとしては、もっと力がこもっていてもいいのに、という気がした。神経のとがらせすぎ？　おそらくは。無理もないだろう。

「小僧は連れてきたか？」

ジョーンズがわずかにかぶりを振った。トビアスの奇矯《ききょう》な振る舞いにいささか当惑しているのは明らかだ。「まだ見つかってないんですよ。しかし、警察にもソーシャルワーカーにも発見されちゃいません。隠れてるんだろうな。わたしが捜し出しますよ。そういう仕事が得意な部下がそろってますから」

ノエルがあからさまに嫌な顔をした。「今夜、引きわたしてもらいたいとはっきり言っておいたと思うが」

「ええ、たしかに。しかし行方不明のままなら、なんの問題もありませんよ。たぶんもう死んでいるんじゃないでしょうか」

「だったらなぜ捜し出せない？」

「身柄を保護されたのなら、わかるはずです」

「そんなことはわかっている」ノエルが一語一語を強調した。

「ご不満ですか」

「おれは双方の協定からそう多くを要求しているわけじゃないんだよ、ミスター・ジョーンズ。望んでいるのは手堅い交渉、フェアな取引、迅速な支払いだ。これまでのところ、きみはきちんとやってくれている」

「それが仕事ですから」

「そのとおり」ノエルは苦笑した。ジョーンズがすくむ。ようし。少しは怯えてもらおうか。ノエルはこれまで何度となく、笑ったときのほうがずっと危険な感じがすると言われてきた。

「あの子は必ず捜し出しますよ。この問題を迅速に処理すると約束しましょう。中国からの船荷の安全は保証しますし、何もかもスケジュールどおりです」

「で、ＦＢＩの件はどうなった？」

「それについては説明したじゃありませんか。やつらは探りを入れてるんです。犯罪につながる情報など手に入れちゃいませんよ。犯罪につながる証拠など探したところで、ないんですから」

「そもそもＦＢＩがきみに目をつけたのはなぜだと思う？」

「やつらはいつだって金持ちに目をつけるんです。金をもってるから汚いことをしているにちがいない、と思われたんでしょう」ジョーンズが皮肉っぽく答えた。

「なるほどな、ミスター・ジョーンズ」

「わたしはきわめて仕事熱心でしてね。もう長いことこの商売をしてきましたが、ノエル、汚点ひとつ残しちゃいません。部下も誰ひとり逮捕されたことはない。うちの人間には誰ひとり、わたしにとってもあなたにとっても、脅威になるような者はいません」憤然とする高潔な犠牲者役を演じるうち、腹がすわってきた。「そちらとの取引に関することなど、ＦＢＩはひとことも言ってませんでした。金の話だけだったんです。この十年間に三度会計検査を受けましたが、二度は国税庁が自分たちのミスを認めてこっちに払い戻してきましたよ」

「たった一度のミスで、おれたちみんなが危険にさらされるんだ」

「ＦＢＩがあなたに手を出せるはずがない」

「あいつらはもっと広範囲に手を伸ばせる捜査機関と組むこともできる。おれは姿をくらまさなきゃならないなんてごめんだからな。いまのこの状況は大いに気に入っている。さんざん再投資を繰り返してきたが、いまは満足しているんだよ」

「あなたは安全ですよ」ジョーンズは不安を振り払うかのように手を振った。

その仕種がノエルの静かな怒りをあおった。「安全なやつなどいるものか」ジョーンズは状況を真剣には受け止めていない。ノエルはジョーンズに悔悛《かいしゅん》の意を表させたかった——その場にひざまずき、どうかもう一度チャンスを、と懇願すべきなのだ。なのにジョーンズときたら、うるさい蚊でも追い払うかのごとく、ＦＢＩの捜査を一蹴《いっしゅう》しようとしている。蚊に刺されて死ぬ人間もいるというのに。ＦＢＩはマラリアを媒介する蚊である。ジョーンズはその犠牲者。思慮に欠ける態度がそれを裏付けていた。

ノエルはさらに言った。「誰がきみをＦＢＩに売ったか、おれは知ってる」

「うちの人間にかぎってそんな！」雇い人に対するジョーンズの奇妙な信頼は、ノエルにとってはなんの意味もなさなかった。「それはともかく、問題はＦＢＩには何ひとつ握られちゃいないってことでしょう。やつらはこのまま手を引く。うちの弁護士がすでにハラスメント訴訟の準備をはじめてるんですよ」

「グレッグ・べガだ」ノエルが言った。

ジョーンズが苛立ちをにじませながら声をあげて笑った。「グレッグはいちばん真面目に熱心にやってくれている部下のひとりだ。うちに来てもう八年になる。あいつの忠誠心は本物ですよ」

「だが女房が妊娠して、将来を考えるようになった。きみだのきみの商売だのを考えたら、将来は真っ暗だからな」

「証拠を見せてもらいましょうか。もし本当なら、始末をつけます」

「おれがこう言ってるんだから、証拠としてじゅうぶんだろう」ノエルがそう言いながらポケットから手を出し、握っていた九ミリ口径ベレッタの引き金を引いた。「きみに足を引っ張られたくないんだよ」

ジョーンズが腹を押さえてアスファルトの上に転がった。ジャケットのなかに手を入れようとする。トビアスはぴょこぴょこ跳びはねながら手を叩き、なんともこっけいな姿をさらしていた。「ねえ、もう一回やってくれない？　やってよ」

ノエルはジョーンズに向かってさらに三発を発射し、とどめの一発はジョーンズの頭部に撃ちこんだ。とにかくむかついていた。

そのあと、弟に命じた。「こいつを運んでくれ。ここに置いてはおけない」

トビアスは流れ出した血をいっこうに気にすることなく、ジョーンズを軽々と抱きあげて訊いた。「どこへ？」

「レストランの裏だ」

ノエルは、ザビエル・ジョーンズを抱えて桟橋《さんばし》のほうへと歩いていくトビアスのあとにつづいた。トビアスは桟橋のなかほどで足を止め、顔をしかめた。ノエルが言う。「端まで行くんだ。川に放りこめ」

ジョーンズが発見されようがされまいが、どっちでもかまわない。ただただトビアスを桟橋の突端まで歩かせたかった。

「水に落ちそうで怖いよ」トビアスが泣きそうな声で言った。

「大丈夫だよ」

トビアスはおそるおそる短い桟橋の突端に近づいた。そしていきなり死体を川に落とした。

「沈んでくよ！」トビアスがわめいた。

またすぐに浮かんでくるさ。ノエルは経験から知っていた。「よくやった、トビアス。ありがとう」

弟はくるりと向きなおり、兄に向かって興奮気味に笑いかけた。トビアスがこれまでにどうやって数多くの女を殺してきたかは、それだけでじゅうぶん驚きに値した。あるときトビアスの行動を目のあたりにした父親が言っていた。あの子は空想と現実の区別がつかないんだよ、と。「あの子は、魚が餌や水がなくて死ぬことも、子犬の頭蓋骨が簡単に割れることも理解できないんだよ。女に楽しみを求めたりもするんだが、結果として女たちが死ぬこともある」

これからはもうそんなことはなくなる。

「ミスター・リン。あとをたのむ」ノエルにはトビアスに対するいくばくかの憐れみはあった。いくら愚かな獣だとはいえ、弟だけが悪いわけではない。

ミスター・リンが銃を構え、トビアスの胸部に銃弾を三発撃ちこんだ。トビアスは驚いてリンを見た。よろよろとあとずさる彼の顔を、むき出しのさまざまな感情がよぎる。暗い目

をノエルにも向けた。何か言おうと口を開けたり閉じたりするが、声にはならない。そして

まもなく水しぶきとともに川に転落した。

「ミスター・リン?」ノエルが言った。

リンは桟橋のへりへと歩み寄り、強烈な明かりで水中を照らした。

「死にました」

「うまく片付いたな。行こうか」

11

ソニアの潜在意識は睡眠中も警護任務についているらしく、突如暴力的に眠りが破られた。心臓がまだどきどきしているというのに、物騒な夢の余韻は早くも消えていた。周辺視野に何か動きをとらえた瞬間、何者かの手が口を押さえてきた。手の主《ぬし》の声がした。「怖がらなくていい。おれだ」

睡眠不足で混乱したままの頭はその声を判別し、本能が体に反撃を命じながらも、遅すぎた、と思っていた。

股間に蹴りを入れられたチャーリーがうめいた。口に当てた手を離し、体を二つ折りにして痛みをこらえる隙に、ソニアは素早く体を回転させてベッドから下り、両足で着地するや攻撃体勢をとった。銃に手を伸ばしたが、ナイトテーブルの上になかった。腰を落として身構え、チャーリーのつぎの動きをうかがう。

「なんてやつなの。わたしの家に押し入ってくるってなんなの。それもベッドルームに！」

ソニアは唾をのみこんだ。口のなかがからからで、心臓が痛いほどばくばくしていた。ずっとこういう怖い夢ばかり見てきた。ベッドルームで襲われ、縛りあげられ、反撃ができない夢。ソニアはまた十三歳に戻っていて、小屋から引きずり出され、父親の声が聞こえる。「この子はヴァージンだ。たんまり払ってもらいたいね」

ソニアは反撃して勝った。一度ならず二度までも。最初はなんの訓練も受けていない怯えた子どもとして。つぎはじゅうぶんに訓練された警官としてだったのに、怯えに関しては最初に売られたときと変わらなかった。

「みごとな防御だ、ソニア」チャーリーが顔を歪めながら体勢をととのえた。「おれに会いたかったのはきみのほうだろう」

「えっ、なんのこと？」頭のなかを整理した。ディーン・フーパー。きっと彼が早くも動いたのだ。それにしてもチャーリーに今夜のうちに接触を図らせるとは、いったい何を言ったのだろう？　時計をちらっと見た。三時半。まだ四時間半しか寝ていない。今朝はこれでもう寝られなくなる。「電話でよかったのよ。家に来るなんて！　わたしがここに住んでること、どうやってわかったの？」

ばかなことを訊くな、とばかりにチャーリーが手をひらひらさせて質問を無視した。ブラインドを透かし、さらに部屋を横切った薄暗く黄色い外灯の明かりの下、チャーリーはいちだんと老けて疲れているように見えた。意外ではない。そろそろ五十歳だ。いくら体を鍛《きた》えていても、長年にわたる生活苦、肉体を酷使する仕事、絶望が彼を消耗させていた。彼は人身売買の犠牲者たちを放ってはおけなかった。それについてはソニアも疑ったことはない。彼は苦しんだ末、捕食だが彼らの苦しみが彼を蝕み、奈落の底から這い出せなくしていた。

者になった。純粋無垢な人びとを餌食にする連中と似たようなものだ。ソニアはチャーリーになりたくなかった。感情にどっぷりと浸《つ》かるあまり、魂が受けた致命傷から人間性がもれだして、モンスター狩りに挑むモンスターと化したくなかった。

チャーリーから目は離さず、前かがみになってベッドサイド・ランプのスイッチを入れた。二人のあいだはベッドが隔てていたが、出口は彼がふさいでいる。彼の手にはソニアの銃が。それを見ているソニアにチャーリーが気づいた。

「きみを傷つけやしないよ、ソニア。それにしても想像力が欠落してるな——ナイトテーブルの上に銃を置くなんて。きみの無防備さにあきれながら、すぐそばまで近づいて唯一の武器を奪ったくらいだ」

「それが唯一の武器かどうか知らないくせに」唯一ではないのだが、もう一丁の銃はベッドルームにはない。

「べつの銃が手の届くところにあれば、いまそいつを構えてるはずだろう」

矛盾するさまざまな感情の波がソニアの胸に押し寄せた。熱い溶岩につづき雪崩《なだれ》に襲われたような気分だ。かつてはよき師であり友であったチャーリー。任務について、憐れみについて、自尊心と障害克服について、それは多くのことを教えてくれた。ソニアと組んで精力的に任務をこなし、人身売買の全貌を余すところなく教えてくれた。目をつけるべきサイン、ぶつけるべき質問。移民帰化局の新入り捜査官だったソニアにどこまでも忍耐強く接し、この犯罪の反対側——犠牲者——からやってきた彼女の傷を消し去ってくれた。

「きみが犠牲者みたいな顔をしているかぎり、やつらの勝ちだ。堂々と胸を張って、戦士になれ、ソニア。きみならなれる」

戦士。チャーリーは自身をそんなふうに見ていたのだろうか？　たったひとりの軍隊に所属する戦士？　それとも、風車を相手に戦うドン・キホーテ？

新人時代にあまりにも大きな影響を受けた師だったから、彼が死ねとばかりにソニアを置き去りにしたときは死にたいくらいだった。必死に抵抗して生き延びたのは、彼の釈明を聞きたかったからだ。チャーリーが自分を罠にはめるはずがない。自分を救出に向かう途中、傷を負ったか死んだかしたにちがいない。だから自分はレイプ殺人犯の罠にかかったままになってしまったのだろう、と。

生き延びるために戦っているあいだは、チャーリーが故意にソニアを置き去りにしたなどとは夢にも思わなかった。ところが彼は、応援部隊がいると嘘をつき、そもそも作戦のことは二人のボスも知っていると嘘をついていたのだ。鍵のかかったあの部屋に閉じこめられ、怖くてたまらなかったが、自分はおとりだと知っていたから、応援チームが目を凝らし耳をすましているものと信じていた。そういえば彼らの姿は見えなかったし、声も聞こえなかった。それでも、まさか誰も見張ってなどおらず、いざというときにそなえて突入の準備をしている人間もいないとは思わなかった。やがてチャーリーから彼女を買った男が所有物を取りにやってきた。

チャーリーのしたことがすべて明らかになり、二年近くいっしょに仕事をしていた自分の目は節穴《ふしあな》だったと気づいたとき、ソニアはもう仕事を辞めたくなった。あのときもしライリーが力強い愛で支えて信じてくれなかったら、養父母が無条件の愛を注いでくれなかったら、ソニアはＩＮＳを辞め……ほかの仕事に就いていただろう。みじめな思いを抱え、自分を憐れみながら。

ようやくそれを乗り越えたというのに、いままた自分のベッドルームでチャーリーを目のあたりにした。しかし、わなわなとくずおれたりはしなかった。一瞬戸惑いはしたものの、すぐに平常心を取り戻した。はたしてチャーリーはソニアが必要としている答えをくれるのだろうか。そうでなければ彼の身柄を拘束するつもりだ。もう一度、彼が握った銃を一瞥した。ソニアに狙いをつけてはいない。こっちの意図を覚《さと》られずにもっと近づければ、銃を彼から奪うこともできそうだ。

「わたしの管轄で人身売買の容疑者の捜査をしてるのに、わたしに電話一本入れないって礼儀に反してるんじゃない？」ソニアはチャーリーに言った。

「そうすれば、おれも加えてくれるっていうのか？」

「とんでもないわ」

「やっぱりな」

「あなたっていつも、正義を理由に仕事をはじめるのよね。でも、たぶん死んでると思われる行方不明のティーンエイジャーを捜してたあなたが、いつの間にかザビエル・ジョーンズの運転手になっているってどういうこと？　いったいいつからなの？」

「ローガンに聞いたのか」チャーリーが顔をしかめた。

「ケインはあなたの友だちだわ。たったひとりの友だち」

「ローガンは友だちなんかじゃないね。コスタリカでの災難のあと、骨を折っちゃくれなかっただろう」

「災難？」過去の出来事についてチャーリーと話してもはじまらない――双方にとっていいことは何ひとつない――が、災難はないだろう？「わたしにはひとこともなく、わたしを売り飛ばした。そして応援チームが待機していると嘘をついた。わたしは生き延びるためにあの男を殺すほかなかった」

「うまくやった。きみが自分の身を守れることはわかっていた」

「あなたの言うことなんか信じられない！」ソニアはもつれた豊かな髪に両手の指を通した。

「もう少しでレイプされるところだったのよ！」

「でも、されなかった」

「うるさい」ソニアは目をつぶり、息を大きく吸いこんだ。ソニアが油断した隙に、シェルドン・ラスムセンが彼女にしたことはいまでも頭から離れない。彼につけられたナイフの傷も一生消えない。ラスムセンのせいで、子どもを産むことができない体になった。

チャーリーのせいで傷痕の残る、子どもが産めない体になった。

「すまなかったと思ってる」

「ううん、思ってない。だって、あの日、あなたは英雄になった。あの女の子たちを全部救出してね。だけどそのあいだ、わたしはあなたが彼を逮捕しにくるものと思いながら、汚らしいモンスターに襲われてたのよ」

　チャーリーが声を抑えて言った。「究極の選択だったんだよ、ソニア。信じてくれ。だが、あの子たちは自分の身を守ることのできない子たちだ。全員がいまはもう死んでいたはずの子たちだ。しかしみんな生きている。自由の身になって。きみもだ」

「あの夜、もしわたしが死んでいたら、あなたは十四人の女の子の命を救ったことで、自分の行動を正当化したはずよね」

　チャーリーがつらそうな表情をのぞかせると、ソニアはうれしくなった。この先、彼が眠れない日のつづくことを願った。

「あのときの罰はもう受けた。いまはできる仕事を引き受けている状況だ。ローガンは見込みはないと言っていたが、おれはアシュリー・フォックスが生きていることを知っている」

　怒りはまだまだおさまらなかったが、ソニアはチャーリーがどういう流れでジョーンズの下で働くようになったのかに興味がわいてきた。「ジョーンズがその子の失踪と関係があるの？」

「直接じゃないが。おれは観光船からあの子を誘拐したギャングを見つけた。客室係のひとりで、メキシカン・ギャングの一員だ。おれが追いつめたら、何もかも吐いたよ」

　胆汁《たんじゅう》が喉までこみあげてきた。そのチンピラを吐かせるためにチャーリーが何をしたのかは訊かなかった。知りたくない。

「彼女は船でベリーズへ連れていかれて、セックス・クラブで働かされていた。クスリで縛りつけられていたんだな。コカインやらマリファナやら、アッパーやらダウナーやら。意外でもなんでもない――罠にかかったと気づいた彼女には、おそらく精神的な逃避が必要だったはずだ」

ありふれた悲劇――麻薬を使って抵抗する意欲を奪っておき、肉体的、精神的に虐待を加える手法だ。頭に浮かんだ光景を追い払った。事実だけを注視しなければ。

「それから？」

「あの子が場所を移された理由はわからないが、ジョーンズの主たる納入業者を通じてアメリカに運ばれた。いまはもうカナダかもしれないが、ここ、サクラメント経由だ」

「どうしてわかったの？」

「そんなこと知らなくていい」

ソニアが手のひらで壁を叩いた。ベッドの上方に掛かっていた絵のワイヤーが滑り、かたむいて宙吊りになった。「あなたを信じろっていうの？」

「おれには情報がある。きみが信じるかどうかはどうでもいい」

ソニアは全身に鳥肌が立つほどぞっとした。口をつきかけていた痛烈なコメントをぐっと抑えこんだ。いくらチャーリーに、あなたもあの連中と同じ穴のむじなだ、と伝えたところで、彼に対して説得力はない。だが、この正義の執行者さながらの作戦行動をなんとかして終わりにさせなければならない。

「ジョーンズはあの子に何が起きたのかを知っている。あの子がどこへ行ったのかも。彼の暗号があとちょっとで解読できるところまで来てるんだ。アシュリーを救出したら、きみに連絡するよ」

　ソニアはなんのことやらわからず、顔をしかめた。「暗号？　なんの暗号？」

「必要な答えが出たら、そのときは全部教える」

「いま教えて！　本当のところ、あなた、人殺しの手助けをしてるわけ？　あなたってとんでもない悪党だわ！　あなたに人を裁く権利なんかない。ここから出ていけると思ったら大間違い――」

「どうするつもりだ？　きみの銃はおれが持ってる」チャーリーが声をあげて笑い、悲しげに付け加えた。「ソニア、ずっときみに会いたかったよ」

「やめて」

「おれたち、いいチームだったじゃないか。あれはきみの責任じゃない」

「わたしの責任？　わたしになんの責任があるっていうの？」とっさにそう訊いたものの、チャーリーが話をそらそうとしていることに気づいた。「もうその――」

　チャーリーがソニアをさえぎった。「おれをクビにさせただろう」

「話をそこに戻すつもりはないわ」そんなことできなかった。焦点がずれてしまう。目的はあくまでザビエル・ジョーンズに関する証拠収集だ。それができれば、あいつを呼び出して尋問し、仲間の名前を吐かせることができる。「あなたには情報がある。証言もできる。犯人たちの名前、場所。暗号ってなんの？　あの男は何もかも書き留めているってこと？」

「ああ。彼は日誌をつけてる。あらゆる取引、関係者、交換。各取引でいくら入ったか、経費はいくらかかったか、それに危険度。リスクの高い計画には、そのぶん請求額を高くしている。おれは彼の最近の日誌をコピーしたんだが、まだ読み解けていない部分がある。売った人間をどう暗号化しているのかが不明だ。それが解けないことには、アシュリーがどこにいるのかがわからない」

「ジョーンズを拷問にかけて聞き出したらいいんじゃないの？」ぴしゃりと皮肉っぽく言った。

「ジョーンズが拷問くらいでべらべらしゃべったりするはずがない」

つまり、チャーリーも一度は考えてみたということか。残念なことに、ソニアはもはやチャーリーの決断に驚くことはなくなっていた。「アンドレス・サモーラの脱走の件でわたしに連絡をくれたのはあなたよね。マヤはどこなの？」

「知らないね」

「そんなはずないわ」

「信じられないならそれでいい。ただ、アンドレスといっしょにはいなかった」

「警察に通報すべきだったのよ」

「おれの正体がばれる」

「あなたってあいつらと同類だわ。ジョーンズやわたしの父親とすごく気が合いそう」

チャーリーの表情が険しくなり、ソニアのほうに一歩踏み出した。両膝がベッドに触れる。銃をソニアに向かってゆらゆらさせると、ソニアは心ならずも身震いを覚えた。チャーリーは気まぐれなのだ。たとえソニアを殺したくなくても、殺すかもしれない。「おれはただの運転手だ」

「ばか言わないで。ジョーンズの日誌をちょうだい」

チャーリーはソニアの要求を無視した。「おれがアンドレスを逃がした。きみがあの子を見つけた。そうだろう？」

アンドレスに関する情報をチャーリーに与えるつもりはなかった。「欲しいのは日誌。ついでにジョーンズと彼の計画について知っていることの詳細を述べた署名入り供述書。そうすればたぶん、あなたは刑務所に行かなくてすむと思うわ」

チャーリーがソニアをにらみつけた。「やっぱりＦＢＩと手を組んでるのか？」

チャーリーにそうした情報を与える義理はないので、さらりとかわした。「そうよ。さ、いろいろ聞かせてもらわないと。行きましょ」

チャーリーがかぶりを振った。「おれは――」

「もうすぐ女の子たちを積んだ船が着くのよね。そのときにジョーンズを挙げる必要があるわ。彼がオメガ海運を使ってることはわかってるから、先週、ストックトン経由で到着した船を捜索したけど、何も発見できなかった」そう言いながら、ディーン・フーパーとちょうどその話をしていたとき、ライリーが負傷したとの知らせが飛びこんできたことを思い出した。自分のメモとディーンのそれを突きあわせる必要がある。こめかみをもんだ。チャーリーとの言葉の応酬、精神的駆け引きから来る緊張でこわばっていた。

「関与している人間の名前が知りたいの。ジョーンズの人身売買を阻止するために。ひとりだけじゃなく――全員の名前。あなたは向こう側にいるんでしょ。協力してくれなくちゃ！そしたら彼を現行犯逮捕できるわ。あなた、いったいどこまで知ってるの？」必死なのだと覚られたくはないのだが、欲求不満のレベルは限界点に達していた。

チャーリーはいつまでたっても何も言わなかった。ソニアはなんとも落ち着かなかったが、目は彼から離さなかった。「山麓地帯のどこかに隠し場所があることはわかっているんだが、どこなのかは知らない。取引は土曜の深夜の予定だ。おれはそれだけしか知らない。もしアシュリーがどうなったのかを突き止めていれば、きみに知らせていたはずだろう」

「アシュリーを見つけることができなくても、わたしに知らせてくれていたかしら？　ほかの女の子たちについてはどう？」

チャーリーは見るからにつらそうだった。「その子たちもいっしょに助ける手立てを探しただろうね」確信があるとは思えない口ぶりだ。

「しょせん、あなたはひとりだわ、チャーリー・カマラータ。ひとりで何もかもできるわけがない。まだ生きているのが不思議なくらい」

「くそっ、ソニア、きみはなんにもわかっちゃいない」

ソニアが彼をにらんだ。「どつぼにはまったわね、あなた。あなたを逮捕するわ、チャーリー」

「冗談じゃない。ハニー、おれは――」

「ハニーなんて呼ばないで」

「おれはずっときみのことが好きだった。わかってるだろう。いつだって傷ついたりしてほしくないと思ってきた」

「あなたは自分のことしか好きじゃないわ」

「きみを愛してるんだ」

「やめて、やめて、やめて！」チャーリーは十年前、ソニアが彼に不利な証言をしたあとも、愛してる、と言った。ソニアは彼の言うことなど信じなかった。たぶん彼一流の屈折した愛情を抱いているのかもしれないが、彼には愛情表現という概念がなかった。ソニアは彼を尊敬する師としか思ったことはない。彼に対する愛情は、二十一年前に救出してくれたテキサスレンジャーのウェンデル・ナイトに抱いていた愛情と同じ種類のものだった。だがウェンデルはソニアに嘘をついたことも、裏切ったこともなく、ましてや死ぬほかない状況に置き去りにしたことなどなかった。

チャーリーが抑揚なく言った。「ジョーンズは死んだよ」

まさか。「あなたが殺したの？」

「とんでもない！」

「いったい全体どうなってるの、チャーリー？」

「彼のレストランで――クラークスバーグの川沿いにある改装中の店だ――人と会う約束があるっていうんで、おれは彼を車で送っていった。到着後、隠れて見張っているよう命じられた。もしまずいことになったら、そのときは相手を殺せってことだった。やってきたのは三人の男だ。話し声は聞きとれなかった。しかも真っ暗だ。そいつらが誰だかわからなかった。二人は百八十五センチ以上あったな。もうひとり、約束の相手はせいぜい百七十七、八の痩せ型だ」

「そいつらが誰だか知らないなんて話を信じろって言われても」

「ほんとに知らないんだ」

信じられなかった。彼はまた嘘をついている。若いころ、ソニアはチャーリーの言うことならなんでも信じたものだが、いまは彼の〝何気ないそぶり〟を見ていた。彼はこっちの目を見ながら嘘をつくことができる。平然と。平然としすぎている？「それから？」

「話しあってた。背が低いほうの男とジョーンズがだ。ジョーンズは何かに腹を立てていた。話しはじめて十分たったころ、なんの前触れもなく、見たこともないその男がジョーンズの腹を撃った。ジョーンズが倒れると、そいつはさらに四発撃った。いっしょにいた男のひとりが死体を抱えあげて桟橋の突端まで運んでいき、川に落とした。そのあと、そいつも撃たれた。至近距離から三発撃たれて、川に落ちた」

チャーリーは嘘をついていなかった。彼の目と態度から見てとれた。少なくともこの部分は本当だ。

「正体不明の男が仲間を射殺したってこと？」

「ああ、そうだ」

「あなたから彼らは見えなかったのね？　知らない連中だったの？」

「本当に見えなかったんだよ、ソニア。信じてくれなくてもかまわないが、おれはいま、ジョーンズのあらゆる書類にアクセスできる。彼は自宅に書類は置いてない。ＦＢＩは腰抜けのアホ集団だ。ジョーンズを不正経理で追っている。いいかげんにしろよ。あいつらにもっと用心しろと警告してるようなもんだ。あいつにはＦＢＩが知らない銀行口座があるんだよ」

「あなたは知ってるの？」

「いくつかはな。彼の日誌の一冊分のコピーもある。暗号ももうちょっとで解ける」

「その日誌、欲しいわ、いますぐ」

「そうはいかないよ、ソニア。アシュリー・フォックスの居場所を突き止めるまではだめだ。アシュリーの母親との約束が――」

「今週末、ひょっとしたらアシュリーひとりを救えるかもしれないからって、ほかに何人いるのか知らないけど、たくさんの女の子たちが死んだり行方不明になったりするのはしかたがないってこと？　アシュリーが失踪したのは一年前よね。その子たちは土曜の夜に売られるの？　だとしたら、そのときがチャンスよ！」

「アシュリーにとってもチャンスなんだ」

「あなたって人は！　その日誌、こっちにちょうだい！」彼にじわじわとにじり寄っていたソニアがついに突進、タックルして壁に押しつけた。

チャーリーはうめきをもらし、銃の床尾をソニアに叩きつけた。ソニアは、しまった、と思いながら床に倒れこんだ。ソニアの目は激しい怒りに燃えていた。自分の間抜けさに涙も出てこなかった。

チャーリーが腕をつかんでソニアを立たせると、ぐっと引き寄せた。顔と顔を突きあわせた瞬間、ソニアは頭を左右に振ってすっきりさせた。「ここに来るんじゃなかったよ。きみが川から死体を引きあげられれば、と思ったんだ。最新の日誌はジョーンズが身につけてるはずだよ」

「水浸しよね」

「たぶんな。だがＦＢＩの仲間たちがきっと修復してくれるよ。もしかすると土曜の交換場所を事前に割り出してくれるかもしれない」

「ここから帰すわけにはいかないわ、チャーリー」

「きみに決められることじゃない」

チャーリーはソニアがすぐに追ってこられないよう荒々しく押し倒し、ベッドルームを跳び出していった。ソニアはナイトテーブルの角に頬をぶつけた拍子に舌を嚙み、口のなかに血があふれた。顔をしかめてそれをぐっとのみこみ、懸命に起きあがると、かぶりを振ってぼうっとした頭をなんとかすっきりさせた。廊下の引き出しに入れてあった予備の銃を握りしめ、チャーリーを追う。

「止まれ！」追いかけながら叫んだ。

チャーリーはすでに裏庭に出ていた。ソニアは靴をはく間も惜しみ、裸足《はだし》のまま追いかけた。

だがフェンスを跳び越えて前庭に走り出たとき、もう彼の姿はなく、車のボンネットにソニアの銃が置いてあった。

12

ノエル・マルシャンは裏切り者に苛立ちを隠せなかった。

「グレッグ」いかにも重たいため息とともに言う。「きみの返事がどうも気に入らないんだよ。この二十分間、すごく簡単な質問しかしちゃいない。FBIの誰と連絡をとっているんだ？　向こうにはミスター・ジョーンズについて何を話した？　このおれについては何を話した？　なんできちんと答えないのか、理解に苦しむな」

ジェレミー・イグナシオがベガの家の近くでノエル、リンと落ちあい、警備システムの機能を無効にした。ノエルが裏切り者の家に侵入するのに朝の四時過ぎまで待たなければならなかったのは、その作業のせいだった。幸運にもベガ夫婦はベッドでぐっすり眠っていた。腹の突き出た女房をつかまえるのはいとも簡単だった。

その女房は、グレッグ・ベガから見える位置に置かれた椅子に縛りつけられていた。リンがかたわらに立ち、銃口を頭部に当てている。

ベガはなかなか口を割らない。FBIに密告するまでは、ジョーンズの有能な手下だった男だ。ノエルの下に置いても有能な手下になったはずだ。

「女房を放してくれ」声がかすかに震えはじめていたが、二十分がたったいまもまだ、自分は裏切り者ではないし、ＦＢＩと連絡をとったことなど一度もないと言い張っていた。

「きみだと知ってびっくりだよ」ノエルが認めた。「ザビエルがこれ以上厄介な存在になったときは、きみを雇おうと計画していたところだった。あいつは、あの小僧を逃がしたことで寿命を縮めた。そうなればあいつの下で誰よりも長くやってきたきみを、この西部一帯の後継者に据えるのが自然だと思ったからだ」

イグナシオに向かって軽くうなずいて合図すると、イグナシオは隣りあうキッチンへと歩いていった。

ノエルが先をつづける。「ジョーンズとおれとはある肝心なポイントで意見が食い違っていた。あいつは家族のいる男を部下にした。〝愛する者〟に危険がおよぶかもしれないという言外の脅しが部下の統制に効果があると考えていたからだ。おれは逆に、しがらみのないやつを部下にしたいと考えている。われわれの商売ならではの特権を享受する人間だな。とはいえ、いままではこの哲学の相違のせいで問題が生じたことはなかった」

イグナシオが以前に仕掛けた盗聴器をキッチンの椅子の下からはずし、高く上げて見せた。ノエルがその盗聴器を手ぶりで示し、ベガの目に浮かんだ恐怖を見てとった。恐怖は情報を引き出すためには有効だが、有益な感情ではない。とりわけ、ベガが何を言おうがしようが命が助かる可能性がいっさいない状況にあっては。

「さあ、もう嘘はそれくらいにしておけ。おれの質問に答えるんだ。さもないと奥さんが痛い目にあうぞ」

ノエルがベガの上にかがみこむと、縛りつけられたベガがむなしく抗《あらが》った。鼻はベッドルームで繰り広げられたしばしの乱闘で折れ、乾いた血が顔をおおっていた。耳たぶはすでにノエルに切り落とされ、ベガが着ている白いTシャツにはそこからゆっくりと血が滴りつづけている。脚はむき出しで、トランクスだけが尻を隠している。

ノエルがナイフを取り出し、ベガの素足に荒々しく突き立てた。刃はカーペットとその下のパッドを貫き、さらにその下の床板に突き刺さった。

ベガは悲鳴をあげ、神を冒瀆《ぼうとく》する言葉を立て続けに吐いた。だが誰にも聞こえない。彼は田園地帯、ゴールトにある五エーカーの敷地をもつしゃれた家に住んでいた。おそらく子どもを育てるにはいい場所だとでも考えたのだろう。おそらくここは安全だとでも考えたのだろう。

「さっさと答えろ。さもないとつぎのナイフは奥さんの腹に刺さるぞ」

ケンドラ・ベガは口のなかに布を押しこまれていたが、それでも悲鳴をあげた。彼女のすすり泣きや懇願にいらついたノエルがリンに命じて、さるぐつわを嚙ませたのだ。

ベガは歯を食いしばり、顔には冷や汗が噴き出していた。ノエルがもどかしげに足で床をこつこつと打ったあと、顎をしゃくってリンに合図を送ると、リンが女の頭を横から力任せに叩き、女は椅子ごと横倒しになった。

「FBIじゃない！」ベガがわめいた。「女房に手を出すな、ちくしょう！　もう一度やったらただじゃおかないからな！」

「嘘だろう――」ノエルはベガの言葉をじっくりと考えた。「もしFBIに言わなかったとしたら、どこに密告した？」

ベガがぎゅっと目をつぶった。「わかった、話すよ。たのむ、女房を痛めつけないでくれ。お願いだ。おれを殺せ。女房は痛い目にあわせないでくれ。お願いだ」

ノエルは答えず、ただ待った。

ベガはこの世界に入ってもう長い。誰も生かしてはおかないくらいのことは承知していた。ただ痛い目にあって死ぬか、痛い目にあわずに死ぬかなのだ。沈黙がつづき、三分になろうというとき、ベガが屈服した。

「移民税関捜査局だ」

ノエルがポケットから棍棒《こんぼう》を取り出した。革に包まれた棍棒の重さと硬さは握り心地がよかった。ノエルの頰を横から叩いた。血と歯が口から床にこぼれた。「おれの計画をICEに知らせたのか？」ノエルの声はたんなるささやきだった。

ベガはかぶりを振り、カーペットの上に血をぺっと吐いた。「あんたじゃない。ジョーンズのことだけだ。神に誓ってもいい。ジョーンズだけだ」

「おれの名前は言わなかったんだな？」

「ああ、そうだ！　誰の名前も言ってない。ジョーンズ以外に誰がかかわってるのかは知らないと言った。おれはただ足を洗いたかっただけなんだ。姿を消したかった。向こうもジョーンズを挙げたがってただけだ」

もちろん、ＩＣＥはジョーンズを挙げたいはずだ。ジョーンズなら関与したその他の人間を全員知っている。金がどこからどこへ流れているのかも知っている。ジョーンズはどこかに自分の活動を記録していたはずだ。ノエルには確信があった。ジョーンズは几帳面なやつだ。きっと何かしら記録を残していた。ＦＢＩがそれを発見するころにはもう、ノエルはこの国を出ているだろうから、身柄拘束に関してさほど心配はしていなかった。気がかりなのは、商売を再開できるかという点である。膨大な金がかかるだけでなく、こんなことが起きたあとだ、失ったクライアントからの信頼も取り戻さなければならない。

もしベガが嘘をついているとしたら、ＩＣＥ――現時点ではおそらくＦＢＩ――はノエル・マルシャンという名の男を知っているということになる。この名前はすでにアメリカの間抜けな捜査機関のデータベースに登録されている。だが、いま彼がアメリカで使っているデヴェローという名をジョーンズは知らなかった。となれば、ベガも知るはずはない。

しかし、対処しなければならない問題はほかにもあった。

「ＩＣＥは今週到着の船荷の件を知ってるのか？」

「詳しいことは知らない。ただもうすぐ取引があるらしいってことだけだ。おれは時間も場所も知らなかった。ミスター・ジョーンズはいつだって直前にならなきゃ教えてくれない。本当なんだ。どうかお願いだ、女房を放してやってくれ」

ノエルが尋ねた。「連絡相手は誰だ？」

「ソニア・ナイト捜査官。本当だ。おれが話した相手は彼女ひとりだ。最後に連絡を入れてからもう数日たっている。つぎの交換について詳しいことがわかったら連絡することになっているが、そこまでだ。本当だ。あんたやその他の人のことなんか、何ひとつ言っちゃいない。彼女が追っているのはジョーンズだけだ。本当なんだ。誓うよ」

ノエルの血が凍った。「ソニア・ナイトか」

「そ、そうだ」

ここしばらくはソニア・ナイトのことは考えたことがなかった。ICEのサンフランシスコ支局にいるものとばかり思っていたが、サクラメントに配置転換になっていたとは。あるいはジョーンズ追跡のためだけにここに来たのだろうか？　あの女は何を知っているのだ？　ノエルの手には負えない複雑な状況が発生しているようだ。

「どういうわけでナイト捜査官を選んだ？」

「選んだわけじゃない。ホットラインに電話したんだ。二か月前に。そしたら会ってくれたのが彼女だった。直接顔を合わせたのは一度だけで、あとは二度電話で話した。本当なんだ。神に誓う――」

「向こうは何を知ってる？」

「証拠は何ひとつ握っちゃいない。思うに……仮説はいくつか立てているだろうが、証拠は何もない」

「それできみが証拠を提供しようと申し出たわけか」

「ジョーンズに関するものだけだ！　本当だ。ジョーンズだけだ。おれは足を洗いたかった。足を洗いたかったが、彼は手下をそうはさせてくれないから」

「そりゃそうだろう」ノエルはこの展開が気に入らなかった。ＦＢＩは厳格な規則に則《のっと》って動く。それにひきかえ国土安全保障省とその下部組織であるＩＣＥはもっと広範囲における捜査権を持っており、それはアメリカ国外にもおよぶ。

「厳密には何を話した？」

「だからもう言っただろう！」

「明確な証拠もなしに足を洗う手助けをするはずがない」

ベガが神経をぴりぴりさせて唾をのみこみ、体を震わせながら女房をちらっと見た。ノエルは左に一歩移動し、ベガの視界をさえぎった。「さあ、答えてもらおう」

「向こうがすでに入手していた情報の内容を認めただけだ」

ノエルがベガの足からナイフを引き抜くと、ベガが叫びをあげた。痛みと縛りに抗ううちに全身の筋肉が引きつっていく。ノエルがナイフをベガの首筋に当てた。「もっと詳しく」

「オメガ海運はジョーンズの身内が仕切っている。ジョーンズはサクラメント水路を利用しているが、ストックトン港到着前に商品を動かす。おれは彼女が知っていた情報を認めはしたが、知らないことは何も教えちゃいない——向こうはジョーンズの部下の半分くらいを知っていた」

「向こうがつかんでいた者のリストが欲しい」

「わかった」

「いますぐだ」

ベガがつぎつぎに名前を挙げ、ノエルはイグナシオに書き留めるよう命じた。

「ほかには？」

「ジョ、ジョーンズが複数の保管施設を利用していること。彼女は二年前にそのひとつを突き止めて——ほら、あんたも知ってるだろう、女の子たちを助け出しやがった」

ノエルは知らなかった。ジョーンズは手入れがあったことを隠していたのだ。あの野郎、もしまだ生きていたなら、あんな簡単に殺しはせず、もっともっと苦しめてから殺してやるところだ。

しかしこんなチンピラに知らなかったと言うつもりはなかった。「おれはただ、事実を認めただけなんだ」ベガが言った。「それから、もう使っていない施設を二か所教えてやった——ほ、ほら、こっちが誠意を見せれば、女房を保護してくれると言うから」

「向こうはなかなかいい仕事をしたようだな」ノエルが右に動き、ベガから女房が見えるようにした。あいかわらず椅子に縛りつけられたまま、床に転がっている。

「どうかお願いだ、たのむ、お願いだ、お願いだ」ベガが懇願した。

「女たちがここに到着したあと、おれたちがどう動かすかは知っているのか？」

「いや、知らない。たぶんトラックだろうと思っているようだったから、訂正はしなかった。万が一、向こうがおれたちとの約束を破ろうとしたときのことを考えて言わずにおいたんだ」

ノエルの平静そのものといった物腰に促されるかのように、ベガはしゃべりつづけた。まるで彼への追従《ついしょう》が唯一生き延びる道でもあるかのように。「中国から来るオメガの船のことを彼女は知っていた。そしてストックトン行きのオメガの船を探していたが、見つけられずにじりじりしていた――」

とりとめもなくしゃべってはいるものの、重要なことは何ひとつ言っていない。そこでノエルは彼をさえぎった。「サモーラの小僧の居場所は知ってるのか？」

ベガの顔に浮かんだ戸惑いから察するに、あの子どもの名前を知らないことは明らかだ。ノエルは説明を加えた。「先週のことだ。ジョーンズはミスを犯して、少年をひとり自宅に連れていった。その子が脱走したんだが、その件について何か知ってるか？」

「あの子なら一キロ半ほど離れたところにある古い家のガレージに監禁されてた。あの子が脱走するまで、あそこに連れてこられたことすら知らなかった。おれも捜したが、見つけられなかった。ジョーンズはひどく気をもんで――あっ、そうだ！」

「どうした？」

「誰かがナイト捜査官にあの子のことを通報した。匿名で」

「おまえじゃないのか？」

ベガがかぶりを振った。「まさか。おれじゃない。おれは知らせてない。誰かほかのやつだ。神に誓ってもいい」

「知っていたのは誰だ？」

「知ってるやつはたくさんいた。警備チームは全員知ってた。みんなで捜したんだから。ドニー、ファン、チャック、ラース、たしか彼の会計士もだ。クリス――」

イグナシオが横から口をはさんだ。「このリストにチャックってやつはいないが」

「チャックってやつは何者だ？」ノエルが詰め寄った。

「チャ、チャック・アンジェロ。ジョーンズの運転手だ」

「なんでそいつをリストに入れなかった？」

「そのリストはナイト捜査官が知っていたやつのリストだろう。チャックのことは訊かれなかったから、言わなかった。新入りで、まだ三か月か四か月ってとこだ」

運転手。ノエルは自分のミスに気がついた。ジョーンズがてっきりレストランまで自分で車を運転してきたものと思いこんでいた。ジョーンズが大物とひとりで会うことはよくある――とノエルは思っていた。昨夜、ジョーンズの運転手はどこにいたのだろう？　ジョーンズの運転手は暗殺を目撃したのだろうか？　あるいはジョーンズは自分で運転してやってきたのだろうか？

「チャック・アンジェロにはどこへ行ったら会える？」

「あの敷地内に住んでいる。昔の管理人の家だ」

「あの小僧が脱走したところの近くか？」

「ま、ま、まあ、そうだ。歩いていける」

「まだおれに話してないことがあるんじゃないか？　なんでもいいんだが？」

「いや、ない。本当だ」

「嘘をついたところで、おれにはわかる。それに奥さんがたいそう痛い目にあう。それとも何か、奥さんの腹からおまえの子どもがえぐり出されるところが見たいのか？」

「たのむ。お願いだ。ナイトが知っていることはもう全部話した。おれが知っていることもだ。ストックトンに到着した荷がどこへ運ばれたのか、おれは知らない。いまどこにあるのかも知らないし、交換場所がどこなのかも知らない。お願いだ。どうかおれたちを助けてくれ。そしたらおれは姿を消す。本当に悪かった」

ノエルがリンに言った。「これでもう終わりにするか」

リンはケンドラ・ベガの頭部に銃を向け、三発撃ちこんだ。

ベガが悲鳴をあげた。「やめろ！　やめてくれ！　この野郎！　約束しただろうが！」

「奥さんを苦しませないとは言った。おまえを苦しませないとは言わなかった」

ノエルは持っていたナイフを上げ、ベガの舌を切り取った。ベガの苦悶の叫びには快感も良心の呵責も感じなかった。罰としての殺人は、たんに必要不可欠な仕事のひとつにすぎず、深く考えるようなことではなかった。ベガの腹部にナイフを突き刺した。握りの部分までいっぱいに。あと十分の命だろう。多少長いかもしれないし、短いかもしれない。生き延びることはまずないとわかってはいたが、ノエルは危険を冒すつもりはなかった。

「イグナシオ、もうしばらくここに残ってくれ。二十分たっても死ななかったら、そのときは頭に一発ぶちこんでやれ」

ノエルはミスター・リンを連れてベガの家をあとにした。空がちょうど白みはじめていた。

「日の出まで生きているかな？」

「日の出は何時でしょうね？」

「午前四時五十八分」

「無理でしょう」リンが言った。

「賭けるか？」

「百ドルでどうです？」

「よし、乗った」ノエルが言った。

二人はレンタカーに乗りこんだ。「そのチャック・アンジェロって男についてできるかぎり詳しく調べてくれ。スパイかもしれない。それと、もう一度あの小僧を追跡したほうがよさそうだな。もしＦＢＩに保護されていたりすれば問題だ」二人の子ども――サモーラの小僧とトビアスが殺しそこなった女――が当面、彼にとって最大の脅威だった。「あの小僧と病院に運ばれた女には死んでもらわなきゃならない」

「承知しました」

「ソニア・ナイト捜査官はおれがなんとかしないとな」

「そうですね」

「あの女の息の根を止めるくらい簡単だろう」ソニアの名前を聞いた瞬間から、内心では怒りが煮えたぎっていた。昔、チャンスがあったときに殺しておけばよかった。「ミスター・リン、ホテルに戻ったら、あの女に関する情報を、どんなものでもいい、まとめてくれ。住所、養女にした家族、友人、習慣――なんでもいい、調べてくれ」

「あの、ちょっとよろしいですか？」

ノエルが気に入らないかもしれない提案を伝えるとき、リンは必ずこう前置きする。

「言ってみたまえ」

「狙撃手に撃たせるのが最良の方法かと思います」

リンの言うとおりだとわかってはいた。しかし問題はソニア・ナイトが差し迫った移送について何を知っているかではなく、彼の商売に悪影響を与えかねない彼女の活動全般である。ひとりのあばずれ女が私怨を晴らす目的で彼のような商人たちを阻止したがっているからといって、アメリカの西部各州をまるごとあきらめる気にはなれなかった。実際、ノエルはかわいそうな少女たちに荒れ果てた貧しい農村を脱出するチャンスを提供しているのだ。そうしたところに生まれただけで、すでに奴隷も同然だ。少女たちをみすぼらしい生活から拾いあげ、雇ってやっているのが彼だ。セックスは価値ある商品だ。上質なファック――ないしはクライアントが求めるもの――を提供する少女には、ノエルやその子を彼から買い受けた連中が衣食住のみならず、医療まで保証してくれる。そう、ノエルがこれまでに扱った少女たちは、世界じゅうの売春宿に分散されるまでは医者にかかったことなど一度もなかった子がほとんどだ。

ソニア・ナイトにこの収益性の高い商売を阻止させるわけにはいかない。日に日に利益率がアップしているほどだというのに、あの女の存在は収益を損ないかねない。ノエルはそこをきわめて深刻にとらえていた。

よりによってあの女とは。殺した際には顔が見たい。息の根を止める前に、このおれが誰だかわからせてやりたい。毎年毎年あの女のせいでかかる経費分、たっぷりと苦しめてやりたい。

むろん、捕まりたくはない。ノエルはいままさに全盛期を迎えていた。父親が死んで彼が跡を継いでから、商売はますます繁盛していた。

「たしかにそうだな、ミスター・リン。そうするとしよう」ノエルがため息をついた。「あの女をメキシコに連れ帰るわけにいかないのは残念だがな。あいつのせいでかかった経費を返済させたいところだよ——客をとって稼がせて」

13

サクラメント川のはるか東に位置するシエラネバダ山脈から太陽がようやく顔をのぞかせるころ、保安官事務所の潜水チームが水中から最初の死体を回収した。

川に面したレストランの駐車場をディーンが横切っていく。保安官代理のひとりがぼそっとつぶやいた。「サクラメント警察、サクラメント保安官事務所、ＩＣＥときて、つぎはいよいよＦＢＩのおでましか」

拠点がサクラメントではないため、ここでのディーンはたんにＦＢＩだからというだけでなく、地元の警官を誰ひとり知らない、唯一のよそ者という位置付けに置かれた。キャラハンもいっしょに連れてくればよかったが、ジョーンズ邸の見張りを任せてきたのだ。いや、ジョーンズ邸というよりカマラータが住んでいた家である。ジョーンズの死亡が確認できるまでは許可なしでジョーンズ邸に入ることは許されないし、ジョーンズの弁護士が許可を出してくれるかどうかもわからない状況だ。

ディーンはレストランの裏手へと歩いていき、ソニアを見つけた。見知った顔がいたからというだけかもしれないし、彼女があまりに美しく堂々としていたからかもしれないが、思わず足を止めて見入った。

　桟橋の中央で両脚をわずかに開き、両手を腰に当ててまっすぐに立っていた。黒い半袖Tシャツには〝POLICE　ICE〟とブロック体の白い文字が入っている。アップにした髪は、早朝の光のなかで茶色というより赤く見えた。日焼けした顔が朝の冷気に紅潮している。川べりはやはりだいぶ寒い。

　ソニアからの電話は簡潔だった。ディーンとしては彼女への質問がやまほどあったが、カマラータのキャビンの盗聴器の有無を調べるまでは訊けなかった。

「今朝、チャーリーがわたしのうちに侵入してきたの。ジョーンズが死んだことを伝えに。殺したのは正体不明の商売仲間。ジョーンズが所有するレストランの裏の川に捨てられたらしいわ。ジョーンズの自宅を調べてもらえます？　昨夜以降、ジョーンズを見た人がいるかどうか？　つぎにチャーリーのキャビンをよく調べて。もし彼がいたら、逮捕してください。不法侵入罪、連邦警察官に対する暴行罪、そのほか思いつく罪状なんでもかまわないから」

　電話の口調はいかにもプロらしく冷静だった――冷静すぎた。自宅へのチャーリーの侵入に対してはもっと怒っていいはずなのに、いやに冷静かつ超然としていた。昨夜のさまざまな出来事のほかにも何か問題があるのだろう。それがなんなのか、ディーンは突き止めたくなった。

　見つめられていることを察知したかのように、ソニアがくるりと振り向いてディーンのほうを見た。頰に大きな絆創膏を貼っている。あいつが彼女を殴ったわけか。にわかにわきあがったソニアを守りたい衝動は自分でも意外だったが、彼女を守らなければという気持ちを上回ったのは、カマラータを捜し出さなければという本能だ。握りしめたり開いたりを繰り返す両手が、唯一彼の怒りを表す仕種《しぐさ》だった。

ソニアが片手を上げて手招きしながら近づいてきた。「いま死体を引きあげてるところ。百メートルほど下流の木の根っこに引っかかっていたんですって」手ぶりで保安官事務所の救難船を示した。数名のダイバーが水から出たり入ったりしている。「十分くらいかかるらしいわ」

ソニアは心ここにあらずのようだ。ディーンは思わず手を伸ばし、頬の絆創膏にそっと触れた。「大丈夫か?」

「ええ、なんでもないわ」そうは言いつつも、目をそらした。

「なぜきみの家に侵入したんだろうな? ジョーンズが死んだことを知らせるためだけかな?」

「さあ、どうかしら。それもあるでしょうけど、もしかしたら昨夜あなたに、わたしが彼と話したがってる、って言われて動揺したからかもしれないわね」ソニアは笑みを浮かべたが、そのユーモアはディーンには伝わらなかった。

「あいつがきみを自宅で襲うなんてことがわかっていれば、家を見張るんだったな。申し訳ない」

「謝ったりしないで。あなたに問題があるわけじゃないもの。チャーリーは他人のルールに従って動いたりしない人なのよ」ソニアがディーンから川へと視線を移した。「ジョーンズ邸で何か発見した？」

チャーリー・カマラータに関しては、ソニアが秘密にしていることがまだまだあるような気がした。昨日、二人の過去のいきさつをそれとなく話してはいたけれど、じつはもっといろいろなことがあり、それが彼女を悩ませているのだろう。とはいえ、いまここで訊くわけにもいかない。「厳重に戸締まりしてあった。ジョーンズの死体が回収されるかどうかにかかわらず、令状がとれるか探らせている。カマラータのキャビンはきれいなものだった。彼の言う殺人の直前か直後かに片付けたんじゃないかと思う」

「彼の言うことを信じてないのね？」

「きみはどう？」

「信じてるわ。嘘をつく理由がないし、すぐそこに死後まもない死体があるわけだし」

「間違いなくジョーンズなのかな？」

「まだ確認はできてないけど、彼が言っていた時間が本当なら約六時間しかたっていないわけで、遺体の損傷はほとんどないはずでしょ。引きあげたらすぐにわかると思うわ」ソニアがディーンをちらっと見た。「チャーリーによれば、ジョーンズはあらゆることを日誌に暗号で記録していたそうよ」

「暗号？」

「チャーリーはコピーを持ってるのに、わたしにわたすつもりはないって。あのばか。全国手配して、みんなに捜してもらわなくちゃ。失踪したアシュリー・フォックスって女の子にいやにこだわってて、事件の全体像が見えなくなってるのよ」

「われわれが必ずや見つけるよ」

「そうはいかないでしょう。彼、隠れるのが得意なんだから。女の子たちがいまどこにいるのかは知らないけど、土曜の深夜に交換がおこなわれることは間違いないって言ってたわ」

「ジョーンズが死んでもだろうか？」

「それはわからないけど。でも、もしジョーンズが行かなかったら、その女の子たちは死んじゃうわよね。わたしの情報提供者は交換がいつなのかは知らなかったけど、場所はきっと知ってる」

「もっと詳しくたのむ」

「彼はこれまで一ダースくらいの取引にかかわってきたの。いくらジョーンズでも、二十人から三十人の女性を隠しておける場所の数はかぎられているはずよ。情報提供者はこちらに誠意を見せたかったんでしょうね、もう使われていない施設を二か所教えてはくれたけど、それ以外の場所を教えたら自分がしゃべったことがジョーンズにばれるからって断固として言わなかった。その二か所は強制捜査をしたわ――一か所はここからそう遠くない農場の廃屋で、もう一か所はストックトンの川からすぐの倉庫。相当数の人間がそこにいた痕跡はつかめた――排泄物とかごみとか。正確な時間と場所がわかったときは連絡するとベガが約束してくれたんで、こっちとしては連絡を受けてから四時間ほどで強制捜査の準備をととのえるつもりでいたんだけど、こうなったらなんとしてでも彼から聞き出さなきゃならないわ」

「パターンがあるんだよ」ディーンが言った。「たとえ犯罪者とはいえ、人間が物ごとを無作為化しようとするときは、知らず知らずのうちにパターンをつくるものなんだ」

「もしチャーリーがその忌々しい日誌とやらをこっちにわたしてくれていれば、問題は解決していたってことね！　ＦＢＩとＩＣＥの協力で、あっという間に暗号は解けていた」

ディーンにはほかにも気がかりなことがあった。「彼はなぜそんなことをしているんだ？」

「昨日話した女の子を救出したがっているの。アシュリー・フォックス。この子が行方不明になったのは一年前だから、さらに数日かかったところで大差はないけれど、彼女と同じ運命をたどりそうなたくさんの子にとっては、同じ数日の意味合いが違うかもしれないわ。ほんとにもう！」

ソニアがディーンに背を向けたため、ディーンには彼女がどれほど苛立っているかを見てとることはできなかったが、彼女の表情豊かな目に浮かんだ苦悩と焦りの色は見逃さなかった。

「その日誌の件だが、チャーリーが本当のことを言っていると思う？」

「間違いないわ」

「あの家にはなかったな」ディーンが言った。「隅々まで捜索して、ジョーンズに金庫も開けさせたんだが。とはいえ、闇企業にはたいてい帳簿が二種類ある——表向きの帳簿と実質的な帳簿と」

「彼のオフィスのほうへは行った？　コンサルティング会社と警備会社なんだけど？」

「チームの誰かが行くことは行ったが、令状に書かれた財務資料を押収してきただけだ。日誌やその他のものを探しにいったわけじゃない」

「あなたがまた令状をとるわけにはいかないなら、わたしがとるわ。ジョーンズが死んだにせよ死ななかったにせよ、強引に出なくっちゃ。あまり時間がないんですもの。二日と半日。もし会社にそうした帳簿がないとしたら、そのときはおそらく従業員のひとりが彼の指示で裏帳簿を管理しているんでしょうね」

ディーンがかぶりを振った。「会社のおかげでジョーンズは表舞台に立てていた。金をロンダリングすると金の流れを知る者の数が増え、それだけリスクが高くなる。だがジョーンズがそのへんをどうしていたのかがつかめていない。会社の経費がいささか多いとはいえ、クライアントから発生する収益に見あう範囲内だ。クライアントから入ってくる金に不審な点はない」

「クライアントのリスト、あります？」

「ああ、もちろん。昨日は時間切れになってそこまで話さなかったが」

「ここがすんで、そのあと情報提供者に連絡がついたら、またあなたのオフィスに行って、ジョーンズのクライアントをもう一度調べたほうがよさそう」保安官事務所の船が桟橋に向かって動きだした。「ジョーンズは人身売買で利益を得て、そのお金をきっとどこかに隠しているはずだから」

ディーンとソニアは桟橋に着いた船へと近づいた。船上では検視官が遺体を袋に入れていた。溺死体はまず証拠保存のため、透明なビニール袋に入れられる。腐敗の進行が陸地でのそれと大きく異なっているからだ。そのあと、搬送のために死体袋におさめられた。

そのときディーンははたと気づいた。「ジョーンズに対するぼくの捜査は完全に間違ってたようだ」みずからの非を認める。「ぼくはどんな事件も金の流れに焦点を合わせて追ってきた。九十五パーセントは、財務書類をさかのぼって調べることで、思いどおりの結果が得られるものだが、ジョーンズの場合、それではだめだった。彼の記録はすべて問題なしだった。ということは、クライアントのほうをもっと時間をかけて調べる必要があるってことなんだ」

「でもほんのちょっと前に言いましたよね、クライアントも調べたって」

「ああ、調べた。どこも合法的な経営をしていて、税金面や銀行口座にはなんの問題もない。しかし彼らについてもジョーンズと同じように、もっと深く探る必要がある」

ソニアが顔をしかめた。「何百時間ってマンパワーを要する作業になりそうね。そんな時間、とうていありませんよ」

「だからきみの助けが必要なんだ。きみはこのあたり一帯に精通してる。きみとサムが名前や住所に目を通してくれれば、可能性のあるクライアントをごくひと握りにしぼれると思うんだ」

「それでも大博打《ばくち》って気がするけど」

「たぶんそうなんだが、ジョーンズの所有地のどこかから金塊や現金、あるいは闇取引のダイヤモンドなんかが入った金庫でも出てこないかぎり、彼が金を洗浄できる唯一の手段はクライアントだ」

トレース・アンダーソンが救難船から跳びおり、二人のほうへ歩いてきた。「ジョーンズじゃなかった」

「チャーリーは二人殺されたって言ってたわ」ソニアが言った。

「そうか。じゃあ、もうひとりはいったい誰なんだろう？」

ソニアは、検視官とそのチームが遺体を船から桟橋に運ぶようすをじっと見ていた。白いシーツが車輪付き担架をすっぽりとおおい、垂《た》れさがっている。ジョーンズが会う約束をしていた男が身内のひとりを射殺したという、チャーリーから聞いた話のほうがいまや死体そのものよりはるかにおぞましかった。それはとりもなおさず、ザビエル・ジョーンズより冷酷な略奪者がこの街に存在するということだ。

ダイバーの責任者がトレースに声をかけてきた。「二体目を捜しに戻りますが、同行しますか？」

トレースがソニアを見、ソニアはうなずいて承諾した。「行きます」トレースはダイバーに大きな声で答えてから、ソニアとディーンに言った。「もう一体が見つかりしだい、すぐに知らせます」

「よろしくね、トレース」

船が桟橋を離れると、ソニアは検視官に歩み寄って、まず自己紹介し、つづいてディーンを紹介した。「被害者を見せてもらいたいんですが」

アジア系の痩せた男はうなずいた。「もう袋には入れたけど、外側の袋はまだ閉じてはいないから」殺人事件の場合、外側の袋は検視局での司法解剖の準備がととのうまで密封したまま保管される。そして密封を解いたときにはじめて、生物的証拠や微細証拠は記録される。

検視官がシーツをはがし、ソニアは透明なビニールごしに遺体に目を凝らした。

生え際が後退しかかった中年男性で、痩せてはいるが腹がややでっぷりしている。背が高く——少なくとも百八十七、八センチはある——皮膚が水でふやけているというのに筋肉の形がはっきりとわかる。体幹部分の皮膚は青白く、四肢は体内のガスの膨張やバクテリアの増殖が原因で緑色に変色しはじめていた。腐敗による変色が二色の段階だと死亡時刻は推定しやすい。一般に、死体がほぼ三十六時間以内に発見されれば、検視官は死亡時刻を厳密に推断できるのだ。それ以上経過した場合、死亡推定時刻は知識を裏付けにした推測となる。

胸部の銃創はどれも冷たい水で洗われてきれいだ。射入口の縁が黒いのは、犯人と被害者との距離がごくわずかしかなかったことを示している。

「時間はあまりたっていませんね」ソニアが言った。「死亡時刻、だいたいわかりますか？」

「要因として考慮すべきは、現在の時間、天候、水温——」

「わたしは四時間から八時間前だと思ってます。これまで遺体をいやというほど見てきてますが、これはまだあまり時間がたってないみたいなので」ソニアが言った。

「おそらくきみの推測は当たっているだろうね。八時間以内であることは間違いない。さもなければ、もっとずっと暗い色になってるはずだ。最も暗きは夜明け前ってね」検視官が水死体の腐敗レベルをネタにした寒いジョークを言って声をあげて笑うと、保安官代理二人もいっしょに笑った。ソニアも作り笑いを浮かべはしたものの、とうてい笑う気分にはなれなかった。その死体がどういうわけか気にかかってしかたがなかったが、理由は自分でもわからない。

「何を考えてる？」ディーンが小声で訊いた。

「彼の服を見て」

被害者の着衣は、白いTシャツの上にファスナーを開けたままのウインドブレーカー、ジーンズ、鮮やかな赤のランニングシューズだ。

「溺死体を見るのははじめてなんだ」ディーンが正直に言った。「何か変な点があるってこと？　本当なら水流で靴が脱げていなけりゃ変だとか？」

「ううん、必ずしもそういうわけでは。たぶん、赤い靴が気になるんだわ。どうもなんだか……場違いで」

ディーンが検視官に言った。「遺体を検視局に運んだあと、こちらから捜査官を行かせて解剖に立ち会わせてもらってもいいですか？　証拠の分析にも協力させてもらえますか？この捜査に関しては、うちは郡に全面的に協力させてもらうことになってるんです」

「ああ、なんでも気のすむようにやってくれ。主任病理医にＦＢＩから人が来ると伝えておくよ」

検視官が遺体をおさめた袋を閉じるのを見ながら、ディーンがソニアに言った。「靴のことは言っておくよ。たぶんそう出回っているものではなさそうだ。特定の店でしか扱っていないんじゃないかな」

「それはそうなんだけど、ネットショッピングのこの時代ではもはやそういうことが大きな意味をもたなくなってるのよね」ソニアが顔をしかめた。そして検視官に尋ねた。「死体から指紋は採取できそうですか？」

「その可能性は高いね。水中での時間がそう長くないから、完全に損なわれてはいないだろう。手を乾かせば指紋はとれると思う。二時間ほどかかるが」

「お願いします。ご協力、ありがとうございます」

ソニアとディーンはまたレストランの正面へと引き返し、駐車場へと歩いていった。鑑識のバンが停まっており、課員たちが周辺をくまなくチェックして証拠を捜している。ソニアがレストランの入り口に近い歩道の血痕を手ぶりで示したのち、南西方向の川岸を見やった。

「チャーリーは、土手のへりで木陰に隠れてジョーンズを見ていたって言ってたけど、ここからだと桟橋は見えないわ」

「隠れていた位置によるだろう」ディーンが言った。

「あまり遠くではないはずよ。そうでなければ、二人目が撃たれるところは見えなかったと思うの。それでいて最初の射殺もよく見える角度だった」

「ということは？」

「彼、ジョーンズを殺した人間をきっと知ってるんだと思うわ」

「おそらくそうだろうな。あの男は危険だ」ディーンが声を抑えてつぶやき、ソニアの傷を負った頬をもう一度手でかすめた。彼のさりげなく仕種に、ソニアは思わずしなだれかかりたくなる衝動をぐっとこらえた。師と仰いでいた人物が堕ちてしまった現実を前に、胸の内では鬱積《うっせき》した苛立ちと深い悲しみが激闘を繰り広げていた。動揺がおさまるまで五分欲しかった。すぐそばで見ていたソニアだから、チャーリーの歪んだ正義感を知ってはいたものの、名誉や法まで犠牲にはできないだろうと希望的に考えてきた。さもなければ彼も、向こう側にいる人間と同じではないか。自分を正義の執行者とみなす自警団員？　自警団なら罪もない人びとに危害を加えたりはしない。自警団なら失踪した少女ひとりのために、トラック一台分の中国人女性を死なせたりはしない。ソニアに本当のことを言ってくれるだけで両方を助けることができるというのに。彼のしていることが理解できない。

「徐々に近づいてはいるさ」ディーンがソニアのほつれた髪をさっと払った。彼のまなざしは静かな思いやりに満ち、じゅうぶんな説得力をもっていた。ジャケットの下に銃が一丁しかないことを除いては、見た目はあの深夜の強制捜査のときとあまり変わってはいなかった。この彼が会計士でもあるとは驚きだ。数字の処理能力が高い男に惹かれるなんて、われながら想像できないが、見た目がこれほど……ホットな男性には会ったことがなかった。そのうえ頭脳明晰《めいせき》とくれば——昔から頭脳明晰でアスリート系の男に惹かれていた——思いがけない幸運である。静かな激しさを放つ彼の堂々とした姿に、ソニアは思わず唾をぐっとのみこみ、目をそらした。

こんなことでは、もし彼の意識が自分だけに注《そそ》がれたりしたら、どうなってしまうかわからない。

そんな考えを頭から追い払った。少なくともいまはまずい。ひょっとしたらこの事件の解決後、ディーンがワシントンに戻る前に、二人はワイルドで気ままなセックスにふけることになるかもしれない。ソニアは彼に惹かれていたし、いま彼がソニアに向けているまなざしから察するに、彼も同じように感じているらしい。ソニアは真剣な男女関係には不向きな生活をしているし、ディーンもおそらくそうだろうという気がした。

ディーンの指先が、わざとなのかたまたまなのかはわからないが、ソニアの唇をそっとかすめると、背筋がぞくぞくっとした。とっさにここは人目のある場所なのだと意識した。保安官代理が二名、遠くからこっちを見ている。ソニアは思わずあとずさりした。

「それじゃ行きましょうか」

「これからベガに会いにいくってこと？」ディーンが訊いた。

「ええ。でも病院に寄ってから。アンが手術中だから、ＧＰＳチップがあったかどうか知りたいの。それを追跡できるかどうかも。ブラック刑事がべつの病院に移せるように動いてくれてはいるけれど、容体が安定するまで待たなければならないでしょう。警護要員を増やしたところで、敵は制服警官を無視して彼女を殺そうとする度胸の持ち主だから。ベガの自宅に捜査官を二人送りこんで、ベガ夫婦を保護拘置するように手配するわ。そうすれば、昼前に会いにいけばいいでしょ」

二人は道路のほうへ歩きだした。車はだいぶ離れた位置に停めてある。「弟さんのぐあいはどう？」

「今朝、ママが病院から電話をくれたわ。ライリー、昨日の夜はぐっすり眠れたらしく、明日には退院ですって。二週間ほど休職して、そのあと少なくとも二週間はデスクワークになるみたい。本人はきっと不満だと思うけど、わたしは彼が死ななくてよかったって神さまに感謝してるの」声がうわずったのは胸のなかで自分を責めたからだ。「ごめんなさい」ぼそぼそと謝りながら必死で涙をこらえた。「ライリーは元気になったっていうのに、どうしてこんなに感情的になってるのかしら。自分でもわからないわ」

「そりゃあ、彼のことで死ぬほど怖い思いをしたのに、いままでそれについて考える時間がなかったからさ」

ソニアが自分の車の横で足を止めた。「ええ、そうだわね、たぶん」

ディーンが彼女の肩に腕を回し、胸へと引き寄せた。あたたかなハグだった。ライリーのハグに似ているようで、やはり、弟のハグとは似ても似つかなかった。ディーンの清潔なにおい、ほのかなコロンの香り、適度に糊のきいたシャツ、そして肩のあたりにしっかりと押しつけられた硬い上腕二頭筋を鋭く意識せずにはいられない。ソニアもディーンの腰に両腕を回し、ハグを返した。彼の肩に頰をあずけて、その瞬間を心に留めた。おさまりのよさと心地よさは驚くばかりだった。

　こんなふうに抱きしめられたことは久しくなかった。これまでつきあった人と長続きしたことはなく、そのほとんどはこれという約束があったわけでもない。忙しすぎて、ちょっとしたロマンスの時間すらなかったのが実情だ。ハグと食事と映画程度。秘書のグレースはソニアの〝今月の恋人〟について痛烈なジョークを飛ばし、ソニアも親しみのこもる揶揄《やゆ》におなかを抱えて笑ったが、じつのところ自分の生活の実態にあらためて悲しくもなった。誰かと親密になるだけの時間も欲望も持ちあわせなかったというわけだ。ソニアには家族と仕事があり、その二つのバランスをとるだけでいっぱいいっぱいだった。恋人が入る隙間はなかった。夫はどうだろう？　それはさておき、優秀な男性の多くは自分の子どもを欲しがるものだ。ソニアはそれをかなえてあげることができない。

　二人の前を車が通り過ぎ、ソニアはぎょっとして後ろへ跳びのいた。心ここにあらずだった。なぜ〝ＦＢＩ捜査官ディーン・フーパー〟と〝恋人〟が同じ思考の流れのなかに出てくるのだろう？

「それじゃ病院で」ソニアはつぶやき、そのまま車に乗りこんだ。彼に答える間を与えず、もう一度彼女に触れるチャンスも与えずに。わかった。彼に触れられたからだ。彼こそまさしく彼女が求めるタイプ。長身で痩せ型で、筋肉質で頭脳明晰、顔は男性ファッション誌のモデル風、とくに力強く角張った顎。そんな彼が手を触れてきたのだから、ひとたまりもなかった。

独り言をつぶやきながら車を発進させた。「ちょっと待って、ソニア。いっそ彼とベッドに行けば、もう彼のことばかり考えずにすむわ。しかも彼はもうすぐ去っていく。いいかもしれない。彼は五千キロ近く離れたところに住んでいる。つまり長続きはありえない」

一夜かぎりの関係の行く先をぐだぐだ考えるのはばかみたいだけれど、事件が解決したらディーンは去ってしまうのだと思うと、ソニアはいましがた彼の腕のなかから身を引いたときにもまして抜け殻のような気分になった。

14

その朝早くジョーンズ邸にＦＢＩ捜査官が来たとの報告を受けたとき、ノエルは持っていたボールペンをポキッと半分に折った。

「ジョーンズが死んだってことを、どうしてもう知っているんだ？」誰に訊くともなく質問を投げた。スイートルームにはリンとイグナシオがいた。「ミスター・リン、どういうことだと思う？」

「運――」

「運転手か」リンに最後まで言わせなかった。「そのチャック・アンジェロって野郎はいったい何者なんだ？　どこから来た？　いまどこにいる？　運転手だというのに、なぜおれはそいつを知らない？　この三時間に連絡したやつらは誰ひとりとして、**チャック・アンジェロなんて男は聞いたこともない**そうだ！」

ノエルは不意打ちが嫌いだ。きわめて用心深いから、不意打ちを食らうことはめったにない。過去何年間かを振り返ってもわずか数回しかないが、それは彼の計画を台なしにしようとしたあるＩＣＥ捜査官がもたらした結果である。とりわけいらいらさせられるのは、ソニア・ナイトが、意図しているわけではないのだろうが、彼の人生に揺さぶりをかけてくることだ。本人は誰をむかつかせているのか、まったくわかっていないはずだ。

いずれわからせてはやるが。

「思うに」話をつづけた。「誰もそのチャック・アンジェロを知らないのは、そいつが警官だからだろう。きっとソニア・ナイトと組んでる捜査官だ。となると知りたいのは、あの女捜査官がジョーンズの組織にどうやっておとり捜査官と情報提供者の両方を潜入させたかってことだ。ジョーンズってやつは間違いなくアホだな。もう一度殺してやりたいくらいだよ」

「ナイトについて調べました」ミスター・リンが静かに言った。

「どんなことがわかった？」

「独身です。養父母はサクラメントに住んでいます」

「もっと何かないのか？」

「養父母の息子、つまり彼女の弟は、昨日ヨハンが刺した警官です」

「死ななかったんだろ？」死んでいてくれたら、とノエルは思った。弟が死んだなら、あの女はいやおうなく時間をとられる。

「明日退院だそうです、病院内部にいる者によれば」

「両親の家、弟の家、ソニアの家はどこか調べておけ。彼女の親友、敵、よく食事に行く店、車の型と年式、あの女が今日、何時にどこにいるのかも知りたい。おれが殺してやる。それから、そのチャック・アンジェロってやつを見つけたら、そのときはそいつの腸《はらわた》をゆっくり引っ張り出して、それで首を絞めてやる！」

ノエルは激昂《げっこう》していた。豪華なスイートルーム内に数えきれないほど掛けられた鏡のひとつに映った自分の顔を見たら、ビートさながらに真っ赤だった。

「ミスター・リン、チームを送りこんでブツをチェックさせるんだ。約束の日時に保管場所からきちんと搬送されるかどうか確認させろ。もし五分でも遅れたら、そのときは皆殺しだ。とうてい寛大な気分にはなれないからな。こっちの最強のメンツを――きみは除外して――送りこんで、売春婦たちを見張れ。パトロール隊が必要だ。不意打ちは食らいたくないからな。買い手たちが到着したら、手際よくきれいに取引をすませて、早いとここんな国を出ることにしよう。

金を手に入れ、新たな流通ルートを永久的に手に入れ、ICE捜査官ソニア・ナイトには死んでもらう。そうだな、うちの裏庭にあの女の名を刻んだ墓石を据えることにして、その下に誰か売春婦の死体でも埋めて、その忌々しい墓石の上でダンスでもするか。あのあばずれがこれほど厄介な存在になるとわかっていりゃあ、チャンスがあったあのとき、頭に一発ぶちこんでおくんだった」

アンはまだ手術室にいたため、ソニアはライリーの病室に静かに入っていった。ライリーは目を覚ましてベッドにすわっていた。痛みもあるようだし、いらついてもいるようだ。

「やあ、そろそろ現れるかと思ってたよ」

「昨日の夜はここにいたのよ」

「鎮痛剤をこれでもかと打たれたもんで、自分の名前もわからなかった。ジョン・ブラックが言ってたけど、おれを刺した男、口を割らないんだってな。でもドイツ国籍のヨハン・クルーガーって男だと判明したそうだ。就労ビザでオメガ海運で働いている」

「オメガ？」オメガ海運なら、ジョーンズが契約を結び、人身売買による密入国者を〝クライアント〟に売るためにアメリカに運びこませていた会社だ。またしてもこの社名が浮上した。「ブラック刑事、わたしには電話くれなかったわ」

「連絡するつもりではいるよ。アンの手術の結果を待っているのかもしれないな」

「あの子、まだ手術室なのよ。いま、ディーンがようすを見にいってるわ」

「ディーンって？」

「ディーン・フーパー。昨日話したＦＢＩ捜査官」

「ディーンときたか」

「えっ？」

「フーパー捜査官じゃなく」

ライリーがからかっているのだと気づくまでに少々時間を要した。「ああ、そういうこと。ま、なんでもいいじゃない。特別な意味はないわ」

「冗談だよ。ほかにすることがないからさ。これから二週間も仕事を休むって話、ママから聞いた？」

「ええ。クッキーを焼いてあげるわ」

「たのむからやめてくれ。きみの家が丸焼けになる。ひょっとしたら、それだけじゃすまないかもしれない」

「大事なのは気持ちでしょう」

「それじゃあ、フリーポート・ベーカリーのチョコレート・カップケーキと……」

ディーンが病室に入ってきた。「ソニア、いまブラック刑事と話してきた。アンを殺しにきた男の身元が割れたそうだ。ヨハン・クルーガー。こいつは――」

「ドイツ国籍で、オメガ海運で働いている」

「もう聞いたのか」

ソニアがライリーを指さし、二人を簡単に紹介した。

ディーンが先をつづけた。「オメガはジョーンズのクライアントだ」

「クライアントというと？」

「彼のコンサルティング会社の」

「オメガは、ジョーンズから人身売買の商品の搬送を請け負っている船会社でもあるわ。グレッグ・ベガもそれは認めてる」

「ついに確固たるつながりがひとつ見つかったってわけだ」ディーンが言った。「きみはもっとここにいたいだろうが……」

ライリーがしかめっ面《つら》で二人を追い払う仕種をした。「さあ、おれにはかまわず、悪いやつらを挙げてきてくれ。これから先ずっと、おれは身を挺《てい》して犯人逮捕に貢献したって語り草になりそうだな」

ソニアがライリーのおでこにキスをした。「愛してるわ、ライリー。安静にしてるのよ。いいわね？」

「用心しろよ、ソニア。あいつらがどんなに残酷なやつらかってことは、言わなくてもわかってるよな」

「わかってるし、いつだって用心してるわ」

ライリーの表情から察するに、百パーセント納得はしていないふうだった。

ディーンが付け加えた。「ぼくも彼女から目を離さないようにするよ。昨夜の一件もあることだし」

「昨夜の一件って、何があったの？」ライリーが訊いた。

「悪いけど、ディーン……」ソニアが不満げにつぶやいた。

「もうきみが話したものとばっかり。すまない」

「話さなくちゃいけないとは思ってたんだけど」ソニアがライリーに言った。「昨日の夜、チャーリーがうちに来て――」

「住んでいる場所を突き止めたってことか？」ライリーはかっときて、上体を起こそうとした。

「興奮しないで。まだ起きあがったりしちゃいけないんだから」

「それ、あいつが？」ライリーはソニアの頬の小さな絆創膏を指さした。「ソニア、あいつは時限爆弾みたいなやつなんだよ。コスタリカの事件のあと、刑務所に閉じこめとくべきだったんだ」

「ライリー」ソニアが静かに言った。「心配しないで。わたしが彼と話したがってるってメッセージをディーンに届けてもらったからなの。いろいろ言いあって、彼は都合のいいことだけ記憶してるってわかったわ。でもね、こっちが追っている興味ある情報も教えてくれたのよ」

「その情報に振り回されたあげく、無駄な骨折りだったってことにならない確信があるのか？　あいつのことだ、きみに邪魔されずに自分の計画を果たすためかもしれないだろう？」

ソニアはライリーが過保護だということは承知していたが、それでも自分の判断を疑いたくはなかった。とりわけＦＢＩ捜査官の前では。しかもいい協力関係ができつつあるというときに。「わたしの目は節穴じゃないわ」

「おれはそんなこと言ってやしないだろう」

ソニアはつづけた。「これでだいぶ核心に近づいたのよ――ディーンには膨大な情報があるから、それをいまこっちのメモと照らしあわせているところ。チャーリーはもっといろいろ知っていながら、自分流のばかげた任務を実行してる。だけど彼、ザビエル・ジョーンズ殺害を目撃したのよ」

「なんだって？」

「死体はまだ見つかってないけど、チャーリーが言っていたことが本当だって証拠はあるの。いまはまだ秘密ね」

「誰にも言わないさ。つまり、ジョーンズは死んだのか？」

「だと思うわ」

「おいおい。となると、どういうことになる？　このあたりをまとめる新リーダーの登場か？　縄張り争い勃発ってこと？」

「わからないけど」ソニアが答えた。「中国から送られてくる若い女性の捜査に関係がありそうなの。ジョーンズは犯人と顔見知りだった。自分から会う約束をして、射殺される瞬間まで不安そうなようすはなかった。わたしは縄張りを乗っ取ろうとするライバルの仕業だと思ってるけど、本当のところはわからないわ」

ソニアの携帯電話が鳴り、彼女は、ちょっとごめん、と言って部屋を出た。

ディーンはソニアの弟に笑いかけた。ライリー・ナイトは好感のもてる男だ。「元気になってよかった。昨日、ソニアは本当に心配してたよ」

「どうも。ところで、昨日の夜、チャーリーはいったい何をしでかしたんですか？」

「今朝の三時半、彼はソニアの自宅に侵入して、寝ていた彼女を起こした」ディーンはライリーに不必要な心配をかけたくなかった。「見てわかるだろうけど、なんともないみたいだよ」

ライリーは納得しなかった。「ただ侵入しただけなんですか？」

「二度とそんなことが起きないようにする。約束するよ。いまも彼女の家に捜査官二名を配置している。彼女にはまだ伝えてないんで……」

「わかりました」ライリーが肩の力を抜いてにこりとした。「うちの姉さんのこと、かなりよくわかってるみたいですね」

「FBI捜査官二人にお守りをしてもらうなんて考えたくもない人だろうって程度には」

「カマラータがソニアにした話、本当だと思いますか？　ジョーンズが顔見知りに会いにいって死んだって話ですけど？」

ディーンも懐疑的ではあったが、いままでのところカマラータの話のほころびは見当たらない。「さあ、どうだろうな。いまのところ現場は彼の言ったとおりの状況だが、ジョーンズの死体の捜索は続行中だ。昨夜以降、彼の姿を見たり声を聞いたりした部下はひとりもいない」

「あのカマラータのやつがジョーンズを殺して死体を捨てたあと、ソニアのところへ行って容疑者らしき三人の男の話をでっちあげた可能性もあるんじゃないかな。そいつらの名前は言わなかったんでしょう？」

「ああ。三人とも誰だかわからなかったそうだが、彼は身をひそめていたわけだから」

「あの野郎。あいつのやりそうなことだよ。自分を正義の執行者に仕立てているが、殺人者となんら変わらない。たぶん、ソニアのためにジョーンズを殺してやったとでも思っているんですよ」

「なぜ?」ディーンが訊いた。「彼は明らかにジョーンズから情報を得たがっていたはずだが」

「たぶんもう手に入れたんですよ。だから殺した。そして自分からソニアの目をそらすために、そんな話をでっちあげた。そうしておいてこっそり姿を消す」

ディーンは、チャーリー・カマラータがジョーンズと正体不明の男を殺したとは思わなかったし、チャーリーの話を真に受ける気もしなかった。どういうことだったのかは、もうすぐ証拠が教えてくれるだろう。

ソニアが病室に戻ってきた。顔からは血の気が引き、目にはショックがありありと浮かんでいた。「ベガ夫婦が死んだの。今朝早く、自宅で拷問を受けてから殺された」


おれももう歳だ。荒地がきつい。

人口千人に満たない小さな町、マカラミヒルをはずれたところにあるパーディー貯水池近くにしつらえた間に合わせのキャンプをあとにして歩きだすと、チャーリーの全身の骨がぎしぎしと鳴り、筋肉が抗議の声をあげた。車は高速四九号とエレクトラ・ロードが交差する付近に隠して停め、カムフラージュしてきた。万が一誰かが捜しにきたときのことを考え、車から相当な距離を歩いた。自分以外に誰かがこの森の奥深くにいないかと、身につけた追跡技能を駆使して人の痕跡を注意深く捜した。今回は人を捜すためではなく、追っ手を避けるためだ。その結果、尾行はなさそうだとわかると、時間をかけて計画を練りなおし、動きだした。

　今朝早くソニアの家を出たあとは、あえてジョーンズ邸の敷地内にあるキャビンには戻らなかった。悪者は彼を殺そうとするだろうし、警察は逮捕しようとするだろう。どちらもかんべんしてもらいたかった。そして選んだのがキャンプというわけだ。夏の荒地でひと晩過ごすよりはるかに厳しい状況下で耐えた経験もあった。

　昨夜はソニアを脅かしてしまい後味は悪かったが、土曜の取引に関する情報を彼女に与えるため、あらゆる危険を冒したことはわかってほしかった。頭のいい彼女のこと、わかってくれるはずだ。これで彼女は必要な情報をほぼ入手したことになる。あとは本人の直感の問題だ。思いきって人を信用できるかどうか。彼が昔から彼女に教えこもうとしてきたことだが、下手すると規則や法律を破ることにもなりかねず、そうなるとソニアは乗ってこない。

　乗ってこないから、ザビエル・ジョーンズのような略奪者を阻止することができない。これは戦争だ。ソニアもこれを戦争とみなさなければならないのだ。

　略奪者がべつの略奪者の命を奪ったからといって、チャーリーの胸は痛まなかった。もしああいうやつら全員を戦わせて互いに殺しあわせる方法が見いだせれば、そのときついにＩＣＥは人身売買ビジネスを動かす巨大な組織に深く切りこめるかもしれない。

　胸が痛むのは、ソニアによく思われていないことだ。中国からの少女たちを犠牲にするつもりはないが、まずその前にアシュリー・フォックスを見つけなければならない。両立が無理な話ではない。アシュリー救出は仕事だから、彼女の救出に焦点を据えていた。エイズや梅毒や虐待や自殺で命を落とした多くの少女のことを真剣に考える余裕はなかった。自分が犯したミスや自分が愛する人びとをどれほど傷つけたかを考えてはいられなかった。罪もない弱者を救うためならなんでもしたいという強い思いがあるからだ。

あるレベルでは自分が善と悪とを隔てる境界線を越えたことに気づいてはいるものの、実際、その境界線はあくまで恣意《しい》的なものではないのか？　どの法律には従い、どの法律は無視するかなんて、いったい誰が判断する？　法律なんてものは日々、無責任にもてあそばれており、問題は捕まるかどうかだけだ。これは戦争だ。戦時にあっては法の支配は一時中断されることもある。みんなは道義的に優位なほうを良しとするが、死んでしまえば道義的な優位性はなんの意味も持たない。

林のなかをきびきびと歩いていたチャーリーが足を止め、木にもたれた。胸を襲った鋭い痛みに大声をあげたくなったからだ。心臓の痛みではない。現状をどうにもできない痛みだ。彼がこれまでに見てきたものは、誰であれ人間が壊れてもおかしくないほどのものだ。中米の共同墓地。世界じゅうどこにでもある女と少女の売春宿。〝観光客相手のセックス産業〟――子ども相手のセックスに関する法律がゆるかったり存在しない発展途上国に、主として先進国の男たちが旅行する形で成立する。金を払って歪んだ性欲を満たす……チャーリーは、たとえ法律だけでなくモーセの十戒を破ろうとも、そいつらを阻止することに罪悪感はいっさい感じなかった。自分以外の者が誰もやろうとしないなら、悪魔が自己主張するまでぐずぐず待っているつもりはなかった。悪党たちをさっさと地獄へ堕とせば、同時に子どももひとりを救えるかもしれないからだ。

頭を抱えて土と松葉のなかにすわると、記憶が荒々しくよみがえってきた。死んだ者、死にかけた者、荒れ果てた場所の光景とにおい。数えきれないほどの数だが、それでも前へと進んだ。できることをするために。もしここまでやらなかったなら、自分自身に我慢がならなかったはずだ。法律がどうでもかまわなかった。ＩＣＥの前身であるＩＮＳの理想に燃える若き新人だったころは、口先だけは法律に敬意を払っていたものだ。それ以前は予備役将校訓練部隊から海兵隊を経験し、人びとを助けて自分もいい気分になろうという理想であの職に就いた。永住権をもつコスタリカ人の父親とカリフォルニア出身の母親が第二次世界大戦後、工場で働いているときに出会って結婚、授かった一人息子がチャーリーだ。両親はともに善良な人間で、人を助ける人間になれ、と彼を育てた。幼少時は教会でミサの侍者をつとめ、高校時代はフットボールに夢中になり、アメリカン・ドリームを信じていた。

略奪者たちもアメリカン・ドリームを利用して持たざる者たちをおびき寄せている。命を奪うアメリカン・ドリーム。

堕落と憎悪、隷属と絶望からなる険しい山。世界にはびこる悪に対峙し、チャーリーはあまりに非力なわが身を思い知った。

いつ自分がぷつんと切れたのか定かではない。とにかくある時点で、法律の範囲内で仕事をしていてもどうにもならないと判断した。けっして忘れることのできない犯罪現場がいくつもあった。眠っているときばかりか、目覚めているときにもそれらがよみがえってくる。梅毒にかかった売春婦は射殺され、共同墓地に埋められた——墓標もなく、誰の記憶にも残らないまま。十代の少年たちは誘拐され、母国でもない国々で、なんの関係もない戦争に兵士として投入され、強制的に戦わされている。そうした少年兵をいったい何人、この手で埋めてきただろう？　だが転換の瞬間が訪れた。ある八月の焼けつくような午後、ニューメキシコで自分たちの敗北を悟ったのだ。

州間道路一〇号の脇に大型トラックが故障したまま乗り捨てられていた。トラックは冷蔵車で、角ごとに空気穴があけられていた。というのも、トラックが輸送していたのは食品ではなかったからだ。積まれていたのは三十六人の女性、若い女もいれば年配の女もいた。彼女たちを南カリフォルニアの搾取工場で働かせるために密入国させた運転手はすでに逃げたあとで、女たちはかんかん照りの道路に置き去りにされた。チャーリーは運転手を追跡して捕らえ、情報を引き出した。

トラックが故障したとき、冷蔵装置も同時にダウンした。荷台内部はオーブンとなった。十八時間かけてじわじわと焼かれた女たち。検視官によれば、死亡するまで八時間から十二時間苦しんだようだ。まず熱射病に襲われて深部体温がたちまち四十三度を超えるところまで上昇、脳に障害が起き、幻覚を見るようになり、ひどい——致命的な——脱水症状を呈したはずだという。

高温多湿の環境が腐敗の進行と蛆の成長に拍車をかけた。どの死体もバクテリアとガスでぱんぱんに膨張し、皮膚まで崩れ落ちはじめていた。

トラックの荷台の扉を開けて、最初に惨状を目撃した警官はその日のうちに辞職した。

チャーリーには彼らを阻止することができなかった。そして日々彼らに売られ、買われ、拷問を受け、虐待され、殺されていく多くの人間のことを思うと、息ができなくなった。そうした記憶の重圧に正気を失い、自殺したくなったことも数えきれない。

そんなとき、彼はソニアのことを考えた。

彼女は脱出した。例外的な存在だが、彼女は抵抗して勝った。彼女はサバイバーで、犠牲者になることを拒んだのだ。その後、立場を逆にし、捜査陣に加わった。知識と経験を活かして、人間の命を取引する連中を捕らえている。

チャーリーの場合、個々の犠牲者の救出に焦点を合わせていれば、その日その日をやり過ごすことができた。アシュリー・フォックスが彼の救いとなっていた。アシュリーを発見して、母親と再会させることができれば、二人にとって彼は英雄だ。自分が救出した少女としてアシュリーの名を挙げることができる。死者や死にかけた者の姿が頭から離れないとき、アシュリーの可愛い顔を思い浮かべることもできる。かつてソニアを傷つけるまでは、ソニアがその対象だったように。

「あんなことになるとは思っていなかったんだよ、ソニア」かすれて乾いた声でつぶやいた。「きみには傷ついてほしくなかった。たのむ、おれを信じてくれ。なぜあんなことをしなければならなかったのか、わかってくれよ、たのむ」

これまで何年もかけて何百――何千――という人びとを救出してきたが、記憶のなかでは全部混ざりあってしまっている。救った人の魂よりも流血の重みのほうが彼のなかではまさり、そのなかに溺れていた。

ゆっくりと立ちあがった。ボトルの水を半分ほど飲み、味気ないプロテインバーを食べたあと、車のところへ引き返すために歩きはじめた。

ジョーンズの日誌の暗号はもうちょっとで解けるところまできていた。あとは図書館で過ごす時間がいくばくか必要だった。サクラメントの中心街にある図書館は、必要としている情報が入手できそうな大きさがあり、誰かの目にとまることを心配しなくてもいい地味なたたずまいだった。人目を引くタトゥーを長袖シャツを着て隠せば、誰にも記憶されない平凡な容姿である。全部解読できしだい、ソニアに残りの情報を伝えるつもりだ。

もし解読できなかったとしても、少女たちの交換場所は知らせるつもりでいた。昨夜は嘘をついたが、それが最初の嘘というわけでもなかった。

じつのところ、昨夜の殺人者のひとりは誰だか知っていた。スン・リン。中国系アメリカ人で、人身売買に関与する者のひとりだ。リンは難なく、しかも良心の呵責をいっさいのぞかせることなく、人の首をポキッとへし折ることができる殺し屋だ。チャーリーは過去に一度、リンに立ち向かったことがあったが、そのときはするりと逃げられていた。しかしリンはつねにナンバー2である。用心棒。ジョーンズを撃った男が何者なのかは知らないが、主犯があの男であることは間違いない。メキシコ南部、中米、南米からのブツの半分以上を仕切っている大物だ、とジョーンズは言っていた。アカプルコの南に建つこぢんまりした家から組織を操っているのだと。とはいえチャーリーは、そいつの名前も国籍もそのほか何ひとつ知らなかった。

しかし、そうした情報はジョーンズの日誌のなかにあるはずだ、とチャーリーは確信していた。これが一件落着したら、二人とも殺そうと考えていた。その前にまずアシュリーを捜さなければ。

目標に集中しろ。

図書館で数時間調べれば、必要な解答が得られるはずだ。

その解答をソニアにも分け与えてやれば、おそらく彼女に許してもらえるだろう。

15

サクラメント郡とサンホアキン郡の境界に位置するゴールトの農業地帯、人里離れて建つベガの家はだだっ広い牧場主の家といった趣《おもむき》だった。ベガ夫婦はおそらく、その家が持つプライバシーから安心感を得ていたのだろうが、それはまた殺人者たちに殺す自由を与えもした。

拷問と殺害、ソニアは遺体に目を凝らしながら考えた。

ケンドラ・ベガは背もたれがまっすぐの椅子に縛りつけられており、椅子は横倒しになっていた。飛散した血痕が示すのは、頭部を撃ち抜かれたとき、彼女は床に倒れていたということ。

夫に比べれば、苦しんだ時間は幸いにも短かった。グレッグ・ベガはひどい拷問を受けて打ちのめされていた。シャツは全体がぐっしょりと血を吸いこみ、元はどんな色だったのかがまったくわからない。検視官——五十代のすらりとした長身の女性——は、腹部の刺創からの失血が死因である可能性が高いと言った。

「解剖で確認できると思うけれど、死ぬまでに五、六分はかかったでしょうね。ナイフの柄《え》が傷口に適度の圧力をかけて、急激な失血を妨げていたのね。でも内臓の損傷は凄まじいわ」

「彼がどれくらい生きていたのか、推定できますよね？」ソニアが訊いた。

「科学的に信頼できる推定値は出すけれど、あくまでも推定ね。おそらく数分後にショック状態に陥って、まもなく身体機能が停止しはじめる。その全過程には三分から一時間かかるわ。要因しだいなの。ずっと意識があったとは思えないわ」

ソニアはディーンの腕に手を触れ、ささやきかけようとした。彼の筋肉はぴんと張りつめ、全身がこわばっていた。

「どうかした？」ソニアが訊いた。

「やつらはまず妊娠中の妻を射殺し、その死にざまを彼に見せてから彼を刺して置き去りにし、ゆっくりと死に向かわせた」

「その傷で彼が死ぬかどうかわかるはずがないわ」ソニアが言った。

検視官が異論を口にした。「たぶんわかっていたんだと思うわ――緊急の医療措置がほどこされないかぎり、こういう傷で生き延びることはありえない。緊急というのは数分以内って意味ね。それでも手術までもちこめたかどうか」

「おそらくやつらは彼が死ぬのを見届けたんだろう」ディーンが言った。

検視官はあいかわらず死体の検証をつづけていた。そして彼の口のなかをのぞいて顔をしかめた。

「どうかしました？」ソニアが質問した。

「舌が切り取られてる」

胸がむかつき、頭がくらくらした。ディーンがソニアの腕をつかんで支えた。「外に出よう」

ソニアをそこまで動揺させたのは現場そのものではなかった——もっと凄惨《せいさん》な現場も数々見てきた。しかしベガ夫婦に対しては自分が責任を負っていたのだ。

「どうしよう、ディーン。わたしのせいだわ。わたしが——」

「きみに責任はない」ディーンがさえぎった。裏のパティオに人目につかない場所を見つけ、ソニアを連れていく。

「ジョーンズはどうやって——」そこで口をつぐんだ。「でもジョーンズは死んだはず。ベガ夫婦が殺されたのは昨日の夜よりあとよ」

「カマラータの言ったことがどんどん本当らしくなってきているな。ジョーンズ邸、オフィス、よく出没する場所にジョーンズの気配はない。エスカレードはガレージに、飛行機は格納庫にある」

「犯人たちはジョーンズが共犯証言をするとでも思ったのかしら？」ソニアが考えを声に出した。

「あるいは殺害はあくまで縄張り争いがらみで、ベガときみの約束とは関係ないか」

「舌を切り取ったのよ！　彼が捜査機関と通じていたことがばれたからだわ」

ディーンはそれには答えなかった。重要なことでも思い出そうとしているかのように、ソニアの頭ごしに家のなかをのぞいている。

「あなたもわかっているのよね、そうだってことを」

ディーンはソニアの顔を見た。濃い茶色の目がこれまで見たこともないほど真剣だ。「きみに危険が迫っている」

「いったいなんのこと？」

「彼は口を割った。向こうが知りたいことを何もかもしゃべった」

「まさかそんな――どのみち殺されることはわかっていたはずだもの」

「妊娠中の妻が三メートルしか離れていないところで椅子に縛りつけられていたんだ。彼女が苦しむ姿を見せられ、彼女の恐怖が伝わってくれば――洗いざらいぶちまけたとは思わないか？」

ソニアが落ち着きをなくし、唾をのみこんだ。「でも、だからといってわたしを狙う理由はないわ。もし向こうが、わたしが逮捕につながる何かを知っていると思ったとしても、彼らだってばかじゃない。そういう情報はわたしのボスだって知っているだろうし、報告書のたぐいも存在していると考えるはずよ」

ソニアはわが身の安全など心配してはいなかった。警官なのだから、死にたくはなくとも、この職業に内在するリスクは理解し受け入れていた。

「心配してくれてありがとう。本当よ。でも、いま考えなければならないのは彼らのつぎの出かた。ベガがわたしに話したことを全部しゃべったとして、向こうはそれで計画を変更するかしら? ベガを殺したのは彼が情報提供者だったからだけど、ジョーンズはなぜ? ジョーンズはこの業界の大物だった。彼を消して、つぎに側近中の側近を消せば、アメリカ西部に巨大な真空地帯が生じる。彼らはそこを埋めようとするんじゃないかしら? 後釜は誰? ジョーンズの手下? 自分たちの身内の者? いったいどこから来た連中なのかしら?」

ディーンが言った。「どれもいい疑問だが、やつらの復讐を見くびっちゃいけない。やつらはジョーンズのこともベガの取引の一部だと思ったかもしれない。つまり、ジョーンズが求心力を失いかけていると思ったかもしれない。いずれにせよ、やつらは非情だ。きみが警官だからというだけで、狙うのをやめるなんてはずはない。それにしても昔風だな」手ぶりでベガの家を示す。「縛りあげて拷問。処刑。舌を切り取る。くそっ、ひと昔前のギャングか。それに、この犯人がジョーンズを殺した犯人と同一人物かどうかもわからない」

「それを調べる簡単な方法があるわ。弾道検査」

「それにはまず死体を見つけないと」

「ひとつあるわ。川から引きあげられた最初の死体」

ディーンがこめかみをもんだ。「よし。弾道検査を迅速にやってもらえるよう、あらゆるコネを使ってみる。ありがたいことに、ここの保安官事務所は管轄に関してすごく寛大だし」

「州と市、どっちの行政も予算が乏しいからなのよ。メンツは立つうえ、ＦＢＩが費用をもってくれるとなれば大喜び。でも、おかげでこっちは動きやすいわ。とりあえず、ジョーンズの仲間だとわかっている連中をひとり残らず連行して、ジョーンズ失踪とグレッグ・ベガ殺害に関して尋問すべきだわね」

「逮捕するのか？　理由は？」

「最初は逮捕でなくてもいいわ。ただの事情聴取。最後にジョーンズを見たのはいつだったか？　最後にベガを見たのはいつだったか？　オメガ海運についてどんなことを知ってるか？　今週到着予定の船荷について何か知っているか？」

ディーンは成功の見込みを考えてわくわくし、しきりにうなずいた。「それ、うまくいくかもしれないな。こっちがどんな証拠を握っているのか、連中は知らない。そんな彼らを追いこんで、尋問のなりゆきを見定め、協力的でなかったやつらを尾行する。うまくいきそうな気がするな。サクラメント支局のリチャードソンに捜査官を数名回してほしいと電話を入れておこう。保安官事務所にも数名を私服で待機させてもらう」

保安官代理のアゼベードが二人のほうに歩いてきた。「被害者のオフィスの破損状況ですが、犯人たちはじつにいい仕事をしてくれてます。パソコン、書類、本――全滅です。おそらく復元は無理でしょう」

ディーンが質問した。「もしよければ、ＦＢＩの証拠対応チームを呼び寄せたいんだが？」

「けっこうですとも。そちらの協力はなんなりと受け入れさせてもらいます」

「感謝します。それから、いまナイト捜査官に話してたところなんですが、弾道検査を急がせることもできると思います。少なくとも国内のデータベースでなら」

「そいつはすごい。さっそく検視官に知らせましょう。これですが、ひょっとして興味があるかと思いまして」アゼベードが小型の証拠用ビニール袋を差し出した。なかには金属製の小さな円形のものが入っている。ガレージドアのリモコンか何かの電池のようでもあるが、そうではなかった。

「盗聴器？」ディーンとソニアの反応は同時だった。

「これ、どこにありました？」ソニアが訊いた。「ベガは定期的に盗聴器のチェックをしていたのに」

「これは奥さんの携帯電話に。もう一個がテーブルの上に置いてありましたよ。こいつを見つけるまでは、てっきり被害者のものだと思ってたんですが」

「なぜ盗聴器を捜そうとしたの？」

「そんなつもりじゃなかったんですが、すぐ見えるところに一個あったもので、家じゅう調べてみたらどうかと思ったんです。いまのところはこれ一個だけで、これはもう無効にしてあります」

「ベガが情報提供者だってことを犯人たちがどうして知ったのか、これでわかったな」ディーンが言った。「ケンドラ・ベガが誰かに話したことは間違いない。ジョージア州の学区に関する質問だとか、ごくたわいない内容だったかもしれないが、サクラメントを離れるようことをほのめかす言葉はジョーンズの逆鱗《げきりん》に触れたはずだ」

「だけどジョーンズは死んだ。ほかに聞いていたとしたら、誰かしら？」

「さっきぼくが言ったように、縄張りをめぐって動こうとしている何者か」

ソニアがアゼベードのほうを向いた。「フーパー捜査官とわたしとで、被害者の同僚から話を聞いてみます。そちらに知っておいてもらいたいのは、グレッグ・ベガはＩＣＥの情報提供者で、ザビエル・ジョーンズはマネーロンダリング、不正経理、人身売買の容疑で捜査中の人物だということ」

アゼベードは明らかに驚いたようすだった。「ザビエル・ジョーンズといえば慈善家では？彼の名を冠《かん》した芸術センターかなんかがダウンタウンにあったような」

「そう、その彼。そのジョーンズが死んだっていう目撃者の証言の真偽を調べているところなんです」

「川で水死体が発見されたと聞きましたが、あれはジョーンズだったんですか？」

「ううん。彼はまだ水中にいるんだと思うわ。でも彼の部下から話を聞く必要があるんです。その者たちがジョーンズの犯罪組織に関与していたのかどうか」

ディーンが説明を加えた。「保安官事務所のかたがたに協力していただきたいのは、われわれが尋問して被疑者と判断した連中の尾行です。どこに行って、誰と話したかを確認してください」

「承知しました。ボスに伝えます。うちのみんなも、こんなことをしたやつらを挙げたいと思ってますから。あの女性は妊娠中でしょう、なんてやつらだ。はい、協力させてもらいます。いまボスの了解をとりつけてきます。二、三分待っててください」

「ほんとにありがとう」ソニアは立ち去るアゼベードの背中に向かって言ったあと、顔をしかめた。必ずしも名案とはいえないかもしれない。

「そのしかめっ面はどういうこと？」ディーンが尋ねた。

「彼ら、びくついて逃げ出さないかしら？」ソニアが考えこんだ。「重要人物の尾行は土曜日まで待ってからのほうがよくない？」

「いったん決めたことだろ」ディーンは両手をソニアの肩にやり、きゅっと力をこめた。彼の手の感触を感知したとたん、またあの熱っぽいぞくぞく感が一気に襲ってきた。「はっきりとは言えないが、ベガを殺したやつらはジョーンズの身内の人間を全員排除しようとしているんじゃないかな。情報は多ければ多いほどいい。とくに、この殺しの犯人が誰なのか、こういうことができるのは誰なのかを知っている人間が見つかれば、言うことなしだ。名前が欲しいな。犯人たちはまだサクラメントにいる。土曜の夜まではここにとどまるはずだ。さもなければ殺しが無駄になる。つまり、少女たちが隠されている場所を六十時間以内に突き止めなければならないってことか」

「まず警備会社に行くのがいいと思うわ」ソニアが提案した。「ベガに給料を支払っていたのはそこだし、ジョーンズの用心棒たちはほとんどそこで雇われてるの」

ディーンが異論を唱えた。「まず話を聞く必要があるのはクレイグ・グリースンだろう」

「ロビイストの？　ああいうホワイトカラーがこんな残忍な犯罪にかかわったりするかしら？」

「ホワイトカラー犯罪者がどこまでやるか知ったら、きみもきっと驚くよ。とりわけ巨額の金がからんだときはすごい。ぼくたちは金の流れを追跡することで、ジョーンズの計画の全貌をとらえようとしてる。忘れちゃいないよな」

「中国人女性たちの隠し場所も関係あるかしら？」ソニアがいぶかしげに問いかけた。

「ああ、もちろん、あるさ。どこかしらでつながっている。ただそれにはパターンを突き止めないとならないんだ。もしグリースン自身はかかわっていないとしても、ジョーンズのクライアントのなかでどいつが怪しいかは知っているかもしれない」

「もし彼がかかわっているとしたら？」

「ぼくらの目の前で、弁護士を呼んでくれ、とかわめくんじゃないかな」

「いやに自信がありそうね」

「十中八九、間違いない」

ソニアは前日のやりとりを思い出し、苦笑を浮かべて彼を見た。「プライドは高くなかったんじゃない？」

ディーンが眉を片方、きゅっと吊りあげた。「ぼくのこと？」ディーンは自分の車のキーをソニアに手わたした。「きみが運転してくれれば、ぼくはジョーンズのクライアントのリストをチェックできる。そうすれば、グリースンに会う前にどう話を進めたらいいか相談できるだろう」

「大賛成」

16

　ジョーンズ邸同様、ＸＣＪコンサルティング社の内装も最小限かつ機能的だった。ディーンは、独創性に欠けるな、と思いながら、セネター・ホテル・オフィス・ビルディング内にあるジョーンズのオフィスのスイートにソニアとともに入っていった。

　こぢんまりした受付エリアに受付嬢はいなかったが、ドアの向こうから秘書が顔をのぞかせた。「いらっしゃいませ」

　ディーンがバッジを見せた。「クレイグ・グリースンをお願いします」

　秘書は内心面食らっていたのかもしれないが、顔にはいっさい出さなかった。「ただいま電話中でございますので、あちらの会議室のほうでお待ちいただけますでしょうか？」

「どうも」ディーンが言った。

　共有エリアを抜けて、奥にあるガラス張りの会議室へと行った。ドアが閉まった小ぶりなオフィスが二室、その向かい側の角に両開きのドアが開いた大きめのオフィスがある。ジョーンズの部屋に間違いない。彼のスケジュールによれば、めったにこのオフィスに来ることはないはずなのに奇妙だ。共有エリアには秘書のデスクを含めて三台のデスクが配置されていた。

「コーヒーになさいます？　それともお水がよろしいかしら？」

「いえ、けっこうです」ソニアがじれったそうに答えた。

秘書が立ち去ると、ディーンがソニアに体を寄せて耳もとでささやいた。「従業員の数は多くない。あれだけの利益を上げている会社だろ？」

「怪しい？」ソニアが訊いた。「ほんの二、三人のスタッフでうまく回している中小企業もあるにはあるわ」

「たしかにあるにはあるが」ディーンにはジョーンズの会社もそのひとつだとは思えなかった。とりわけ、どこから見ても中心になって事業を動かしているのが彼ではない点が気にかかる。

クレイグ・グリースンが会議室に入ってきた。年齢は三十代半ばから後半というあたり、つやのいい黒い髪と青い目をしている。女性の目には魅力的に映るかもしれない——高級な服、洗練された身のこなし、鍛えた体——が、ディーンにはあまりに気障《きざ》で、隙がなさすぎるように見えた。頭が切れる。それを自分でもわかっている。警官より自分のほうが頭がいいと思っている犯罪者がいちばん捕まりやすいということもしばしばある。

「そういえば昨日はきちんと名乗る間もなかったですね、ミスター・グリースン」ディーンはそう言い、グリースンが差し出した手を取って握手した。グリースンはジョーンズのランチの席に遅刻してきた男だった。

グリースンが浮かべた笑いは曖昧《あいまい》なものではなかった。「ミスター・ジョーンズが迷惑なことをしてくれたと言っていましたよ」

ディーンは平然と表情ひとつ変えず、無言のままだった。

グリースンが、ジョーンズとのやりとりなどどうでもいいとでも言うかのように手を振った。「そちらの非難はお門違いだとかなんとか。彼はプライバシーを大事にする人ですから」

グリースンはソニアに余裕たっぷりな笑顔を向けた。目は、生身の男ならみんなそうするように、素早く彼女の全身をチェックしたが、たいていの男のような遠慮が欠けていた。ディーンはそれが気に入らなかったが、ソニアがどう反応するかには関心があった。ハンサムな顔やわざとらしい素ぶりに屈服するようなタイプだとは思えないからだ。

「クレイグです」彼がソニアに手を差し出した。「お目にかかれて光栄だな」

ソニアは彼の手を取り、必要以上にきつく握った。ソニアが手を離したあと、グリースンが手をこすったくらいだ。ディーンは笑いをこらえ、咳払いをしてこぶしを口に当て、咳をした。

「ソニア・ナイト、移民税関捜査局主任特別捜査官です」

その口調から察するに、ソニアは強面の警官を演じるつもりのようだ。ディーンはもっと温情的な役回りを演じるべく、ギアを切り替えた。ここに来る前に相談しておくべきだった——いつもはサム・キャラハンが〝温情警官〟の役を受けもつものだから、ディーンは自然と手厳しい警官役を引き受けていた。しかし今回は相棒が違い、ソニアは明らかに婉曲《えんきょく》な物言いや曖昧な態度が嫌いなようだ。いいことだ。

グリースンの笑顔が一瞬揺らぎ、目の奥をちらっと不安の色がよぎった。つぎの発言は、弁護士を呼びます、ではないかと期待したが、意外なことにそうではなかった。

グリースンが言った。「ところで、本日のご用件は？」

「こちらの経営者に関していくつか質問があります」ソニアが言った。

「昨日の朝のＦＢＩの強制捜査についてでしょうか？　その件についてはぼくは本当になんにも知らないんです。おそらくこちらが教えていただきたいようなもので」彼がくっくと笑った。三人は黒い漆《うるし》塗りの大きなエグゼクティブ・テーブルを囲んで腰を下ろした。ディーンはソニアに質問をまかせた。グリースン流作法の観察は大いに興味深かった。彼のボディーランゲージ、椅子にすわってゆっくりと向きを変える動き――左から右へ、右から左へ。質問が深刻なときでさえ、答える前にたびたびソニアの胸にちらりと目をやっている。どれも微妙だとはいえ、ディーンはグリースンが質問に正直に答えているか、あるいは嘘をついているかを見破る仕種を探っていた。

まず最初に、グリースンは二人が訪ねてきたことに驚いてはいないようだったが、昨日の強制捜査のあとともなれば想定内のことだったのかもしれない。弁護士の同席なしでこちらの質問に答えるのは織り込み済みともとれた。グリースンのように鋭い人間――大きな州の強力なロビイスト――が連邦政府の捜査機関の質問をこれほど簡単に受けるはずがない。たとえ隠しごとがない者でも弁護士を立ち会わせ、話が捜査から少しでも逸《そ》れようものなら会話を打ち切らせたがるものだ。有罪であれ無罪であれ、弁護士の同席は証人や被疑者の権利を守るためにはいい方法である。同時にそれは、検察側にとっても利点がある。被告側の弁護士の同席があれば、最終的には司法手続きが円滑に進むのだ。ディーンが法廷で乗り越えなければならない最大の法的ハードル、それは弁護士の同席なしでの自白を証拠として認めてもらえるかどうかなのである。

「ザビエル・ジョーンズに最後に会ったのはいつでしたか？」ソニアが質問した。

「昨日の午後です。ランチのあと、いっしょにここに来まして、オフィスやクライアント、いま追っている法案なんかについて話しました。そういう時季なんですよ、サクラメントの六月は」浮かべた笑みは、何か問題でもあるのか、と言っていた。

「彼がここを出たのは何時でしたか？」

「三時か、三時半か」

「彼はひとりでしたか？　あるいは誰かといっしょでしたか？」

「ひとりでしたよ。運転手が迎えにきましたけど」

カマラータは彼の運転手だ。ディーンは知らないふりをして尋ねた。「お抱えの運転手ですか？　あるいはハイヤーとか？」

「専属の運転手です」

「その運転手を知っていますか？」

「会ったことはありますよ」

「名前は知っていますか？」

「アンジェロ」

「それはファーストネームですか？　それともラストネーム？」

「さあ、知りません」

グリースンは、ジョーンズや運転手についての質問をはぐらかしもしなければ、不安をのぞかせてもいないようだ。

「今日はミスター・ジョーンズと話しましたか？」ソニアが訊いた。

「いいえ。しかし今日はクライアントとの打ち合わせがあるので、夕方には来る予定です」

「何時に？」

「五時」

「あなたはどうしてそれを知っているんですか？」

「昨日、ぼくがセッティングしたからですよ。なぜそれが重要なことなんですか？」

ソニアは彼の質問は無視して、つぎの質問を投げかけた。「ミスター・ジョーンズの使用人のグレゴリー・ベガを知っていますか？」

「ベガ？　二、三度顔を合わせたことがありますが、彼はストックトンにあるミスター・ジョーンズの警備会社の従業員ですよ」

「彼は亡くなりました」

ディーンはグリースンの表情をじっと観察した。声こそ驚いているふうだが、目付きはいやに抜け目なかった。ベガの死を知っていたのだろうか？　もしくは、ありうると思っているのか？　意外だった。グリースンは殺人者でも殺人の共犯者でもないと思っていたからだ。マネーロンダリング、不正経理には関与しているとしても、自分の手を汚すような仕事は好まない男のような気がしていた。

「グレッグ・ベガが？　それ、本当ですか？　何があったんです？」

「彼と彼の妻は今朝、自宅で拷問ののちに殺害されました」ソニアがそっけない口調で言ってから、ぐっと身を乗り出した。「あなたのボスも同じ運命をたどったらしいという証言も得ています」

グリースンの顔が青ざめた——捏造《ねつぞう》は困難な反応だ、とディーンも認めざるをえない。

「だ、だ、誰がそんなことを？」しどろもどろだ。

ディーンが言った。「それを突き止めたいので、ご協力願いたいんですよ」

「**ぼくに？**」

「あなたはザビエル・ジョーンズの身内でしょう？　彼の下でもう六年働いている」その程度の情報はすでに記憶していたが、ディーンはメモを見ながら言った。「行政学と経営学の学位を取得して南カリフォルニア大学を卒業。インターンとして知事の事務所で働いたのち、上院のリーダー的議員のひとりの下で立法コンサルタントの職を得る。二年後、あなたは新しい知事の事務所に転職——政党が違うところを見ると、つまり誰とでもうまくやりますってことなのかな？」ディーンがさも感心したような笑顔を向ける。「その四年後には上院議員の臨時の首席補佐官になり、その二年後にXCJに入社」

「なぜぼくの経歴がそれほど重要なんですか？　全部、XCJのウェブページのぼくの人物紹介欄に書かれてますよ。どうでもいいでしょう、そんなことは」苛立っているようだ。動揺している。身に覚えがあるからか、あるいは不安だからか？

「たんにあなたとボスの関係を理解しようとしているだけですよ。彼にはあなたが必要だ──あなたには立法府や知事周辺に知り合いがたくさんいる──ジョーンズはごくひと握りのクライアントを抱えた小さなロビー活動会社の経営者にすぎなかった。あなたが来るまでは」

その瞬間、ぴんときたことがあり、ディーンは頭のなかにあるこの事件のチェックリストにざっと目を通した。にわかにはっきり見えてきたことがあった。ジョーンズが金をどう洗浄していたかが如実にわかったのだ。もし思ったとおりだとしたら、じつにみごとだ──ジョーンズの悪事にかけての才覚に脱帽するほかない。しかし、この仮説を立証するのはむずかしそうだ。誰かが口を割らないかぎり──とはいえディーンはそのへんの駆け引きはお手のものだった。

グリースンには早くも動揺が見てとれた。「ザビエルは引く手あまたのロビイストでしたからね。自分を雇いたがっているクライアントをさばききれなくて、それでぼくに声をかけたってわけですよ」

というより、当時小さかった会社を通して動かしていた巨額の現金を隠すため、グリースンを引き入れたと言うべきだろう。

この会話を早いところ打ち切ってFBI支局に戻りたくなったが、ジョーンズのクライアントに関して必要な情報がまだあった。急《せ》いてはいけない。というのは、もしグリースンがマネーロンダリングについて詳しく知っており、人身売買にもなんらかの形で関与しているとしたら、ジョーンズの組織、商売を通常どおりに継続していける地位にいるのはほかならぬ彼だからだ。

「しかし、仕事はすべてあなたがこなしている」ディーンは先をつづけた。さも感服したふうな口調を無理して装う。「クライアントの数の多いロビイストとして記録に残りますよ。ジュニア・ロビイスト二人――エリック・ダニエルソンとリッチ・マーサー――とジョーンズの三人のクライアントを合計しても、まだあなたのクライアントのほうが多い」

「責任者はミスター・ジョーンズですから」グリースンが念を押した。

「ロビー活動報告書を拝見するかぎり、あなたはそのことを知らないんじゃないかと思うほどだ。文字どおり、ありとあらゆるものにあなたの名前がある」

「あなたがたがいったい何を知りたいのか、わからないんですが」

ソニアが口を開いた。「ミスター・ジョーンズが誰かに脅迫されていたというようなことは知りませんか？　最近、心ここにあらずだったとか？」

「脅迫？　ありませんよ、そんなこと。彼はつねに心ここにあらずの状態なんです。忙しい人ですから。昨日の強制捜査で大いに動揺していたことは知っています」グリースンがそわそわしだした。「たぶん自殺です。彼はこういう状況に心底動揺していました。噂が広まって、仕事仲間が不安を感じたらと困ると。この業界では不正なことをしたという印象は評判を台なしにしてくれますからね」

ソニアが携帯電話の画面をグリースンから見える角度に回し、つぎにディーンに手わたした。「銃弾五発で自殺はすごくむずかしいでしょうね」

ディーンは十分前に送られてきたトレース・アンダーソンからのメッセージを読んだ。三人がテーブルに着いたあとのことだ。ディーンはソニアがメールをチェックしていたことすら知らなかった。

ダイバーがジョーンズの遺体を川底で発見。先に発見された身元不明遺体よりはるか下流まで押し流された模様。射入口五か所。連絡ください。

「待って」ソニア宛のメールを読んだグリースンが言った。「ちょっと待ってください。ミスター・ジョーンズが殺された？　このもうひとりの遺体って誰なんですか？」

「さあ、誰なんでしょうねぇ」ソニアは、川から引きあげられた膨張した最初の死体の写真を見せた。「この人に会ったことあります？」

写真を見たグリースンがあからさまに取り乱したため、ソニアはあえて引っこめなかった。

「いいえ」彼が小声で答える。

「本当ですか？」

「知りません」

「ミスター・ジョーンズを殺したいと思っていた人を誰か知りませんか？　期待していた法案を通してもらえなかったクライアントとか？」

ソニアが質問を言い終えないうちに、グリースンはもう首を横に振っていた。「ここはアメリカですよ。法律の制定をめぐって殺し合いはないでしょう」

ディーンが言った。「ＸＣＪコンサルティングの総利益は、カリフォルニアのその他のロビー活動会社に比べて二倍、ワシントンのどの社をも上回るってことはご存じでしたか？　そのため、こちらにはほかにも何かありそうだとの内報がうちに入ってきたわけです」

「ほかの何かというのは」ソニアが言った。「人身売買のことです」

「そんなばかな」

グリースンは口ではまっとうな答えを返してきたものの、仕種の癖をつかんでいたディーンは、彼もはじめて聞いたわけではないことを見てとった。なぜ彼はしゃべりつづけるのだろう？　なぜ弁護士を呼ばないのだろう？　この男はそこまで横柄でも、そこまで愚かでもないはずだ。

グリースンが先をつづけた。「どんな証拠があるというんですか？」

ディーンはＸＣＪコンサルティングのクライアントのリストを取り出した。ここへ来る車のなかで、二人はそのリストをアルファベット順に検討していこうと決めてきた。とくに興味深いクライアントが二、三あったが、まだ手の内を見せたくなかった。

「アスター工業。オーナーはデール・トレヴェク。ミスター・トレヴェクはこの二週間のあいだにミスター・ジョーンズと話しあうことがありましたか？　あなたの仕事に関して彼の満足度はどの程度でしょう？」

ディーンとソニアは交互に社名を読みあげ、質問を投げかけていった。ソニアが人身売買にからんでいそうだと感じている会社、オメガ海運のようにすでに彼女のレーダーが捕捉《ほそく》した会社といった重要な会社にできるだけ早くたどり着くよう手際よく。

ソニアの番だ。「オメガ海運。ミスター・ジョーンズが直接担当しているクライアントですね。ここはいつからこちらのクライアントだったんですか？」

「オメガ？　ぼくが来る前からです」グリースンが答えた。動揺してもいたし疲れてもきたらしく、もはやソニアの胸をちらっと見ることもなくなった。「いったいいつまでつづけるつもりですか？　こんなことまで知りたい理由をまだ聞いていませんが」とうとう弱音を吐いた。

「最初に言ったとおりです」ソニアが答えた。「ジョーンズはいくつもの違法行為に関与している疑いがありました。われわれは捜査は遂行するつもりです。というのは、ジョーンズを殺害した犯人が誰であれ、その人間が彼の死から利益を得る可能性が高いからです。というわけですから、お願いします。オメガについて聞かせてください。ミスター・ジョーンズの昔からのクライアントで、オーナーはジョージとヴィクトリア・クリストプーリス。輸送記録によれば、アメリカ――主としてカリフォルニア――から畜牛、家禽《かきん》、そのほか腐りやすい商品を中国、日本、ロシア、ブラジルに運んでいる――世界じゅうどこへでもということですね」

「それで？」

「国境を越えての人身売買において、ダントツの輸送手段は船です。オメガは密入国者をこの国へ運んでくるには、まさにぴったりの位置にいるわけです」

グリースンが声をあげて笑った。やりとりを考えれば完全に場違いな笑いだ。「何も船で運びこむ必要もないでしょう。毎日、何十万人がみずから国境を越えてくるっていうのに」

ソニアがこぶしでテーブルを打った。その怒りは演技ではない、とディーンは感じとった。

「そうした状況を軽く考えないでください、ミスター・グリースン」

「いいですか、ぼくは何がなんだかさっぱりわからないんですよ。あなたがたはジョーンズ邸を強制捜査した。その結果、何も発見できなかった。さもなければ、こういうばかばかしい質問はいくらなんでもしないはずだ」

ディーンはリストを見ながらの質問を強引につづけた。ＸＣＪ創立当時からジョーンズのクライアントだった企業がほかにも二つある。「リオ・ディアブロ居留地はどうです？　公正政治活動委員会の報告書によれば、この集落は賭博協定に関する州の住民投票をめぐって一億ドルを支出しており、その金の大部分がＸＣＪに支払われています」

「あれは政治活動のためですよ。金がかかるものなんです。なぜリオ・ディアブロに関心を？」

そこまで金がかかるはずがないからだ。「ＸＣＪのクライアントすべてに関して質問させてもらってますから」ディーンが何食わぬ顔で言った。

「このリストではあと二件だけですよ」ソニアが言う。「ウェーバー&サンズ運送とジン・プロダクション。地元の運送会社がなぜロビイストを雇うんですか？」

「ジョエル・ウェーバーはザビエルの友人です。重要な顧客というわけじゃありません。日常業務は彼の息子のジョーダンがやっています」

「昨年は十万ドル以上をＸＣＪに支払っていますが」ディーンが言った。

グリースンが肩をすくめた。「ザビエルが動くと請求額が跳ねあがるんですよ。たぶん特別なプロジェクトでもあったんでしょう。ぼくの客ではないんで知りません」

「それと、このジン」ソニアが言った。「ここが製作した映画というのが見つからないんですが」

「それについても、ぼくのクライアントではないんで」

グリースンはジョーンズ殺害のショックから早くも立ち直ったようで、ＸＣＪのクライアント・リストに沿った質問にすでに一時間近く答えていた。そのことにディーンは驚いていた。この人物、じっくりと観察する価値がありそうだ。

「お時間を割いていただき、感謝します」ディーンが腰を上げながら言った。ソニアは苛立ちをのぞかせたが、もうこれ以上グリースンから聞き出せることはなさそうだ。もしもっと知っていたとしても、このままではしゃべるはずがない。ＦＢＩ支局に連行するか、逮捕するかしなければ、圧力をかけて吐かせることはできない。とはいえ、グリースンは間違いなく、これまで答えたこと以上のことを知っている。部下の捜査官を二名、別々の車でグリースンに張りつかせて追跡させよう、とディーンは心に留めた。

少し前に引っかかった仮説がにわかに重みを増した。それが証明できることを祈るほかない。

17

ソニアは一刻も早くストックトンに行き、ジョーンズの警備会社の幹部たちから話を聞きたくてうずうずしていたが、ディーンが運転する車は、南に折れて高速九九号へ向かおうとはせず、東に折れてビジネス80（キャピトルシティー・フリーウェーとも呼ばれる州都の環状道路）へと向かった。

「待って。ストックトンは反対方向よ」

「きみはグリースンにいらいらしなかったか？　怪しいとは思わないのか？」

「もちろん怪しいけど、ＸＣＪ警備保障に話を聞きたい社員が五、六人いるのよ」

「もうすぐ四時だ。道路が混んできたから、いまからストックトンに行っても五時前には着かないよ」

ソニアはもどかしくてたまらなかった。ベガが殺害された今日じゅうに、警備会社のスタッフから話を聞きたかったからだ。しかしディーンの言うとおりだった——長時間ドライブの結果、収穫なしの可能性が高い。「トレースからのメールを見せたとき、グリースンの反応が予想と違っていたの。彼、間違ったことは言ってないんだけれど……」

「それはぼくも気になった」

「何がいちばん気にかかったか、わかる？　わたしが人身売買って爆弾を落としたとき、グリースンが瞬きひとつしなかったこと。ショックも、怒りも、驚きも、いっさいなかった」

「つまり、最初から知っていた」

「あるいは最初からかかわっていた」ソニアがかすかに笑みを浮かべてディーンをちらっと見た。「つまりわたしたち、グリースンがジョーンズの違法行為に一枚嚙んでいる可能性が大いにあるっていう点で意見が一致してるってことね」

「ああ」

「あなたが言っていたように、弁護士を呼んでくれってことにはならなかった」

「そうなんだよ。あいつはクロだ。だからずっと気にかかってた。ぼくの勘ではクロなんだが、あいつは傲慢《ごうまん》でもある。ナルシシストは自分を助けてくれる人間を呼び入れるのをためらうことがよくある。たとえ弁護士が自分の権利を守ってくれるとわかっていてもだ。彼は利口だからそうじゃないと思っていたのに」

「たぶんわたしたちに探りを入れていたのよ。こっちが何を知っているのか知りたくて」

「だろうな。彼が反論してきた唯一の組織がリオ・ディアブロだ。ぼくはそこをきっちり調べてみたいね」

「ジョーンズが直接担当しているクライアントについて質問していたでしょう。あれはどういう考えから？　わたしはオメガ海運と運送会社に焦点を合わせるつもりでいたんだけど」

「ジョーンズのマネーロンダリングの手法がわかったような気がしてる」

「どんな手法なの？」

「ぼくの記憶が間違ってないかどうかたしかめるために、まず調べたいファイルが二、三あるんだ」

ソニアは何も言わなかった。ディーンがこの二日間で説いてきた信頼関係はどうなってしまったのだろう？　協力しあい、情報を共有しようと言っていたのに。これまでＦＢＩと組むのは嫌でしかたがなかったが、今度は違うと思えていた。ディーン・フーパーは頭脳明晰で集中力があり――ソニアが高く評価する二つの特性だ――二人のあいだには信頼関係も築けていた。しかしいままた、これまでのＦＢＩ捜査官たちと同様、信用できない関係に陥った。唐突にソニアへの情報開示を躊躇《ちゅうちょ》したのだ。

「ソニア？」

「もうわたしなんか必要ないんでしょう？」

「とんでもない。人身売買の構造やジョーンズの下で関与しているやつらに関するきみの知識がなければ――」

「だったらなぜ、あなたの仮説を聞かせてもらえないの？　わたしを信用してないからでしょう？」

「そういうわけじゃないよ。自分の記憶に間違いがないかどうか、自信がないんだ」

「わかったわ」

無言のままのドライブがつづいた。通勤時間帯の道路が渋滞するなか、ソニアは思いついたことを教えてくれようとしないディーンに必死で腹を立てまいとしていた。だが車の流れがゆっくりになればなるほど、頭はどんどんかっかとしてきた。信頼関係は互恵的関係だというのに。ソニアは自分が知っていることをすべて彼に開示してきたつもりだ。チャーリーが自宅に侵入してきたことしかり。チャーリーが言ったことも、それが捜査にどう絡んできそうだとかも。こっちがここまで努力しているのだから、ディーンにもこっちを信用してもらいたかった——たとえ結果的に間違っていたとしても。

たぶんそれだ。彼は間違えるのが嫌なのだ。ファイルを調べて、自分が正しかったと納得してから伝えたいのだ。彼の経歴がここまですごいのも、たぶん安易に結論に飛びついたりせず、自分の仮説が正しいかどうかを入念にチェックするからなのだろう。ソニアは直感と経験をたよりに、状況に機敏に対応するほうだ。機敏な対応の結果として人の命を救うこともときどきある。そういかないときは前言を撤回し、考えなおさなければならなくなる。ディーンの勤勉さを責めることはできない。あの夜、張り込みを妨害されたソニアが彼に噛みついたとき、彼がソニアを責めなかったのと同じだ。

五分間——一・五キロほど——が過ぎたとき、ディーンが言った。「怒ってるんだ」

「ええ。でもぐっと我慢してるの」ちらっとディーンの顔を見ると、微苦笑を浮かべていた。ソニアのなかに残っていた怒りがふっと消えた。ディーン・フーパーがセクシーすぎて、いつまでも腹を立てているわけにはいかなくなった。とりわけ彼に笑顔を見せられては。

ディーンが言った。「グリースンが言ったあることが気になって考えたんだ。グリースンに会うまでは、ＸＣＪコンサルティングはザビエル・ジョーンズとひと握りのクライアントだけが問題だと思っていた。たとえばウェーバー運送、リオ・ディアブロ、オメガ海運といったところだ。ぼくはジョーンズの現在の財務状況はよく知っているが、過去の財務状況の調査にはあまり時間をかけなかった。というのはマネーロンダリングや不正経理の出訴期限が五年だからだ。現在の数字が必要だったせいで、過去の書類には大ざっぱにしか目を通さなかったんだよ」

思いきって仮説を話そうとしている、とソニアは察知した。彼はブレーンストーミングが嫌いだ。

「リストに記されたリオ・ディアブロ居留地の名前を見ていたとき、あそこはグリースンが来る前からジョーンズのクライアントだと聞いて、ぴんときた。インディアン・カジノはカリフォルニア州では比較的新しい。かつてはカジノは数えるほどしかなかったのに、いまは雨後のタケノコのごとくたくさんある。ラスベガスとアトランティックシティーは、マネーロンダリングの機会を考慮して、われわれもつねに監視下に置いてきた。カジノは金を滑りこませて〝洗浄〟するのがすごく簡単なんだよ――その違法マネーはカジノのオーナーの利益になる。申告して課税対象になりうる利益だが、それでも違法に獲得したことに変わりはない。オーナーたちはその現金を、客が賭博で負けたものだと主張するが、じつは麻薬や違法売春やそのほか詐欺だの騙《かた》りだので儲けた金なんだ」

ソニアが質問した。「でもその場合、犯罪者本人はどうやって利益を手に入れるわけ？

カジノはどこも犯罪企業なの？」賭博については、ソニアはどちらかと言えば疎《うと》かった。

「いや、たいていのカジノはまあまあきちんとやっている。昔より現在のほうがよくなってもいる。しかし犯罪者がカジノを利用する手法はいろいろある――率直に言えば、巨額の現金収入がある事業は、たとえオーナーが犯罪とは縁がなくても、リスクを負っているんだ。犯罪分子がカジノから利益を得るケースは主として二通りある。まずひとつはカジノのオーナー自身も違法行為に加わっている場合だ。この場合、洗浄するのは自分の金だから、厳密には誰にも〝返す〟必要はない。洗浄して、申告して税金を払えば、それでもうきれいさっぱりしたものだ。もうひとつは、犯罪者がカジノに出向き、現金をチップに交換する場合。ふつうは一万ドル以下。そのうちのほんの少しを賭博に使い、残りのチップを換金する。それで金は〝きれい〟になる。彼は〝勝利金〟の領収書を要求するが、カジノは彼が本当に全額を勝ったのかどうか追跡することはできない。法律によって報告の義務が課される最少金額はあるけれど、銀行を通過する金と同様、その金額以下にとどめておけば、何度でも詐欺行為を繰り返せると犯罪者は知っている。だから複数のカジノに何人ものプレーヤーが出かけていって、ひと晩じゅう一万ドル単位で洗いつづけるわけだ。こっちとしては同じ人間を待ち構えたり、情報提供者を見つけたり。積極的に協力してくれるオーナーもなかにはいる。現場を押さえるのもむずかしいが、立証となると文字どおり不可能だ。おかげで、集中的に捜査して、じゅうぶんな証拠を集めて逮捕状をとり、最終的に有罪判決が出るまでに平均二年を要している。行動パターンを示さなけりゃならないからね。一日に二回とか四回とか六回とか。それでもいい弁護士がつけば無罪ってこともある。そんなツキが巡ってくる日が一年に三十日もあるかって？　陪審員が信じるわけないだろう。もちろん、立件のためにはそれ以外の証拠も集める。たとえばそいつの仲間、定職がない状況、書類上の収入を超えた生活レベル。じつに手のかかる捜査なんだが、立件がうまくいき、犯罪企業を挙げることができたときの充足感は言葉では表せないね」

「詳しく説明してもらってよくわかったけど、それがどうして簡単なのかがわからないわ」

「だんだんむずかしくなってきてはいるんだ。防犯カメラも設置されたし、カジノのオーナーや従業員がそういうやつらを見つけようと、われわれに協力してくれるようにもなったからね。それでも、こっちも予算や人員を削られてきつくなってる。犯罪者側はつぎつぎに革新的な方法を編み出して違法マネーを洗浄してるのが実情だよ」

「つまり、あなたはジョーンズが革新的な方法を編み出したと考えてるわけね」

「前にぼくが言ったこと、憶えてるかな？　ジョーンズの会社の収益はロビー活動会社にしては多い、と言ったんだが？」

「ええ」

「彼が請求した金だし、クライアントのリストも出してきて、合法的な事業ってことになっている。高額なコンサルティング料の請求は犯罪じゃないんで、われわれはその報償を探してばかりいた――金とひきかえに法案を通す通さないの約束が議員とジョーンズのあいだにあるはずだ――が、ジョーンズがらみの汚点ひとつ発見できなかった。で、ぼくはその発想をいったん脇へよけ、ジョーンズのクライアントは彼が提供してくれるサービスに対して喜んで高い料金を支払っているんだろうと考えた。

ところが、だ」ディーンはさらに先をつづけた。新たな発見ににわかにエネルギーがわきあがってきたのは一目瞭然だ。「ぼくがリストにあるリオ・ディアブロについて訊いたとき、グリースンはなぜ関心があるのかとわざわざ質問してきた。ほかのクライアントについてはなかったことだ。そこでぼくはメモを見て、グリースン以前にジョーンズが動かしていた小規模な事業と彼が動かしている現在のはるかに大規模な事業のあいだの関連に気づいた。ジョーンズが十五年前にコンサルティング会社を設立した目的は、資金の洗浄に特化されていたのではないかと」

ソニアはその仮説について考えをめぐらせた。「もしそうだとしたら、巨大な陰謀集団ということだわね。関与している人間の数が半端じゃない。秘密は知っている人間の数に比例してもれるものでしょう。ジョーンズがそんな重大なことをどうやって秘密のまま通してこられたかが不思議でならないわ」

「そこだよ。彼が必要としているのはたくさんの人間じゃない。各業種に一社でいいんだ。もしリオ・ディアブロ族がそういう法人のひとつだとしたら、ぼくがこの推測をすることはなかったと思う。先住民は自分たちで内部調査をしている。だから彼らの身内の誰かがカジノのひとつでマネーロンダリングをしていることを証明したいなどとわれわれに言われても、ぜったいに協力してはくれないはずだ。そういう話が広まれば、カジノの信用は急激に落ちこむ。となればカジノの収益も落ちこむ」

「でもジョーンズはギャンブラーじゃないわ。わたしもあなたと同じくらい長期間にわたって彼を追ってきたけど、彼はギャンブルはしない」

「この推論の鍵はそこなんだ。もし彼がギャンブラーなら、彼の納税申告に賭博での〝獲得金〟が計上されていてもよさそうだ。そこがやたらと気にかかった。彼は人身売買で現金を受け取っている。どこかに――おそらく貸金庫だろう――金の隠し場所がある可能性が高い。おそらく部下の給料の一部は現金で支払っているのだろう。しかし彼の儲けは経費をはるかに上回っている。どうしたら彼はその金を使うことができるのか？　最終的には銀行に入金する必要がある。多くの商売をそのままの現金でおこなうこともできる。犯罪者の多くはその手を使うものだが、ジョーンズはある時点から、さまざまな経費のみならず資金支出を要する不動産所有権を抱えるようになった。一万ドルを超える預金は国税庁に報告が行くし、一万ドルにちょっとだけ欠ける額を繰り返し預金しても銀行の判断で報告がなされる。合法的な預金は給料、コンサルティング料といったところだが、一個人あるいは法人からべつの個人や法人への五万ドルの電信送金がなされれば、国税庁とＦＢＩは報告を受けるが、もしそれが表面的に〝合法的〟であれば、それ以上の調査を受けることはない」

「リオ・ディアブロとの関連が見えてこないわ」

「従来のカジノへの現金流入は追跡がむずかしいとはいえ、こっちには長年のデータと経験と厳しい連邦規制があるから、カジノを利用してのマネーロンダリングはきわめてむずかしい。しかしその規制、インディアン・カジノには適用されないんだ。彼らは自分たちの手で取り締まっている。ところが先住民で構成する評議会は、マネーロンダリングや犯罪企業に対してどこに目をつけたらいいのか、まるで経験がない」

「それじゃあ、ジョーンズは部下に賭けをするふりをさせて獲得金を集めているってこと？」ソニアは頭のなかが混乱状態だった。

「いや、違う。そこが感心させられるとこなんだよ。おそらく彼は、クライアントに現金を**わたしている**――そしてクライアントは彼にロビー活動費やコンサルティング料を支払っている――たとえそんなサービスが必要でなくとも、だ。たぶんクライアントはその一部をもらって、残りをジョーンズに戻す。そうすればジョーンズにとっては合法的事業による収入となる。

六年前にグリースンを迎え入れた理由はそこにあると思うんだ。不正な収入があまりにも膨らみすぎて、当時のささやかなクライアント数では国税庁に目をつけられそうだと危惧《きぐ》したんだろう。そこでグリースンを迎え入れ、責任者として事業拡大を担《にな》わせた。グリースンとあと二人のロビイストがクライアントの九十パーセントを担当しているにもかかわらず、収益の大部分はあいかわらずごく少数の昔からのクライアントによるものだ。少なくともぼくはそう考えている」

ディーンがＦＢＩ支局の駐車場の入り口へとハンドルを切り、警備員にバッジを見せた。電動ゲートが開く。「そういうわけだから、古い記録を分析したあと、自信をもってあいつの手口を説明したかったんだよ」彼が解説を締めくくった。

「でもうかなり自信はあるのね」

「それしか考えられないからね。しかもどこから見ても合点がいく」

車を降りるとき、ソニアが言った。「ホワイトカラー犯罪がそこまでわくわくさせられるものだなんて考えてみたこともなかったけど、あなたの説明でめちゃくちゃ興味をそそられたわ」

「きみは人身売買に詳しい。ぼくたちが組めば、クライアントたちが彼にどう協力していたかをきっと正確に突き止められる。彼らはジョーンズの違法行為を最初から知っていたにちがいないからな」ディーンの目つきが険しくなった。「やつらをひとり残らず挙げよう」

チャーリーは調べものに丸一日を費やした。最後には頭が痛くなり、目もかすんできたが、ジョーンズの暗号はとうとう解けた。

とはいえ、なんの手がかりにもならなかった。

暗号——数字を並べたもの——はしごく単純だったから、政府のコンピューターにアクセスさえできれば数分で解けるものと思われた。しかし数字はさらなる暗号であることが判明した。今度はどうもランダムのようだ。単語は解読できたものの、その意味がチャーリーにはわからない。もしかするとジョーンズ本人にしか意味をなさないのかもしれない。

日付がずらりと縦に並んでいたため、チャーリーはそこに焦点をあわせたが、もし正確に解読できたとしても、その日誌は過去六か月分しかさかのぼれない。アシュリー・フォックスが誘拐されたのはほぼ一年前なのだ。

　自分が犯した罪の数々、自分の正体を見破られないために手を下さざるをえなかった罪――すべてが徒労に終わるとは思いたくなかった。これより前の日誌がなんとしても必要だが、ジョーンズがどこに隠していたのか見当がつかない。

　ジョーンズ邸内や付属する建物内にないことには確信があった。他人をけっして信用しないジョーンズのことだ、コンサルティング会社や警備会社にも置くはずはない。脅迫を恐れ、あらゆることを秘密にしていた。

　しかしたとえ古い日誌を発見したとしても、言葉の意味するところがわからないときた！　奇妙な単語や表現はたとえば、脂質《リピド》、新鮮なニュース、バラ、コーヒータイムといったぐあいだ。こうした言葉は何か――輸送手段、運びこまれてくる人数、経費、収入――を意味している。最先端をいく暗号解読プログラムへのアクセスができないため、これには数字の解読よりはるかに長い時間を要するはずだ。

　こんなに骨を折ったというのに、アシュリー発見にはいっこうに近づかなかった。

　アシュリーの母親の声が耳のなかで響いた。

「わたしはただただ知りたいだけなの、ミスター・カマラータ。もちろん娘には帰ってきてほしいけれど、もし死んでいたとしても、それをきちんと知りたいの。あの子の身に何が起きたのか、こんなふうに知らないでいることが――知らないでいることが苦しくてたまらないの。どっちつかずのこういう状態が。ある朝は、娘はもうこの世にはいないものと思い、翌朝には、ううん、まだどこかで生きていて、泣きながらわたしを呼んでいる、と気をとりなおしたりする日々だわ。どうかあの子を捜してちょうだい。死んでいるにせよ、生きているにせよ、とにかく知りたいの」

チャーリーはまだ、アシュリーの母親への答えを手に入れていない。それがつらくてたまらなかった。このままずごすご引きさがって、お嬢さんの身に何が起きたのか突き止められませんでした、などとどうして言えよう。

引きさがったところで行く先はなかった。十年前、彼はみずから退路を断ち、けっして傷つけたくなかった人を裏切った。今度はそういうわけにはいかない。なんとしてでもアシュリーを見つけなければ。だがこの暗号の意味がわからない。ジョーンズは捜査機関と闇商売の仲間に対して安全装置を仕掛けていたのだ。

ちくしょう、地獄に堕ちやがれ、悪党め。

もっと早く、ジョーンズを拷問にかけてでも情報を引き出す術《すべ》を思いつくべきだった。ジョーンズが死んだいま、不気味な暗号も彼とともに死んでしまった。

暗号解読プログラムがあったとしても、超一流の解読者がいたとしても、アシュリー・フォックスに関するこれという情報は、今年の一月からのこの日誌に記されている可能性はきわめて低い。アシュリーが誘拐されたのは一年前の四月である。

しかし、山麓地帯で未詳の買い手に売られる予定のチャイナドールたちに関する重要な情報、それがここにあることは間違いない。チャーリーは日誌をソニアにわたそうかと考えた——もし彼女がアシュリー・フォックスを捜し出すと約束してくれるなら。

18

ザビエル・ジョーンズ関連捜査にかかわる主要メンバーが、ディーンのパソコンとファイルに場所をふさがれた会議室に集結した。ディーンとソニアに加えて、ＩＣＥからは捜査官トレース・アンダーソンとアナリストのマリア・サンチェス、ＦＢＩからは捜査官サム・キャラハンのほか、フルタイムでディーンの下に配属されている二名のアナリストが顔をそろえた。さらに保安官代理のブライアン・アゼベードがメラニー・モンゴメリー刑事を伴ってやってきた。彼女はベガ夫妻殺害事件の担当になったが、ジョーンズとベガの関係を考慮し、リバーフロントの二重殺人もまとめて担当することになった。クアンティコのトップ・プロファイラー、ドクター・ハンス・ヴィーゴはスピーカーホンでの参加である。まだお互いに知らないメンバーもいたため、ディーンが参加メンバーを順々に紹介したあと、ドクター・ヴィーゴの業績を簡単に紹介し、メンバーへの報告をはじめた。

すでに通常の勤務時間を過ぎていたせいで、場の空気は捜査の進展への期待とエネルギーに満ちていたものの、男たちはネクタイをゆるめて、コーヒー、水、炭酸飲料などを飲み、サムが持ちこんだスナックを頬張りながらの会議となった。

「至急の声かけに呼応していただき恐縮です」ディーンが言った。「ご存じのように、ICEとFBIは二日前、同一の事案を双方が捜査していると知り、このザビエル・ジョーンズ捜査チームを組みました。しかしながら、この被疑者が昨夜殺害されるという新たな事態にかんがみ、われわれの目的は変わりました。いま重要なのは、それぞれがつかんでいる情報をすべて開示し、ともに再検討することです。いままでにはなかった緊急性も出てきました。人数は不明ですが、おそらくは未成年の中国人女性が香港からひそかに入国させられ、土曜の夜に取引される計画が進行中です。買い手の目的は違法売春や強制労働。未確認ながら日時はつかんだものの、場所はわかりません。少女たちはすでにサクラメント周辺にいるか、あるいはこちらへ向かっているか。これまでに判明している状況について、ナイト捜査官から説明してもらいます」

ディーンがソニアのほうを顎で示した。ソニアはドアからすぐの位置、テーブルの角にゆったりとすわっていた。コーヒーは飲んでいたが、何も食べてはいなかった。ディーンが会議のあと何かごちそうすると言ってくれていたからだ。なんとかもちこたえていたとはいえ、ベガ夫妻殺害についてはいまだに自分を責めていた。

ソニアは立ちあがり、まえもって事象を時系列に整理して書いておいたホワイトボードのひとつの前へと進み出た。「ザビエル・ジョーンズと関連があるオメガ海運ですが、ここにはだいぶ前から、アメリカ合衆国のみならずカナダやその他西半球の国々へ密入国者を搬送しているのではないかとの疑惑がかかっています。人身売買が認められている国はありません。女性、少女、少年はそのかされたり拉致誘拐されたりして、違法売春、少年兵、搾取工場などの労働力にされます。毎年国境を越えて八十万人以上の人間が売買されていますが、それぞれの国内で囚われの身となっている人数はこれには含まれません。アフリカの少年兵などはその例です。

　ICEはザビエル・ジョーンズにこの二年間ほど目をつけてきましたが、令状をとれるほどじゅうぶんな証拠は入手できませんでした。何度かの胡散臭い渡航はつかんでいましたし、まったく関係のない事件の捜査に彼の名が出てきたこともあるので、べつの人身売買事件の捜査中に浮上してきたオメガ海運が彼とつながっていると知ったとき、われわれはついに動きました。まずは、最終的に彼を立件する際に必要となる内部情報を流してくれる情報提供者が必要でした」ソニアがコーヒーを飲み干してしまうと、ディーンが水のボトルを手わたした。ソニアは軽い会釈で感謝を伝え、ひと口飲んでまた先をつづけた。

「われわれの情報提供者は、ジョーンズの側近中の側近でした。皆さんご承知のように、ジョーンズのように大がかりな不正経理事件の犯人が挙げられるとき、立件に必要な情報を提供してくれるのはたいていは内部の人間ですからね。わたしの情報提供者はこちらがこれまでに知っていたことを追認したあと、追加情報をくれました。といってもそれは、捕らえてきた人びとの一時保管に使われた施設に関する古い情報だったんです。しかも残念ながら彼の証言だけで、ジョーンズを挙げられるだけの確証は入手できませんでした。彼が免責特権と証人保護を求めてきたので、われわれは立件に必要な具体的な証拠の入手を条件に承諾しました」

誰の耳にも届かない小さなため息がもれた。ディーンもすぐ横に立っていなかったなら、挫折感に満ちたソニアの息づかいに気づかなかったはずだ。ソニアがつづけた。「わたしの情報提供者だったグレッグ・ベガは本日未明、妊娠中の妻とともに殺害されました。彼がわれわれのために収集してきた証拠が重大なものであったかどうかはわかりませんが、とにかくすべて消えました。彼は足を洗いたかったんです。もしその願いがかなうなら、こちらになんでも差し出したはずです。彼もわたしも、今回到着予定のチャイナドールの船荷が望みをかなえてくれるのではと期待していました。わたしの望みはジョーンズ逮捕、グレッグ・ベガの望みは自由です。このチャイナドールという語ですが、売られたりだまされたりして売春を強要される中国人女性をこう呼ぶことがあります」

保安官代理のアゼベードが口を開いた。「ベガは拷問を受けたあと、ナイフで腹部を刺されたまま放置されました。検視官の推定では、失血死までに十二分から十五分を要したであろうということです。意識があるあいだはずっと、キッチンの椅子に縛りつけられて処刑スタイルで射殺された妻を間近に見ていたものと思われます」

集まった人びとのあいだに陰鬱な空気が垂れこめる。それを見てとったディーンが言った。「ザビエル・ジョーンズはベガ夫婦より前に殺害されました。いまは鑑識や弾道検査の報告書を待っているところですが、四件の殺人がつながっていることは明らかです。なぜなのかに関する仮説を歓迎しますが、ナイト捜査官とぼくの考えでは、ジョーンズの組織内での権力争いか、あるいはジョーンズのライバルが弱みを見つけてそこにつけこんだのではないかと」ディーンが間をおいた。あることに気づいたせいで一日じゅう居心地が悪かったが、そのことは口にしていなかった。自分の行動が触媒《しょくばい》となって、この暴力の連鎖を引き起こしたのかどうかは、たぶん永久にわからないままだろう。「水曜日早朝のわれわれの強制捜査を合図に、ジョーンズの縄張りに対してなんらかの動きが起きたのかもしれません」

ソニアが言った。「もしわれわれが入手した情報が正しければ、若い女性たちが危険にさらされている状況は変わっていません。この時点で彼女たちがどこにいるのかはわかりませんが、土曜の夜遅くにはサクラメント周辺のどこかに連れてこられているはずです」ホワイトボードに時系列に記した出来事を指さした。「二十日前、オメガ所有の小型タンカーが香港を出港しました。現地のＩＣＥ捜査官からの情報では、船には最低三十名ほどの、政府非公認のある修道院から誘拐された十四歳から十七歳の少女がのせられている模様です。幼いころに親を亡くしたり親に捨てられたりして、地下組織が運営する教会で年頃まで育てられた子どもたちです。さらわれた子たちはいったんどこか安全な場所に運ばれます。ジョーンズの組織はそういう子たちを、ここアメリカ合衆国の違法性産業に売ることもあれば、そのほか西側の国々に売ることもあるようです」

「なぜサクラメントなんですか？」サム・キャラハンが質問した。「ここは内陸だ。そういうことをするなら主要港か、沖合か、あるいはメキシコのほうが簡単なのでは？」

「そうとも言えますし、そうではないとも言えます。まず第一に、カリフォルニアの港はどこもわれわれが厳重に監視しています。しかもオメガは要注意ですから、船という船がより厳しい検査を受けます。二番目に、最終目的地が他国の場合、メキシコは取引の場所として最も安全だとは言えません。たとえば国境の警備も厳重ですし」そこで少々間をおく。「しかしながら、未確認情報によれば、いったんアメリカに入国しさえすれば、あとは空路が使えます。ヘリコプターを含む小型飛行機。国内なら実質上、自由に移動できますから」

「しかしサクラメントは主要港ではない」とサムが付け加えた。

「はい。でもストックトンはそうです。なので少女たちがストックトンで船から下ろされることはないと考えます。べつの証人によれば、少女たちは夜間に大きな船から小さな船に移されて、河口のデルタを横断して個人所有の桟橋に着き、そこでトラックか小型飛行機に乗り換えさせられます」ソニアがホワイトボードを指し示した。「六日前、少女たちを積んだ船がホノルルに停泊するのではないかとの連絡が入りましたが、空振りに終わりました。理由はわかりません。船が沈没したのかもしれないし、ルートを変更したのかもしれません。あるいは太平洋の真ん中で少女たちをべつの船に移した可能性もあります。ですが、ジョーンズの側近のいつもながらの口調やべつの情報提供者からの情報に基づけば、少女たちは予定どおり土曜日にサクラメントで取引されそうなんです」またしても間をおいた。「すでにこのあたりに連れてこられているのかもしれません。それについてはまだなんとも」

「わからないことだらけなんですね」メラニー・モンゴメリー刑事が言った。「中国政府はなぜ自国民を捜そうとはしないんですか？」

ソニアはモンゴメリー刑事に厳しい視線を向けた。「さっき言ったように、少女たちは違法教会から誘拐されたんです。教会は捜査当局に届け出ることはできませんし、そもそも彼女たちには出生の記録もないんです」

「つまり、彼女たちの存在は中国でも違法なんですか？」モンゴメリーが怪訝な顔で質問した。

「一人っ子政策は女子を低く見る傾向を生みました――どの家も男子を欲しがるため、女子は疎まれるのです。とくに農村では、男子は農耕作業の労働力になります。ですから女の子が生まれると、殺したり捨てたりすることもよくあります。違法教会やその他の人権組織はそういう子を受け入れているんです。だから警察に届けることもできないんですよ。さもないと自分たちの命や自由が危険にさらされますから。でもこれは向こうが悪いとかこっちが悪いとかではなく、現実がこうなんです」

モンゴメリーが顔をしかめた。「こちらは死体が四体で、被疑者はゼロという状況ですが、そちらには地元警察にはまだ言えない被疑者でもいるんですか？」

ディーンはソニアの苛立ちを見てとった。場の緊張を和らげるため、何か言おうとしたが、ソニアが先に口を開いた。「今回の殺害事件について知っていることは全部話すと言いましたよね。誰がザビエル・ジョーンズを殺したか。もし思い当たる人間がいたら、隠さずに言います。ジョーンズは冷酷な悪党でしたが、彼を殺したのが誰であれ、そいつはジョーンズ以上に冷淡で、計算高く、良心の呵責などいっさい感じることのない人間です。ジョーンズは商売人でした。すべてはお金のため。売り飛ばされる女性の運命など考えたこともないやつです。彼にとってはたんなる商取引にすぎなかった。一方、彼を殺した人間が欲しているのは権力です」

ディーンはソニアをちらっと見た。彼女が殺人者のプロファイリングをしていたとは知らなかったが、彼女の話には得心がいった。前かがみになり、スピーカーホンに向かって言った。「ドクター・ヴィーゴ？　いまのところ、聞こえましたか？」

ハンス・ヴィーゴの声が、まるで彼も同じ部屋にいるかのようにスピーカーを通じて響いた。「ああ、聞こえてるよ、ディーン。ナイト捜査官の発言だが、じつに的確だと思う。今回の殺害事件に関するきみの報告を読んで、ぼくも同じ結論に達した」

「では、それはいったい誰なんですか？」モンゴメリー刑事が言った。「わたしはまるで戦争の真っ只中にいるような気分なんです。ギャングの縄張り争い以外でこんなにたくさんの死体を見たことがないもので」

ヴィーゴが言った。「なかなかいい比較だよ、それは。ザビエル・ジョーンズは〝ギャング団〟の親分代理みたいなものだ――今回の場合はギャング団でなく人身売買組織だが、彼には境界が定められた縄張り内での自由裁量権が与えられていた。実際、自分の縄張りを長いこと仕切ってきたため、彼はその犯罪組織を自分の組織だと思いこんでいた。その彼が捜査機関を相手にちょっとした面倒を起こした。組織のリーダーはそんなふうに目をつけられたことが我慢ならない。そこでジョーンズを殺す。ついでにジョーンズの右腕も消す」

ソニアがさえぎった。「同感です、ドクター・ヴィーゴ、最後のところを除いては。犯人はグレッグ・ベガが捜査側の情報提供者だったことを知っていました。ベガの舌は切り取られています。ジョーンズは拷問を受けていません。ベガは受けました」

「ジョーンズは部下が情報提供者だったという理由で殺された可能性もあるが、その情報提供者はもっと直接的な罪を犯したせいで拷問を受けた」

モンゴメリーが言った。「では、その最高権力者とは誰なんですか？」

「自分が逮捕されることをあまり恐れていない人間だ」スピーカーホンごしにヴィーゴが言った。

「犯罪者の大半は自分が逮捕されるとは思っていませんよ」サムが言った。

「しかし、この犯人は自信過剰だ。誰の目にも触れないところにいる。きみたちが話を聞いたり取り調べたりしたことのない人間だ。この周辺にはいない人間だと思うね。もしそうならば、死体の数がもっと多かったはずだ」

「四体でも不足でしょうか？」モンゴメリーが皮肉った。

「この殺人者は行く先々に累々《るいるい》と屍《しかばね》を残していく。究極の罰を与える人間だ。意見の相違が我慢ならない。不備をいっさい許さない。自分が命じることを命じられたときに実行する人間には褒美をやる――忠誠心は重んじる。同時に周囲を頭のいい人間で固めている。無能だけでなく愚かさをも忌《い》み嫌う」

ソニアはあ然となった。「殺害事件の報告書だけからそこまでわかるものなんですか？」

ヴィーゴが静かに笑った。「いや、じつはそれだけじゃないんだ。検視の予備報告書のコピーも、フーパー捜査官が強制捜査の夜にミスター・ジョーンズと顔を合わせたあとに作成した心理学的観点からの所見も手もとにあった。さらに人身売買に関与した人びとから得た知識や自分自身の経験に基づいてもいる。

たとえば」とヴィーゴが先をつづけた。「この犯人はジョーンズを無能と考えた。ジョーンズは射殺された。簡単かつ効率的な殺害方法だ。ベガについては裏切り者と考えた。裏切り者への怒りは無能な者へのそれに比べてはるかに大きく、ゆえに拷問がおこなわれた。生きているうちに舌を切り取ったということは、ベガのみならず組織内のありとあらゆる人間に、よけいなことをしゃべったら同じ目にあうぞ、と見せしめにしたかった」

「マフィアみたいですね」サムが言った。

「ああ、同じだよ」ヴィーゴが同意した。「しかし、ある重大な一点で異なっている」

「それはどういう？」

「この犯人は自分はアンタッチャブルだと思っている。合衆国の国民じゃないな」

ショッキングな発言にざわついた室内が静まるのを待って、ディーンが質問した。「どうしてそこまで確信があるんですか、ハンス？」

「証拠に関して無頓着だからさ」

「ナイフからもベガの家のどこからも指紋は発見されませんでしたが」モンゴメリーが言葉を差しはさんだ。

「犯人は手袋をしていた。だがナイフは置いていった。川に捨てた死体に重りをつけなかったのも、すぐに発見されてもかまわないからだろう。ベガ夫婦の死体もそのまま家に残してきた――火を放つこともなく、死体をどこかへ遺棄することもなく。それもいつ発見されようとかまわないからだ。死んだやつのことは過ぎたことで、もうどうでもいいってわけだ。処理済みの問題にすぎない。これが原因で、最終的には、彼は蹉跌《さてつ》をきたすはずだ」

「どういうことですか？」ソニアが訊いた。「死体を損壊しなかったから？」

「過ぎたことと考えているんだ。処理済みのことだと。証拠について無頓着なのは、たとえ指紋を採取されても、われわれのデータベースにそれがないからだ。アメリカの捜査機関には写真一枚ないものと考えている。おそらくこの国には偽名で入国しているはずだ。だからぼくはまず最初に国際警察と中南米の諜報員に連絡を入れた――この犯人や手口に関する情報があるかもしれないと考えてのことだ」

ソニアが言った。「わたしのボス、トニ・ワーナーならそういう人たちに協力できますし、同様の手口に関する情報が国土安全保障省にあるかどうか探すこともできます。しかし名前も人相も国籍も不明では、被疑者の範囲をせばめることは不可能です。どんな可能性もありって状況ですから」

「そのとおり」ヴィーゴが同調した。「しかし彼は現時点でその近辺にいるものと推定されるし、土曜の夜もまだいるものと思われる」

「彼のような地位にいる男がなんということのなさそうな取引に、わざわざ顔を出したりするでしょうに」

「正直なところ、なぜ今回この人物がここに来ることにしたのか、その理由がわからない」

「ひょっとしたらリーダー本人ではなく、誰かを雇ってジョーンズとベガを殺させたってこともありそうですね」サムが言った。

ヴィーゴが言った。「それもありうるが、その場合、権力のために策を弄《ろう》する男としては手下に示しがつかないのではないかな？　この事件の根本的な問題のひとつは、今回の船荷がなぜそれほどまでに重要なのかがわからないって点だ。被害者たちの人間性を貶《おとし》めるわけじゃないが、中国人少女は毎年何万、何十万という単位で人身売買されている。なぜ今回の三十人かそこらの少女がそれほど重要なんだろう？　ナイト捜査官、その点についてきみの推察は？」

「そういう切り口からこの状況を考えたことはありませんでしたが」ソニアが認めた。「たしかにおっしゃるとおりです――アジア系少女が不足しているわけじゃなし」

「物品の密輸と考えたらどうでしょう？」トレースがはじめて声をあげた。

「たとえばどんな？」ディーンが訊いた。「麻薬とか？」

「中国からはないでしょう」トレースが言った。「あるとしても典型的なパターンじゃないですね。ですが、ほかにも商品はある。海賊版ソフト、偽ブランド医薬品、武器。もっと挙げましょうか」

「トレースの言うとおり」ソニアが言った。「中国には巨大な輸出闇市場が存在します。中国国内で人身売買される女性たちは、主として強制労働に利用されます。メディアが好んで〝搾取工場〟と呼ぶあれです。でもなぜ、二種類の違法貿易を混ぜるんですか?」

誰も答えない。ヴィーゴがまた口を開いた。「もしこれが雇われた殺し屋なら、ベガはあれほど残忍な殺されかたはしなかったはずだ。あれは〝私怨〟だ。ぼくの勘違いかもしれないが、とはいえ、FBIの強制捜査から二十四時間後にジョーンズが殺されたのは興味深い。リーダーが世界のどこかから飛んでくるにはじゅうぶんな時間だ。もしかしたら彼は、ジョーンズが危険な状況にあると知るまでは、ここに来る予定などなかったのかもしれない。なんとしてでも現地に行き、すべてが円滑に運ぶよう確認する必要を感じた」

各自がそれぞれにさまざまな推論を頭のなかで立てているのだろう、たっぷり一分ほどの沈黙があった。

ヴィーゴがさらにつづけた。「われわれが追う人物は目立たない。平均的な体形に容貌、身なりはいい。不必要に人の目を引かない。きみたちの前を通り過ぎても、誰ひとり気にもとめない。FBIの最重要指名手配犯10人などとは違い、われわれのレーダーにはいっさい捉えられていない。万が一指名手配されても、そんな名前はなんの意味もなさない。リストに名前が載ったらすぐに名前を変えるからだ。この男は縄張りを狙う若いチンピラなんかじゃないと断言しよう。もう何十年もこの商売に携わり、過剰なまでの自信をもち、強力な組織を築きあげている人物だ。身内の人間は誰も彼に反抗しない。というのは、背信行為の結末をいやというほど目《ま》のあたりにしてきたからだ。

しかし、間違ってはいけない。リーダーはひとりだ。当然のことながら、彼には彼の縄張りがある。ジョーンズが支配していたカリフォルニア北部よりはるかに大きな縄張りだ。彼と肩を並べる者たちからは畏《おそ》れられている。何ひとつ弱点がなさそうだからだ。結婚はしていない。子どももいない。彼自身は一人っ子か長子だろう。豊かな生活をし、人生の楽しみを享受している。しかし物を集めたりはしない。教養ある犯罪者が高く評価しそうな絵画やら財宝やらを収集することはない。彼の生活はいたってシンプルだ。高級料理、高級ワイン、高価な酒、とびきりのスイートルーム。使い捨てというか、消耗できるものに財を注ぐ。教養はあるが、すぐにかっとなる。もしウエイターのサービスが悪ければ、ひと晩じゅう待ち伏せして暗闇で首をへし折りかねない」

「なんだかすごくいい男みたい」モンゴメリーがぼそぼそとつぶやいた。

「ありがとう、ハンス。期待どおりの素晴らしい推理です」ディーンは議題を現在の状況に戻そうとした。ヴィーゴの所見に感謝した――最初にジョーンズ邸の強制捜査を計画したとき、そうした情報がどれほど貴重かは証明済みだった――が、いまはきつい時間枠がある。

「ナイト捜査官がすでに割り出していた、ジョーンズの身内のなかでもとくに重要な五、六人への張り込みのため、保安官事務所に協力してもらっています」ディーンが言った。「つまり、ジョーンズの犯罪企業に関与している連中です。彼らもジョーンズ殺しの犯人から狙われているかもしれませんし、逆に正体不明の一味に仲間入りしているかもしれません。ここでは誰がこの男の手先として動いているのかわかりません。ひょっとすると彼が連れてきた外国人ということもあります」

ソニアが付け加えた。「人身売買に関して皆さんにどうしてもわかっておいてほしいことがひとつあります。それは、彼らの目的がもっぱらお金だということです。こっちの売春宿に未成年の少女を二十人、こっちの戦争に十代の少年を四十人。特別な注文にも応じますから、金に糸目をつけない〝クライアント〟がヴァージンを欲しがれば、売り手はその希望を満たす少女を見つけます」ソニアが水を飲み、そわそわしたようすを見せた。ディーンは、そんな彼女をほんの一分でいいからひとりにしてやることができたなら……そして、ぼくはしっかり聞いてるよ、と伝えることができたなら、と思った。この種の犯罪の被害者だった彼女の過去は秘密でもなんでもない。自分を拉致監禁した連中に関して法廷で証言したり、彼らが用いる策略や餌を知るために必要な重要情報を捜査機関に提供したりしてきたからだ。しかしながらこの瞬間の彼女は、見放されて途方に暮れたような印象だ。居並ぶ警官たちの表情を見るかぎり、そのことに気づいているのはディーンひとりのようだ。

「これからの四十八時間、彼らの立ち寄り先をすべてチェックします。ジョーンズの警備会社の監視に加えて、筆頭ロビイストもぴったりとマークしていきます」

「そのロビイストとは？」アゼベードが質問した。

「クレイグ・グリースンには共犯の嫌疑がかかっていますが、それはまだ伏せています。ナイト捜査官とぼくはさきほどジョーンズの顧客について彼から話を聞き、どこかすっきりしない印象を受けました。もしかするとマネーロンダリングについては知っているが、人身売買については知らないという可能性もあります。グリースンについては、キャラハン捜査官が背景を徹底的に調べ、つねに所在をチェックすることになっています。いままでのところ、今日の午後われわれの質問を受けたあと、ＸＣＪのスタッフを早めに帰宅させましたが、本人はまだオフィスにいます」

「もしかしたらもう死んでいるかもしれませんね」モンゴメリーが皮肉たっぷりに言った。「今日はつぎつぎに死体が出てくるみたいですから」

「わたしたちもそれを考えたので」ソニアが言った。「ビル内に潜入捜査官を送りこみました。とりあえず、グリースンはまだ生きています」

ディーンが付け加える。「彼はクライアントを抱えており、今夜は議会も開会中ですから、グリースンが仕事をしている可能性は高い。ジョーンズが死んだとあっては、おそらく電話もたくさんかかってきているでしょうし」

「公表されたのはいつですか？」トレースが質問した。「われわれも今日の夕方、確認したばかりですが」

「ジョーンズ死亡に関する情報は、五時のニュースに間に合わせて公表しました」ディーンが答えた。「ドクター・ヴィーゴに相談したあと、事実を伏せておいても犯人に有利に働くだけだということで、リチャードソンとワーナーの同意も得ています。メディアへの公表により犯人にプレッシャーがかかれば、彼が重大なミスを犯す可能性も増大します」

ドクター・ヴィーゴの声がスピーカーホンから響いた。「それが大きな意味をもつ。この犯人はたやすく動揺を与えられる相手ではない。われわれがどんな動きをとろうと、つねに向こうの想定内で、半ダースもの対応策が用意されているはずだ。しかしプレッシャーが大きければ大きいほど、選択肢はせばまる。いよいよ追いこまれたと思わせたとき、さすがの彼もようやく無謀な行動に打って出るだろうから、そのときこそ逮捕のチャンスが増大する。われわれが選択肢をひとつ排除するごとに、彼のストレスのレベルは徐々に上がっていく。しかしながら、この手法には問題もある」

「どういう?」ソニアが訊いた。

「目の前の危機、あるいは察知した危機から逃れられるならと、彼が考えもなしに殺人に走ることもありうる。ストレスが大きければ大きいほど、被害妄想に陥る。その結果、ジョーンズの身内をもっと狙うかもしれないし、ほかにも最終目標の達成を妨害する人間を狙うかもしれない。彼が重大なミスを犯しやすい状況は、われわれにとってはありがたいとはいえ、彼を侮《あなど》ってはならないというわけだ」

「たしかに。誰だかわからない相手を侮るわけにはいきません」ソニアが言った。

「まさにそこだ。簡単にいくはずはない」

ドクター・ヴィーゴが電話を切ったあと、残りのチームメンバーが各自の明日の計画を説明した。それがすんだとき、ソニアは自分の携帯電話に目をやった——十分前から誰かからの着信が何度もあったが、知らない番号だ。留守番電話のメッセージを聞いた。

「ソニア、すぐに伝えたいことがあるの。電話ください。シモーン・チャールズです」

胃のあたりが引きつった。ライリーか意識不明の〝アン〟の身に何か起きたのでは。ちょっと失礼、と言って退室し、シモーンに電話をかけた。

「ずいぶん遅いじゃないですか」シモーンがつっけんどんに言った。

「忙しかったの」

「わたしもです。信じてはもらえないでしょうけど」

「で、どうしたの？」

「当ててみて、と言いたいところですけど、それは十五分も前の心境で、いまはもうただ説明しますね。いまサクラメント郡検視局にいて、ぴったり一致する二発の銃弾を目の前にしてます。わたしは弾道学の専門家じゃありませんが、顕微鏡で見たところ、この二個がまったく同じだということくらいわかります」

「銃弾ってどの？」

「川から上がった身元不明の死体から摘出されたものとケンドラ・ベガからのものです。それと――」

「やっぱりね」ソニアは会議に戻りたくて、シモーンをさえぎった。「二件の二重殺人がつながっているだろうってことはもうわかっていたから」

「これからってところでさえぎらないでください」

「悪かったわ」ソニアが不満げに言い、頭に手をやった。すぐ近くの仕切り内の椅子に腰かける。頭痛薬か何かが欲しかった。デスクの上にちらっと目を走らせると、きれい好きなデスクの主は昔ながらのコマ割り漫画をざらついた厚手の布壁に整然と鋲《びょう》で留めていた。『ファーサイド』『ブロンディ』『ピーナッツ』からの切り抜きはユーモラスな皮肉がぴりっときいていて、何枚かは年月を経て黄ばんでいる。コルクボードは写真のコラージュだ。ほとんどがさまざまな年齢時の三人の幸せそうなブロンドの少女だ。笑い転げる姿。動物園で。アイスクリームを食べている。ハグされている。愛情をいっぱい受けている。

ソニアは息苦しくなってきた。冷静沈着であるべきプロ精神を脅かす自己憐憫をぐっと押し殺す。自分にふつうの子ども時代がなかったのはこの子たちのせいじゃない。この子たちとの時間を大切にしてくれた愛情豊かな母親と父親がいるからって、この子たちを責めてはならない。愛情を注いでくれる養父母に恵まれて、彼らに心から感謝していたが、それでもときおり、こういう支えがなかった子どもたち、こういうハグや無条件の愛情を受けることがなかった子どもたちのことを思って……。病院のベッドに横たわるアンを思い浮かべた。レイプされ、首を絞められ、もう死んだだろうと置き去りにされたアン。せいぜい十六歳だろう。あの子の両親は誰？　親があの子を売ったのか、それともチャーリーが捜しているアシュリー・フォックスのように誘拐されたのか？　どこから来たのだろう？　命をとりとめてくれるだろうか？　ふつうの生活ができるようになるだろうか？　ナイト一家のような家族に出会うのだろうか、それとも元いた場所に送り返されるのだろうか？

「もしもし、どうして黙ってるんですか？」

「ごめん」

「それで？」

「んもう、なんにも聞いてなかったんですね。信じられない！」

「それでって？」

「ちょっと考えごとをしてて。ごめんなさい、シモーン。朝からずっときつい一日だったのよ」

「わかりました。それじゃ、これで少しは気分を楽にしてください。この事件の緊急性を理解してくれた病理医のトップが、明日の朝まで待たずにさきほど時間外にジョーンズの解剖をやってくれたんです。そしてわかったことが。彼の銃弾は一致しませんでした。五発のうちの一発として、身元不明死体やミセス・ベガのものと一致しません」

ソニアの背筋が伸びた。「それほんと？」

「もちろんほんとです。口径も違ってます。ジョーンズが撃たれたのは九ミリ口径、あとの二人は四五口径のホローポイント弾です。射入口の角度とジョーンズが駐車場で撃たれた状況に基づけば、ジョーンズと犯人はほんのちょっとの距離を隔てて向きあって立っていたものと思われます。郡のラボで予備報告書用の計算をしたところ、犯人の身長は百七十五センチから百八十センチ。かなり確信があります」

「あなたってすごいわ」

「よくそう言われます。もっとあるんですよ」

「それも教えて」ソニアはデスクの隅にきちんと置かれたメモ用紙を引き寄せ、いちばん上の引き出しを開けてペンを取ると、シモーンの声に耳をすました。

だがシモーンが話しはじめてまもなく、ソニアの全身が凍りついた。ただ呆然とし、言葉もない。

「聞こえましたか？」シモーンが訊いた。

「ナイフの一致は百パーセント間違いないのね？」

「ええ、まあ、厳密には九十九・三パーセントですが、いま二つを目の前にしていますから」

「また折り返し電話するわ。ありがとう」

二分後、ソニアが戦略会議室に戻ると、ディーンがちょうどジョーンズがマネーロンダリングをしていると疑うに至った経緯を説明し終えたところだった。ディーンはソニアを一瞥して言った。「リオ・ディアブロに関しては慎重を期す必要があります。あの土地の管轄権はわれわれにはありませんし、ほんのちょっと足を踏み入れる許可を得るにも複数部族から成る評議会を通さなければなりません」

トレース・アンダーソンがソニアを見た。「どうしたんですか？」

「サクラメント警察のシモーン・チャールズからの電話だったの。彼女が確認したところでは、ミセス・ベガと川から引きあげた最初の死体は同じ銃で撃たれたけれど、ジョーンズはべつの銃で射殺されたらしいわ。死亡時刻は同じ。現場で採取された血痕からわかったことは、ジョーンズは駐車場で殺害され、桟橋の突端まで運ばれて川に遺棄された。第二の被害者は桟橋で射殺され、川に転落した。血痕がほとんどないので、桟橋の端にいたらしいということだったわ」

「強制的に突端まで歩かされたのかな」トレースが言った。

「シモーンはこうも言っていたわ。銃創の角度に基づけば、ジョーンズを殺したのが誰であれ、身長は百七十五から百八十センチ。至近距離から胸部に三発撃ちこみ、ジョーンズが倒れたところでもう二発撃った。一発は腹部——この一発は角度がまったく違うんですって——そのあと頭部に一発。

　第二の被害者はべつの銃を用いて、べつの犯人に射殺されました」ソニアはさらに説明をつづけた。「第二の被害者は百八十八センチで、彼を殺した男もほぼ同じということです。川に落ちたときはまだ死んでいませんでした。溺死ですが、三か所の銃創も致命傷になっただろうと」

　ディーンが言った。「つまり、この大物には腹心の部下がいるというわけか？　だとすれば辻褄《つじつま》が合う」

「それだけじゃありません。グレッグ・ベガ殺害に使われたナイフは独特のものです。実際、このメーカーの工場は世界各地とアメリカ合衆国に五、六か所ありますが、これはアルゼンチンでしか生産されていない特殊なナイフなんです」

　サム・キャラハンが言った。「持ち主に直接つながるイニシャルとか彫刻模様とかが入っていたって話であってほしいが」

ソニアが彼をちらっと見た。「ちょっとした幸運だとは思いますけど、そこまでの幸運ではないですね」

「どこが幸運なんだよ？　そのメーカーから顧客のデータベースの入手が可能だとか？　国内ならそれもできるだろうが、外国でも？」

「うちのボスにそうしてほしいとEメールを送りました」ソニアは答えた。「しかし、大ニュースがあります。わたしの弟であるライリー・ナイト巡査が病院で襲われた事件で使われたナイフも、ベガ宅から回収されたナイフとほぼ同じものです。同じメーカーの製品、しかもアルゼンチンでしか生産されていません。となると、アンも――入院中の身元不明の少女ですが――この事件につながっているということです」

そこまで話を進めたソニアが突然甲高い声をあげ、みんながいっせいに彼女のほうを振り向いた。ディーンが部屋を横切って近づいたが、その圧倒的な存在感もソニアの全身の細胞ひとつひとつに侵入を開始した恐怖を阻止することはできなかった。「アンドレス。アンドレスもジョーンズにつながっているし、あの子はアルゼンチンから来た子なの。もし犯人たちがあの子を捜しているんだとしたら？　あの子はいま、わたしの両親の家にいるのよ。たいへん――」ソニアは携帯電話の番号を押しながら会議室を飛び出した。

19

生まれてこのかた、誰かを見てこれほど安堵したことはなかった。両親の家に駆けこむと、キッチンテーブルに両親とアンドレスがすわり、その足もとでジャーマンシェパードが体を丸めていたのだ。三人はトランプをしていたが、オーエンとマリアンヌはソニアの電話を受けていたせいで、いささか緊張気味だった。オーエンは五年前に退職して以来着けたことのなかったホルスターに銃を入れていた。

ソニアは三人を順々にハグした。「よかった。ほんとによかった」深く息を吸いこむ。

ディーンもキッチンに入ってきた。「家の周りは異状なし」

「こちらはFBI捜査官のディーン・フーパー。昨日、病院で会ったかしら？」ソニアが両親に訊いた。

「ああ、ちょっとだけだが」オーエンが言い、手を差し出した。「オーエン・ナイトです。こちらは妻のマリアンヌ。そしてアンドレス」

「どうぞよろしく。こんな状況でお目にかかるのは少々残念ですが」

オーエンが訊いた。「ちょっと過剰反応なんじゃないのか、ソニア？　きみの話を聞いたところじゃ、おれたちが危険だって結論にきみが一気に飛びついた気がするが」

「たとえリスクが一パーセント以下であっても、ああいう連中はほんとに怖いのよ」ソニアはジャーマンシェパードの耳のあたりをかいてやった。サージはソニアの緊張を察知しているらしく、衛兵よろしくかたわらに立っていた。サージに触れているうちに気持ちが静まり、それに呼応するように元警察犬もくつろいできた。犬を飼いたかったが、不規則な生活ではペットがひとりぼっちで家にいる時間が長すぎて罪悪感を感じそうだ。

「ボディーガードが来てくれることになってるの」ソニアが言った。父親が抗議しかけるや、片手を上げて制した。「お願い、パパ。深刻な状況なのよ。これからの四十八時間、もっとヒートアップしてくるわ。ライリーは入院中だし、マックスはアフガニスタンでしょ、この家を見張る人がいないじゃない。ボディーガードの名はデューク・ローガン。友だちの弟」

「ローガンか」オーエンの口調がそっけない。「ケイン・ローガンの弟だな」

ソニアの父親は昔からケインが気に入らず、娘がずっと友だちでいることすら認めたがらない。ケインはチャーリー・カマラータ同様、わが道を行く男で、誰のルールにも縛られない。二人のどこが違うかといえば、決定的な相異は、ケイン・ローガンは自分以外をけっして危険な目にはあわせないということ。

オーエン・ナイトは法の支配を絶対的に信じていた。だからケインがソニアにおよぼす影響を嫌っていた。

ソニアが信頼を寄せる人間は数少ないが、ケインはそのリストに載っていた。FBI支局からソニアの両親の家に向かってディーンの運転でひた走る車のなか、ソニアはデューク・ローガンに電話を入れた。「きみから電話が入るかもしれないとケインから連絡があったんで、そのときは何はさておいてもと思っていたところだ。なんなりとお申しつけください、お嬢さま」

玄関ドアのノックの音が室内の緊張を破った。ディーンが、ぼくが出る、と言い、キッチンを出ていった。

「パパ」ソニアは穏やかに言った。「ケインはすごくいい人なの。そうじゃなければ、わたしが信頼するはずないでしょう」

マリアンヌが横から言った。「お父さんは長距離恋愛が不安なだけよ。あなたの愛する人が、あなたのそばにいるために仕事をあきらめるつもりはないってことだと――」

「えっ？」びっくりしたソニアが大きな声をあげた。「やだ、そんな――」と言って大笑いした。笑ったら気分がすっきりした。ちょっと笑いすぎたかもしれないが、いまは大笑いするか、すでに彼女の情報提供者を含めて四人を殺している残忍な殺人者が自分の家族を狙っているかもしれないという緊張感に神経をぴりぴりさせるかのどちらかしかないのだ。

ディーンが二人の男を案内して戻ってきた。

ひとりはケイン・ローガンをそのまま若くしたような男――実際、ソニアが十年前に出会ったときのケインにそっくりだった。だがもうひとりの、もっと年齢が上で背も高く、焦げ茶色と間違えそうな深みのある赤い髪の男、彼がデューク・ローガンにちがいない。彼が大笑いしていたソニアに笑いかけると、明るいブルーの目の周囲の笑いじわがなおいっそう際立ち、片えくぼがのぞいた。もっと日焼けした厳しい印象のケインにも同じ片えくぼがある。

「デューク?」ソニアが手を差し出した。

デュークはその手を取り、そのまま引き寄せてハグした。「ケインがきみをべた褒めするんだ。知ってるだろうけど、兄は手放しで人を褒めたりしないんだよ」

「本当にそうなんですよ」もうひとりの男が言った。

ソニアはその黒い髪をしたローガンのほうを向いた。たぶん彼が末の弟にちがいない。

「あなたがショーン?」

「お役に立てればと思って参上しました」ショーンが左右にえくぼをのぞかせながら会釈した。

デュークが言った。「状況を考えたら、ボディーガードは一人より二人のほうがと思ったもので」

「本当にありがとう。心から感謝するわ」

デュークがオーエンと握手し、つづいてマリアンヌ、最後にアンドレスとも握手した。アンドレスは圧倒されたらしく、体を震わせていた。ソニアがスペイン語でやさしく説明した。

「これで安心よ。この二人はわたしの友だち。あなたをしっかり守ってくれるわ」

「で、どういうふうにしたものかな?」オーエンが尋ねた。あいかわらず立ったまま、家長としての権威と支配力を保とうとしているのだ。ソニアは、ケインとの関係を両親にきちんと説明したことがなかったために気まずさを感じたが、思いつきもしなかったのだ。ソニアが傭兵《ようへい》へのかなわぬ恋に胸を焦がしていると思いこんでいた父親。それを知って、父親に自分のことをほとんど話していなかったと気づいた。かといって話すべきことがそうあるわけではないのだが。

ありがたいことに、デュークがその場の空気を素早く正確に読みとってくれた。「そうですね、まずは家のなかを案内していただけたらと思います。ついでにお宅のセキュリティーの長所と欠点を指摘してください。奥さんとアンドレスには二階に上がってもらってショーンがずっとついているようにし、あなたとぼくは家の外回りを監視したらどうかと考えていますが」

オーエンがうなずいた。「わが家の警報システムはかなりいいものでね」

「それはよかった。警備システムがぼくの専門ですから。フルタイムでボディーガードを引き受けているわけではなく、家族の友人からの依頼があったときだけなんですよ、こっちは」デュークがソニアに向かってウインクをした。真面目に振る舞うことができる一方で、彼には兄のケインよりはるかに愉快なところがありそうだ。「実際、うちの会社――ローガン＝カルーソ警備サービス――では、主として地元の企業にエレクトロニクス・セキュリティーを提供する仕事を担当しています。オーバーンに新設されたバイオテクノロジー研究所もですが、ここの大学のシステムもぼくが設計しました。お宅の警報システムもちょこっと手を加えて強化できるかもしれないな」

「その研究所のことは耳にしてるよ」オーエンの口調から察するところ、感心しながら興味を示しているようだ。

ソニアはだいぶ気が楽になった。「わたしの連絡先は知ってるわよね。明日は朝が早いんで、これで家に帰らせてもらうわ」

「あら、もう八時過ぎだわ。あなた、何日もぶっ通しで仕事でしょう」マリアンヌが言った。「シチューを取っておいたのよ。あなたとフーパー捜査官の分をあたためるから召しあがれ」

「ママ、それはいいから——」母親の断固とした表情が目に入った。「わかったわ」ディーンをちらっと見ると、彼もこっちを見ていた……不思議そうに。彼にはプロとしての盾の陰に隠れているソニアが透けて見えているみたいだ。つぶさに観察されている気がして突然不安になり、咳払いをした。「ママは料理の達人なのよ」

「じつは腹ぺこなんですよ」ディーンが言い、腰を下ろした。トランプを手に取る。「トランプは何を?」

「アンドレスにクレイジー・エイトを教えてたところなの」

ディーンが笑みを浮かべた。「ファイブ・カード・ドローはどうだろう?」アンドレスのほうを向き、スペイン語で話しかけた。「ポーカーの遊びかた、教えてあげようか?」

アンドレスが目を輝かせた。「ポーカーのやりかたなら知ってるよ」

「そうか、じゃあ、はじめよう」

オーエン・ナイトがしばらく部屋をあとにし、ポーカーチップの箱を手に戻ってきた。

「チップ一枚につき一セントだぞ」

「そんな安くちゃつまらないわ、パパ」ソニアが言った。

「うちのキッチンにＦＢＩがいるんだ。違法賭博で告発されたくないからな」

「今夜は免責特権を与えましょう」ディーンが応じた。

ディーンは家族と触れあうソニアのようすを見ていた。まだかなりぴりぴりしているものの、明け方三時半のチャーリー・カマラータの不法侵入にはじまった今日一日の出来事を振り返れば、疲れ果てていて当然だ。家族を思っての恐怖感から噴出したアドレナリンもすでに安堵感に取って代わり、いまはただただ疲労感に襲われているところか。だが満足そうでもあった。ナイト一家から力と慰めをもらっているようだ。弟のライリーと仲がよいことはもう知っていたが、いまはっきりとわかった。あれほど四六時中仕事漬けのソニアが、家族といるときだけはそうではないのだ。

ソニアはポーカーには加わらず、カウンターの前に立ってシチューを食べながら、ショーン・ローガンとしゃべっていた。ショーンはまだ若く、たぶん二十二歳か二十三歳というところだろう。デューク・ローガンはオーエン、ディーン、十歳のアンドレスとテーブルを囲んですわり、ファイブ・カード・ドローを二ラウンドほどプレーした。

ディーンは恵まれた子ども時代を送ったが、家族との結びつきがとくに強いというわけではない。父親は死んでからもう何年もたつ。弟のウィルは結婚して、ディーンが暮らすワシントンとは五千キロ近く隔たったサンディエゴに住んでいる。ディーンとウィルは仲のいい友だち同士のように育ったが、年月と距離ときつい仕事のせいで、いま二人はそれぞれの道を歩いていた。母親はフロリダに移り住み、一年の半分をシニア仲間と旅行をして過ごしている。どちらとも一年に一度か二度は連絡をとっており、ディーンはそれでじゅうぶんだと考えてきた。

しかし家族といるソニアを見ているうちに、それではだめだと気づいた。ウィルともっと頻繁に連絡をとりあうような努力をしてこなければいけなかったのだ。最後に弟と顔を合わせたのは彼の結婚式のときで、あれからもう一年以上たつ。あのときは一週間の休暇をとっていたのに、担当していた事件に急展開があったため、二日間に短縮となった。弟と過ごすことができたのはその二日間だけだった。

ディーンはソニアと家族の仲のよさを羨ましいと感じると同時に、ソニアを見る目が変わった。実家で肩の力を抜いた笑顔のソニアは、激しやすいICE捜査官のなかに隠されたソニアだった。くつろぐ彼女は幸せそうだった。それは、どんなことがあろうと支えて愛してくれる家族がいるからなのだ。

ポーカーをしている自分をじっと見ていたソニアと目が合った。彼女の気持ちを読みとることはできなかったが、彼女は目をそらさなかった。ディーンはまずいと思いながらもソニアに惹かれていた。肉体的な欲望もだが、それよりも深い、感情的なところでも惹かれていた。抱いてはまずい感情だ。彼女はあくまで同僚であって、恋人として考えることはできない。それでもなお、本気で彼女に惹かれていく自分をどうにもできなかった。ソニア・ナイトは美人だが、可愛い顔とセクシーなボディーだけでなく、それをはるかに超えるものをそなえた女性だ。頭がよく、ひたむきだ。けっして手を抜くことなく仕事をこなし、つねにありのままの自分を見せている。自信を持ってはいても、人の意見に耳をかたむけ、人の助けを受け入れることができるだけの余裕もある。それでも内には傷つきやすい部分もあり、心配でたまらないときだけそれが顔をのぞかせる。病院にいるアン、ベガ夫婦、自分の家族に対する危惧にそれがのぞいた。

ソニアの唇がわずかに開いた。ふっくらした唇がキスしてほしいと懇願している。その瞬間、彼女は日に焼けた頬をかすかに赤らめて目をそらした。いったい何を考えているのだろう？　自分と同じ、人には言えないようなことだろうか？　ディーンはソニアと二人きりになりたかった。彼女に触れたかった。触れるだけにとどまらず、もっと先へ進みたかった。

ソニアの横顔は優雅で、貴族的だった。すっきりと鼻筋の通った高い鼻。首もすっきりと長い。仕事着である黒いTシャツの下に隠れてはいるけれど、それとわかる大きな胸。すでに薄手のジャケットは脱ぎ、キッチンのスツールに掛けてある。ほっそりした胴、くびれたウエスト、はきこんだスキニーなデニムに包まれた長い長い脚。

ディーンは手に持ったカードもそっちのけで、彼女に全神経を集中させた。ソニアはリラックスしているとはいえ、ちっともじっとしていなかった。不安ゆえに動きまわっているのだろう。母親が深皿をすすいだり、残ったシチューを鍋からほかの容器に移すのを手伝っているかと思うと、つぎはカウンターを拭いている。ディーンの目にはちっとも汚れてなどいないのに。それがすむと今度は、戸棚から箒《ほうき》を取り出して板張りの床を掃《は》きはじめた。この調子では眠ってからも動きつづけているのでは、と思ったほどだ。はたしてその真偽をたしかめるチャンスはあるのだろうか。

またこっちをじっと見つめるソニアと目が合った。

「あら、十歳の子に負けたみたいよ」ソニアが得意げな笑みを浮かべた。

ディーンはあわててカードに目を戻した。アンドレスがにこにこし、デュークとオーエンも笑っていた。「フルハウス、だよね？」幼いポーカー名人が言った。

「ああ、そうだよ」ディーンはチップをアンドレスのほうに押しやった。「それじゃ、ぼくはこれで抜けます。明日はまた大変な一日になりそうなんですよ。おいしいシチュー、ごちそうさまでした、ミセス・ナイト」

「どういたしまして、フーパー捜査官。いつでも歓迎するから、またいらしてね」

デュークがソニアとディーンを外まで送ってきた。「ご家族のことは心配いらないからね」デュークがソニアに言った。「ぼくが安全を保障する」

「どうもありがとう」そう答えたソニアだが、ディーンにはその心配が事件解決までつづくことはわかっていた。

「いや、お礼なんてとんでもない」デュークはソニアの両手を取り、真顔で言った。「きみも用心しろよ。ああいう連中はたちが悪いとケインが言ってた」

「わたしならいつも用心してるわ」ソニアが言った。

「背後はぼくに任せてください」ソニアとローガン兄弟――なかでもとらえどころのないケイン・ローガン――との関係がよくわからないまま、ディーンは付け加えた。もしかしたら彼女はフリーではないのかもしれない。

それを突き止めよう。今夜。

20

ディーンはソニアの先に立ち、彼女が住むこぢんまりした平屋に入っていった。どの部屋にも小さな明かりがついていることについて、ソニアは説明の必要を感じた。いささかおどおどした口調になった。「真っ暗な家に入るのが苦手なの。で、タイマーで明かりがつくようにしてあるわけ」

ソニアが言おうとしていることはわかっていても、ディーンは彼女の面子をつぶしたくなかった。「いいね。セキュリティーの観点からも利口なやりかただよ」ソニアの家に家庭的な雰囲気はなく、二ブロック離れたナイト家のように住みやすそうではなかった。たぶんソニアはここへ寝に帰るだけなのだろうが、細部には魅力的なところもあった。リビングルームの隅に置かれたラブシートを占領しているテディベア・コレクション、ぱっとしないブラインドをおおったレースのカーテン、そして何よりも彼女の内面をのぞかせているのがダイニングルームの壁全体を飾る写真。どれも家族といっしょのソニアを写したものだ。

しかし驚いたことに、彼女の家にはセキュリティーシステムがなかった。

「どうして警報装置をつけないの？」

「必要を感じたことがなかったのよ、いままで。でもわたしなら大丈夫よ」

「今夜はここに泊まってもいいかな？　外に捜査官が二名いることはいるが――」

「ちょっと待って」ソニアがディーンに鋭い視線を向けた。「この家、捜査官二名に見張られてるの？」

「もっと早く言おうと思ったんだが」ディーンは嘘をついた。「今日一日、なんだかずっとせわしかったからさ」ソニアがはっきりと苛立ちをのぞかせたが、口論するには疲れすぎているようだ。「とにかく睡眠をとるといい。ぼくは長椅子で寝かせてもらうよ」

「ゲストルームがあるわ」

「むしろここのほうがいい」

「しばらくおしゃべりしてから寝るわ」ソニアがキッチンに行き、声をかけてきた。「何か飲む？」

「いや、ぼくはけっこう」壁の写真を見た。ソニアはティーンエイジャーとして生まれてきたみたいだ。子どものころの写真が一枚もない。

　ソニアは白ワインを半分までついだグラスを手に引き返してくると、彼の横に立って飲みはじめた。「それがマックス」海兵隊の正装に身を固めた、黒い髪の長身の若者を指さした。

「いまアフガニスタンにいるの。職業軍人なのよ」

「彼のためにも、国家のためにも、いいことだよ。ぼくも海兵隊に三年間いたんだ」

「センパー・ファーイ（ラテン語で〝つねに忠誠を〟の意。海兵隊のモットー）」ソニアがさも得意げに言った。つぎの写真を指さす。「これは卒業式のライリーとわたし。わたしのほうが一歳年上なんだけど、いろいろあって――わたしの過去は知ってるわよね――遅れちゃったから」

「ライリーと仲がいいんだな」

「彼は双子のつもりでいるわ」

ソニアの声が心細そうだ。

「きみの家族のことは心配いらないよ」ディーンが咳払いをした。

「そうよね。デュークとあの弟が守ってくれるわ」

「ナイト家の人たちはみんないい人だ。きみがなぜ家族とこれほど親密なのかがわかった気がする」

「オーエンとマリアンヌは深い愛情と思いやりに満ちてるの。わたし、最高の両親にめぐりあうことができたと思ってるわ」

ソニアはしばらく無言のまま、自分の写真を眺めていた。「わたしが養女だってことは知ってるわよね？　わたしの昔のこと、知っているんですものね」

「少しはね。話したくないなら話さなくてもいいよ」

「よかった」

あまりよくないような口ぶりだった。

「ソニア？」ディーンが静かに訊いた。「きみ、大丈夫？」

「ほんとのところ、何を知ってるの？」ソニアが小さな声で尋ねた。

怯えながらの神経過敏な問いかけだった。ディーンはとにかく彼女に対して率直であろうとした。「十三歳のとき、売春させるためにきみを売ろうとしていた人身売買業者のところから脱出した。そして勇気をもって法廷で証言した。そのころからもう、いまのきみ、つまり強くて頭がよくて思い切りのいい女性に成長する兆《きざ》しがあったというわけだ」

ソニアの声がかすれた。「英雄みたいな言いかたね」

「だって英雄だろう」ディーンはソニアの手からワイングラスを取り、テーブルに置いた。黙って彼女を見つめ、彼女が目を合わせてくるのを待った。「これまできみの半分でも尊敬できる女性に出会ったことがないよ」

ソニアが何か言おうと口を開きかけ、すぐにつぐんだ。おどおどと。舌の先で唇を舐《な》めた。その瞬間、ディーンの体を電流が走った。

ソニアはくるりと背を向け、隣りあうリビングルームへと歩いていった。彼もあとについていった。

彼女を抱きしめたかったし、柔らかく赤い唇に舌を這わせ、唇に残るワインを味わいたかった。ソニアの味を知りたかった。ディーンは何ごとにおいても一時的な感情に駆られることはない。とりわけ恋愛に関しては。これまでの恋愛はどれをとっても熟慮のうえでのことだ。女性を選ぶときは冷静かつ論理的に考えた。彼女たちの自立心や知性を。ディーンの恋愛はいつも仕事とは隔たったところにあり、つねに仕事を優先させてきた。自分から仕掛けることはなかった。そうしたいと思ったこともなかった。いまのいままでは。

ソニアをぐっと引き寄せてキスしたい……自分らしくない原始的な衝動をなんとか抑えこむのが精いっぱいだった。ソニアはけっして冷静でも冷めてもいない。頭はいいし自立もしているが、短気で衝動的で激しやすい。なのに彼女への興味は捨てきれなかった。頭をもたげてくる欲望を隠しておくのが苦しい。もうこれ以上、自分の気持ちに抗いたくなくなってもいた。

「ソニア――」それだけしか言葉にならなかった。

ソニアが振り返って彼を見、二人の目ががっちりと合った。ソニアのまつ毛を濡らした涙を見るや、ディーンは彼女を抱きしめて守りたい激しい衝動に屈しかけた。

「ソニア?」静かに名前を呼び、手を伸ばして頬に触れ、指先を首筋から肩へと伝わせた。

「どうした?」

ソニアの声はかすれていた。「わたしの過去が引き返してきて、わたしの大切な人たちを傷つけているような気がして」

ディーンはソニアを抱きあげて長椅子に運び、そのまま腰を下ろした。膝の上にのせたソニアとの密着感に気持ちが高ぶった。熟慮とか論理とかとは程遠いこの状況、おそらくいけないことという気もする。だが間違っているとは思えなかった。自分の気持ちを考えても、彼の腕のなかのソニアの気持ちを察しても、間違ってはいないはずだ。

ソニアが両手を彼の首に回して体を寄せ、ため息をつくと、熱い欲望がいきなりディーンの全身を貫いた。強く抱き寄せられたソニアには、彼の欲望がいやというほど伝わっているはずだ。彼女の抱き心地はたいそうよく、最高だった。フローラルな香りと汗のにおい。女らしさと力強さ。顔にかかった波打つ豊かな髪を想いをこめた仕種で払ったあと、顎の下に手をやった。親指で頬のかすかな傷をなぞる。つぎに唇。ソニアが口を開き、あたたかな吐息とともに彼の人差し指を舌で引きこんだ。彼の顔をじっと見つめるソニアに、ディーンは、彼女の目には何が見えているんだろう、とぼうっと考えていた。言葉にならないほど美しいと思っていることに気づいているのだろうか？　しばらく吸われていた人差し指が解放されると、静かなうめきが彼の胸の奥でざわついた。

いまこの瞬間、ここにいる自分だけが全世界になった。

ソニアはディーンの目を見つめていた。二人の顔の隔たりはわずか数センチ。自制をきかせているせいで身震いを感じている。ディーンが彼女の家に足を踏み入れた瞬間からずっと、彼が欲しかった。最初のうちは今日一日の緊張から解き放たれたいからだろうと自分でも思っていたが、彼に見つめられ――伸びてきた手に触れられ――たとき、彼女のなかで何かが大きく変化した。それだけで終わらせたくなくなった。ディーンを知りたくなった。もっと深く。今夜だけでなく明日も。いつまでかかってもいい、目の前にいる彼への抑えようのない欲望から心身が解放されるなら。家族を除けば、これまでこんなふうに人生の一部にしたいほどの親しみを覚えた人はいなかった。ほんの数日しかたっていないのに、ソニアにはディーンの思考や発想が予想できるようになっていたし、彼の深みのある声が聞きたくてたまらなくなっていた。自分の職務に対する論理的なアプローチ、誰の意見にも耳をかたむけながら自分の決断を曲げないところに敬服していた。鋭い思考と決断力に満ちた行動ができる人。自分の欲しいものをわかっていて、それを追い求める男性は最高にセクシーだ。

ディーンのまなざしはいま、彼を求めるソニアに負けないほどの激しさで、きみが欲しい、と語りかけてきていた。

二人の唇が触れあった。

彼の唇を感じるが早いか、ソニアの息づかいが乱れた。甘いキスとはかけ離れたキスになった。ソニアは彼の髪に指を入れて顔を引き寄せ、唇を開いて彼の舌を招き入れた。性急に。もう待てなかった。キスだけでは物足りない。もっともっと、彼のすべてがいますぐ欲しかった。彼の太腿がソニアの下でうごめきはじめると、発火しそうな二人の熱を隔てるものはもはや彼女のジーンズとディーンのズボンだけになった。彼も彼女のすべてを欲していてくれることが、ソニアを先へ先へと駆り立てた。

その体勢ではソニアにはディーンの頭にしか触れることができず、なんとももどかしかった。彼の岩のように硬く引き締まった、ほっそりした体が触れてほしがっているのに。唇は重ねたまま、ソニアは上体を起こした。そのあいだも両手は動きを止めず、彼の髪、耳、ひげが一日分だけ伸びた顔を這いつづけていた。

彼の上にまたがったソニアが、じれったそうに彼のシャツのボタンをはずしにかかった。高級なエジプト綿のシャツの滑らかな手触りも心地よかったが、ソニアが求めているのはその下にある、上質な生地の感触をはるかに超えるはずのものだ。シャツの裾をズボンから引き出して、袖を腕に沿って滑りおろした。ディーンはソニアの下で動きがとれず、ソニアは彼の拘束状態を楽しんでいた。うっとりするような彼のにおい、首筋に顔をうずめて深く息を吸いこんだ。

喉もとにキスをしたあと、首筋に舌を走らせて彼の唇に達した。彼は、待ってましたとばかりにソニアの唇をむさぼったが、両腕はシャツの袖が邪魔をして思うように動かない。ソニアは彼を上から押さえつけ、彼のキスに負けないくらいの激しいキスを返したのち、いったん唇を離し、つぎに彼の力強い顎のラインに舌を這わせながら耳へと進んだ。耳たぶを吸ったとき、我慢しきれなくなったディーンの胸の奥でしゃがれたうめきが響くのが感じとれた。彼が強く押しつけてきた太腿からも興奮が伝わってくる。彼がまた、シャツの袖から腕を引き出そうとすると、その悪戦苦闘から生じる摩擦が刺激となって、ソニアは背筋がぞくぞくした。もう引き返せなかったし、引き返したくなかった。彼をはじめて見たときから、まさかと思えるような深いつながりを感じてきた。おそらくあの瞬間に、二人のこの宿命を潜在意識が感知したのだろう。

彼がシャツから引き抜いた右腕をソニアのウエストに回してきつく抱き寄せながら、唇をさっきのソニアと同じように這わせてきた。彼の吐息が火照《ほて》った首筋に熱かったが、それだけでは終わらなかった。彼が左手もシャツから引き抜くなり、流れるような手際のよさであっという間にソニアのTシャツを脱がせ、どこかソニアの後方へと放り投げた。ソニアは彼の顔を自分の胸に引き寄せた。露出した肌にディーンがくまなく唇を触れてきた。舐めたり吸ったり、キスしたり。やがてソニアの口のなかは渇き、体は濡れてきた。ディーンがブラのホックを片手ではずすと、ソニアは体を左右に揺さぶってそれを払い落とした。ディーンのアンダーシャツのなかに両手を入れ、三角筋をもみほぐすようにしながら硬く鍛えられた肉体に期待をふくらませた。ソニアは自分自身のケアを怠らない男性、いい筋肉をキープしている男性が好みなのだ。

「ああ、ソニア」ディーンの指先が左右の胸をそっと撫で、親指が円を描いて乳首を刺激すると、まもなくソニアの胸が上下し、汗がうっすらと全身をおおった。彼が片方の乳首を口にふくんだとたん、ソニアは動けなくなった。ディーンがソニアの全神経をその部位だけに集中させたせいで、頭のなかも真っ白になった。喘《あえ》ぎ声がいやおうなしに喉からもれ、その声が彼をなおいっそう駆り立てた。彼の口が反対側の乳首へと移動し、両手はソニアのヒップをつかんで力をこめてきた。二か所を攻められて限界ぎりぎりまで来ると、それを超える覚悟ができた。ディーンのベルトのバックルをはずしにかかる。そろそろペースを落とし、新たな感覚を味わってもいいころだとは思いながらも、ゆっくりとかなだらかとかは望んでいなかった。一気に激しくいきたかった。それもいますぐに。

驚くほど敏感に反応するソニアの胸なら一時間かけてもいいと思っていたディーンだが、ソニアはズボンのファスナーを下ろすが早いか、なかに手を入れ、彼をぎゅっと握ってきた。彼はうめきをもらし、腰を引いた。自制をきかせないと、うぶな学生みたいに情けないことになりそうだった。だがソニアみたいな女性に上に乗られていたら、そうたやすく自制などきかない。いや、もう不可能といってよかった。

ソニアが彼のズボンの尻のポケットから財布を引き出して、彼に手わたした。「ちゃんと準備はしてるって言って」

ソニアがいやに真剣な顔さえしていなければ大笑いするところだった。彼女の肌は紅潮し、速まった息づかいが胸をエロティックに上下させている。「これでもボーイスカウトだったからね」ディーンの声がいつもよりかすれて低かった。「はい、どうぞ」

ソニアは財布を開き、いくつかの仕切りをのぞいて顔をしかめたあと、運転免許証の後ろに小さなパッケージを一個発見してにっこりした。

いったん立ちあがったソニアを見て、ディーンはベッドルームに行くのかと思ったが、彼が起きあがろうとすると、ソニアが押し戻した。「だめ、そのままそこにいて」

ソニアは彼のズボンを引っ張って脱がせ、そのあいだも手の動きは片時も止めなかった。全身が電気ショックを受けたかのように小刻みに震えている。ジーンズとレースのついたパンティーをせわしく下ろし、そこから両足を踏み出した。そしてすぐさま彼にコンドームをかぶせにかかったが、そうしながらも指先をつねに彼のそこにじゃれつかせていた。しばらく不満げなうめきをもらしていたディーンが、ソニアの唇をいきなり引き寄せ、激しく強いキスをした。何度となく彼女の舌を引き入れ、自分の舌を押し入れる。ソニアもそれに応える一方で彼にまたがり、ペニスを一気に深く包みこんだ。馬乗りになった瞬間、ソニアが甲高い喘ぎを発した。

ディーンはソニアをじっと見ていた。紅潮した頬。汗に濡れた髪は片側が耳にかかっており、反対側はワイルドに乱れているせいで、彼女をセクシーにも健康そうにも見せていた。この体位ではディーンにはどうにも主導権はとれなかった。彼女をどれほど大切に思っているかを伝えたかったし、時間をかけて彼女のすべてを知りたいという想いも伝えたかったのだが、ソニアはじれったそうに情熱的に、いますぐ彼を欲しがっていた。一瞬、それまでの彼女とは打って変わって動きを止めた。が、すぐまた腰を上下に動かしはじめた。彼の胸にじかにソニアの胸がこすりつけられてくる。ディーンはもう何も考えられなくなり、ソニアのヒップをぎゅっとつかんで、ひたすらこらえるしかなかった。

ソニアは何をするときも情熱的な女性だが、ディーンに対しては情熱を超えて欲望の域へと突入していた。二度と離したくないほど彼が欲しかった。ソニアが体の内側と外側に彼を感じながら速く深く動き、ディーンの両手が彼女のヒップをしっかりとつかんで自分のほうへと引き寄せるうちに、二人のリズムがすぐそこに迫った強烈な解放の瞬間を約束するところまで高まった。ソニアの内側は煮えたぎるように熱くなり、この感覚を少しでも長く味わいたくて筋肉を引き締めているのに、ヒップの動きはどんどん速くなり、激しさを増していく。

「ソニア」ディーンがざらついた声でささやいた。

ソニアが目を開けると、ディーンはハードなキスをしてから膝の上の彼女をぐっと抱き寄せ、腰を上へ突きあげた。わずかに角度を調整し、彼女のいちばん感じるスポットに強く自分を押しつける。全身がソニアの下で硬直したとき、ソニアが自制を失ってのけぞった。オーガズムが自己主張をし、その強烈な感覚に衝撃を受けていた。大きな声をあげるソニア。ディーンが彼女を抱き寄せ、二人は波に揺られながら、それが完全に引いていくまで待った。

ソニアはぐったりとなり、息を切らし、満ち足りた表情をのぞかせた。ディーンは彼女の首筋、髪、頬、唇にキスをした。手と手を絡め、ぎゅっと握りしめる。

「よかったよ、ソニア」彼がつぶやいた。「はじめてきみを見たときから欲しかったんだ、きみが」

真剣なまなざしからも、きっぱりした口調からも、彼が本当のことを言っているとソニアにはわかった。ソニアの体と魂にぬくもりがじわっと広がった。帰属していることから来る安心感。出会ってすらいないときからソウルメートを見つけることができていたのだろうか？　大人になってからのソニアは半ダースほどの恋愛をし、どの彼とも数か月で別れたが、これほどの親密さ、これほどの愛を感じたことは一度もなかった。

ディーンの頬に手を触れ、唇にそっとキスしてから、額と額を合わせてため息をついた。何か新しいこと、何か思いきったことを言いたいのに、何を言ったらいいのかわからなくなっていた。相手はソニアだ。ひと月に数時間だけ、仕事を後回しにしてデートする以外はほうっておく女性とは違う。仕事にしろ、遊びにしろ、すべての行動をともにすることになるだろう。すべてを共有する相手を自分が欲しがっているとは気づかずにここまできた。いつだってプライバシーを確保したり要求したりしてきたが、ソニアが相手ならすべてを見せることができそうだ。

やがてソニアがゆっくりと彼の膝から下り、いたずらっぽい笑みを浮かべて片手を差し出した。「長椅子で寝なくてもいいわ、フーパー捜査官」

ディーンがその手をつかんだ。「ほんとに？」

ソニアが長椅子にすわった彼をぐいっと引っ張った。予想に反して、ソニアは見た目より力があった。ディーンは楽に立ちあがりながら、彼女のくっきりと膨らんだ硬い筋肉に感心していた。彼を引きあげるくらい簡単そうだ。全裸で目の前に立ったソニアはまぶしいほど光り輝いていた。

「とっても寝心地のいいベッドがあるの」そう言って腕時計を見た。「まだ十二時前だわ。目覚ましは六時半にかけてあるから、あと三十分か四十分は寝る時間を犠牲にしてもよさそうよね。そうやっていつもセクシーな外見を保ってるってことは、あんまり睡眠をとらなくても平気なんでしょう」

ソニア・ナイトがめったに見せない茶目っ気のある一面が、ディーンには愉快だった。キスのあと、ディーンはソニアを花嫁よろしく抱きあげた。「さ、きみの部屋に案内して」

ソニアが目をきらきら輝かせた。にっこり笑った口もとに、ディーンは何もかも放り出して彼女を二人だけの世界へ連れ去りたくなった。彼女の胸の奥に秘めた想いや夢を聞き出し、いちばんかなえたかった夢を実現してあげられる場所へ。

ソニアが短い廊下の先を指さして指先をけだるげに右へと振り、顔を上げて唇を合わせた。

ディーンは指示どおりに進み、右側のドアを押し開けると、彼女を抱いたまま敷居をまたいだ。ベッドサイドのランプの薄明かりが、レースの白いベッドカバーに長い影を投げかけていた。天井のファンの影がゆったりと回転して、ほの暗さのなかに浮かびあがったものを切っていくが、左右対称なはずの羽根の影がどこかおかしい。

二人が同時に上を見た。ソニアは悲鳴を押し殺し、ディーンは彼女を床に下ろすや、もはや身につけてはいない銃に手を伸ばした。

だが銃があったとしても役には立たなかった。

ファンの羽根の先から細い糸で吊られているのは、グレッグ・ベガの切り取られた舌だった。

21

FBI証拠対応チームが自宅で証拠の採取作業をする光景を眺めながら、ソニアはディーンの車の助手席に体をこわばらせてすわっていた。ディーンがFBIに任せるよう主張し、ソニアもそれでいいと思って譲った――FBIが彼女の事件を優先するのは、これが現在捜査中の事件に関係があるからというだけでなく、彼女が殺人者に狙われている連邦捜査官だからだ。

彼女の自宅。彼女の事件。

ふたたび被害者のような気分に陥るのが嫌で、聖域に侵入された恐怖感と必死に闘っていた。

携帯電話が鳴った。デューク・ローガンからの電話だとわかると、すぐさま受けた。「もう出発したの？」

「五分前に病院を出た。ライリーはすんなり退院させることができたよ。ショーンがぼくたちを尾行して、誰かにあとをつけられていないか確認してる。ライリーの友だちがひとり、ショーンとタッグを組んでくれている。このままタホー湖の隠れ家まで無事に送っていくよ、約束する」

ソニアの肩の荷が一気に下りた。家族の安全が確保されれば、グレッグ・ベガ殺しの犯人捜しに専念できる。たちまち闘志がよみがえった。

「ありがとう、デューク」

「そっちはどう？」

彼が言いたいことはわかっていた。「これがわたしの仕事だもの」

「殺されるのはきみの仕事じゃないからな」

「殺されるつもりなんかないわよ。こいつを捜し出して逮捕してやる。向こうはからかう相手を間違えたわね」

ディーンが運転席のドアを開けたままにして乗りこんできた。車内に緊張感が走る。体をこわばらせているところから察して、相当怒っているらしい。ソニアはデュークとのやりとりを終わらせ、電話を切った。「デューク・ローガンがうちの家族を乗せてタホー湖へ向かったわ」

ディーンが言った。「この家に張りこませた捜査官たちは、なかに入った者はいなかった、と断言しているが、彼らがここに到着したのは夕方の六時十五分だからな」

「犯人はそれ以前に侵入したと思ってるのね？」

「どうだろう。キッチンのドアの鍵がこじ開けられていた。あそこは通りから見えない部分がある。しかし通りから見えないところでフェンスを跳び越えて入ったんだとしたら、裏庭からはその痕跡を示す足跡が発見されていない。家のなかの変化としては、八時に明かりが点灯しただけだったそうだ」

「あれはタイマーだから」

「証拠対応チームの作業はそろそろ終わるらしい。あの舌がベガのものかどうかをこれから――」

「疑いの余地があるみたいな言いかた」

「いずれにしても検証は必要さ。家のなかは広範囲にわたって指紋を調べたが、いまのところ何も出てきていない。侵入者は手袋をはめて、なんの痕跡も残していかなかった。いま微細証拠や繊維類を収集しているそうだから、結果を待つことにしよう」ディーンがソニアと目を合わせた。「チームリーダーのブライアン・ストーンには全部話しておいたからね」

ソニアが顔を赤らめ、目をそらした。当惑を覚えていた。リビングルームでセックスをしたことにではなく、もはやあの時間が二人だけのものではなくなったことに。「ごめんなさい」

ディーンがソニアの手をつかみ、強く握りしめた。あまりの力強さに彼の顔を見た。「謝ったりするなよ。ぼくは後悔してないし、きみにも後悔なんかしないでほしいと心から思ってる」

ソニアがかぶりを振った。「してないけど」とつぶやいた。

ディーンは緊張をやや緩めた。「本当のことを話さないと、彼らが誤った手がかりを追ったりすることになるだろう。ストーンは口が堅い。元海兵隊なんだよ。ＦＢＩでは小火器のヘッドインストラクターで、ＳＷＡＴの指揮も執ってる」

「その彼がなぜ証拠対応チームといっしょにここへ？」

「ＦＢＩ捜査官の半分は証拠対応の技術を認定されていて、専門分野によってメンバーを選んでるんだ。ストーンは心理戦を理解している」

「犯人はわたしを脅すために舌を吊りさげた。ロケット科学者を連れてこなくても、それくらい突き止められるわ」

「だがやつらはきみの家に侵入してああした。きみのベッドルームでだ。きみがいちばん安心できる場所だろう。やつらはきみをまいらせたいんだ。きみが神経をすり減らして、ミスを犯すように仕向けたいんだ」

「だとしたら、ずいぶん長く待つことになるわ。わたし、こんなことでまいったりしないもの。むかついてるし、ベガがさらされた危険に気づかなかった自分が後ろめたくてちょっと動揺もしてる。でも、まいってはいないわ」

　ディーンが手を伸ばして、ソニアの頬をやさしく撫でた。ソニアは目を閉じ、全身の緊張をほぐそうとした。

「何時になったらホテルにチェックインできるかしら？　なんだかもうくたくたで」――フロントガラスごしに三人の捜査官が家から出てくるのが見えた――「自分の家にＦＢＩが押し寄せているのを見ていたくないの。ＦＢＩとはかぎらないけど」

「十分待ってくれ。いいね？　ホテルに行くことなんかないよ。ぼくのところに来ればいい」

ディーンがせわしく車を降り、ドアを閉めた。もしソニアが反論すると思っているなら、それは彼の思い違いだ。

ディーンは眠っているソニアをじっと見ていた。

まだ夜は明けきっていなかった。ディーンはほんの数時間しか眠れなかったが、体内時計に目を覚まされた。金曜日の朝の五時半。

ディーンがソニアを連れて帰ったのは又借りしているアパートメントだ。貸してくれたFBI捜査官は四週間先、七月四日過ぎに戻ってくる予定で、ディーンはそれ以前にザビエル・ジョーンズの捜査を終了できれば、と思っていた。

だが状況が変わった。ジョーンズが死亡しただけでなく、事件全体が手に負えなくなってきていたが、まだここを離れたくなかった。とくにソニアとは離れたくなかった。

ソニアはディーンのアパートメントに向かう途中で眠りに落ちた。ディーンのあとについて階段を四階まで上がり、ベッドに入るあいだも半分眠っていた。オーバーナイトバッグを持ってはきたが、歯を磨くこともできないままタンクトップに着替えてベッドに倒れこんだ。ディーンも隣に横になり、ソニアの静かな寝息が聞こえてくるや、すぐに眠りに落ちた。

ソニアはまだ眠っていたが、上掛けを蹴飛ばし、手足を大きく広げてうつぶせに寝ていた。

ベッドの半分以上を占領している。寝ているときも起きているときと同じエネルギーがあるようだが、一時間前にこの体勢に落ち着いてからはまったく動いていない。

　半分閉じたブラインドから朝日が忍びこみ、半裸の肢体に明るいオレンジ色の長い影を投げかけている。ほっそりした体を見ているうちに、ディーンの下半身がざわつきはじめた。抱きたいからと起こすつもりはなかったけれど、せわしく家を飛び出さなければならなくなる前に目を覚ましてくれることを願っていた。

　ソニアの上腕のタトゥーに目がいった。可愛いとか女性的なタトゥーではなく、ぞんざいで荒っぽい。顔を近づけ、それがタトゥーではないことに気づいて胸が引きつった。その三つの星はソニアの肌に焼きつけられているのだ。そっと触れてみた。そうすることでソニアが耐えた痛みを取り去ることができたなら、と思いながら。するとタンクトップに隠れて全部は見えないが、肩甲骨のあたりにも古い傷痕が見えた。タンクトップのへりをどかしてみると、黒ずんでしわになった二個の円がのぞいた。

　ソニアが体をこわばらせ、起こしてしまったことに気づいた。

「ごめん」

「醜悪でしょう。でも、どうにもできないのよね」

「そんなことは思わなかったよ」

　ディーンはソニアを仰向かせ、顔にかかった髪をやさしく払った。「誰がこんなことを？」

「どっちのこと？　円は十三歳のときで、星は二十四歳のときだけど？」ソニアは彼を押しのけてベッドのへりにすわり、タンクトップを脱いだ。二個の円は長さ十センチ、幅五センチの丸みをおびた無限記号というべきもので、背中にはほかにも、何本ものかすかな長い傷痕が交差している。ディーンはこれまで感じたことがないほどの激しい怒りがこみあげ、息苦しくなった。

ソニアは立ちあがり、部屋を横切ってバスルームに入ると、ドアを閉めた。

ディーンは声にならない声で悪態をついた。子ども時代のソニアが父親のせいでひどい目にあったと知ってはいても……

「……星は二十四歳のときだけど?」

チャーリー・カマラータがソニアに焼き印を? なのに彼は刑務所送りにならなかった? もう二度とチャーリーと顔を合わせないことを願った。もし会ったら、チャーリーの顎にパンチを入れようとする手を止めることができるかどうか、自分でもわからないからだ。

傷痕について彼女が敏感だということに気づくべきだったが、一方で彼女は自分の過去についてはつねにしごく冷静だった。ディーンにはソニアを傷つけるつもりなどいっさいなかった。それだけは彼女にわかってほしかった。

シャワーの音が聞こえたとき、ディーンは起きあがり、ソニアのところへ行こうかどうしようか考えた。傷痕のせいで彼女に対する自分の気持ちが変わったりはしないことを彼女に示したかった。しかし、これまで彼女がどれほど苦しんできたかを思うと、元相棒がそのトラウマにかかわっていた事実に、よりいっそう腹が立ってきた。その怒りの矛先《ほこさき》がソニアに向いているとは思ってほしくなかったし、かわいそうだと感じているとも思ってほしくなかった。彼女は同情など我慢ならないだろうし、ここを出ていく口実を与えたくもなかった。

そこで、コーヒーをいれることにし、廊下の先のキッチンへ行った。マウスというありえない名前のふわふわした白い猫が、ディーンの脚に細い体をすり寄せてニャーと大きく鳴いた。手を下に伸ばして首をかいてやると、エリオット捜査官の猫はすぐに喉をごろごろ鳴らした。喉の奥深くから聞こえるその音には驚くほどの癒やし効果があり、怒りがおさまりはじめた。

「猫を飼うのも悪くないな」ぶつぶつとつぶやいた。

ソニアは、バスルームのドアから遠のいていくディーンの足音を聞いていた。本当はディーンも誘いたかったが、傷痕に触れられたことへの過剰反応にわれながら戸惑い、躊躇した。彼には説明しなければ。その前にまず、とシャワーを浴びた。

冷たい水の下に入って目を覚ましてから、お湯の温度を上げた。生ぬるくなったところで体を洗った。焼き印のことでぶっきらぼうな態度をとるんじゃなかった、と後悔していたが、いくらもう過ぎ去った過去のことだと思っても、それについて話すとなると心が痛まないわけはない。

お湯を止め、タオルを体に巻いたあと、濡れた髪にブラシをかけてポニーテールに結った。バスルームを出るとすぐ、コーヒーのいい香りが漂ってきて、白い猫がオハヨーと鳴いてきた。思わず耳の後ろをかいてやってから、オーバーナイトバッグから取り出した洗濯済みのジーンズとICEの黒いTシャツを身に着けた。仕事着だからあまり代わり映えはしないけれど、着心地はいつもよかった。

ベッドルームを出て、リビングルームへと行った。ディーンは小さなテーブルに腰かけて、ブラックコーヒーを飲みながら新聞を読んでいた。トランクスだけしか身に着けておらず、くつろいでいるというのにくっきりと形がわかる筋肉は、さながらギリシアの神のようだ。

ソニアがおどおどした笑みを浮かべながら入っていくと、彼が顔を上げた。「いつもはもっとうまいものをつくるんだけど、買い物をする時間がなかったからね」手ぶりでテーブルに置いたシリアルの箱とミルクを示した。彼はリンゴを食べている。「リンゴはもっとあるし、バナナ、オレンジ、イチゴ、メロンもある」

「わあ、天国みたい」ソニアも腰を下ろしてコーヒーをつぎ、ミルクをたっぷり注いで飲んだ。料理をする男性は、たとえシリアルとフルーツをテーブルに並べるだけであっても、ソニアにとっては価値ある存在だ。リンゴならソニアの家にもある。冷蔵庫の引き出しの底のほうでぐしゃっと惨状を呈している。

「さっきはごめん」「ごめんなさい」二人が同時に言った。

ディーンが言った。「話さなくていいからね。ぼくがよけいなことを言ったのがいけなかった」

「ううん、ただちょっと……もう忘れていたから、なんだかうまく反応できなくて。十年前の出来事や内部調査のあとはもう、それについて考えたくなかったの。実際、誰にも話していないのよ。ライリーには直後に話したんで、知っているのは彼だけね。もちろん、ケインは知ってるけど」

「ケインか」ディーンが抑揚なくつぶやいた。

嫉妬しているような口調だったのだろうか？

「ケインは命の恩人。兄みたいな存在なの」

ソニアはしばし間をおき、何を話すべきか、どう話すべきかを考えた。

「ソニア」ディーンが彼女の手を取った。ソニアは彼を見つめ、自分に対する敬意を読みとった。同情ではなく、怒りでもなく。まっすぐな愛情と誠実さだけがそこにあった。ディーンは岩のごとく揺らがなかった。「説明なんか必要ないが、ただきみにわかってほしいのは、きみから何を聞こうと、きみに対するぼくの気持ちは変わらないということなんだ」

ソニアは顎のあたりを小さく震わせたかと思うと、唾をのみこみ、無理やり勇気を振りしぼった。

「やっぱり最初からはじめるべきでしょうけど、ちょっと長くなりそう」

「ぼくはどこにもいかないよ」

その男たちが村にやってきた夜のことを、ソニアはけっして忘れなかった。

「わたしの父は宣教師で、中南米の村から村へと旅をしながら、村人に作物の育てかたや食料の保存のしかたなんかを教えていたの。母が死ぬまで父にはあまり会ったことがなかったけれど、それを機に父はアルゼンチンに戻ってきた。わたしが四歳のときだったわ。彼は布教活動先へもわたしを連れていくようになって、九年のあいだに憶えていられないほどたくさんの村で暮らしたものよ。一か所に四週間から六週間とどまって、またつぎの村に移動する日々。小さかったころのことはなんにも思い出せないけれど、そういう生活だったことは憶えてる。わたしは進んで村人の手伝いをしたわ。そうやっているうちに、いろいろな言語や方言を理解するのが得意になったし、農業と基本的な薬についての知識も身についていった。

父は冷たい人だった。物心ついたときから父に抱きしめられた記憶はないし、話しかけられたこともない」

ディーンが問いかけた。「話しかけられたことがない？」

ソニアが説明を加える。「わたしの話し相手になってはくれなかったのよ。今日はどんな日だった？　今日は誰かに会った？　そういうやりとりはなかったわね。ただただ仕事のことだけ。通訳してくれ。畑に出て、野菜を傷つけずに引き抜く方法を見せてやりなさい。わたしは父に気に入られたくて——愛されたくて——言われたことはなんでもしたわ。父は何週間も留守にすることがあったの。わたしはそのときにいた土地にひとり残されるわけ。そういうとき、こう言われたわ。仕事でアルゼンチンに帰るが、おまえを迎えに必ず戻ってくる。一度なんか、ある村に十か月も置き去りにされて、わたしはもう父は死んだものと思った。しかたないからみんなの三倍も働いたわ。だって、みんなに嫌われていたから。わたしだけすごく色が白いし、都会的だし……ほかにもあったんでしょうね」

「きみが何歳のときのこと？」

「十歳。あのときね。父なんかもう二度と戻ってこなければいいと思いはじめたわ。でもすぐに、実の父親を好きになれない自分が後ろめたくなった。わたしは父をいい人――みんなを助ける人――だと思っていたけど、父はわたしを憎んでいた。当時、わたしはそれに気づかなかった。たぶん理解すらできなかったんでしょうね。父はわたしのせいで母が死んだと思っているんじゃないかと考えてた。布教活動に出かけて、六か月後に帰ってきたら母が死んでいたから」

「お母さんはどこが悪かったの？」

「突然死んだの。ずっと前から寂しそうで、父は癌《がん》だって言ってたわ。わたしは当時、それも理解できなかった。ただ、ある日突然、母がいなくなったのよ」

ソニアはコーヒーをつぐふりをして椅子から立ったが、本当は動かずにはいられなかったのだ。広い部屋を、キッチンからリビングエリアへ、そしてまたキッチンへと行ったり来たりした。

「父がわたしを売ったのは十三歳のとき。真夜中の出来事だったわ。何が起きたのかはわかっていたけど、信じられなかった。そんなことあるはずないと完全に否定していたのに、ついに父がわたしを軽蔑の目で見て、わたしのことを足手まといだと言ったのよ。好奇心が強すぎるから」

アメリカにこんな諺《ことわざ》があるんだよ、ソニア。好奇心が猫を殺す。ま、おまえは猫でなくて運がよかったな。北へと移動しながら、小さな町で集めた子たちも加わったから、ずいぶんたくさんいたわね。アメリカへ行くんだって興奮していた。それを聞いて、わたしは目的地を知ったわけ。もう少し年上の子のなかには、自分の意志で来た女の子もいたわね。アメリカへ行

「テキサスに到着するまでほぼ二週間。北へと移動しながら、小さな町で集めた子たちも加わったから、ずいぶんたくさんいたわね。アメリカへ行くんだって興奮していた。それを聞いて、わたしは目的地を知ったわけ。もう少し年上の子のなかには、自分はメールオーダーの花嫁で、これから花婿のところへ配達されるんだって言っていた子も何人かいたわ。それ以外の子はみんな、何もしゃべらなかった。わたしと同じように売られたか、誘拐されたか。うれしそうにしている子もだまされたんだと、わたしはわかっていたけど、その子たちはわたしの言うことなんか信じなかったし、わたしにそんな説得力もなかったのね。わたしはなぜ父がわたしを見捨てたのか――売り飛ばしたのか――が知りたくて考えてみたけど、わからなかった。何か許されないことでもして、その罰なんだろうと思って、なんだかわからないまま自分を責めたりしたわ。でも胸の奥では、父がわたしを愛してはいなかったことが痛いほどわかっていた。都合よく何かをさせるとき以外、わたしなんかいらなかったのよ」ソニアが苦々しく笑った。「わたしは奴隷みたいだったのに、そのことに気づきもしなかったんだわ」

「ソニア――」

ソニアはディーンを見てはいなかった。いまは見ることができなかった。ああ、どうしてこんなにきついんだろう？　もう過去を乗り越えたと自分に言い聞かせただけで、本当はまた自分に嘘をついているだけだからか？　自分を愛してはいない父と暮らしていた子どもの

ころと同じなのか？

「あるとき、脱走を試みたの。教会を通り過ぎたとき、助けを求めるならこのチャンスを逃してはならないと思ってね。

鞭で打たれたのはそのとき」死ぬかと思った。いっそ殺してほしいと思った瞬間もあった。しかし生き延びようとする意志があまりにも強かった。頭を使わなくては。我慢強くならなくては。「それから少しして、見張り役の男に火傷をさせられたの。それが焼き印だなんて、そのときは知らなかったわ――それも罰だと思っていたの」

ソニアがコーヒーを飲んだ。胃のあたりが震えていたが、手は震えていなかった。

「イジーとわたしだけが一団から離されて、テキサスの一軒家に連れていかれたんだけれど、そのときは自分がどこにいるのか知らなかった」

「イジーって誰？」ディーンが尋ねた。

「トラックのなかで出会った子。どうして二人だけがほかの子たちとべつにされたのかは知らないわ。それはともかく、イジーとわたしは地下室に監禁されたの。お互いのことはほとんど知らなかったけど、とにかく二人きりだった。わたしは脱出したかったけど、イジーは運命を受け入れていた」

ソニアはわずかに開いたブラインドから射しこんでくる明るい朝日のほうに目を向けた。

「そのとき、見張りのひとりが地下室に下りてきたの。そいつは――」そこで目を閉じたが、こっちをじっと見ている死んだイジーの目が見えたため、すぐまた目を開けた。心臓がばくばくしてきた。ぎこちなく唾をのみこみ、そっけなく言った。「そいつはイジーをレイプしたわ」

「ソニア——」

「わたしじゃなかった。わたしには見せたかっただけ。わたしはヴァージンだから、もっとずっと金になるが、この先こうやって生きていくんだ、と言われた。そいつ、獣だったわ。大きな図体で、すごく乱暴で、イジーを痛い目にあわせてた——その男がイジーを殺したのよ。わたしはすぐ近くで見ていて止めようとしたけど、そのときはもう死んでた」

ソニアがディーンのほうを振り向いた。「わたし、そいつを殺したの。そいつのズボンのポケットから滑り落ちた銃で撃ち殺したの。そいつはわたしのたったひとりの友だちをレイプして、挙句《あげく》の果てに殺した男ですもの」

「それでよかったんだよ」

「そうよね。そうよね」ソニアが深呼吸をした。「わたしを発見してくれたテキサスレンジャーがウェンデル・ナイトだったの。わたしの養父の弟。ウェンデルはわたしを引き取ってくれた——施設や里親のところにはやりたくないと思ってくれたのよ。もちろん、家に帰してはならないとも思ってくれた。だって行政がわたしの父を捜そうとしていたから。

父に売られたとき、わたしは自分が何かいけないことをしたんだと思った。だからしかたがないんだと思った。じつのところ、しばらくは父がわたしを買い戻してくれるんじゃないかと思ってた。大事なことがあって、どうしてもお金が必要だったけど、買い戻せるお金ができたらそうしてくれるんじゃないかと。そんな妄想、長くはつづかなかったけどね。

その組織が検挙されたあと、移民局が父を捜したけれど見つからなかった。どの程度熱心に捜したのかは知らないわ。わたしの話を全部信じてくれたかどうかすらわからない。事情を説明した人のなかには、まるでわたしが悪いことをしたみたいな目で見る人もいたもの。どこかへ消えてほしい、もといたところに送り返したい、と考えていそうな人もいた。でもそれ以外の人は助けようとしてくれた。わたしは法廷で証言したわ。小さな町だったから、何があったのかはみんなに知れわたっていた。

わたし、ウェンデルを心から愛していたの」ソニアの声がかすれた。咳払いをする。「ああいう人が自分の父親だったらどんなによかったか。なのに、ある日、彼は帰らぬ人になった。任務遂行中に亡くなったの」

ディーンが両手をソニアの肩においた。ソニアは彼がテーブルから離れたことにすら気づかずにいたのだ。「なんてつらい話なんだ」彼がささやき、ソニアの肩を撫でて力を分け与えてくれた。ソニアはしばし彼の胸にもたれたが、まだ話のつづきがあった。

「オーエンとマリアンヌが葬儀にやってきて、自分たちと二人の息子といっしょにカリフォルニアで暮らさないかって訊いてくれたわ。そのときのわたしは、人の噂やいじめっ子や茫然自失に陥るほかない喪失感から逃げられるなら、なんでもしてやるって感じだったのよ。ウェンデルがいなければ、テキサスはおぞましい思い出以外何もないところだったから」

「いい人たちだよ。きみを愛していることがはっきり伝わってくる」ディーンの両手はソニアの両腕を上下にこすっていた。

ソニアがいい笑顔をのぞかせた。「わたし、本当に運がいいの。大学まで行かせてもらったわ。すごいことでしょ。そんなチャンスが自分にめぐってくるなんて考えたこともなかったから。ＩＮＳで働くのがたったひとつの目標だったから、学位が欲しかったの。訓練に参加したかったし、人身売買を止めたかった。たったひとりで」天井に目を向ける。「若かったのね。理想主義で、ばかだったの」

「こういう仕事をしている人間には、理想主義がきっかけだった人がたくさんいるよ。いいことだよ」

「でも、あなたは違うわよね」ソニアには風車に攻撃を仕掛けるディーンが想像できなかった。彼はもっと真剣で集中力もある。彼のほうを向き、顔を合わせると、ソニアの話を聞いたあとも表情はいっさい変わっていなかった。ソニアの全身から、まるで体が自分の意志をもっているかのように、すうっと力が抜けていった。あるいはディーンが両手を取って、ぎゅっと握りしめてくれたからかもしれない。

「ぼくの親父はシカゴのパトロール警官だった。それが彼のすべてだった。オーエン・ナイトみたいじゃなかったよ。彼は誰の目にもわかるほど家族を愛していて、いっしょに時間を過ごしている。そこへいくとうちの親父は、いい警官ではあったが、父親あるいは夫としてどう家族に接するべきかを知らなかった。ぼくはちょっと熱意を失った状態でＦＢＩに入ったような気がするな。最初に就いた仕事でもなかったし」

「十五年前に採用されて、もう長官補佐?」彼を喜ばせようとひと匙《さじ》口に運んだけれど、神経が高ぶっていて食欲がない。

「海兵隊を辞めたあと、大学に行って公認会計士になって、ＦＢＩに採用された。十五年前のことで、ＦＢＩが会計士を探していた。ぼくはこれでも数字と財務関連にはけっこう強いんだよ」ディーンはソニアをふたたびテーブルに着かせ、彼女のボウルにシリアルを入れた。

「最初はなんだったの?」

彼はその業績を手を振ってはぐらかした。「こういうのは勤務年数だけじゃなく、駆け引きだからね。ぼくの場合、早い時期に目立つ事件を数件捜査したんで昇進が速かった。まずかったと思ってる部分もある。先頭に立つより下働きのほうが好きなんだよ」

「ううん、あなたは生まれながらのリーダーだわ」ソニアが言った。「一目瞭然」

「きみだって」

ソニアがかぶりを振った。「そうならなくちゃと心してはいるけど、でも……」そこで口をつぐんだ。本当にそれを話すつもりなのか、自分でも疑問がわいてきた。

ディーンが彼女の手を取ってキスをした。のぼってきた朝日がブラインドの隙間からオレンジと黄色の光の列を投げかけている。これほど心休まる瞬間は生まれてはじめてだった。

息を深く吸い、話をつづけた。「訓練が終了して、エルパソに配属されたの。チャーリー・カマラータがわたしの指導教官で、それから十八か月間、組んで仕事をしたわ。最初の一年間はわたしの訓練期間で、二年目は彼の相棒として。

わたし、彼を尊敬してたの。認めざるをえないわ。頭がいいし、勇気はあるし、思いやりもあった。わたしの過去についても知っていて、そういう過去があるからこそ、きみはよりいい人間、より優秀な捜査官になれるはずだって言ってくれた。ナイト家の人たちはわたしを愛してくれていたけど、正直なところはどうなのかが気にかかっていたの。家族とは、わたしの父がしたことについて話したことが一度もなかったのよね。はじめて話せそうな気がしたとき、チャーリーは聞いてくれたわ。彼から力をもらった気がした。自分が変われるかもしれないって思った。わたし、彼を信頼してたの。

捜査官になって十八か月後、チャーリーからコスタリカへ潜入捜査に行くと言われたわ。移民帰化局から捜査官二名を現地の人身売買組織に潜入させて情報収集をおこなうよう指示が来た、と。チャーリーもわたしもスペイン語が流暢《りゅうちょう》にしゃべれるし、わたしは何種類もの方言までわかるでしょう。昔、あちこちの人里離れた村で暮らしたせいで、いろいろな言葉をうまく聞きとる術が身についたのね。わくわくしたわ。国境パトロールよりスケールの大きい、重要な任務を遂行するチャンスがはじめてめぐってきたんですもの。

チャーリーが移民帰化局から許可を得ていないことは知らなかったの。彼は休暇をとると言っていたんですって。あとから聞いた話では、チャーリーはわたしと恋愛関係にあって、二人で休暇をとりたいと申し出ていたわけ」ソニアがかぶりを振った。いまになっても、そのときのチャーリーの姑息《こそく》なやりかたには腹が立った。彼の言うことをすっかり信じた自分にも。

「だからそのバーにいたときも、わたしは援軍がいるものと思いこんでいた。わたしはウエートレスで、膨大なメモをとってたわ。毎晩、人の名前、いろいろな数字、町の名前、目的地、なんでもかんでも立ち聞きしたことを書き留めていたの。

十日後、バーの閉店時刻になって、わたしは二人が借りていた部屋までいっしょに歩いて帰ろうとチャーリーを待っていたわ。でも彼は来なかった。店のボスはいやなやつで、わたしを店から追い出した。もう深夜だったし、その界隈《かいわい》は危険なの。そのうえ、わたしも若くてばかだった。そんなものを持っていたら正体がばれるとチャーリーに言われていたから、銃も身分証も持っていなかったのよ。でも催涙ガスのスプレー缶はわたされていたんで、それを手に握りしめて歩きはじめた。

バーの入り口からほんの五、六メートル歩いたところで、がっしりした男につかまったわ。催涙ガスを噴きつけたけど、仲間が後ろからわたしを押さえて、つぎの瞬間にはもうトラックにのせられて、トラックは走りだしていたの。荷台には何十人もの女の子がいたわ」

「チャーリーはどこにいたんだ？」

ソニアが目を閉じた。「そのときは知らなかったんだけど、彼は、路地の陰から一部始終を見ていたのよ。男たちが話していたのを盗み聞きしたところでは、わたしは兄さんに売られたんだそうよ。ついでに、ヴァージンだからたんまり金が入る、とも。耳を疑ったわ。まさかチャーリーがそんなことをするなんて。

誰もわたしを助けにきてはくれなかった。トラックは南へ向かっていたわ。パナマの方角。

わたしはチャーリーが尾行しているものとばかり思ってた。たしかに尾行していたことは尾行していたの。でも、わたしを助けるためじゃなかった。二か月前にコスタリカで養護施設の少女十二人が誘拐されて、どこへ連れ去られたかはわからなかったんだけれど、チャーリーはどの組織の仕業かはわかっていた。だからわたしをその組織に売ったのよ。あとをつければ孤児たちの行方がわかるかもしれないと思って」

「計画の説明もしないで、きみを売ったのか？」

ソニアがかぶりを振った。「わたしもばかだったの」

「そんなことはない。きみは命令に従ったんだ。若かったんだ、先輩捜査官を信じて当然さ」

「そうかもしれないけど、あとになって考えてみれば、気づくべきだったんだと思うわ。誰にも言うな、極秘捜査だ、とかなんとか」

「ソニア、あくまでチャーリー・カマラータが犯した罪なんだから、自分を責めちゃだめだ」ディーンがきっぱりと言った。

「そういうわけじゃないけど、信頼していた人、師であり友であると思っていた人にだまされた自分を責めてるの」

「思うに、きみは自分に厳しすぎる」

おそらくディーンの言うとおりなのだろうが、自分がまたしても囚われの身になったと気づいたときの戦慄《せんりつ》はけっして忘れないし、自分のばかさかげんをあのときほど思い知ったこともない。ソニアが話をつづけた。「それからふた晩たって、わたしたちはパナマのウストゥーポのはずれの農場に連れていかれたわ。焼き印を押されたのはそのとき。全員が送り先ごとに星が二個、三個、四個ってふうに。あとで知ったけど、星三つはベネズエラ沖の島にある売春宿、星二つはブラジルの強制労働者収容所、星四つは召使——年季奉公人——としてチリの裕福な家庭に送られるしるしだったんですって。ああいう連中は同じグループの子たちを分散させておきたがるのよ。誰がこれからもいっしょなのかがわかると、その子たちのあいだに絆ができて脱走を企てたりするから、その可能性をできるだけ低くしておきたいわけ。

でもわたしはヴァージンだったから遠回りさせられたわ。焼き印を押されたあと、ほかの子たちから分けられて、パナマシティー郊外の小さな町へ送られたの。そこでおんぼろモーテルに閉じこめられて、男が来るから待つように言われた。そのまんまの言いかたを借りると、『そいつにたっぷりファックしてもらえ』って。

そのときどんなふうだったか、わかる？　わたしはどうしようもないほど怯えてた。でもね、ものすごく怖かったのに、それでも大丈夫だと思ってたの。チャーリーが待っていたのはこういう状況だ。彼がその男を逮捕してくれる。わたしはおとりなんだって。そういう計画を話してくれてもよかったのに、とは思いながら、ま、いいわ、これですべてうまくいく、とも思った。だってわたしは女の子たちの送り先を全部知っているんだから、チャーリーがやってきてその男を逮捕したら、すぐに女の子たちの救出に向かえるでしょう。腕に焼きつけられた小さな傷痕くらい、代償としてはささやかなものよ。傷痕ならもうたくさんあったから、ひとつ増えるくらいなんでもないわ、って思った」

涙が顎から垂れ落ちたとき、自分が泣いていることにはじめて気づいた。下を向いて目をぎゅっとつぶる。「少しして男が入ってきた。わたしを見るなり、ヴァージンにしちゃあ歳を食いすぎてるなって。だまされたと思って頭にきたのね。これもあとから知ったことだけど、その男、ヴァージンだからって米ドルで二千ドル前払いしてたの。わたしが十六歳以下だったら五千ドル払うところだったんですって。最低なやつ」

「ソニア――」

ソニアが片手を上げてディーンを制した。いくら彼がなだめてくれても、きみが悪いんじゃないと言ってくれても、問題の解決にはなりえない。「わたしを十九だと思っていたのに二十四だった。あっという間の出来事だったわ……男がドレスを引き裂いたの。これを着ろ、と命じられたドレス。そのときようやく自分が孤立無援なんだとわかったの」

「まさかそいつに――」

「ううん、レイプはされなかった。むろん、向こうはがむしゃらだった」〝がむしゃら〟は控えめな表現といえた。ソニアは部屋のなかを逃げまわり、あらんかぎりの大声を振りしぼって助けを呼んだが、誰も来てはくれなかった。ドアをこじ開けようとしたが、男に阻止された。男はソニアを殴ったり蹴ったり、まるでサンドバッグのように扱った。そこに横になって、脚を広げろ、と命じられた。そのときの屈辱感と嫌悪感。レイプどころか、そんなやつに手を触れさせるくらいなら死んだほうがましだと思った。

ソニアが小さくつぶやいた。「わたし、そいつを殺したの」

ディーンが両手を握りしめてきた。「どうやって？」

「そいつが部屋に入ってくるまでに、五分間だけひとりになった時間があったの。バスルームは付いていなかったけど、シンクだけはあって、その上の壁に小さな鏡が掛かってたわ。わたし、それをはずして、誰も気づかないことを祈りながら、五、六枚の破片に割って、いざというときに役立ちそうな何か所かに分けて隠しておいたの」声が引きつった。これを話すのは予想以上にきつかった。「これはライリーにも話してないの。大まかなことは話したんだけど、そいつがどれくらい接近してきたかまでは……

そいつはわたしをベッドに寝かせたわ。わたし、運命を受け入れたふりをして」

男の両手の感触、臭い息、荒っぽさを忘れることはけっしてない。男は、どうやったらい い売春婦になれるかを教えてやる、と約束した。

「そいつが油断したすきに、隠しておいたガラスの破片を取り出して、頸部に突き刺したの」

あたりは血の海になった。猛烈な勢いで噴き出したのだ――頸動脈切断。男は数分でことされた。

「どうしていいかわからなかった。とりあえず逃げたわ。助けを求めて。だけど、ひどくぐあいが悪かった。自分がどういう状態なのかわからなかった。その場で気を失って、病院に運ばれたわ。かなりひどい暴力を受けたせいで内臓出血していたのね、すぐに手術ってことになった。小さな病院だったから、子宮を摘出したの。もしアメリカだったら子宮を温存できたかどうか、それはわからないし、永久にわからないわね」

あのおぞましいモーテルの部屋にいる自分の姿が頭に浮かんでからはじめて、ディーンを見た。彼はさっきより近くに来ていて、ソニアとしっかり手を絡ませていた。その手を自分の唇に押し当て、しばらくそのままじっとしていた。彼の目は抑えこんだ感情のせいで真っ赤だった。

「手術後に意識が回復するとすぐ、わたしは逮捕された。どうやら重要人物を殺してしまったらしいの。これもあとでわかったことだけど、そいつは地元では人気のある政治家で、十九人の子どもの父親だった」

「きみが合衆国移民帰化局の警官だとわかったとき、彼らはなんて言った？」

「最初はわたしの言うことを信じてくれなかったわ。その町には独自の法律があったの。留置場の待遇ときたら――なかなかのものだった」ソニアが殺したのはシェルドン・ラスムセンという、妻子ある男だった。ソニアはその代償を払わされた。「わたしが拉致されたことも信じてもらえなかった。ひとりの警官がわたしのことを暗殺者だと言い、周りはそれを信じた。ラスムセンは犯罪者だったけど、町を仕切っていた男で、町は彼の小王国だった。そうこうするうちにようやく、彼らもわたしの言うことを信じたんだと思うけど、今度はしっぺ返しを恐れるようになった。合衆国政府の反撃を受けることを思えば、わたしを消すほう

の信憑《しんぴょう》性をあやうくしたのよね」

「まさか彼がきみを置き去りにするとは」ディーンの声は怒りのあまりかすれた。もう一度ソニアの手に唇を押し当てたあと、指先がしびれて感覚がなくなるほどきつく握りしめた。

「わたしが絞首刑にならなかったのは、誰が救ってくれたからだと思う？」

「チャーリーだなんて言うなよな」

「間接的だけど、そうだったの」

「聞きたくなくなってきたな」

「あなた、ケイン・ローガンのことを訊いたわよね。そのときに登場したのが彼なの。わたしは留置場にいたの。裁判が開かれる予定もない。このまま死ぬのかと思ったわ。電話も受けられないから、誰とも話せなかった。チャーリーは農場からはもう、わたしのあとをつけてはいなかったから、わたしがどこへ連れていかれたのかは知らなかった。彼はほかの女の子たちを追っていたのね。そしてケインに電話して――二人は海兵隊でいっしょだったの――状況を伝えた。何が起きたのかをかいつまんでね。ケインは人質救出の専門家だから、わたしを追跡して、牢を破ってわたしを救い出し、エルパソまで連れ戻してくれたの。わたしがチャーリーはどこにいるのか尋ねると、ケインは知っているものとばかり思っていたって答えたわ。『チャーリーは、きみがどじを踏んだと言っていた。いったいどういうことなのか聞かせてくれ』って。で、彼に全部話したの」

ディーンはソニアの手のひらをマッサージしていた。何も言わなかったが、手の感触を通じて彼の支えが感じられた。

「ケインは彼を殺さんばかりに怒ったわ。本当なの。そのあと、職務責任局の聴聞に際してもわたしのために証言してくれたのよ」

「きみのために?」

チャーリーの嘘の数々を知ったときは打ちのめされたが、いまはただ腹が立つだけだ。

「チャーリーはストーリーをでっちあげていたの。たくさんのストーリーを。とにかく彼は英雄だった、とだけ言っておくわね。わたしといっしょに焼き印を押された女の子たちを全員救出したし、養護施設から誘拐された少女十二人も発見していた。わたしをおとりに使って情報を収集しておきながら、わたしを陥れたなんて話を信じたい人は誰もいなかったわ。でもケインはわたしの話を信じてくれて、彼の証言は職務責任局に対して大いに効果があったわけ。彼に会ってみれば、あなたもきっとわかるはずよ」

「ソニア。洗いざらい話してもらってよかったよ」

ソニアがほっと息をつき、苦笑を浮かべた。「わたしも」

ディーンが顔を寄せ、両手でソニアの顔をはさんでそっと唇を重ねた。「きみってほんとにすごいんだね、スイートハート」

ディーンの敬意と愛情はソニアに力を与えてくれた。不潔きわまりない話を共有したことで、まだソニアのなかに残っていた怒りと恨みと自己憐憫がすっかり取り除かれたかのようだ。これまでは、口にするのもおぞましい時間の詳細を胸の奥に封印したまま、ずっと抑えこんできた。だからいまでもとりつかれていることに気づかなかった。しかしいま、心が軽くなり、自分が強くなっていた。それもこれもディーンが真実を引き出してくれたおかげ、ほかの誰にもできなかったことだ。

ソニアが言った。「なんだかあなたのこと、好きみたい」

「ぼくもきみが好きみたいだ」もう一度キスをする。性急さはいっさいなく、ソニアがはじめて知った深い親愛の情がたっぷりこもるキス。

しばしののち、ディーンがしぶしぶ体を離した。「さあ、そろそろ支度をしないと。きみが見たいかもしれないと思って、リオ・ディアブロに関するファイルとジョーンズに関する古い資料をいくつか持ってきてあるんだ。ぼくはそのあいだに急いでシャワーを浴びてくる」

「ええ、ぜひ見せて」

ディーンはソニアを引っ張りあげて椅子から立たせ、そっと引き寄せて唇と唇を触れた。かすめただけの軽いキスなのに、ソニアは全身がぞくぞくした。するとディーンが両腕で包みこむように彼女をきつく抱きしめてくれた。ソニアは彼の首と肩のあいだに頭をあずける。二人の上を心安らかな時間がひとしきり流れた。

「よし。それじゃシャワーに行ってくる」そう言いながらも、彼はすぐには動かなかった。ソニアの頭のてっぺんにキスし、頬、首筋、そしてまた唇にキスをする。「それじゃ」ハスキーな声で言い、咳払いをしながらあとずさった。「ファイルはコーヒーテーブルの上にある」

「ありがとう」

ソニアは廊下を歩き去る彼をじっと見つめていた。あとを追いたかったが、遊びの時間と仕事の時間はきちんと区切らなければ。

リビングルームを横切った。マウスという名の猫があとをついてきて、ファイルボックスを前に長椅子に腰かけたとたん、膝に跳びのってきた。うわの空でふわふわした毛を撫でながら、ボックスの蓋を開けた。

ファイルの大半は数字だった。どれを見ても数字の羅列――所得申告か法人関係書類のプリントアウトのようだ。ソニアは名前だけに目をやりながら手早くページを繰っていった。

そのファイルに目を通し終え、つぎのファイルを取り出した。そしてまたつぎのファイル。シャワーの音が聞こえだすと、仕事に身が入らなくなった。

ファイルを戻し、箱を動かした。するとその下にあったファイルに目がいった。〝トマス・ダニエルズ〟と記されている。スミッティー。ジョーンズの胡散臭い取引に関する手がかりを図らずもディーンに与えた男だ。

薄いファイルを開き、九人の男とひとりの女が写ったモノクロ写真に目を凝らした。女の顔には見覚えがなくはないが、はっきり名前を言えるほどでもない。ザビエル・ジョーンズとスミッティーはそれとわかった。ピーター・ホフマンもわかる。人身売買の罪で国際警察とＩＣＥに指名手配されているドイツ人だ。

そしてソニアにはもうひとり、知っている男がいた。

口のなかがからからになり、両手が震えだした。写真をひっくり返してみたが、裏には何も書かれていない。日付も時間もない。いつ、どこで撮影された写真なのかを知る手がかりはいっさいなかった。

もう一度、表にし、熟知したその顔を穴があくほど見つめるうちに吐き気がしてきた。写真は屋外で撮影されている。男たちはほぼ全員が、サイズこそさまざまだが、釣りあげた大きな魚を高く上げている。巨大なカジキが大きく写っているせいで、中央にいるその悪党の顔は半分隠れている。ソニアの両手と顔に冷や汗がにじんできた。あいかわらずこみあげてくる吐き気を抑えこもうと前かがみになる。マウスが迷惑そうにニャーと鳴いて膝から跳びおり、ここは安全地帯だということを思い出させてくれた。ディーンが隣のバスルームにいる、このアパートメントなら安全だ。

この悪党がソニアを傷つけることができるのは、もはやソニアの意識のなかでだけ。記憶と悪夢のなかでだけだ。

「どうかしたのか、ソニア？　気分でも悪いの？」耳鳴りのせいで、ディーンが戻ってきたことにすら気づかずにいた。

ディーンがソニアの背中に手を当てた。「震えてるじゃないか、ソニア。話してごらん」

「この写真」さっきからずっと両手で握っていた。

「ああ、これか。この前、話しただろう、これは——」

ソニアがさえぎった。「この人が誰だか、知ってる？」ソニアは背筋を伸ばし、カジキを持ちあげている中央の男を指で叩いた。

「いや、この男たちのうち三人については身元がつかめてない。彼もそのひとりだ」

「この写真、撮られたのはいつ？」

「ソニア、どうしたんだ？」

「いつなの！」

「たぶん七年から十年くらい前だと思うが」

「わたし、この男が誰だか知ってるわ。わたしの父親。わたしの実の父親——セルジオ・マーティン。二十年前にわたしを売り飛ばした男」

22

ディーンが運転する車がFBI支局への道のりの半ばあたりを走っていたとき、ソニアはジョン・ブラック刑事からの電話を受けた。〝アン〟が目を覚まし、意識もはっきりしているという。容体は危篤から重体へと改善し、医師団は楽観視しているとのことだった。

車は高速を下りてぐるりとターンし、病院のあるダウンタウン方向へと引き返した。アンの協力が得られるかもしれないとわかり、ソニアは楽観的になった。アンを殺そうとした男が使ったナイフは、グレッグ・ベガ殺害に使われたナイフと同じタイプだった。そこにはなんらかのつながりがあると思われるが、もっと情報が必要だ。その情報はきっとアンが与えてくれるはずだとソニアは確信していた。もしかしたら希望的観測にすぎないかもしれないが。しかし当面必要なのは、中国人少女たちに関する詳細な情報だ。それがあれば、少女たちがどこかへ消えてしまわないうちに発見することができる。

すでに手遅れでなければいいが。

警護態勢を考慮し、アンは病院内でいちばん保安設備がととのった精神科病棟に移されていた。その病棟には彼女以外の患者はいない。

「言っておくが」ジョン・ブラックが挨拶のあとに言った。「彼女は口がきけない。ドクター・ミラーによれば、声を取り戻せるかどうかは不明だそうだ。だが脳にダメージはないらしい。問題は、あの子が英語かスペイン語を読めるか理解できるかってことだな」

「読む必要なんかないわ。イエスかノーかで答える質問をするだけだから」ソニアが言った。

「だが、もし理解できなければ――」

「何語だかわからないけど、とにかく母国語があるわけだから、それが何語なのかを突き止めればいい話でしょう」

「言語はいくつ知ってる？」

「なんとかなるくらいの数は。突き止めてみるわ。ロシア語じゃないことを祈ってて。そのときは通訳を探さなくちゃ」

サクラメント警察の警官が、ナースステーションとアンの病室の入り口にひとりずつ立っていた。ディーンとソニアは身分証を見せ、アンの病室に入った。ブラックもあとからついてきた。

患者用のベッドが斜めに起こしてあり、アンはテレビのアニメを見ていた。顔は痣だらけで、黒ずんだ頬や鼻のせいで包帯の白さが際立っている。頸部はグロテスクな状況になっていた。どす黒い紫色に腫れあがっている。白に近いブロンドの髪は洗ってブラシがかけてある。ずいぶん幼く見えるが、歯や骨の発達程度を考慮すると、十五歳以上十八歳未満だろうとドクター・ミラーは言っていた。

病室で付き添っている看護師が彼らに再度身分証を提示するように言ってきたが、ソニアにはそれがうれしかった。病院のスタッフが事態を深刻にとらえてくれている証拠だ。看護師が言った。「ドクター・ミラーから、患者に話そうとさせないように、との指示が出ています。ベッドの横のテーブルにメッセージボードがありますので、それを使ってください。こちらの言うことを全部理解しているのかどうかはわかりませんが、アニメは楽しそうに見ています」

「精神状態はどうですか？」ソニアが訊いた。「悪夢にうなされるとかは？」

「昨夜はパニック状態で目を覚ましました。わたしは非番でしたが、当直の看護師の話では、点滴を引き抜いてベッドから飛び出し、倒れたようです。鎮静剤を打って、ようすを見ながら、クラシック音楽を流したとか。また目を覚ましそうになったときは、やさしく話しかけて、安心していいんだと伝えたそうです。今朝はだいぶ落ち着いていました。しきりにテレビを指さすのでつけたところ、もう二時間釘付けですね」

ソニアたちが入っていってからもずっと見ている。ソニアはアンに微笑みかけた。笑顔が返ってくることはなく、不信感に満ちた青い目でアニメを見つづけている。

ソニアがベッドのへりに腰かけた。まずは英語からだ。「わたしはソニア・ナイト。こっちは相棒のディーン・フーパー。わたしたちがここに来たのは、あなたをひどい目にあわせた男を見つけるためよ」

わかったようすはない。

ソニアが自分を指さした。「ソニア」つぎにディーンを指さした。「ディーン」アンにホワイトボードを差し出した。アンの胸を指さし、両手でボードを示す。

最初のトライでアンは理解した。右手でよれよれした文字を書いた。

KIRSTEN

「キルステンね」ソニアが言った。

少女はうなずき、自分を指さした。

キルステンは北欧の国々によくある名前だ。もし英語を話さないとしても、フランス語なら話せるかもしれない。ソニアはフランス語で質問した。「フランス語はわかる？」

わずかに顔を上げ、ためらいがちにうなずいた。ソニアの質問がじゅうぶんに理解できている。

「どこで生まれたの？」フランス語で訊いた。

「SURINAME」キルステンがホワイトボードに書いた。

「スリナムか？　だったらスペイン語を話すんじゃないか？」ディーンが言った。

「あそこには数種類の方言があるけど、公用語はオランダ語だわ」

「オランダ語？」

「スリナムはオランダの植民地だったの。興味深い歴史があるけど、ブール人はもうほとんど残っていないわ。ブール人っていうのはオランダ系の移住民のことね。彼らは学校では、オランダ語といっしょに英語も教えているの。たくさんの言語が使われていて、国民のほとんどは三か国語を話すわ」

ブラックが尋ねた。「ということは、彼女は学校に行かなかったってことかな？　英語がわからないってことは」

「長いこと行ってなかったのかもしれないわ」ソニアの声に寂しさがにじんだ。

「キルステン、あなたは何歳？」

キルステンがボードに書いた。

SEIZE
「十六歳ね」ソニアがキルステンに笑顔を向けた。「そう、その調子よ」

ソニアはつぎにややむずかしい質問をした。「スリナムを離れたのはいつかしら？」

キルステンが書いた。「六、七年前。おぼえてない」顔をしかめて目をそらした。

ソニアは少女が気の毒でならなかった。「キルステン、もう大丈夫よ。もし家族に会いたければ、わたしたちが捜してあげる」返事を待った――もしも家族がこの子をこんな状況に陥れたのなら、家族のもとには帰りたくないはずだ。

しかし、ソニアの目をじっと見る彼女の目が希望に輝いている。思わず口を開いたが、声が出ない。

看護師が言った。「しゃべらないように言ってください」

看護師の言葉をソニアが通訳して伝えると、キルステンがうなずいた。つらそうな表情だ。最後のメッセージを消し、つぎの言葉を書いた――オランダ語、だろう、たぶん。ソニアが言った。「オランダ語は読めないの、キルステン、ごめんなさい」

キルステンはその文字を消し、フランス語で書いた。つづりの間違いがいくつもあるため、ソニアが推測するしかない。

「ソニア？」ディーンが促した。

「たぶん、どうしたら家族を捜せるか、伝えようとしているんだと思うの」ソニアはキルステンを見てうなずき、言った。「大丈夫、きっと見つけてあげるわ」

さて、ここからがむずかしいところだ。こうしたやりとりの苦痛を少女に与えたくないと心底思ってはいたが、避けて通ることはできない。少女の手首に手を触れ、手のタトゥーを包みこむように隠した。「このしるしをつけられたのはいつ？」

キルステンが震えだした。ソニアは首をかしげ、キルステンの目を自分に向けさせた。

「大丈夫よ、キルステン。つらいのはわかるわ。あなたの気持ち、わたしにはよくわかるの。でも犯人を捜したい。その男を牢屋に入れたい。そのためには、あなたの協力が必要なの。誰がこんなことをしたのか知りたいのよ。これから何枚か写真を見てもらいたいの、いいわね？　もし知っている顔があったら、そう言って。その人たちがあなたをひどい目にあわせることはもうないわ。ここにいるかぎり、あなたは安全なの。わかる？　あなたは安全なのよ」

キルステンはかすかにうなずいただけだったが、理解していた。

ディーンがソニアに写真と似顔絵を重ねて手わたした。ザビエル・ジョーンズの捜査線上に浮上してきた連中のものだ。

ソニアはまずザビエル・ジョーンズの写真を見せた。キルステンに反応はなし。

看護師が言った。「首を動かすのは患者に負担がかかりますし、治るまでは極力動かさないようにと先生から言われています。首の固定具もつけてみましたが、目が覚めたときに怖がるんですよ」

キルステンが首を絞められて殺されそうになったことを思えば、驚くことではない。

それならば、と話しかけた。「キルステン、もし見たことがある人がいたら、写真を手で触ってちょうだい。いいわね？」

キルステンが弱々しくうなずいた。

もう一度、ジョーンズの写真を見せた。反応なし。つぎにクレイグ・グリースンの写真を取りあげた。これもなし。アンドレスに見せたチャーリー・カマラータの写真を手に取った。またしても反応なし。グレッグ・ベガ。なし。ケンドラ・ベガ。なし。つづいてジョーンズの組織の重要人物とおぼしき連中の写真をつぎつぎに見せたが、どれにも反応がなかった。最後にあの九人が並んだ写真を見せた。

キルステンがそのなかのひとりを指さして顔をしかめた。

「それはトマス・ダニエルズだ」ディーンが言った。「彼は死んだよ」

「キルステン、その男は四年前に死んだのよ」

キルステンがホワイトボードを要求し、オランダ語とフランス語をとりまぜて書いた。

この人があたしをママから引き離した。

「スミッティーに拉致されたのね」そして確認のための質問をする。「この人があなたをママから引き離したのはスリナムでのこと？」

キルステンが答えを書いた。はい。

ソニアがまた質問を投げかけた。「彼はあなたをどこへ連れていったの？」

キルステンは、質問が理解できないか、あるいは答えを知らないか、だ。

「したくないことを無理やりさせられたことはある？」

キルステンが顔をしかめた。マーカーをつかんで書く。あたしは売春婦。

ソニアは泣きたくなってきたが、ぐっとこらえて怒りに変えた。

「ううん、違うわ」キルステンに言った。「もう二度とそんなことをしないでいいのよ。わかる？　もう二度と。もう大丈夫。大丈夫よ」

ディーンがソニアの肩に手を置いて、ぎゅっとつかんだ。彼の支えはソニアにとって何にもまさるものだが、いまはただ、キルステンのような無垢な少女たちに性的虐待を加えた連中を一網打尽にしたかった。

ドクター・ミラーが病室に入ってきた。「患者を疲れさせちゃいないだろうね」

「いいえ。彼女はフランス語とオランダ語を話しますね」ソニアが言った。「出身はスリナム。南米北部の、昔はオランダ領だった小さな国です」

「がんばったね、アン」ドクター・ミラーが笑いかけた。

「名前はキルステン」

「キルステンか」フランス語で付け加えた。「きれいな名だ」

少女の顔がぱっと明るくなった。ソニアはドクター・ミラーを冷たい人だと思っていたが、キルステンのそばではあたたかみを見せた。

「もういくつか質問させてください。こうすることで犯人逮捕の手がかりがどれほどつかめることか」

「それはわかっているが、患者を疲れさせないようにたのむよ。ぼくだって、この子にこんなことをした変態を殺してやりたいくらいだ」声は冷静だが、言語は明瞭だった。「獣とし か言いようがないやつだ。それもどでかい獣だ」

「どうしてそれがわかるんですか？」

「内臓の損傷以外に？　そう、首に残った痣だな。ソーセージみたいな指をしたやつだ」

ソニアが最後の写真をキルステンに見せた。ヨハン・クルーガー。意識不明のまま病室にいたキルステンを殺そうとした男だ。「この男は知ってる？」

キルステンは写真を指さし、目に涙があふれた。

「こんなことをしたのはこの男なの？」ソニアはキルステンの首を手ぶりで示した。

キルステンがホワイトボードをつかみ、夢中で書きはじめた。うまく解釈できるかどうか、ソニアは自信がなかったが、ディーンに言った。「殺そうとしたんじゃなく、どうも何かほかのことをしたみたいね」またキルステンに訊いた。「この男は何をしたの？」

キルステンがじれったそうにし、書いた文字を消してしばし考えてから鳥の絵をぞんざいに描いた。

「鳥?」

「ヘリコプターだよ」ディーンが言った。「訊いてごらん。サクラメントにはヘリコプターか飛行機で来たんじゃないかな?」

「この男があなたをここへ連れてきたの? 飛行機で連れてこられたの?」キルステンがソニアをいぶかしげな顔で見たため、訊きなおした。「空を飛んだの? この男はパイロット? それともあなたといっしょに来ただけ?」

キルステンがフランス語で書いた。この人が飛行機を運転した。あたしにセックスした。

「あなたの首にこんなことをしたのはこの男?」

ちがう。変な男があたしを殺そうとした。

ディーンが言った。「ソニア、川から引きあげられた死体かな」

「あの写真を見せるわけにはいかないわ」

「見せなきゃだめだ。あいつもジョーンズとつながっているし、大きな手をした大男だ」

キルステンに死人の写真を見せたくはなかったが、気丈な少女だし、捜査に協力したがっている。ソニアはキルステンに説明した。「つぎの写真を見たらびっくりするかもしれないわ。死んだ男の写真なの。だから怖いと思う。見てもらいたいけど、気をしっかりもってね」

ディーンが現場で撮った写真を手わたした。

たちまち反応があった。キルステンが目を大きく見開き、うなずいて指さした。

「キルステン、気持ちを落ち着けて」ドクター・ミラーはキルステンの手を取って、やさしく撫でた。「しいっ、自分で自分を痛い目にあわせちゃいけないよ」

ソニアもミラーの言ったことを繰り返し、さらにひとこと付け加えた。「あなたにひどいことをしたのはこの男？」

キルステンが返事を書いた。**この人、セックスしながらあたしを殺そうとした。あたしは死にたくなかった。あたしもこの人に傷をつけた。**

ソニアがディーンに訊いた。「あの溺死体に擦過傷か何か創傷はあったかしら？　検視報告書、読んだ？」

「いや、まだだ。電話してみる」

ディーンが病室を出ていくと、ドクター・ミラーが言った。「鑑識の女の子、ミズ・チャールズがレイプの証拠を採取していったよ。キルステンの爪のあいだなんかを調べていた」

「では彼女に連絡を入れてみます。照合すべき証拠がこちらにあるかもしれませんから」

「こいつは死んだのか？」

「はい。昨日、死体が川で発見されました」

「なんとも絶妙なタイミングだ。苦しんだことを願うね」

あまり苦しみはしなかったようだが、少なくとももうこれ以上誰かをひどい目にあわせる

ことはできなくなった。

ノエル・マルシャンは、何かを考えているときに邪魔が入るのが大嫌いだ。部下には多くを望まなかった。力量、忠誠心、静けさ、だが、望むものが得られることはめったにない。

「今度はなんだ?」

ミスター・リンが言った。「ラウルから電話です。いま病院にいますが、ナイト捜査官の姿は見かけていません。弟も見当たらないとか。わたしが電話を入れたところ、ライリー・ナイトは午前一時に退院したそうです」

ノエルの全身に緊張が走った。「それは本当か?」

「はい。ラウルがそのあと自宅を調べたところ、もぬけの殻でした——誰もいません。そのまま見張っているところですが、指示が欲しいということです」

「あの小僧のほうが先決だ。あいつをまずどうにかしないことには。死んでもらわないとな。いったいあいつはどこにいるんだ?」ラウルはノエルが抱える最高に腕のいい狙撃手で、長年にわたってノエルの下で仕事をしてきてくれている。そのラウルを昨夜、ソニア・ナイト射殺のために急遽《きゆうきよ》呼び寄せたのだ。なんと言おうと、あの子どもはノエルの顔を知っている。それではまずい。ノエル自身がトレスパロスに帰り着くまで、あるいはあの子どもが死ぬまでは、リスクがないとは断言できない。

誰であろうと、逃亡した者は組織に危険をもたらす可能性がある。ソニア・ナイトもそのいい例だ。

「あの小僧を優先させろ。とはいえ、おれが指示を出したら、そのときはナイト捜査官を始末する準備も怠るな」

「本当に――」

ノエルはミスター・リンを見た。言葉を発するまでもなく、リンは理解した。

「承知しました、ミスター・マルシャン。ラウルにそう伝えます」

23

ディーンは、このタイミングでソニアにヨハン・クルーガーの尋問をさせるのが、時間の使いかたとして百パーセント最善だとは思えなかった。クルーガーは逮捕以来、弁護士にしか口をきいておらず、同房の男にすらひとことも発していない。だがソニアは、彼に会わなきゃ、と言ってあとには引かなかった。

「あいつの口を割らせてみせる」ソニアがきっぱりと言った。「彼が使ったナイフはアルゼンチン製で、ベガ殺害に使われたものと同じタイプだわ。病的な快楽嗜好《しこう》を持つ、モルグに横たわるあの変態のために、彼はキルステンが殺されることを承知でサクラメントに連れてきた。ほんと、あの変態、もっともっと地獄の苦しみを味わって死ねばよかったのよ」

ソニアはぴりぴりしていた。おそらくは生物学上の父親の写真、そしてみずからを売春婦だったというキルステンのひとことが主たる原因だろうとディーンは思った。ソニアのなかで捜査と私怨とが重なっている。被害者の立場に自分自身を置いてみる警官が捜査をいい方向に向けることもあるものの、食い物にされることもあるのだ。

ディーンはソニアにこれ以上傷ついてほしくなかった。人生がどんな問題を投げかけてこようと彼女なら対処できると頭ではわかっている一方で、彼女をつねに安全な状況に置いておきたかった。彼女はじゅうぶんな訓練を受けていて俊敏だ。頭もいい。しかし、この一連の事件に関するかぎり、あまりにも自分を重ねすぎていて、完全に客観的にはなれないはずだ。

郡拘置所の取調室にクルーガーが入ってきた。

椅子に腰を下ろすと、無表情のまま、ソニアの後方の壁にじっと目を向けている。

ソニアは自己紹介のあと、質問を開始した。「ミスター・クルーガー、あなたはすでに重大な犯罪で告発されていますが、われわれの局はさらにいくつかの犯罪を上乗せすることになりそうです」

反応がまったくない。

「水曜日の夜にサッター病院であなたが殺害を試みた少女ですが、意識が回復しました。話すこともできます。そして**あなた**が犯人だと。あなたが空路で彼女をサクラメントまで連れてきた。彼女をレイプしましたね。そのあと、彼女を――」クルーガーの目の前に水死体の写真をすっと置いた。「この男に引きわたし、この男が彼女を殺そうとした。この男ですが、すでに死亡しました」

さすがのクルーガーも、キルステンを殺そうとした男の写真に目を落とさずにはいられなかった。クルーガーの顔を驚愕《きょうがく》の表情がよぎり、すぐまた無表情になった。何時間もの取り調べで何ひとつ成果が得られなかったというのに、ソニアが五分で反応を引き出したことにディーンは驚いた。

「あなたのDNAは採取しました。目撃者の証言もある。あなたの身柄は拘束しているし、あなたのナイフもある。しかもこれが驚いたことに、べつの殺人事件で使用されたナイフと同じ種類だった」

反応はない。

「誰の命令で動いてるの？」

反応なし。

「あの少女はどこから連れてきたの？」

反応なし。

「あの少女の殺しの報酬は誰が払ったの？　ここへ連れてきた報酬は？」

反応なし、反応なし。クルーガーはまるで石像だ。ソニアは明らかにいらつきはじめ、げんこつでテーブルをドンと叩いた。

「わたしは移民関連の機関にいるの。あなた、ドイツ国籍でしょう。何をしたにせよ、代償を払うことになるわよ。誰を知っていようが、誰にお金をわたそうが、あなたが生きていることを望むのが誰であれ……」しばし間があった。「ああ、そういうことなのね。話したら命はない」

クルーガーが瞬きをした。

「そうなんだ。わかった。上等だわ。わたしには話したくないのね？　もういいわ。ひとことも話さなくていい」

ソニアがディーンのほうを向いたとき、ディーンは彼女が何を考えているのかぴんときた。

「フーパー捜査官、合同の記者会見を開いてもらえます？」

「ああ、もちろん。いつがいい？　どこに声をかけようか？」

「できるだけ早いほうがいいでしょうね。正午のニュースに間に合わせられるかしら？　ラジオとテレビ、やっぱり活字メディアにも声をかけて。こっちには証人がいることだし」クルーガーを一瞥して、またディーンと目を合わせた。「証人保護の手配をしてもらえると思う？」

「彼が情報をくれればオーケーだろう」

「じゃあ、そっちの準備をたのめる？　わたしは記者会見の準備にかかるわ。証人を保護拘置していると発表しておく。彼が誰かは明かしたくないけど……」

「だったらヘリコプターのパイロットだとだけ言っておいたらどうだ？　未成年のレイプ被害者を事件前に最後に見た人物ってことでどう？」

「なるほどね。それがいいわ！　ありがと」

クルーガーがうなるような声で言った。「よけいなことは言うな」

ソニアがくるりと彼のほうを向いた。「見てらっしゃい」

そう言い残して取調室を出た。

「くそっ、あの女」クルーガーが言った。

いい」ディーンは彼を見た。「もし記者会見なんか開くわけないと思ってるなら、ま、見てるがいい」

「あんな女に脅されてたまるか」

「誰になら脅される？」

「あんただってビビるような人間だよ、フーパー捜査官」

ディーンも部屋をあとにした。看守長に囚人の通話のチェックをたのんでいるソニアの声が聞こえてきた。

「令状がない場合、盗聴は許されないんですよ。それに、話す相手が弁護士だとしたらなおさらです」

「でも彼がかけた先の電話番号くらいなんとかなりませんか？」

「彼が誰かに電話することは間違いないんですね？」

「ええ」

「それじゃあ、番号だけならなんとかしましょう」

「彼の弁護士って誰なんですか？」

看守長は調べてくれた。「バーナード・クラインですね」

「クライン？　大物弁護士なのかしら？　それとも公選弁護人？」

「私選ですよ。一度も聞いたことのない名前ですし、ここでも見たことはありません」

「どうもありがとう」ソニアは看守長に連絡先を教えた。「彼が連絡した電話番号を知らせてください。ついでに、何時に電話したか」

　二人して午前の明るい太陽の下に出ると、ディーンが言った。「ついにやつに揺さぶりをかけたな」

「うまくいったみたいね。ネズミ一匹脅すために、たくさんの木々を揺さぶらなければならないこともときにはあるわ」

「聞いたことのない格言だな」

「いまでっちあげたんですもの」

　ディーンが足を止め、ソニアの腕を取って引き寄せた。ソニアはびっくりしながらも、はにかんだ笑みを浮かべ、きれいな目で彼を見つめて魅了した。

「本当にきみが好きになってきたよ、ナイト捜査官」

　ソニアが唇を舐めた。「わたしもよ、フーパー捜査官」

　ディーンがキスをした。唇を見ていたら我慢ができなくなった。「この事件を早いとこ解決して、なんか楽しいことをしよう」

「FBI捜査官って楽しいことなんかしてもいいの？」

「年に二回はね。マニュアルにそう書いてある」

「だったらそうしましょ。あなたの楽しいことってなあに？」

「それって引っ掛け問題？」

「そっちが言いだしたことじゃない。わたしは〝楽しいこと〟なんて知らないような気がするわ。記憶にある最後に楽しかったことって、十六のときに家族といっしょにディズニーランドに行ったときのことかな」

「そいつは楽しそうだな。それじゃ、またディズニーランドに行くっていうのはどう?」

ソニアが声をあげて笑った。ディーンはその笑い声が大好きになった。ソニアはどんなときも——仕事でも、笑うときも、家族に対しても、ベッドでも——情熱的だ。とはいえ、二人はまだベッドで愛を交わしてはいなかった。厳密に言えば。

「フーパー捜査官、最高に複雑な人身売買事件を解明したっていうのに、行きたいところはディズニーランド?」ソニアがくすくす笑い、彼にキスをした。「いいわ、賛成」

そのとき電話が鳴り、ソニアはすぐに受けた。「彼、きっと誰かに電話すると思ったのよね」

ところが相手の声を聞いたソニアが眉をひそめた。「とにかく話を聞きたいわ……なんなのよ、チャーリー、これは……だめよ!　だめよ、そんなこと——」乱暴に電話を切った。

「まったくもう!」

「どうした?」

「チャーリーだったの!　ジョーンズの日誌の一部が解読できたから、市立中央図書館に置いていくって」

「あのでかい図書館か。そのどこに?」

「ハロルド・シェクターの連続殺人犯に関する本の後ろ。さあ、行きましょう——図書館はこの通りをまっすぐ行ったところよ」

24

《ソニア、
ジョーンズの日誌の暗号を解読し、彼が二次的暗号を創作していたことに気づいた。すまない。もっと早くこれをきみにわたせばよかった。きみならきっと解読できるだろう。もしくは解読できる人間を知っているはずだ。
このあいだの夜、おれはきみに嘘をついた。ジョーンズを殺した男のひとりは知っているやつだった。スン・リン。サンフランシスコのチャイナタウン生まれのアメリカ人だ。冷酷な男で、ずっと人身売買に関与してきた。少なくともおれが人身売買を阻止しようと動きはじめてからはずっと。捜査の現場から離れてもうだいぶたつので、彼が誰の下で仕事をしているのかはわからない。だが彼は親玉ではない。けっしていちばん上には立たないやつだ。
どうかおれを許してくれ。必ずや償うつもりだ。それから、ひとつたのみがある。アシュリー・フォックスを捜してくれ。彼女のこともこの日誌のどこかに記されているはずだ。アシュリーを見つけて、母親のもとに帰してやってくれ。たのむ。長い時間をかけたし、さんざん骨を折ったが、結局なんの手がかりも得られなかった。どうか彼女を救出してやってくれ。きみならあの子を助けられる。
ずっときみを愛してた、ソニア。

C・C》

ソニアはぽつんとひとり、FBI支局の捜査室にすわっていた。うなりをあげる何台ものパソコンや書類の山に囲まれてはいるが、ソニアの目にはチャーリーの手紙しか見えていなかった。

サクラメント市立中央図書館に日誌とともに置かれていた手紙を何度となく読み返した。彼の首を絞めてやりたいほど苛立ちを覚えた。どうしてあの夜、すぐに日誌をわたしてくれなかったのか。チャーリーが英雄になりたいがために無駄にした三十六時間が、中国人少女たちの生死を分けるかもしれないというのに。

ディーンはFBIのネット犯罪班に日誌を持っていった。暗号解読も担当している部署だ。もし彼らの手に負えないとわかったときは、暗号をスキャンしてクアンティコに送るという。

どんどん時間が過ぎていく。ジョーンズ殺しの犯人はすでに少女たちを移動させたかもしれないし、殺したかもしれないし、売り飛ばしたかもしれない――見当がつかない。あとちょっとだったのに、との思いがソニアを苦しめた。

「くそっ、チャーリーのやつ！」**ずっときみを愛してた**、なんてよくも書けたものだ。彼には妄想癖があるのか、あるいはこの期におよんでまた彼女を操りたいのか。

ディーンが戻ってきた。「日誌、もう取りかかってくれてる。きみに言っておいたほうがいいと思うが、あの暗号、単純とはいえ、なかなか凝っているそうだ」

「どういうこと？」

「ジョーンズは出まかせに思える言葉を並べているが、彼にとってはなんらかの意味を持っている。パターンらしきものはあるんだが、構成要素の意味をまずひとつ突き止めるまではなんのことやら」

「了解」

ディーンがソニアの手から手紙を引き抜いた。「もううんざりするほど読んだだろう。感動なんかしてやるなよ」

「彼、どこにいるのかしら？　なぜいま、わたしたちにこれをわたしたのかしら？　これからどうするつもりなのかな？」

「ぼくだってそういう質問の答えを知りたくてたまらないが、カマラータを心配している場合じゃない」ディーンが椅子にすわり、テーブルの上に置かれたジョーンズの昔からのクライアントの不動産所有記録にじっくりと目を通しはじめた。焦点をシエラネバダの山麓地帯に位置するものに合わせてのチェックだ。

時間が刻々と経過していくなか、少女たちの行方はまったくわからない状況に、ソニアの苛立ちはいやました。すぐにでも現場に出たいのに、オフィスにすわって書類や地図を見ているのは耐えがたかった。

ディーンが言った。「ねえ、ベガがきみに教えてくれた三つの場所のうちの二つはリオ・ディアブロの居留地と隣接しているって知ってた？」

「ううん、知らなかったけど、それがどうかした？」

「うーん、なるほど」ディーンが立ちあがって袖をまくり、壁に掛けた地図にマークを描きこみはじめた。何色も使って手際よく境界線を加えていく。

「どういうこと？」ソニアにはたんなる線にしか見えず、意味がわからない。

「だんだんまとまってきた。もうちょっとだ」ディーンがべつの箱のところへ行き、またしても地図を何枚か取り出し、壁の地図に境界線を描きこんでいく。「どう思う？」

ソニアは目を凝らした。「さあ、わたしには――」首をかしげる。たしかに何かしらのパターンがあるようなのだが、ぴんとこない。「色の違いは何を意味するの？」

ディーンがピンと色分けされた付箋《ふせん》と蛍光マーカーを手に取った。

「赤い線はリオ・ディアブロの居留地の境界線、青い線はジョーンズの所有地の境界線だ。緑がオメガので、紫がウェーバー運送のだ」

ソニアはなおいっそう目を凝らした。「ほとんどつながってる」

「必ずしもそういうわけじゃないが、点と点をつなげば、ある安全地帯からべつの安全地帯への移動が可能だ」

「なるほどね」わかりはじめてきた。「で、これが捜査にどう役立つわけ？」

「ストックトン港から幹線道路を通らずに私道がたくさんある山麓地帯へと通じる完璧な抜

け道があるってことだ」ディーンが小さな入り江を指さした。「このあたりはすべてストックトン港が所有している。それからここ……そしてここ……それにここは、いま所有者を調査させている。だが使用されていない土地がほとんどだ。どこからでも大きな町を通過せずにすむ。やつらは自由に移動できるルートにこだわってるんだろうと思うよ。人や警察に遭遇する可能性を最低限に抑えられるルートだ」

ソニアがしきりにうなずいた。「ジョーンズのレストランは川に直接面してる。こっちが入手している情報では、あいつらは少女たちをストックトン港に移送してはいない。レストランは一時的な保管施設になりうる」

ディーンが訊いた。「あいつらが少女たちを最終目的地にまっすぐ移送しないのはなぜなんだ？　そのほうが問題が起きないとか？」

「そういう場合もときにはあるでしょうね。でも数が多いときは早く分散させたいはずだわ。手もとに置いておく時間が長ければ長いほど、発見される可能性も高くなる。もしチャーリーの言うとおりなら、彼らは小型飛行機やヘリコプターを使って、被害者たちをこのエリアからあちこちへ――」

「しまった、それを要素に入れてなかった！」

ディーンはまた資料の地図をチェックしたり帳簿を開いたり、壁の地図にしるしをつけたり、ソニアには理解不能な作業をあれこれと進めていく。こんなに生き生きした彼をソニアははじめて見た。ソニアが見ている地図とはまったく異次元の地図、異次元の世界が彼には見えているらしい。

「これでよし」ディーンが一歩あとずさり、作業の成果をじっくりと眺めた。ネクタイはゆるみ、ジャケットはとっくに脱ぎ捨てていたが、それでも袖をまくりあげた姿は証券取引所が閉まったあとの筋骨逞《たくま》しい株式仲買人ふうだ。「自家用飛行機が着陸できない土地をすべて削除してみた――こういうところは軍や民間の空港施設が近くにある。このあたりは送電線のせいでヘリコプターが飛べない。それから地形の関係もある。ヘリコプターならさほど広い平面は必要ないが、傾斜地に着陸はできないからね」

ソニアが身を乗り出した。「すごいっ。これで捜査エリアが半分になったわ」高速九九号に平行して広がる土地を指さす。「ここは？　紫はなんだったかしら？」

「ウェーバー運送だ。会社はここだが」――ディーンがストックトンをちょっとはずれたあたりの点を示す――「会社もしくはオーナーがロディ郊外のこの土地をすべて所有している。それほど重要な土地なんだろうか？　ここにそれほどの価値があるようには見えないが」

「あのあたりなら何百回と車で通過したことがあって、あんまり気にかけたことはなかったけど、たしか高速からすぐのこのへんには小さな工場地帯があると思うわ」

「高速道路からこの近さのところに少女たちを隠しておくだろうか？」

「そうねえ、これを見て。ほら、ここ。これは深い水路。オメガならここを通れるわ。少なくとも五、六か所、船荷を下ろせる場所があるから、少女たちを小型船に乗り換えさせて上流に向かえるんじゃないかしら――ここと、ここと、ここも――やだ、そこらじゅうにある。

むずかしくはないわね。しかも夜でしょ？　二十四時間態勢で監視していないかぎり、見逃すはずだわ。もちろん、季節によるけど。このへんの支流には東側の貯水池の水が注ぎこんでいるんだと思うの。念のためにもう一度確認する必要はあるけれど、夏が終わるころにはどんな船も通れないほど浅くなるか、干上がってしまうかだわ。それはともかく、いまはどうかよね？　春の終わり？　シエラネバダ山脈の雪がいっせいに解けて間もないから、まだ使えるわね。深い水路で船を停めれば、十五分とはかからずに少女たちを小型船に移せるだろうから、そしたらもう川に沿って文字どおりどこへでも行けるんじゃないかと……」ソニアは人差し指で迷路もどきの水路をたどった。いったん引き返したあと、サクラメント・ディープ・ウォーター運河からその小さな工場地帯までは水路だけで難なく行けることを発見した。

「これだわ！」ソニアが叫んだ。興奮のあまり、舞いあがりそうだった。

「すごいよ、きみは」ディーンがキスをした。

「あなたこそ」

「令状をとろう。数分待っててくれ。まくしたてて言いくるめてこないと」もう一度軽いキスをすると、ディーンは捜査室を出ていった。

ソニアはドアが閉まるのをじっと見ていた。ディーン・フーパーのような男性に出会ったのははじめてだ。勝気な性格のソニアは、恋愛にあっても主導権を握りがちだ。いつジャンプするか、いつデートするか、いつセックスするか、なんでも自分が決めてきた。

ディーン・フーパーが相手ではそうはいかない。彼が仕切りながら、ソニアが仕切りたいときは、どうぞ、という感じで、あくまで対等だ。向こうからキスしてくれる男性といることがこんなに刺激的だということをソニアは知らなかった。たぶん彼女がいけなかったのだろう。この職業と激しやすい性格のせいで、そういう人を敬遠する傾向があるからだ。ライリーに言われたことがあった。きみは、最後まで逃げずに立っているのは自分だと言いたいがためにタフな女を演じている、と。「たいていの男は逃げだすけど、それでもそこに立っている男がいたとしたら？　きみはそいつに夢中になる」

ディーンは逃げなかっただけでなく、実際、いとも簡単に彼女の生活に入りこんできていた。彼がワシントンに戻ることを考えるだけで胃のあたりにむかつきを感じるほどだ。

彼は去っていく。引き止めるわけにはいかない。それが彼の仕事なのだから。

そのことで彼を責めることはできない。同じように、サクラメントにとどまる自分を彼が責めることもないはずだ。どうして家族と離れることなどできよう？

とはいえ、どうしてディーンをこのまま去らせることなどできよう？

地図に向けていた視線を、さっきディーンがファイルの山の上に落としていったチャーリーの手紙のコピーへと移した。もう一度読み返す。

スン・リン。その名前は知っていた。この仕事に携わっている者なら誰でも知っている名だが、ソニアはまだ一度として顔を合わせたことはなかった。ＩＣＥにも居場所を知る者はいない。そのことが情報収集の現実を如実に物語っていた。国がテロリズムに焦点をしぼっているとは承知しているが、いまの時点ではソニアは、とにかくアメリカ人を殺さなくてはとテロに傾倒する狭量な過激派に比べ、人身売買業者により大きな脅威を感じていた。テロに焦点を合わせるのは当然だが、なぜ両方というわけにいかないのか？　テロリズムと戦うと同時に、人間を売り買いする犯罪者を阻止することがなぜできないのか？

深く息を吸いこんだ。ぐだぐだ考えていてもはじまらない。自己憐憫に浸っている余裕などないのだ。

ケインに電話した。思ったとおり、すぐにはつながらなかったため、メッセージを残した。

「スン・リン。サンフランシスコ生まれの中国系アメリカ人。人身売買に関与。この男についてなんでもいいから知りたいの。あなたへの借りがどんどん大きくなっているわ、ケイン。デュークとショーンはまるで天からの贈り物。本当にありがとう」

切ったとたん、電話が手のなかで震えだした。ケインからではなく、ソニアのボス、トニ・ワーナーからだ。

ソニアの生物学上の父親についてトニが何か情報を入手したのだとしたら知りたくないような気もしたが、これまで一度たりとも真実から逃げたことはなかったし、今回も逃げるつもりはなかった。「もしもし」電話を受けた。「何かわかりました？」

「いいニュースはひとつもないわ」

「期待してませんでしたよ、そんなもの。はっきり言ってください」

「だとしても、がっかりさせることになるわ。セルジオ・マーティンに関する記録は何ひとつないの」

「ひとつも？　何かしら記録があるはずでしょう」

「それがないのよ。あるのはあなたの証言録取書のみ。二十年前に彼を捜す任務を命じられた捜査官たちは、何ひとつ成果を得られなかったというわけ」

「それは知ってますけど――」

「彼らの結論はこうよ。彼は実在しないかもしれない」

「そんなばかな」

「そうよね。わたしもそう思うけど、記録にはそう記してあるの。彼のものだと証明できる出生証明書すら発見できなかった。あなたに言ってもしかたないけど、マーティンって名はアルゼンチンにはよくあるそうね」

「だから捜索を打ち切ったんですか？」ソニアが移民帰化局の捜査官になったとき、自分に関するファイルを読む許可を得たが、そこに父親についての情報はごくわずかしか記されていなかった。ほとんどゼロに等しいその情報が、彼らが入手したすべてだったのだ。ソニアはずっと、どこかにファイルがあるものと信じて疑わなかった。おそらく極秘扱いなのだろうが、それが存在するかぎり、誰かが彼を捜し出して罰してくれるものと信じて安心していた。ソニアの事件はとっくに時効だ――それに当時、合衆国には彼を起訴する法律がなかった――が、人身売買業者は麻薬常習者と同じだ。歯止めがかからない。金と権力に溺れるのだ。人身売買もひとつの商売だと考えている者は多く、犠牲者たちの叫びや懇願をあわれな子羊たちのメェーメェーという鳴き声と同じだと思っている。

「彼の顔を知っている人間もいないのよ」トニが言った。

「わたしがいます！」

「ソニア――」

「今朝、写真を送りましたよね」

「ええ、わかってるわ。でも、あれだけじゃね。ぼやけた画像だし。でも間違いないのね？」

「ええ、百パーセント。あれは父です。セルジオ・マーティン。幻覚でも、でっちあげでも、推測でもありません。あれは父です」

「わたしはあなたを信じてるけど、でも――」

「ほかには誰も？」

「そうじゃないの。ただ、その名前に関する記録はいっさいないのよ。あるのは、古い不鮮明な写真一枚と二十年前の未成年者からの証言録取書。それが今回の事件と関連があるとはかぎらないし――」

「トニ、わたしの父はアルゼンチンの人間なの。わたしもアルゼンチン生まれ。ライリーを刺したナイフとグレッグ・ベガを殺したナイフは、アルゼンチンのナイフ工場だけでつくられている製品だった。しかも父は、すでに人身売買業者であることが判明しているザビエル・ジョーンズたちと同じ写真におさまっている。写真が撮られてからまだ十年とはたっていない」

「そう聞かされてみれば、もっともだと思えるけど――」

「もっともだと思えるのは、この情報が優良な情報だからですよ！　たしかに漠然とはしてますが、正直なところ、これまではもっとわずかな情報をたよりに事件を追ってきたじゃないですか。まずはこのナイフの製作所に誰かを行かせて話を聞いてみないと」

「あなたのその要請、向こうの大使館付きの法務官に伝えたところ、承認されたの。もう動いてくれているわ」

「いいニュースはひとつもないって、さっき言いました？　すごいじゃないですか。大きな手がかりだわ」

「もう金曜の午後よ。ああいうナイフは何百、何千と売られたはずだわ。どれくらい前に、どこで売られたものかもわからないとなると――」

「あの二本が限定版って可能性もありますよ。どんな手がかりも追ってみないことには」

「ソニア、あなたまさか、自分の父親がこの事件になんらかの形で絡んでいると思ってはいないでしょうね？」

　建て前としては思っていなかったが、内心では写真を見た瞬間から疑っていた。

「トニ、ちょっと説明させて。わたし、父はいまも人身売買に関与していると思っているけれど、どういう形でだかはわからないわ。この事件が片付いたら、わたしの最優先事項は父を捜すことだけど、この写真にいっしょに写っている男のうちの誰かがいま捜している犯人だってことも大いにありうるでしょう。自分の立場をはっきりさせて、ジョーンズを消して、この縄張りを見張る。あの写真のなかの二人はこの事件にかかわっていることがもうわかっているんです。残りの男たちと、ついでに女性の正体も突き止めることができれば、殺人犯を捜し出せるかもしれませんよ。そうだわ、チャーリーも捜さないと。彼は犯人を見たんです」

「あなた、見てはいないって言ってたわよね」

「誰だかわからなかった、と言っていたんです。彼にこの写真を見せたいんですけど」

「彼、オフィスに連絡してはこないから」

「もしわたしが彼を見つけたら、制限付き免責特権を与えてもいいですか？」

「ソニア、それはだめ。でも彼を見つけたとしたら、そのまま無罪放免してもあなたを刑務所送りにはしないわ。今回かぎりだけど」

「わかりました」チャーリーを見つけなくちゃ、とソニアは思った。いったいどこに隠れているんだろう？

トニが言った。「あなたはいま、ＦＢＩといっしょに動いてるのよね。リチャードソンから聞いてるわ」

「はい」

「離れないようにね。管轄の問題とかいろいろ厄介ではあるけれど、危険な捜査だから。合衆国内で人身売買業者たちがこれほど大胆な行動に出るなんてめったにないことだわ。いままでとは違う形の取引なんじゃないかしら。お金と権力を持つ何者かが遠くから操作しているせいで、これまでよりはるかにとらえにくいような気がするのよ」

「グレッグ・ベガ殺しの犯人をこのまま国外へ逃がしたくないんです。わたし、必ず捜し出しますから」正直なところ、きっぱりしたこの口調に見あうだけの確信がほしかった。

「そうできればいいけど。どうも犯人が個人攻撃をかけてきてるみたいで気に入らないのよね」

「個人攻撃ってわけでは――」

「ううん、そうよ。だって連中はあなたの自宅に侵入したのよ！」

「トニ、気をつけるわ」

「あなた、今回の事件は身近すぎるんじゃない？　なんなら家族といっしょにあっちへ――」

「そんな。あれから十年もたったというのに、わたしが自分は逃げ隠れして、誰かに交代してほしがっているとでも？　あなたがそんなこと考えるなんて信じられない。そりゃあ危険は承知してます。相手は凶悪な連中ですから。でも、身近すぎるってことはないし、捜査を降りるつもりもありません。実際、チャーリー、ジョーンズ、そのほかこの事件に関与している連中とつながりがあるからこそ、わたしに内部情報が入ってきてるんです。危険は最小限に抑えるつもりですが、何十人もの少女たちに危険が迫っているのを目のあたりにしながら逃げたりはしませんから。わたしのこれまでのキャリアはすべて、今回の事件のための準備だったんです」

トニが言った。「もちろん、あなたが降りるとは思っていなかったわ。とにかくできるかぎり頻繁に連絡を入れてね。協力が必要なときはそう言って」

「はい、そうします」

電話を切り、チャーリーを探して数本の電話をかけた。

しばらくしてディーンが部屋に戻ってきた。「令状がとれた」

「なんて速いの」

「一日のうちに二重殺人が二件起きたとなれば、誰だって結果が欲しいさ。うちの関与が表沙汰になってから、メディアや政治家からの電話にはボブ・リチャードソンが応対しているそうだ」

「じゃあ行きましょう」ソニアがドアに向かって歩きだした。

ディーンもあとにつづいた。「サンホアキン郡保安官事務所に連絡を入れたら、倉庫で待ちあわせて令状の執行に立ち会ってくれるそうだ」

「サムとトレースはどこかしら?」ホワイトカラー犯罪チームのエリアに彼らの姿は見えなかった。

「ぼくが令状をとりにいったとき、サムはこれからオメガ海運に行って、従業員からそれとなく話を聞いてくると言ってた。口を開いてくれる人間がいるかどうかだな。直球みたいな質問をぶつけるしかないときもあるんだよ。ゴーサインを出す前に、きみにも訊くように言えばよかったな」

「ううん、それはかまわないわ」ソニアが渋い表情をのぞかせた。何か引っかかるが、それがなんだかわからない。

「カマラータのほうはどう？」車に乗りこみながらディーンが尋ねた。ソニアは助手席にすわった。

「連絡はなし。もし連絡があったら、そのときは会うつもり。ジョーンズといっしょに写っている男たちの写真を見てもらいたいの。正体不明人物のうちのひとりと言わず、もっと何人か知ってるはずだから」

「そして彼を逮捕するのか」

　ソニアは何も言わなかった。

「ソニア、どうした？　あいつは逮捕すべきだろう。たとえば彼は証拠を隠匿《いんとく》していた。きみの家に不法侵入した。きみに暴行した」

「一度だけ逃がしてやることにするわ。彼からの情報が必要だし、身柄を拘束しないって約束しないかぎり、会えるはずがないでしょ」

「なるほど。じゃあ、ぼくが逮捕する」

「ディーン――」ソニアは目をこすり、窓の外を見た。ディーンの車はロディをめざし、南の方角へと走りだした。「わたし、どうしても情報が必要なのよ」

「生物学上の父親のことだからか？」

「そうじゃないわ」ソニアが間をおいた。ディーンには本当のことを言うべきだ。「ううん、それもあるわね。チャーリーが彼のことを知っているかもしれないでしょう。彼、主要人物はほとんど知っているから。きっともう、あの名前は使ってないのね。セルジオ・マーティン。ひょっとすると――」口をつぐむ。

「ソニア？」

「わたしの人生って茶番劇みたい。じつはわたしもマーティンじゃなかったとしたら？　あれも偽名のひとつだったとしたら？　なんだかもう、自分が何者なのかすらわからなくなってきたわ」

「きみはソニア・ナイトだ」ディーンがきっぱりと言った。「警官で、姉で、娘で……恋人」

ソニアはディーンにちらっと目をやった。彼女のなかで何かが変わった。静けさがソニアを包む。これまでまったく知らなかった感覚だ。ディーンが手を伸ばしてきて、彼女の手を取った。ぎゅっと握りしめる。彼もわたしと同じ気持ちなのだろうか？

訊いてみたかったが、気持ちを声にしたら、この新たな一歩をおびやかしそうで怖かった。いま何より考えたくないのは、ディーンはワシントンに帰っていく人だということ。でももしかしたら……もしかしたら、二人の関係をそろそろはっきりさせるときなのかもしれない。二人の仕事、家族、住まい、どれも遠く隔たった東海岸と西海岸。

やっとのことで勇気を奮《ふる》い起こして口を開こうとしたとき、ディーンの声がした。「ここが出口だ。準備はいいか？」

ソニアはうなずいた。「オーケー」

25

ロディの北に位置する小さな工業用倉庫は、どこから見ても廃墟だった。雑草がコンクリートに亀裂を入れ、近くを通る高速九九号から投げ捨てられたごみが風で建物に吹き寄せられ、シンダーブロックと金属とで建てられたいかにも五〇年代らしい倉庫群は、さながらゴーストタウンの様相を呈していた。

ただし、ドアには真新しい南京錠が取り付けられていた。

サンホアキン郡の保安官代理が四名、すでに到着していた。ブライアン・ストーンと訓練を積んだＦＢＩ＝ＳＷＡＴ捜査官三名が乗った黒のサバーバンが、ディーンとソニアの後方に停止した。

「無駄足にならないことを祈るばかりだわ。へまをしてる時間なんてないもの」

「ま、そう先を読むなよ。いいか？」

「もちろん」

車を降りて、乾燥した谷間の熱気を肌に感じる。真昼の太陽が川面に反射している——たしかマカラミ川だと思ったが、自信はなかった。高速を走る車の音は聞こえるものの、姿は見えない。夜間ともなれば、あたりは真っ暗闇で、せいぜいまばらな街灯とドアの上の防犯灯の明かり程度となるのだろう。

もし連中がこの水路を利用してサクラメント・ディープ・ウォーター運河から内陸へと侵入するとして、夜間ならば少女たちをこの倉庫のどれかまで歩かせたとしても、見つかる恐れはなさそうだ。

ストーンと彼が率いるチームが周囲をチェックしたあと、ディーンは彼らにメインの倉庫——その他の建物はここから枝分かれしている——のドアを破るよう、命令を下した。

人の気配がまったくないとはいえ、六名の連邦捜査官と四名の保安官代理は銃を構え、はっきり見える位置にバッジをつけて敵の襲撃にそなえた。

「一、二、三で」ストーンが指でカウントダウンを示す。

ＳＷＡＴチームのひとりが、手持ちサイズながら重たそうな建造物突入用破壊機で南京錠を難なく壊した。ドアが勢いよく開いたとたん、人間の吐瀉物や排泄物の悪臭が鼻をついた。

ソニアは胃がむかついた。悪臭のせいではなく、それが意味するところがわかるからだ。

悪臭だけで何も聞こえない——悲鳴も泣き声も。なかはもぬけの殻だった。

ＳＷＡＴチームが倉庫内に入った。ディーンとソニアもあとにつづいた。内部を調べた捜査員から、異状なし！　の声があがった。

汚れた窓からはほんの少しの陽光しか射しこまず、聞こえるのは彼らが動く音と話し声だけ。だだっ広い倉庫が無人であることは明らかだ。

いちばん奥まったところにあるドアが開いており、もっと暗い部屋へと通じていた。

「ソニア」ディーンが声をひそめて言った。「におうだろう？」

小便のことではない。こんな甘ったるい金属臭は血にほかならない。

ソニアがうなずいた。訓練と豊富な経験のおかげで、こんなときもつねに冷静かつ機敏でいられた。アドレナリンが本能を研《と》ぎ澄ましてくれるのだ。

銃を構えながら懐中電灯も持ち、一団は用心深く暗い部屋に足を踏み入れた。

「明かりのスイッチは？」ソニアがささやいた。

「まだない」ストーンが答えた。

壁を手で探る。「あったわ」ソニアが言った。「三つ数えたらつけるから準備して——まぶしいかもしれないから。三、二、一」スイッチを入れて、目を細める。

古いタイプの蛍光灯がちかちかしながら点灯した。室内には何もなかったが、血のにおいの発生源は見つかった。

半裸の中国人女性が三人、壁際に折り重なって倒れていた。三人とも喉を切られている。動脈からの血しぶきがソニアのすぐ横の壁に付着しているということは、その場でつぎつぎに殺されたことを物語っていた。彼女たちの両手は縛られているが、足は縛られていない。

「まいったな」ひとりの保安官代理がつぶやいた。

部屋の隅に山をなす排泄物から察するに、ある時点で三人どころではない人数がここに監禁されていたことは明らかだ。

ソニアは手袋をはめ、遺体に触れた。「完全に硬直している。死後十二時間から二十四時間くらいだろうけど、大至急検視官を呼ばなくちゃ」

「夜のうちに移動させたんだな」ディーンが言った。

「ええ。昨夜ね」ソニアは女性たちを見た。少女たち。十六歳から十七歳くらいだろう。長い黒髪と痩せ細った体。この子たちを救いたかったのに。

ほかの子たちはどこへ連れていかれたのだろう？　もしかしたらほかの子たちも殺された？

遺体を何かでおおいたかったが、現場はそのまま保存しなければ。

「フーパー！」ストーンが部屋の奥から呼んだ。

ソニアもディーンと同時に振り向いた。最初は何も見えなかった。

「くそっ」ディーンがソニアのほうに一歩近づいた。

すると、ソニアにも見えた。灰色のシンダーブロック壁に血で記されたブロック体の文字はメッセージだった。

遅かったな

サム・キャラハンは、ジョーンズ捜査に対する長官補佐ディーン・フーパーの自信に満ちた行動に大いに勇気を得ていた。ディーン・フーパーはサクラメントに到着するが早いかジョーンズへの令状を執行し、たたみかけるようにダウンタウンのレストランでの対決へともちこんだ。だからこそキャラハンもフーパーを説得し、こうしてオメガ海運へと乗りこんできたのだ――運がよければ、何かを知っていて、それを話してもいいという人間に会えるかもしれない。

オメガ海運の人身売買関与疑惑に関する詳細はトレース・アンダーソンが教えてくれて、こう締めくくった。「確たる証拠は何ひとつないんですが、こいつはクロだと直感的にわかることと、それを立証することは話がべつだから」

「ああ、そのとおりだ」

オメガ海運は帳簿上は大企業のはずだが、ワシントン・ストリートの本社はささやかなものだった。倉庫を思わせるビルの正面に一台の車がぽつんと停まっている。道路の反対側では車や人がしきりに出入りしているが、そこはオメガの施設ではない。

「ほんとにここなのか？」サムがトレースに訊いた。

「ええ。ソニアとぼくとで去年も来ました。話を聞くためではなく、ただ確認のために。やっぱりこんな感じでしたね」

「これが正面玄関みたいだな」

「そのようです」

「行ってみよう」

内部は外観から想像するより広かった。倉庫を改造した大きなオフィスで、ほとんどの部分は薄暗い。受付エリアだけが明るい色の造花ときれいに整頓されたデスクが置かれて華やかな印象を与えている。デスクの向こう側にすわった若い女性が、電動タイプライターで三枚重ねの書類に文字を打ちこんでいた。二人がドアを入っていくと、頭上でベルが鳴り、受付嬢がこちらににこやかな笑顔を向けてきた。小柄なブロンド、客をわくわくさせそうではある。

「いらっしゃいませ」

サムが笑顔を返し、バッジを見せた。「サム・キャラハンです。で、あなたは?」

受付嬢はいっさい取り乱すことなく、きちんと答えた。「デイジー・サジェックです」

「われわれは殺人事件の捜査中でして――」

「誰かが殺されたとか?」

サムがしかつめらしい顔でうなずいた。「ザビエル・ジョーンズですよ。彼を知ってました?」

「ミスター・ジョーンズが? やだっ、こわーい」

サムは、ニュースを見てないのか、と訊きたかったが、ぐっとこらえた。「こちらのミスター・クリストプーリスとは取引関係にあったことがわかりましたので、できればお話をうかがいたいんですが。ミスター・ジョーンズに恨みを抱いていた人間がいたかとか、そんなことを知りたいんですよ」

「ジョージとミスター・ジョーンズはとっても仲のいいお友だちでした。ニュースを聞いたら、きっとショックを受けますわ」

「彼はこちらにはいらっしゃらない？」

「現在は第二クレイオス号で航海中です。医療用品をアルゼンチンに向けて運んでおります」

アルゼンチンか。またしても。サムはその情報はしっかりと記憶に留めてから尋ねた。

「それじゃ、ミセス・クリストプーリスに連絡してもらえますか？」

「ミズです」デイジーが訂正した。「離婚なさってますから」

「なのにまだ、いっしょに仕事を？」トレースが質問した。

デイジーが目をしばたたいた。「うーん、ジョージは離婚のことでずいぶん動揺してました――彼はお母さまよりお父さまのほうがずっと好きなんだと思います――が、いまは仲良くやってらっしゃいますよ」

サムがトレースをちらっと見た。ヴィクトリア・クリストプーリスはてっきりジョージの妻だと思っていたのだ。

トレースが言った。「ジョージのご両親はともに現在もギリシア国籍ということですが、間違いありませんか？」

「はい、そのとおりです。ミズ・クリストプーリスはこちらで暮らされる気はないようです」

「いまもギリシアに?」

「いいえ、こちらに。ジョージのところにお泊まりになっていますから、それで彼が予定外の出張をなさったんだと思うんです」デイジーが陰謀でも画策しているかのように身を乗り出してきた。「わたしもあの人とひとつ屋根の下では過ごしたくはないですね。わたし、うるさいのはうちのママだけかと思っていたんですけど」ティーンエイジャーよろしく目をきょろっとさせた。もっともついこのあいだまでティーンエイジャーだったんだよな、とも思った。

「ここで働きはじめたのはいつ?」

「十か月になります。こんなに長続きしたのははじめて。パパが、もしひとつの職場で一年つづいたら、コンバーティブルを買ってくれるって言うんです。あともうちょっと」

「そいつはすごい。ミスター・クリストプーリスに捜査に協力してもらおうと思っていたのになぁ。ところで彼、水曜の夜はまだこちらにいましたか?」

「水曜日? いいえ、いなかったと思います。火曜の夜、わたしが退社したあと、埠頭に行かれたようです。水曜の朝、このデスクの上に船荷目録と請求書が置いてありましたから。火曜の午後遅くに出社なさって、第二クレイオス号の積荷について話してらっしゃいました」

「予定されていなかったとか?」

「緊急発送でした。べつの船積み会社がドタキャンしたんで、ミスター・クリストプーリスが引き受けたようです。彼って働き者だから」彼に夢中、といった口調だ。

「ミズ・クリストプーリスがここへ来て仕事をすることはあるんですか？」

「あの人はここへいらっしゃるのが嫌いなんです。仕事はおうちで。でも、電話をお入れすることならできますよ。アポイントメントをおとりになりたければ――」

「いや、それはけっこう。いますぐどうこうというほど重要なことじゃないんで」実際はきわめて重要だったが、ヴィクトリア・クリストプーリスの所在を突き止める前にデイジーによけいなことを伝えさせたくなかったのだ。「ジョージはいつ戻られますか？」

「二週間後です」

「わかりました。ではそのころに電話します」

「あなたがたがお見えになったことを伝えておきますよ――電話は毎晩かかってきますから」

サムが眉を片方きゅっと吊りあげた。ジョージとデイジーのあいだには何かあるにちがいない。まもなくデイジーの頬がぽっと赤く染まり、サムは自分の勘が当たっていることを知った。

「いや、いいよ、デイジー。二週間後でじゅうぶんだ」

サムとトレースはオメガ海運をあとにした。「おもしろかったですね」トレースが言った。

「マミー・クリストプーリスとおしゃべりしにいきましょうか？」

「もちろん。クリストプーリスの自宅はここからほんの三、四キロだ。カントリークラブ・

ドライブ。彼女がどんなことを言うか、見ものだな」

26

ノエルは、ハイアット・ホテル十階のバルコニーとは名ばかりの粗末な場所に立ち、買い手と話していた。

「すべて順調に運んでいます」電話の相手を安心させる。相手はリクターの名で通っていたが、それが実名でないことをノエルは知っている。〝リクター〟については本人よりはるかに多くのことを知っていた。彼が代表者をつとめる組織がこっちを疑っていることも。しかし取引のこの段階にあって、こうした情報はきわめて重要だ。彼は入手した情報を必要になったとき以外はけっして明かさない。

「FBIの動きが活発になっているんで、われわれは神経をとがらせているんだが」リクターが言った。

「連中は自分の尻尾を追っかけているだけです。何を考えたらいいのか、どこで曲がったらいいのか、なんにもわかってやしません。商品は安全に保管しています。この目でたしかめてきました」

リクターの思わくはわかっている。値切らせるつもりなどなかった。この取引への多額の投資を考えれば、リクターの組織に値切らせるわけにはいかない。いったん値引きに応じたが最後、ふたたび市場価格での仕入れをする者などいるはずがない。

「リスクが高まって警備も厳重にしないとならない状況だ。値引きをしてもらってもいいような気がしているが」

いかにも金を出したくなさそうな物言いにこれほどいらついていなかったなら、ノエルは相手の正論に苦笑していたところだろう。

「値段の交渉はなしにしましょう」

「こっちは追加コストが生じるんだよ。それにFBIの手入れはこっちのせいじゃない」

「不安でしたら、手を引いたらどうです。べつの買い手が行列をつくって待ってますんで」

はったりをきかせた。時間があれば新たな買い手も見つかるだろうが、そのためには土曜の夜以降もアメリカにとどまらなければならない。選択肢としてはありえない。アメリカに予定より長く滞在するくらいならむしろ、商品を廃棄処分し、この市場を放棄するほうがいい。このルートからはつねに多額の収益を得てきたが、自分の自由のほうが重要だ。べつのルートの開拓は簡単にできる。厄介ではあるが、命取りというわけではない。

リクターもはったりを試みた。「そっちが決めていいよ。どのみち、ひとり一万五千は高すぎるだろう」

「一万五千はまとめ買いだからの値段ですよ。ばら売りなら、ひとり二万から二万五千で売れる。うまく管理すりゃ、一年で回収できる額でしょう。食べごろの子が三十人ですよ。コストを回収したければ、おたくのほうで二、三人売ることだってできると思いますが、ま、あなたの事業にこちらが口出しをしちゃいけませんね」

「われわれのオファーは一万だ」

「この件での交渉に応じるつもりはありませんから」

「確約はできそうもないな。取引をキャンセルするかもしれないからそのつもりで」

金属製の手すりをあまりに強く握ったため、ノエルの手のひらには手すりの角張ったへりの跡がくっきりと残った。微風だにないせいでむっとした空気が、彼を内と外からじりじりと焼いた。それでも彼の声はあくまで冷ややかだった。「いいでしょう。では取引はキャンセルということで。この取引停止、わたしは軽く受け流すつもりはないことをご承知おきいただきたいですね、ロジャー」

電話の向こうでしばしの沈黙があった。ノエルは憤怒のあまり、絶妙なタイミングでの情報の開示を楽しむ余裕がなかった。**そうさ、ロジャー・アップルゲート、おれはあんたが何者か知っている。おれをコケにしやがったら、そのときはおまえの正体を暴いて破滅に追いこんでやる。**

取引の最中にこの間抜け野郎の首をへし折ってやるチャンスがあることを願った。こいつの死にざまを見たら、少しは気が晴れそうだった。

「会社の者とも相談してみないことにはちょっと」リクターの声がややかすれていた。

「二十分待ちましょう」

ノエルは電話を切った。リンが言った。「おみごとでした」

「おれとの約束を取り消そうとした。この罰は受けてもらおう。明日の夜とは言わないが、近いうちに」

「復讐は冷めてから出すのがいちばんの料理法だと言いますからね」

「それを思いついたやつが誰だかは知らないが、そいつもばかだな。復讐は結果が目に見えるときが最高なんだよ、熱かろうと冷めていようと」

イグナシオがノックもせずに部屋に入ってきた。ノエルがじろりとにらみつける。

「失礼しました。緊急なもので」

ノエルはにらみをきかせたままだ。

イグナシオは部屋を出てドアを閉めた。そしてすぐにノックした。

「リン」ノエルがドアのほうへと顎をしゃくる。

ミスター・リンがドアを開けると、イグナシオが入ってきた。「失礼します」

「なんだ?」

「FBIが倉庫を発見しました」

ノエルはほくそ笑んだ。警察官というのは予想どおりに動く。人間は予想どおりに動く。もはや彼を驚かせる者など存在しなかった。ソニア・ナイトには一度だけ驚かされたが、二度とそんなことはあるまい。恐怖とパニックで頭がいっぱいになり、誤った手がかりを追ってしまう。これで時間が稼げた。

彼女のために残してきたメッセージを気に入ってくれただろうか。

「連中がどこへ向かっているかを探り、連絡を怠るな」

証拠対応チームの到着後にロディをあとにしたが、ディーンは車中で押し黙ったままのソニアが心配でならなかった。

「大丈夫？」

「ん？　ああ、ええ、大丈夫よ」ぼんやりした表情で、ドアの取っ手を指先で叩いている。

「何を考えてる？」

「さあ――出来事を時系列に並べてみたりとか」

「声に出して言ってみて」

「ジョーンズが殺されたのは水曜日の深夜、自宅に家宅捜索が入った二十四時間後。でも、あの子たち三人が殺されたのは昨日の夜、ジョーンズ殺害の二十四時間後」

「なるほど」彼にはそのつながりが見えなかった。

「もしも殺人犯が、ジョーンズあるいはベガが口を割ったと考えたなら、昨夜まで待たずに少女たちを移動させたはずよ」

「させなかったとも言いきれないだろう」ディーンが言った。

「でも、ジョーンズが殺された夜に少女たちを移動させて、そのあと三人だけをまたあそこに戻して殺すって、意味がわからないわ」

「あれはメッセージだった。犯人はぼくたちがあと少しまで迫っていることを知っている。やつはぼくたちを振り切ろうとしてるんだよ」

「これくらいでわたしが怖気づいて、捜査をあきらめるとでも思っているなら大間違い」ソニアは助手席ですわりなおし、ディーンのほうを向いた。「わたし、この連中を全員司法の場に引き出してやるつもり。少女たちを移動させたのは、やっぱり昨日の夜だと思うわ。相当な数の密入国者を本人たちの意志に反して監禁しているとなれば、たとえ怯えていて脱走は試みないとしても、移送の手配はそう簡単ではないはずよ。そのためには内部情報が不可欠だわ。女の子たちにつながるかもしれない情報」

「たとえばこっちがウェーバー運送に探りを入れたりとか」

「それそれ！　そういうこと。オメガはわたしが最初から追っているけど、ウェーバーは今回がはじめて。こっちがウェーバーの所有不動産を調べて、女の子たちをがっちり監禁できそうな施設を探しはじめるのはもう時間の問題だった。だから女の子たちを移して——」

ディーンがさえぎった。「もしかしたらICEかFBIにスパイがいるってこともあるな。ぼくはそうは思わないが。ウェーバーへの捜査を知っている者は数少ない。しかも昨日はじまったばかりだ。ぼくがザビエル・ジョーンズのクライアントの記録をさかのぼって調べて——」

「——その重要性に気づいて調べたのよね」ソニアはシートから跳びあがらんばかりだった。

「クレイグ・グリースンと話したときに」

ディーンが車の速度を上げた。「きみは彼も関与していると思うわけだ」

「それしか考えられないわ。わたしたちがジョーンズのクライアントについて質問したって知っているのは彼だけですもの。もし彼が関与している人間を知っているなら、警告する可能性はあるわ」

「たしかにきみに言うとおりだ。オフィスにいてくれるといいが。さもなければ全国手配をかけて、取調室で話を聞くことになる」

「いったいどこへ行ったんだと思いますか、あの女?」トレースがサムに訊いた。二人はストックトンにあるジョージ・クリストプーリスの豪邸が面した通りの先に停めた車のなかにいた。木の下に車を停めて窓を開けていたが、それでも熱気は耐えがたかった。

一時間前に到着したとき、サムがひとりで玄関まで行き、ノックした。応答はいっさいないまま、なかからは小さな犬がひっきりなしに吠える声だけが聞こえてきた。ガレージを窓からチェックしたところ、車は一台もなかった。家のなかはしいんと静まり返り、人けはまったくなかった。サムは車に引き返してFBI支局に電話を入れ、ヴィクトリア・クリストプーリスの入国目的を調べさせ――休暇ということになっていた――彼女のパスポートを出国禁止扱いにした。

「ソニアに電話したほうがよさそうですね」トレースが言った。「このことを知らせておかないと」

サムはトレースを気に入っていたが、まだ若いせいか、ボスの機嫌をうかがったり承認を求めたりすることに熱心すぎるところがあった。「いまはまだいいよ。報告することが実質的に何もない。なりゆきを見守るとしよう」

十分後、私道にベンツが入っていった。サムが双眼鏡で運転席の人物を見た。ダークな赤い髪に濃い化粧をした、魅力的な中年女がハンドルを握っていた。ガレージの扉が上がり、車がなかに入っていくと、女の姿はもう見えなくなった。

「話を聞きにいきましょう」トレースがドアの取っ手に手をかけた。

見覚えのある女なのだが、なぜなのか、サムは思い出せなかった。「ちょっと待て」いったいどこで見たんだったか？　くそっ、思い出せない。

「サム？」

いくらがんばったところで思い出せそうにない。「そうだな、話してみよう。あくまでさりげなく、だ。ジョーンズ殺害を知らせ、最後に会ったのはいつだったかを尋ねて、どんな返事が返ってくるのかを待つ。人身売買については何も言わない」

「了解」

サムがエンジンをかけ、クリストプーリス邸の前まで車を走らせて停めた。「さあ、行こう」

「嘘はもうたくさん！」会議室のテーブルをソニアがげんこつで叩いた。グリースンがしきりに瞬きをする。ビビッているはずだ。ソニアは犯罪者を相手にいい顔をする気分ではなかった。目の前にすわった男はウェーバー運送について嘘をついているのだ。

「わたしたちがウェーバー運送に関する質問をしていたことを知っているのは、あなたひとりしかいないのよ。あいつらに警告を発したのはあなたね」

グリースンがかぶりを振った。「まさか。とんでもない。通話記録を調べてください。Eメールも調べてください」

「そうさせてもらうわ。せっかくあなたの許可がとれたんだから」ソニアはグリースンがしりごみするのを待った。

彼は平然としている。

ディーンはのんびりした表情でテーブルのへりに腰かけ、かたやソニアは立ったまま、手のひらをぺたりとテーブルにつき、グリースンをねめつける。

ディーンの言葉には思いやりが感じられたが、口調はきっぱりしていた。「ぼくたちがどこでつまずいたか、わかってますよね。まさかあなたがわれわれの捜査について誰かに注意を喚起するとは思わなかったものでね」

「あなたたちの言いたいことはわかってます。本当です。でもぼくは誰にも話しちゃいない。あなたたちの質問に答えて、そのあとここで八時、いや九時まで仕事をして、家に帰って、今朝は八時に出社した。われわれにとっては一年でいちばん忙しい時季なんですよ」

みずからの所在について彼が言っていることは本当だった。捜査官を一名、ひと晩じゅう彼の監視にあてていたから、ソニアもわかっていた。とはいうものの、彼が誰にも知らせていないとは一瞬たりとも思わなかった。

「女性が三人死んだのよ」冷静な口調で告げた。「ウェーバー運送が所有する倉庫でね」

「まさかそんな」

「中国からの密入国者だったわ」口調がきつい。「みんな拉致監禁されてこの国へ連れてこられた人たちよ、オメガ海運の船で――ここも死んだボスのクライアントだったわね。あなたは最終的にどういうことになるのかしらね？　殺されるか、従犯の容疑で逮捕されるか。だから言ってしまいなさい。誰に何を伝えたのか」

「お門《かど》違いですよ」

彼は嘘をついていた。紅潮した頬以外、顔面蒼白だ。指先でテーブルをこつこつと打ちながら、無邪気を装った目を大きく見開いて、ディーンからソニア、そしてまたディーンへと視線を移している。ソニアは食いさがったが、何を言っても彼は口を割らなかった。頭にきた。ソニアはいつも、もっとずっとうまく被疑者に知っていることをしゃべらせている。

おそらくトニの言うとおり、この事件はソニアにとって身近すぎるのだろう。昨日、グリースンに会ってぴんときた。今日はそれを決定的なものにしなければいけないのに、この男への怒りと嫌悪がソニアの判断力を鈍らせていた。なぜ事前にこの事態を予測できなかったのだろう？

ソニアの携帯電話が振動した。ちらっと目を落として相手の番号を見た。非通知だ。

「携帯電話を取ってきて電話会社に連絡しなさい。ここと自宅の通話記録にわたしたちがアクセスできるように許可を出すの。いやなら令状をとるわ」グリースンが居心地悪そうにした。「ほら、早くして」と命じる。

グリースンははじかれたように椅子から立ちあがり、あたふたと部屋を出ていった。

「ソニア――」

「電話がかかってきてるの。彼に聞かせる必要ないでしょ」そう言ってから電話を受けた。

「もしもし」

「あれがおれが入手したすべてだ」

チャーリー。

「どうしても会いたいの」

「おれがそんな使い古された手に引っかかると思うか」

「チャーリー、逮捕なんかしないわ。約束する。十分だけでいいの。ここにメキシコで撮った写真が一枚あるんだけど、あなたなら写っている人たちが誰だかわかるんじゃないかと思うのよ」

「そんな話、信じられるはずないだろうが」

ソニアは悲鳴をあげたかった。それをぐっとこらえてこう言った。「思い出してよ、チャーリー。わたしがあなたに嘘をついたことがあった？　**一度だってあった？**　ないわ！　あなたはわたしにそれこそ数えきれないほど嘘をついたけど、わたしはいつだって本当のことしか言わなかった。その結果、ひどい目にあったんだけど。いいこと、あなたはわたしに借りがあるでしょ！　あなたの時間を五分だけちょうだい。そしたらそのままどこかへ消えて。一回だけお願い。尾行なんかしないから。だけど、これだけは憶えておいて。もしわたしをだましたりしたら、そのときはあなたを追跡してやる。監獄に送られるか死ぬか、どっちかだと覚悟して。今度だけでいいから、わたしのたのみを聞き入れて、本当のことを教えてもらいたいの」

ソニアは大きく息を吸いこんだ。ディーンはこっちをじっと見ていた。妙な表情を浮かべている。ソニアはいささか不安になった。本当のソニア・ナイトをいまはじめて見て、それがどうも好きになれないとでもいったその表情。思わず彼に背を向けた。ディーンとのあいだをこんなことでふいにしたくなかった。このまま終わらせるわけにはいかない何かが彼にはある。かといって自分という人間を変えることはできない。これまで、ありのままの自分を見て、それでも受け入れてくれる人に出会えるとは思っていなかった。なのにディーンがソニアについていろいろ知ったあとも、こうしてそばにいてくれたせいで、もしかしたら彼は例外かもしれないと勝手に思いこんでしまったのでは？

しかしいまは、彼女の父親と仲間が写った写真をチャーリーに見てもらい、ジョーンズとベガ夫婦を殺した男あるいは女が誰なのかを教えてもらうためなら、どんなことでもするし、どんなことでも言うつもりだった。そいつこそ、悪党ザビエル・ジョーンズよりも先に、はるかに残酷な人身売買組織を立ちあげた人物なのだ。ソニアの経験とわずかな証拠が彼女自身に、あなたの直感は間違っていない、と語っていた。これまでも自分の直感を信じることで自分の命やキャリアを何度となく救ってきた。いま信じていいのは自分の直感だけだ。

「いまどこにいる？」チャーリーが訊いた。

「ダウンタウンよ」

「二十分後にラリー・フィールドに来い。リバーキャッツ（この野球場を本拠地とする、アスレチックス傘下の３Ａチーム）のダッグアウトだ。遅れるなよ。今夜はゲームがある。三十分までしか待たない。戻ることもないからそのつもりで」

「チャーリー、お願い――」

電話が切れた。

ソニアがきっぱりと言った。「彼、会ってくれるって」

「本当にそうしたいのか？」

「もちろんよ！　なんとしても情報が欲しいの」

「場所は？」

ソニアとしてはそんな質問はしたくなかったが、やはりしておかなければならない。今回は逮捕しないとチャーリーに約束したのだ。ディーンもこの決断を支持してくれると信じなければ。「よけいなことはしないわよね？」

ディーンが唇をぎゅっと引き結んだ。「しないと言っただろう」

「ごめんなさい。ただちょっと――」

「きみは誰も信用していないからね」

「そういうわけじゃないけど」だが彼の言うとおりだった。なかなか人が信用できない。

「それじゃ信用できないのはぼくだけなのかな？」柔らかな口調の陰から彼の痛みと怒りが伝わってきた。

「もちろん、あなたは信じてるわ」信じたかった。そう、なんとしても信じたかった。「ほかの人はともかく」素直に付け加えた。

「それならぼくの言葉を信じてもらわないと」

ディーンを信用することがそんなにむずかしい？　彼は信頼に足る人間であることをはっきり示さなかった？　なぜそんなに抵抗があるの？　誰もがチャーリーみたいな人間じゃないし、誰もがあの父親みたいな人間じゃないわ。

「ラリー・フィールド。二十分後に」しばしの躊躇がディーンを傷つけたことがわかった。何があっても彼だけは傷つけたくなかったのに――いまから前言撤回できるかどうかわからないが、そうしたかった。彼の怒りを買いたくなかった。「ディーン――」

ディーンがさえぎった。「すぐに出発したほうがいいだろう。ここからすぐ？」

「二、三分」ソニアは彼の手を取り、ぎゅっと握りしめたが、すぐに手を離した。グリースンが携帯電話二台を手に引き返してきた。「電話会社に電話で、あなたがたの要請を受けるよう許可を出したあと、署名入りの許可証をファクスで送信しておきました。誓ってもいい。ぼくは昨日のウェーバー運送の件を誰にも話してませんから。調べてください」

「どうも」ソニアが言った。「また連絡します」そう言いながら会議室をあとにし、ディーンも彼女のあとにつづいた。

エレベーターのなか、彼が言った。「ぼくが掩護《えんご》するよ、ソニア」

ソニアの神経がぴんと張りつめた。彼女を売る前、チャーリーもまったく同じ台詞を口にしたのだ。

「きみの身に何かが起きるようなことはぼくが許さない。いいね」

「ええ」ソニアが小声で答えた。

「だったらどうして？」

「なんでもないわ」

「嘘をつくなよ。黙ってないで、思ってることをはっきり言うんだ」

ソニアは怒鳴りつけられたり命令されたりするのが大嫌いだった。ディーン・フーパーとの距離はごくわずか、ソニアは抑えた声で怒りをぶつけた。「あのときチャーリーも、ぼくが掩護する、って言ったのよ。その結果がああだったから」

ディーンの表情がくもった。「あいつとぼくを同列に考えるなんて信じられないよ」

ソニアはあとずさりで彼から離れた。上の階でああしたやりとりをかわしたばかりなのにこんなことを言うなんて、自分でも信じられなかった。そんなつもりではなかった。ああ、どうしたらいいんだろう。そんなつもりではなかったのに。「ごめんなさい」ぎこちなくつぶやいた。

エレベーターのドアが開き、二人は無言のうちにホールに出た。関係修復のためには何を言えばいいのかすればいいのか、ソニアにはわからなかったが、大切なものを失った気がして怖かった。

27

午後三時、マイナーリーグに属するサクラメント・リバーキャッツのゲームが六時開始となっているラリー・フィールドには、すでに従業員や露天商が姿を見せていた。正面入り口に沿って飲食店が並び、内部はどこもかしこも清潔で手入れが行き届いていた。ここはディーンがこれまでに足を運んだ球場のなかで最高の部類に入るが、最近はもう何年も球場に行っていないのも事実だった。

すでにチームが到着しているのかどうかは知らなかった。面倒なことにはならないだろうが、未知の状況に入っていくときはつねに用心深くいかないと。海兵隊時代はそれで命拾いしてきたし、仲間の兵士の命も救ってきた。ＦＢＩの捜査現場でも危険を回避してきたのはそのおかげだ。

ディーンは警備員にバッジを見せて、時間はかかりませんから、と告げた。「観客はだいたい何時ごろから入場してくるんですか？」

「開場はゲーム開始の九十分前になっています。ですが試合前にハイスクールの合唱隊が国歌をうたうので、彼らはもう準備に入ってます。選手がやってくるのは二時間前からですね。

何かあったんですか？　事務所に連絡しましょうか？」

「いや、たんなる見回りです」ディーンは心配になってきていた。こういう場所への呼び出しは気に入らないが、オープンなスタジアムならば不意をつかれるリスクを最小限に抑えられることもたしかだ。とはいえ周囲に民間人がいることもあり、まずいことになる可能性もつねにある。

スタジアムの外側をぐるりと囲む中二階の広い通路を進んでいくと、そこは日陰でありながらグラウンドのようすがうかがえるだけでなく、各階の観客席、トイレ、売店にも通じていた。ひとりのグラウンド整備員がグラウンドを歩き、もうひとりがスコアボード付近で作業をしている。しかし通路にいる従業員を除けば、スタジアム内はがらんとしていた。ホームチームのダッグアウトの物陰に誰かいたとしても、ディーンからは見えない。そんなところへソニアをひとりで行かせたくはなかった。

「あいつ、きみがひとりじゃないってことに気がつくだろうな」ディーンが言った。「ここへひとりで来るほど、きみは無謀じゃない。離れたところにいるから、行って話してくるといい」

「彼にとってあなたは脅威だと思うわ。来ないかもしれない。この写真、どうしても見てもらいたいのに」

「あいつはそれがきみの父親だと知っているのかな？」

「いくらこの仕事をしている人全員が知っていそうだとしても、そんなこと、自分から話題にしたくないわ」

やはり気にかかっているのだ、とディーンははっきり理解した。彼女の場合、プライバシーはいっさいない。たいていの人間は子ども時代の嫌なことを大人になれば払拭できる。それができなくても、同僚には話さずにすむ。同僚はふつう、こっちが話したことしか知らないものだ。ところがソニアの場合、子ども時代の事件があまりに際立っていたため、警察官のあいだでは広く知れわたっている。過去から逃げるソニアではないが、吹聴《ふいちょう》してもいない。

「質問の答えになってない」ディーンは言った。

ソニアが目を閉じ、大きく息を吸いこんだ。目を開けたとき、その目には不安がうかがえた。「チャーリーはこの男がどんな名前を使っているのか知っているかもしれないけど、もし知っているとしても、わたしの父親だとは知らないと思うわ。二十年前、誰も捜し出せなかったんだから、たぶん別名を使っていると考えるのがふつうでしょう。でもザビエル・ジョーンズは彼を知っていた。トマス・ダニエルズも。二人ともカリフォルニア北部を本拠地として動いていたわ。わたし、これをきちんとやっていきたいの。一歩ずつ着実に。はじめの一歩は今回の事件。そのつぎが父の件」

ディーンがソニアの腕を軽くこすった。彼女の芯《しん》の強さに大いに感心したからだ。「ぼくにできる方法で協力するよ」

ソニアがおずおずと微笑んだ。「すごく心強いわ、ディーン」

彼が繰り返した。「ここで何が起きようと、きみがどんな情報を入手しようと、きみの捜査がどっちの方向に向かうことになろうと、ぼくはどの一歩もきみといっしょに歩んでいく」

ソニアの目がきらっと潤《うる》んだかと思うと、つぎの瞬間、彼女は瞬きしてさまざまな感情を消し去った。何か言いかけもしたが、すぐに曖昧な表情で目をそらした。

ディーンは彼女の頬に手をやり、自分のほうを向かせた。「約束する」そっと唇を重ねると、柔らかな感触から二人をつなぐ驚くべきパワーを感じた。予想をはるかにしのぐ衝撃的な感覚。「気をつけるんだよ」

ソニアがささやいた。「あなたの掩護があるから大丈夫」

彼女が置いてくれたばかりの信頼の重さと真心がじいんと伝わってきた。ソニアにとっては簡単なことではなかったのだと気づき、ディーンは彼女の頬をそっと撫でた。

「きみが下りていくのを見届けてから、ダッグアウトを見張れそうな隠れ場所を見つける。もしまずいことになったら、メールをくれ」

ソニアが顔を上げた。「もしまずいことになったら、メールする余裕なんかないわ」

ディーンは彼女のベルトのポーチから電話を引き出し、自分の電話番号を空メールに打ちこみ、ロックをかけた。「こうしておけば、ロック解除を押せば送信される。たぶん寝ててもできるさ」

「ありがとう」ソニアはポーチに電話を戻し、階段を駆け足で下りて、グラウンドへと通じる低いフェンスを跳び越えていった。

ディーンは、さっき彼女が怒ったときの自分の心ない対応を後悔した。彼女はただ本能的に反応しただけなのだ。前言を撤回しようとまでしたのに、ディーンのほうもプライドが傷ついていた。昨日の夜以来、自分は彼女の味方というだけでなく、この捜査に関して全面的に協力する人間だということを、彼女もわかってくれていると思っていた。人を信用することが彼女にとっては難題なのだということを理解して、最初から鷹揚《おうよう》に構えるべきだった。だがあの悪党チャーリー・カマラータと同列に扱われて、かっとなってしまった。めったにかっとなることはないのだが、あの瞬間は分別を失った。私的なことではないのだとわからなければいけなかった。事実、彼女は誰にも言えないことを彼に打ち明けてくれたではないか。裏切られて失望したというのに、彼の掩護をあてにしていると言って、彼を信じていること、頼りにしていること、愛していることをはっきり伝えてくれた。

彼女だって人を信じたいのだが、これまでの人生がそうはさせてくれなかった。人を信用したいのだが、信用できないことを証明してみせた人間が多すぎた。

ディーンはまた彼女を失望させるくらいなら死んだほうがましだと思った。疑念や不信の色をおびた彼女の目は二度と見たくない。

二人の関係はまだはじまったばかりかもしれないが、すでに何か貴重なものを共有している。ディーンは自分でもめったにのぞくことのない胸の奥深くでそれを感じていた。めったにのぞかないのは、いつも空っぽだからだ。ソニアさえそばにいれば、これからはもうそのむなしさを感じることはない。

ソニアがダッグアウトに入っていくと、ディーンはスタジアム内を偵察しながら、一塁側の会員用観戦デッキへと通じる階段まで来た。ダッグアウトがよく見えるとはいえ、少々離れすぎているきらいがある。

右手のほうで何かが動いたため、スタジアムの壁にさっと身を寄せた。揃《そろ》いの衣装を着たティーンエイジャーの一団が、観戦デッキからグラウンドへざわざわと下りていく。ディーンは教師を脇へ呼び寄せて名乗った。「グラウンドへ下りるのはもうしばらく待ってもらえませんか?」

「どうかしたんですか?」生徒たちとあまり歳が離れているようには見えない若い女性教師が訊いた。

「いいえ。そういうわけではありませんが、いま相棒が確認しているところです。あそこの彼」——大柄な生徒のひとりを手ぶりで示す——「彼のTシャツをお借りできますか?」ブルーのシャツには白い文字で校名が入っている。

「ああ、でしたら余分に持ってきたものを差しあげましょうか?」

「そうしていただければ大いに助かります。ありがとう」

「いつになったらグラウンドに下りられますか?」

「お知らせします。三十分とはかかりませんから」

ディーンは教師からTシャツを受け取って広げてみた。サイズはXLだが、それでも肩のあたりがきつめだった。幸い、腰のあたりはぶかっとしており、銃はうまく隠れる。

「もし変装なさるんでしたら、これを持ってらしたらどうかしらね」教師がクリップボードとかぶっていたリバーキャッツのキャップを差し出した。「どうぞ使ってください」
「いやあ、こいつはありがたいな」

ダッグアウトに入ったソニアの耳にまず聞こえてきたのは、一塁側の観戦席のてっぺんに位置するセミオープン形式のブースからの雑音だった。ブルーと白の揃いのTシャツを着たティーンエイジャーの一団だが、観客席にすわったままだ。ほっとした。民間人の心配はしなくてもよさそうだ。

ダッグアウト内を見まわした——危険はなさそうだ。正面以外にはドアもなければ入ってこられるところもない。それにしてもこんなに広いものだとは——これまでダッグアウトには入ったことがなかった。入り口はスロープと階段になっており、グラウンドからは少し奥まった位置にある。人目につかないうえ、驚くほど静かだ。太陽はグラウンドに照りつけ、ダッグアウトは日陰になっている。サクラメントの六月の暑さにもかかわらず、気温もほどほどで心地よい。

チャーリーがソニアを傷つける理由は見当たらないものの、いちおう脱出経路をチェックしておくほうがいい。手すりを跳び越えるか下をくぐるかすれば、ダッグアウト内のどこからでも逃げられる。大丈夫。そのあとはわりと簡単に観戦席にも行けるし、グラウンドを横切ることもできる。必ずしも逃げる必要が生じるわけではないし。ダッグアウト内を歩いているうちに、神経がぴりぴりと引きつってきた。百万本の針が皮膚に刺さっているような感覚に汗がにじみはじめる。深呼吸をひとつして、不安感に支配されないよう心した――暗闇と閉所に対する恐怖をよみがえらせてはならない。針のような感覚はいつしか消えたが、視覚と聴覚はなおいっそう鋭敏になり、神経過敏になった。まるでカフェインを過剰に摂取したときのようだ。

こうした恐怖感は父親のせいだ。彼に売り飛ばされたあと、真っ暗なトラックの荷台に二週間近く閉じこめられ、外に出るのを許されたのは夜の帳《とばり》が下りたあと、それも重装備した見張り役の監視の下でだけだった。その後、地下室に監禁され、イジーが殺された。だから地下室も大嫌いだ。暗がり、虫、黴《かび》臭さ――十三歳に戻ったような気分になった。身動きがとれない。ダッグアウトは地面を掘って造られているし、土のにおいは掘ったばかりの墓を思い出させた。どちらもソニアの神経を刺激するものだ。ひどいわ、チャーリーのやつ。とはいえ彼を一方的に責めることもできなかった。彼の知らないことだからだ。彼に話したことはなかった。一度も。こういう反応を無視していれば、やがて消えてなくなるのではとの期待があった。

もう一度深呼吸をすると、だいぶ冷静になった。意識して気持ちを静めた。じっとしてはいられずに行ったり来たりしながら、彼がやってくる可能性のある方向を間断なくチェックした。

チャーリーの電話から二十二分がたった。彼はどこに？

グラウンドの動きをソニアの視線がとらえた。青いTシャツを着てキャップをかぶった男が、クリップボードに何か書きこみながらグラウンドを横切っていく。それがディーンだと気づくまでに二、三秒を要した。目を細めて見ると、Tシャツの背中にプリントされた白い文字が。創意工夫。ディーンがすぐそこにいてくれるとわかり、ほっとした自分を認めざるをえない。

何かが動く気配を感じて、細長いスペースの反対側を見た。チャーリーがダッグアウトの外側の壁に半ば身を隠してもたれている。ソニアと目が合うと、ダッグアウトのなかに入り、近づいてきた。

「会えてよかった」チャーリーが言った。

複雑な感情が渦巻いた。チャーリーを好きではないが、忘れられないのは彼の下での訓練が際立っていたことだ。彼は栄光を追い求める嘘つき野郎だが、同時に自分の仕事を熟知しており、持てるスキルを惜しげなくソニアに伝授してくれた。彼のせいで危険な状況に陥ったときも、彼に教えられた護身術で命拾いしたことはなんとも皮肉だった。

「あの日誌、二日前にわたしてくれればよかったのに。おかげで女性が三人死んだわ」

チャーリーの表情が険しくなった。それが罪悪感からなのか、あるいはソニアがいまもまだ二人は友人であり元同僚である態度をとらないからなのかはわからない。「写真を見てほしいと言ったな」

ソニアは無言のまま、写真を差し出した。

写真を見る彼の表情から、彼が何かを知っていることはわかった。「これをどこで手に入れた？」

「捜査を通じて。七年から十年前のものよ。もちろん、ザビエル・ジョーンズは知ってるわよね。トマス・ダニエルズも——彼は四年前、警察との銃撃戦で死んだわ」

「FBIだろう。たしかそう聞いたよ。人身売買がらみじゃなかった」

「直接的ではなかったけど、彼はジョーンズの商売敵だったわ。あなただって知ってるはずよね」

「メキシコか中米のどこかみたいだな」

「分析担当者はアカプルコ郊外だと言っているわ」

「アシュリーが最後に目撃されたのがアカプルコ近郊だった」

「だから彼女とジョーンズはどこかでつながっていると言ったのね。それ以外の人たちが誰だか知りたいの。この三人の正体がつかめてないわけ」ソニアは父親と、彼の隣の男と、右端の後ろにいる男を指さした。「この女も」

「この写真をくれ」

「だめよ」

チャーリーはソニアをにらみつけた。

「どうして？」ソニアは訊いた。

チャーリーは答えない。

「どういうことなのよ、チャーリー！」

「二人の男の正体を教えてやる。二人の名前と、ついでにちょっとした情報が欲しいなら、その写真をこっちにくれ」

写真はディーンが持っていたオリジナルではなくコピーだが、チャーリーにわたしたくなかった。彼の復讐に協力したくはない。しかし彼は頑固だ。見返りなしで口を開くはずがなかった。

ソニアは写真を手わたした。「名前を教えて」

「右端の男は知らないが、中央の二人なら知っている——左側にいるのはハイメ・ウエレーラ。麻薬の密売人。人身売買は副業で、手を出すのは目標到達に役立つときだけだ。つまり麻薬でもっと儲けるためだが、こいつはしかるべきルートをいくつも持っている。十年前までは大物でもなんでもなかった。しけた仕事しかしていない凡庸《ぼんよう》なやつだったが、警察のレーダーにかかったことがないと豪語して名をあげた。変装の達人でもある。おそらくきみもこいつの写真を何枚か入手しているんだろうが、こいつだとわからない。コロンビア出身で、合衆国に足を踏み入れたことは一度もない。きみの友だちのＦＢＩ捜査官なら——合唱隊員のふりをして、おれたちを見張っているあいつなら——ウエレーラのドラッグ・マネーをジョーンズが洗浄してやっていたことを証明できるかもしれないな。ま、日誌が解読できれば、の話だが」

「もうひとりは？」ソニアの心臓が早鐘を打ち、頭がくらくらしてきた。ダッグアウトという閉所のせいなのか、これから聞かされる答えを予想してのことなのか。

「こいつの名前は知らないが、見たことはある」

「どこで？　誰といたところを？」

「ザビエル・ジョーンズを殺したのがこいつだ」

チャーリーは写真をポケットにしまった。「きみたちが捕らえてくれることを願ってるよ」

「この女は誰かしら？」ソニアが驚くほど冷静な口調で質問した。「なんとなく見覚えがあるんだけど、どうしてなのかが思い出せなくて」

「この女なら知ってるだろう」

「ううん、知らない――」しまった。知っている。一年あまり前、一度だけ会ったことがあるヴィクトリア・クリストプーリス。いまはまるで別人になっていた――顔は老け、髪はダークな赤。「クリストプーリス」

「正解」

「わたし、関与しているのは彼女の息子だとばかり思っていたわ。彼女じゃなく――」

「息子も関与しちゃいるが、首謀者は彼女だ」チャーリーがソニアのほうへ一歩近づいた。

「ソニア、今回の事件はとてつもない大きさだ。危険すぎる。おれのような人間が必要になるはずだ。おれも加わって、こいつらを――」

ソニアは片手を上げて制した。腹のなかは煮えくり返っていたが、きっぱりと言った。

「やめて。これまであなたが何をしてきたのか知りたくないし、誰を殺してきたのかも知りたくない。わたしは自警団員じゃないわ、チャーリー。わたしは警官。だからあなたがこれまでにしてきたことを大目に見ることなんかできない。大目に見るのは今回かぎりよ。さあ、もう行って。さもないと逮捕するわよ」

ディーンは観客席最前列に沿って、スタンドとグラウンドを仕切る赤土の部分を歩いていた。カマラータがダッグアウトに入りこむところを見て、より近くへと思ったのだ。彼の声は聞こえたが、言葉を正確に聞きとることはできなかった。やがてソニアがきっぱり、「もう行って」と言うのが聞こえた。

緊張が走った。全身の神経がぴんと張った。電話は震えていないから、まずい状況ではないようだ。それにしても……ソニアの口調が変だ。壁にへばりつくようにしながらダッグアウトの端まで駆け寄り、さっと移動して低い壁に背中を押しつけた。

カマラータがダッグアウトから出てきた。

「ソニア――」

視野の隅で何かがきらりと光った瞬間、ディーンは海兵隊に所属していた二十年前に引き戻された。

「さもないと逮捕するわよ」ソニアの声がした。

ディーンは何も考えてはいなかった。ただアドレナリンと本能だけに突き動かされての行動だ。

「伏せろ!」射線上に立つカマラータに駆け寄って跳びつき、ダッグアウトへと下りる短い階段に押しつけた。

ソニアはディーンの命令にすぐさま反応し、その場で伏せた。そのときまだディーンは動いていた。

狙撃手が発射した銃弾が、ソニアが立っていた背後の壁に当たった。狙いはソニアの心臓。腕の立つ軍の狙撃兵を思わせる、約三百メートル離れた地点からの狙撃だ。おそらく狙撃手はスタジアムを囲むフェンスの上にいるのだろう――狙撃可能な高いビルは、川の対岸とダッグアウトが見えない角度にしかない。

ディーンが這ってソニアのところへ行った。「撃たれなかったか?」

「ええ」

「こっちの隅で頭を低くしているといい。ここなら見えない。壁にぴったりくっついて。動くなよ」

「くそっ、いったいどうなってるんだ?」チャーリーが叫んだ。

ディーンはまた這って彼に近づき、襟をつかんで硬い土の床の上に引きおろすと、二人並んで伏せた。「ソニアをはめたのか?」

「おれはなんにもしちゃいない」

「あんたとおれたちがここで会うことは誰も知らないはずだ。誰かがあんたを尾行したか、あんたが誰かを誘導してきたか、だ」

「尾行はされなかった」

「わかるもんか」

チャーリーがディーンとのあいだに距離をとった。ディーンは彼を殴りたい衝動をぎりぎりのところでこらえていた。この野郎、ソニアになんてことを。このまま無罪放免にするわけにはいかないが、動けば二人とも撃たれてしまう。

「そのまま伏せてろ！」ディーンが大声で言い、狙撃手がダッグアウト内を楽に見わたせる高さに陣取っていないことを願いながら、腕を使って低い壁の高さまで体を押しあげた。

突然、ダッグアウト正面の土が何発もの銃弾を受けてはじけ飛んだ。グラウンドのへりだ。

三人は頭を低くしてしゃがみこんだ。

「九一一に通報したわ」ソニアが言った。「リチャードソンとトレースにはメールした」

「名案だ」

銃弾がやむと、観客席から悲鳴や叫び声が聞こえてきた。合唱隊だ。

チャーリーが体を起こしかけた。

「伏せてろ！」ディーンが下から彼を引っ張った。頭を吹き飛ばされてもいい男なのだが。

「触るな！」チャーリーはせわしく出ていこうとする。「おれはへまなんかしたことがないんだ」

「なんにでも最初がある」ディーンがにらみつけた。

「おまえに関係ないだろう、ＦＢＩ野郎が」

「あるさ」

　遠くでサイレンが響いた。

「もう大丈夫かしら？」ソニアの声が震えていた。

「いや、まだ待て」ディーンが答えた。狙撃手はソニアを狙っている。標的はソニアなのだ。カマラータでもなく、ディーンでもなく、ソニア。人身売買業者にとってどれほど危険なことをソニアが知っているというのか？　彼女に死んでもらいたがっているのは誰だろう？　自分たちは尾行されなかった。九十九パーセント確信がある。もし尾行されていたのなら、もっと楽に狙える瞬間が少なくとも一ダースくらいはあったはずだ――たとえば車の乗り降りのとき。なのに狙撃手のライフルは三百メートルを隔てて狙ってきた。

　チャーリー・カマラータが狙撃手をここへ連れてきたにちがいない。

　ディーンはソニアの横へと移動した。全身をがたがた震わせ、手が氷のように冷たかった。

「どこも撃たれなかった？」さっきと同じ質問をした。

「ええ」

「そのまま頭を低くして」

　そのとき、後方の壁が速射を受け、ソニアの指が彼の上腕に食いこんだ。

　まもなくそれがやみ、サイレンの音が近づいた。ディーンは待った。じっと待った。数分が過ぎても、ソニアはまだ震えていた。

　誰かがダッグアウト内に呼びかけた。「警察だ！　誰かいますか？」

ディーンがダッグアウトの階段まで這っていき、上方を見まわした。グラウンド内のそこここに警官がいたが、センターとライトの中間あたり、外野フェンス近くに数多く群がっている。

「FBI特別捜査官、ディーン・フーパーだ」大きな声で言った。

「もう大丈夫です」

ディーンが立ちあがり、チャーリー・カマラータに手を差し出したが、チャーリーはそれを無視し、自力で立ちあがった。西サクラメント警察の警官二名が二人に近づいた。ディーンは身分証とバッジを提示した。

「この男の身柄を拘束してください」ディーンが言った。

カマラータがいきりたった。「この野郎、話が違うだろう――」ディーンに殴りかかろうと、腕を後ろに引いた。警官が制止するより早く、ディーンがカマラータの顔に強烈な平手打ちを見舞う。鼻から血が噴き出した。警官が彼の身柄を拘束し、権利を読みあげた。

三人目の警官が近づいてきた。今度は黒人で、階級がだいぶ上のようだ。「署長のロブ・モリソンです」

「FBIのディーン・フーパーです。捕まえましたか？」

「いや。どうやら運転手を待たせていたようです。いま捜してます。報告では、キャップシティー高速を東の方向へ向かったところで車を見失ったとのことです。ナンバーは一部わかっていますし、SUVの外観などもわかっています。目撃者もいます。そう時間はかからないでしょう」

「そうですね。捜査の主導権はそちらにありますが、どうかご協力をお願いします。現在捜査中の事件が絡んでいるんですよ」

モリソンがカマラータのほうに頭をぐいっとかしげた。「こいつが被疑者ですか?」

「狙撃事件の?」ディーンがカマラータをじろりと見た。「さあ、それはわかりませんが」

「ちくしょう、フーパー」

「罪状は?」

「とりあえず公務執行妨害ってことで」ディーンの全身の血はまだ激しく脈打っていた。

「ソニア!」カマラータが声を張りあげた。「ちくしょう、ソニア! こいつにおれを放せと言ってくれ」手錠をはずそうとしたため、警官ががっちりとかけなおした。

ソニア。

ディーンがダッグアウトに駆け足で引き返してきた。

ソニアは上体こそ起こしていたが、背を壁に押しつけ、両手で膝を抱えこんでいた。顔面蒼白で体をがたがた震わせ、何やら独り言をつぶやいている。

ソニアはこうつぶやいていた。「ほら、立つのよ、ソニア。めそめそしてないで。自分の足で立つのよ」

「ソニア?」ディーンが彼女の正面にしゃがみこみ、顔に手を触れた。

ソニアは彼を見、その顔を見たディーンは彼女が怯えていることに気づいた。「もう終わったよ。犯人はもう逃げた」

ソニアがかぶりを振った。「わたし——わたし」ぐっと唾をのみこむ。「どうしよう」大きく息を吸いこんだ。「わたし、閉所恐怖なの。もうちょっと待って。一分だけ。一分でいいわ」恐怖というより自分に腹を立てているような口調だった。

ディーンは彼女を抱きあげ、ダッグアウトから出た。太陽が顔を照らすや、ソニアが深いため息をついた。

カマラータが大きな声で言った。「ソニア、怪我をしたのか?」

ディーンが彼をじろりと見た。「そいつを留置場にぶちこんでくれ。顔も見たくない。あとで連絡を入れます」

「なんてやつだ、ちくしょう」カマラータが言った。

ディーンはそれには応じず、ソニアを抱いたままグラウンドの中央へと歩いていき、ピッチャーズマウンドに下ろした。顔色が多少よくなったソニアが大きく息を吐いた。

「ごめんなさい」

「謝ることないさ」

「時がたっても何も変わってなかったわ。二十一年たっても治ってなかった」

「そんなことはなかったじゃないか」ディーンはソニアの顔を自分のほうに向け、まっすぐに目を合わせた。「行動しなければならないときには、パニックは起こさなかった。真っ先にしなければならないことはきちんとやれた。肝心なのはそれだよ」

ソニアは目をつぶり、しばらく額を彼に押し当ててから言った。「もう大丈夫」

「好きなだけここにすわっていればいい」

「わたしの父ですって」

「えっ？　ああ、写真のことか——それはもうわかっていただろう」

ソニアの表情はひどく悲しげで途方に暮れているようだったが、早くもやる気を取り戻しつつある。息づかいのひとつひとつにもそれが感じられた。ディーンはほっとした。弱々しいソニアは見たくない。とはいえ彼女とて無敵ではないうえ、彼女に死んでほしいと願う人間が数多くいることが思い出された。そんなことがあってはならない。そんなことを許してはならない。命を張って阻止しなければ。こう見えてもディーンはなかなかの兵《つわもの》だ。海兵隊時代の仲間からはシルベスターと呼ばれていた。抜群のサバイバル能力ゆえのニックネームだ。数えきれないほどの戦闘を経ながら、かすり傷程度しか負ったことがない。

「チャーリーも名前は知らなかったけど、ザビエル・ジョーンズを殺したのはこの男だって、迷わず父をさしてたわ」

「きみはあいつが本当のことを言ってると思ってるわけか？」

「ええ。彼はあれがわたしの父親だとは知らなかったし、わたしも言わなかった。父の隣に立っている男、あなたがまだ何者なのかつかめていなかったひとり、あれはハイメ・ウエレーラっていうコロンビアの麻薬密売人ですって。ジョーンズはその男のお金を洗浄していたかもしれないって言っていたわ。証拠はあの日誌にあるはずだって」

「その名前と写真を麻薬取締局に送って問いあわせてみよう」

「あの写真、チャーリーにわたしたわ。彼が提示した条件だったから」

「なぜ?」

「おそらく彼自身の復讐のためでしょうね。よく知らないけど、とにかくわたしは情報が欲しかったから。ごめんなさい。いまなら取り戻せるわよ。ねえ、本当に彼を逮捕する気?」

「ああ」

「わたし、約束したのよね――」

「あいつが狙撃手を連れてくる前の話だろう」

「彼とはかぎらない――」

「故意ではないにしても、ほかに説明がつかないだろう。だってぼくたちがここに来ることは誰も知らなかった。うちのボスときみのボスだけだ。しかもぼくはボスに、ダッグアウトだなんてひとことも言わなかった。ただ球場とだけしか」

「わたしはトニに、彼に会ってくるとしか言わなかったわ」

「取り調べはぼくじゃないほうがよさそうだな。客観的になれそうもない」ディーンがソニアの腕を上下にこすった。「きみにこんなことをされたあととあっちゃ無理だ。だがキャラハンときみの相棒トレース・アンダーソンならうまくやってくれるだろう。あくまでぼくの直感だが、カマラータはきっと明日の夜に関する情報をつかんでいる」

「わたしもそう思う」

意見の一致にディーンはほっとした。

「もうひとつ、考えられるわ」

「なんだい？」

「クレイグ・グリースン。わたしがチャーリーからの電話を受けたとき、彼は同じ部屋にいた。もし彼があのあと立ち聞きしていたとしたらどう？」

「グリースンに軍隊経験はない。経歴を見るかぎり、射撃の訓練を受けたことがあるとは思えないし、正直なところ、あいつに人を殺す度胸があるとは思えない」

「誰かに連絡した可能性はあるわ」

ディーンも同感だった。「彼が情報を流した可能性はたしかにあるが、時間的にきつすぎる気がするんだ。三十分とかけずにここまで手配できるだろうか？ きみが電話を受けてから狙撃までそんなものだろう？ 敵はきみがどこに現れるかを正確に知っていた。カマラータはきみに電話して、会う場所を告げて、ダッグアウトにやってきた。あいつだよ、間違いなく」

「わたしに死んでもらいたいと思う理由、彼にはないわ」

「もしかしたらきみの命を救って、元どおりのいい関係に戻りたかったのかもしれない」

ソニアはしばらく無言のままだった。「考えすぎよ」

「しかしあいつはそういう人間だろう。英雄というか、偉大な救世主を演じたがるやつだ」

ディーンにはチャーリー・カマラータが自分自身以外の誰かのためを考えるとは思えなかっ

た。

「チャーリーじゃないわ」そう言うソニアの口調には疑念もいりまじっていた。「わたしはグリースンに賭ける」

「だったら彼のところへ行って、強気で押してみよう」ディーンが立ちあがり、ソニアに手を差し出した。

ソニアがその手を取る。

「汚れちゃったな」

「あなたこそ」ソニアがディーンの手を引っ張って立ちあがった。「太陽と澄みわたった青い空のおかげで、すっかりよくなったみたい」

28

グリースンに会うため、ディーンとソニアがラリー・フィールドから三キロほどの道のりを移動し、ダウンタウンにあるセネター・ホテル内のXCJコンサルティングに到着したとき、入り口には近づくことができない状況だった。

ソニアはディーンをちらっと見た。いつもきっちりとまとまっている髪がほつれ、額にだらしなく垂れている。二人ともあちこちに土や草のしみがついていた。ソニアの両肘には、ダッグアウトの隅っこで縮こまっていたとき、コンクリートでかすった傷ができていた。パニックはとっくに去り、当惑の名残《なごり》以外、あんなことが起きたことすら信じられないくらいに立ち直っていた。

ディーンは立入禁止のテープのところへ行き、バッジを見せてから下をくぐったが、制止された。

「すみません。身分証をもう一度見せてもらえますか？」女性警察官に言われた。

「わたしたち、とうてい連邦捜査官には見えないのよ」ソニアが言った。サクラメント警察のその女性警察官には見覚えがある。「シーラ、だったかしら？　わたしはソニア・ナイト。

ライリーの姉の。ＩＣＥ捜査官なんだけど」

「ソニア。そういえばそうだわ。どうしたんですか？　よれよれじゃありませんか」

「二人ともひどいでしょう」ソニアが言った。「こちらはＦＢＩのフーパー捜査官よ。何があったの？」

「四階で男が殺されたんです」

「いつのこと？」

「一時間くらい前ですね。通報が入ったのが午後二時五十三分でしたから」

ソニアはディーンを見た。「わたしたちがここを出てすぐのことだわ。十分とはたっていないわね」

「どういうことですか？」シーラが訊いた。

「被害者は誰？」

「名前は知りません。わたしは野次馬を寄せつけないようにしているだけなんで」

「なかに入れてもらうわね。わたしたち、今日の昼過ぎに四階で多重殺人事件の被疑者かもしれない男から事情聴取していたのよ」

「どうぞいらしてください。ですが、担当刑事にひとこと声をかけておいてくださいね」

「担当刑事は誰？」

「ジョン・ブラック刑事です。そうだわ、ライリー、退院したそうですね。本当によかった」

「ええ、そうなの」ソニアが答え、ディーンと二人、四階へと上がった。

ブラックは廊下に立ち、二名の制服警官と話していたが、二人に気づくと声をかけてきた。

「これがXCJコンサルティングで起きた殺人だと知ったときから、すぐにあなたがたに会いにいかなきゃと思ってたんですよ」

「ひょっとしてグリースンだとか?」ディーンが訊いた。

「そのとおり」

「殺人?」

「またしてもそのとおり。グランドスラム、狙いますか?」

ディーンが顔をしかめた。

「失礼。長い一週間でしたからね。さ、なかに入って、じかに見てください。遺体は動かしてはいません。まだ鑑識の作業がつづいています」

「シモーン?」

「いいえ、彼女じゃありませんが、優秀なチームですよ」

グリースンは自分のオフィスのデスクにすわったまま、射殺されていた。脳の大部分と頭骨の半分が後方の窓にべっとりと叩きつけられていた。

「銃弾は窓から外へ?」ディーンが質問をした。

「もうちょっとのところでしたが、窓の内側にありました。見たところ、四五口径のようです」

「一発だけ？」

「一発で仕留めてます」

ソニアは遺体が椅子にもたれかかっている角度、壁と窓に飛散した血に目を凝らした。「彼、撃たれたときは立っていたわね。衝撃で椅子に押し戻されてる」

「ご明察。わたしもそう思ってたところです。犯人は何かを探してたんだと思いますよ」

「グリースンを撃ったあとに？　どうしてわかるの？」

「犯人は何かを探していたとき、部屋に入ってきたべつのロビイストに邪魔されたんです。これからそのロビイストに話を聞きますが、通報で駆けつけた巡査におもしろいことを言ってます」

「犯人が何かを探していたのはどこ？」

「会議室です」

「目的のものは見つかったんだろうか？」ディーンが訊いた。

「そこまではわかりませんが、ロビイストは見つからなかったと思ってるようです。いまくまなく調べさせているところですが、何を探したものやらわからないんでね。会議室にはおよそ何もないんですよ」

「そのロビイストから話を聞きましょうよ」ソニアが言った。

ブラックが先に立ってＸＣＪのオフィスをあとにし、三人は廊下を進んだ。「彼にはべつのオフィスに移ってもらいました。消されたりしたら困りますからね。犯人の顔を知っている唯一の人物かもしれないんで」

リッチ・マーサーは三十代、生え際が後退しだしたばかりの長身痩軀で、銀縁の眼鏡をかけている。移動先のオフィス――ドアの飾り板によれば、政治コンサルティング・オフィス――の革張りの長椅子に腰を下ろしていたが、三人が入っていくと、ぱっと立ちあがった。

「ミスター・マーサー」ブラックが言った。「こちらはFBIのディーン・フーパーと移民税関捜査局のソニア・ナイト。さきほど警官に話していただいたことをもう一度、記憶が鮮明なうちに確認させていただきたいんですが」

「ええ、遠慮なくどうぞ」マーサーは外見からは想像できない力強い声で言った。「お役に立てることがあればいいんですが」

「それでは最初からお願いできますか？　ミスター・グリースンがスタッフを早く帰したとか？」

「はい。今朝、ぼくたちが出勤すると、もう帰るようにと彼から言われました。ミスター・ジョーンズ殺害事件発生のため、オフィスを閉めると。それが今回のことと何か関係あるんでしょうか？」

「まだなんとも言えませんが、つづけてください」ブラックが答えた。

「彼がいやにしつこかったんです。ぼくたちは、打ち合わせが何件もあるとか、かけなおさなければならない電話が十本以上もあるとか、いろいろ言ったんですが、そんなことは家でやれ、と言われました。

ぼくはファイルを持って家に帰りました。一時に〈エスカイア〉でランチ・ミーティングがあって、そのあとは上院議員といっしょに議事堂まで歩いて引き返し、入り口で議員と別れました。そして車に戻ろうとしたんですが、クレイグのことが心配になったんです。彼はミスター・ジョーンズが殺されたと知って冷静ではなかったからです。正直なところ、二人があれほど親密だとは思っていませんでした――こういう言いかたは変ですね。つまり、ミスター・ジョーンズの一件ではみんな動揺したことはしましたが、誰も実際には彼を知りませんでした。週に一回、オフィスに来るだけでしたから。彼には彼のクライアントがいて、それ以外のことはまったく気にかけていませんでした。それ以外はクレイグの領分で、仕事の九十五パーセントは彼が管理してました」

「ミスター・グリースンが冷静ではなかったとあなたは思った。その理由を具体的に聞かせてもらえますか？」ディーンが訊いた。

「どう言ったらいいんでしょうねえ。昨夜は寝ていないような顔をしていた。片方には青い靴下、もう片方には黒い靴下をはいていた。クレイグは身なりにはひどく気を遣う人間なんです。あんな間違いは考えられません」

ソニアも同感だった。「それで、あなたはここに戻ってらした。何時でしたか？」

「三時ちょっと前です。十分前か、五分前か、はっきりとはわかりませんが、Lストリートの銀行の前を歩いていたとき、デジタル時計が二時五十分でした。なぜ憶えているかというと、パーキングメーターの制限時間が二時間なんで、あと十分で車に戻らなくちゃと思ったからです」

「契約している駐車場はないんですか？」

「あることはあるんですが、その駐車場が〈エスカイア〉とは街の反対側にあるもので、遅刻しそうだったんです。妻が——」そこでいったん口をつぐみ、顔を赤らめた。「ええと、つまり、昼間、ぼくが家にいることはふだんないし、赤ん坊は昼寝していたんで」

　それ以上聞く必要はなかった。「それで時刻が気になっていたわけね——」

「上まで行くのはよそうかとも思いました。駐車違反の罰金はいま三十ドルくらいなんで、ばかばかしいですからね。ああいう交通警官って連中は、メーターが切れる瞬間を感知するセンサーでも持ってるんでしょうね。ぼくは必ずつかまるんです。とはいっても、クレイグのことが気になって、いっしょに一杯どうだ、と誘おうかと思ったんです。彼の話を聞いてやろうと。たぶん彼はクライアントのことが気にかかっていたんでしょうが、ジョーンズのクライアント以外、離れることはないと思うんですよ、ぼくは。クレイグはどのクライアントにも好かれていましたから。

というわけで階段をのぼりました——エレベーターはものすごく遅いんで。そしたら階段室にいるときに銃声を聞きました。四階まで駆けあがって——」

「さえぎってしまって申し訳ないが」ブラックが言った。「銃声が聞こえたほうに向かって駆けあがったんですね」

「クレイグが……自殺したと思ったんです。なぜだかは自分でもわかりませんが、彼がひどくふさぎこんでいるらしいサインをいっぱい出していたからです。殺人なんて思いもよりませんでしたよ、会議室に入って、あの男を見るまでは」

「銃声からその男を見るまで、何分たってましたか？」

「一分かな？　せいぜい一分半です」

「その男、会議室で何をしていたんですか？」

「わかりません。ぼくに気づくや銃を向けてきたんで、ぼくは会議室を飛び出して、こっちに逃げこみました」

「開いていたんですか？」

「マージーがいました。秘書です。彼女は銃声を聞いて警察に通報したそうで、ぼくが入ってきたときはまだ警察と電話中でした。ぼくはドアをロックして、椅子をその前に置いて、警察に急いで来るように言ってくれ、と彼女に言いました。あの男が追ってくると思ったからです。でも追ってはきませんでした」

「どんな男でしたか？」

「中国人です。背の高い。顔のあばたがティーンエイジャーのニキビみたいでしたが、四十代あるいはもっと上でしょうかね。ダークグレーのスーツを着てました。見たところ高級そうな」

「以前にも見たことがありますか？」

「最近は見てませんが、去年ここに来て、ミスター・ジョーンズと〈チョップス〉で打ち合わせをしてましたね」

「その男とジョーンズの二人だけで？」

「いいえ。ジョーンズのクライアントが二人同席してました。リオ・ディアブロの」

「一年たったのに、あなたは顔を憶えてるんですね？」ソニアが訊いた。

「もちろん。ああいう顔は誰でも忘れませんよ」

ディーンはチャーリーから取り戻した写真を取り出した。「この写真のなかに知っている人はいますか？」

マーサーが写真をじっくりと見た。「ミスター・ジョーンズがいますね」彼がかぶりを振りはじめた。「違うな……いや、やっぱりそうか、この人を知ってますよ」

彼が指さしたのはソニアの父親の顔だった。ソニアに緊張が走る。

「この人を知っているんですね？　どういう関係で？」

「だいぶ前のことなんで」マーサーは目をつぶり、しばらく黙りこんでいた。

ソニアはいらいらしてきた。強引に先を促したかったが、ディーンが彼女の膝に手を置き、しいっと人差し指を唇に当てた。

「そう、デヴェローだ！」マーサーが大きな声を張りあげた。

「デヴェロー？」ソニアが繰り返した。

「ここに来たのは四年前です」

「ＸＣＪのオフィスに？」

「いいえ、あれはハイアット・ホテルの一階にある、〈ドーソンズ〉ってレストランでした。ぼくのトップ・クライアントがミスター・ジョーンズとディナー・ミーティングがしたいと言いましてね。ジョーンズはしぶってましたが、最後には、まあ、いいだろう、と言ってくれて、それで〈ドーソンズ〉に行ったんです。ぼくたちが帰ろうとしたとき、ミスター・デヴェローが入ってきました。ミスター・ジョーンズが挨拶すると、向こうはなんだかあまりいい顔はしていませんでしたね。それでも、おめでとう、と言ってました」

「おめでとうって何が？」

「わかりません」

「どうして彼の名前を知っているんですか？」

「ホステスが近づいてきて、『ミスター・デヴェロー、ご希望のスコッチをご用意しました。テーブルの準備もできております』と言ってましたから」

「彼はひとりで？」

「ぼくはそう思いましたけど」

「なのにあなたは憶えている？　何年も前のちょっとしたミーティングなのに？」ソニアがいぶかしげに尋ねた。

「ぼくは人の名前と顔を憶えるのが得意なんですよ。ま、仕事の一部と言えますね。とりわけ議員の任期制限が導入されてからは票の移動が激しいもので」マーサーは親指を立てて、後方にある州議会議事堂の方角をさした。「とはいっても、ミスター・デヴェローがレストランのいちばん奥の席に着いたあと、ミスター・ジョーンズがホステスに彼が注文したスコッチはなんだったのかを尋ねなかったら、ぜんぜん憶えちゃいなかったかもしれませんね。ラフロイグ。ラフロイグみたいなスコッチウイスキーは忘れないでしょう。趣味がいいなあ、と」

ハイアット・ホテルは上院から道を隔てたところにある。ジョン・ブラックはできるかぎりの警官を動員して出口をすべて固めてから、ディーン、ソニアとともに総支配人のところへ行き、ピエール・デヴェローという名の客が現在十階に滞在していることを確認した。

「その部屋に滞在しているのは何名ですか？」ディーンが訊いた。

「三名さまです」

「名前は？」

支配人は画面に目をやった。「ミスター・デヴェロー、ご兄弟のトビアス・デヴェロー、そしてリー・チンですね。隣りあったベッドルームにはそれぞれキングサイズ・ベッドがございまして、ミーティングルームには折りたたみ式のベッドがございます」

「チェックインしたのはいつですか？」

「火曜日の夜遅くにチェックインなさってます」

「いつまで滞在の予定ですか？」

「日曜日です」

「火曜の夜以降の防犯カメラの映像をすべてチェックして」ディーンが言った。「部屋の掃除をしたスタッフが誰だったかを調べてください。その人たちを全員、安全な場所で保護したいと思いますが、その人たちがお互いに口をきくことがないように願います。それと、同じ階の客に電話を入れて、再度電話があるまで部屋から一歩も出ないように言ってください。いいですね？」

「承知いたしました、フーパー捜査官」

ブラックは部下に情報を伝えた。ディーンはソニアを引き寄せた。「きみは階上《うえ》に来ちゃだめだ。ひょっとして――」その先は言えなかった。

「わかってる」ソニアがしぶしぶ応じた。「すんなり立件できることが第一だもの。あともう少しね、ディーン。気をつけて」

「きみをここにひとり残していきたくないな。もし何かの拍子に彼が抜け出してきて、きみに気づいたりしたら」ディーンが制服警官のひとりを手招きした。

「ええと、きみの名前は――」警官のバッジを見る。

「ジェリー」ソニアが言った。「元気？」

「ああ、元気だよ。ライリーがよくなったって聞いてほっとしたよ」

「わたしもよ。フーパー捜査官はわたしにベビーシッターが必要だと思ってるんだけど、どうかしら、そんな仕事？」

ジェリーが背筋をぴんと伸ばした。「デヴェローってやつの件で？」

「ええ、そう。いろいろ込み入っててね」

「ジェリー？」ディーンが言った。「彼女に誰も近づけないでくれ。部屋を見つけて、ぼくから電話があるまでそこにいてもらいたいんだ」

「了解しました」

ディーンがソニアのほうを向いた。「いいね？」

「わかってるって。彼はわたしに死んでほしいと思ってるわ」ソニアは心して非情になった。「わたしなら大丈夫。でもあなたも気をつけて」

一行はエレベーターで九階へと上がった。ディーンとブラックがそこで降りて残りの一階分を階段で上がる一方、同行した制服警官三名はそのままエレベーターで十階に向かった。

ブラックがマスターキーを持っている。

パーク・キャピトル・スイートはドアが三か所にあった。警官三名が各ドアに分かれ、カウントをして同時に部屋に入ることになった。

三、二、一。

ブラックがマスターキーを差しこみ、取っ手を押しさげてドアを開いた。ブラックは立ったまま銃を高く構え、ディーンは頭を低く構えて部屋に入った。

「動くな、警察だ！」ブラックが大声で言い、ディーンも同様に「ＦＢＩ！」と叫んだ。

室内はがらんとしていた。ベッドはととのえられていたが、乱れていた。五人は素早く室内を調べ、誰も隠れてはいないことを確認した。

デヴェローとその仲間は早くも姿を消していた。バスルームに洗面道具があった。私物のバスローブがドアの裏側に掛かっている部屋もあったが、スーツケースも衣類もパソコンもない。

「犯人は顔を見られたと気づき、そろって逃げたか」ディーンが言った。

手袋をはめて、より丹念に引き出しやクロゼットを調べ、デヴェローと仲間の二人がどこへ逃げたのか、ヒントになるものはないかと探した。飛行機のチケットも、メモも、領収書も、何もない。

ディーンがバーの戸棚を開き、中身が半分になったラフロイグのボトルを用心深く引き出した。「このボトルの指紋を採取して、大至急分析してもらえないかな。それから、もしかまわなければ、ＦＢＩのチームを呼ばせてもらいたいんだが。この部屋を徹底的に調べる必要がある」ディーンが声にならない声で悪態をついた。「あともう少しだったのに」

ブラックが言った。「逃げられたか。ホテルの警備室に話して、はっきり撮れている顔写真を手に入れます」

「それがいい」ディーンが言った。

「メディアに公開したほうがいいでしょうね」ブラックが言った。

「さあ、それはどうだろう」ディーンが渋い表情をのぞかせた。捜査会議に電話で参加したハンス・ヴィーゴの発言を思い出したのだ。犯人にプレッシャーをかければミスを犯すが、いよいよ追いつめられたとなれば、なおいっそう危険な存在になる可能性がある。ソニアが暮らし、働いている場所を彼はすでに知っている。暗殺者に野球場まで追跡させもした。

だがもしソニアがここにいたらなんと言うか、ディーンにはわかっていた。たくさんの命がかかっているいま、犯人にプレッシャーをかけるしかない。

「メディアがだめでも、せめてあらゆる捜査機関、空港、鉄道の駅、港には」ブラックが言った。

「そうだな」ディーンが言った。「それじゃ、ボブ・リチャードソンとソニアに彼の顔写真をメディアに公開すると知らせておくよ。だが現在の写真でなくては意味がない。となると、もしハイアットにそれがなかったら——」

「たしかに」そのとき、ブラックの携帯電話が鳴った。「ちょっと失礼」廊下へと出ていく。

ディーンは部屋の中央に立ち、ソニアの生物学上の父親がこの三日間を過ごしていた豪華なスイートルームを最後にもう一度見まわした。彼の頭のなかに入り、彼の思考をたどろうとしてみた。

なぜ球場でソニアを狙ったのか？　連邦警察官に対する殺害未遂となれば、捜査機関はやっきになって犯人を追跡するというのに。

倉庫での三人の中国人少女殺害も必要がなかったはずだ。あのメッセージ——遅かったな——は捜査陣を愚弄するために残した。グレッグ・ベガのことがあったせいで、彼はソニアが捜査にかかわっていることを知った。そしてまた、ソニアが売り飛ばした自分の娘であることも知っているにちがいない。

暗殺は一方では私怨によるものだ——彼はソニアに死んでもらいたい。ソニアがとりたてて重要なことを知っているからというのではなく、彼をいらつかせるからだ。捜査に関して押しが強いからでもあり、自分の娘——女——にもう少しのところまで追いつめられた事実におそらく我慢がならないからでもあるだろう。

しかし、もう一方では警察の動きを考慮してのことである。ソニアの暗殺未遂も、中国人少女殺害同様、捜査の手を分散させることになる。ハンスが言ったとおり、彼は殺人犯が誰だか突き止められてもかまわないと思っている。なぜなら彼は自分がアンタッチャブルだと思いこんでいるからだ。

セルジオ・マーティン、またの名をピエール・デヴェローは、この国を離れさえすれば、あらゆることから逃れられるというわけだ。

そんなことをさせてはならない、とディーンは心に誓った。

ブラックが部屋に引き返してきた。「犯人が会議室で何を探していたのか、わかりましたよ」

「なんだった?」

「盗聴器。あの部屋は盗聴されていたんです」

ヴィクトリア・クリストプーリスは、いかにも愛想よくサムとトレースを家のなかに招き入れたものの、質問にはいっさい答えなかった。何も知らないふりをしていたが、サムは彼女の抜け目なさを察知した。目を見ればわかった。

そこで彼らはいったん車で走り去り、近隣をひと回りして戻ってくると、クリストプーリス邸が面した通りのだいぶ先に停めた。邸《やしき》の私道がなんとか見える位置だから、もしも彼女が出かけることがあれば見逃すことはない。

三十分後、ガレージを出たベンツが横滑りしながら走り去った。

「いい勘してますね」トレースの褒め言葉を聞きながら、サムは追跡を開始した。同時に電話を取り、ディーンに連絡を入れた。

ジェリー・ストロング巡査がドアの前に立ち、なかではソニアが行ったり来たりするオフィスへディーンが足を踏み入れた瞬間、ソニアは父親がすでに立ち去ったことを知った。

「申し訳ない」ディーンが言った。

「残念っ」ソニアが言った。「誰のせいでもないわ。向こうがこっちより二歩先んじていたってことでしょ！　なんか突破口みたいなものが必要だわ」

「ひとつある。あの会議室は盗聴されていた。だから犯人はきみの行き先を知っていた」

「盗聴っていつからかしら？」

「さあ――」

「昨日はどう？　わたしたちがジョーンズのクライアントに関する質問をあれやこれやグリースンにぶつけたときは？　だからあいつらはあの子たちを殺した」

「ちょっと待てよ——連中があの子たちを殺した理由までわからないだろう。ぼくたちはここまで何もかも型どおりにやってきた。情報を入手したら、すぐに対処して、先を見越して動いてきた。あ、ちょっとごめん」ディーンが携帯電話を取り出した。

ソニアは父親のつぎの動きは何だろうかと考えた。彼は三人の少女を殺した——あるいは殺すよう命じた。それはなぜ？　わたしを苦しめるため？　捜査を見当違いな方向に向けさせるため？　わたしたちを事件の核心から遠ざけるため？　いずれにしても、わたしたちをいいように振りまわし、どの手がかりを追ったらいいのかわからなくさせたがっている——そうすればこっちが彼や残りの少女たちを発見する前に、彼は少女たちを売って国外逃亡することができるから。

だとすれば辻褄が合う。何件もの殺人事件をばらまいて、関連性をつかもうとする捜査陣を駆けずりまわらせておく。しかし重要なのは殺人事件ではない——少なくとも現時点では。いま焦点を合わすべきは、少女たちがウェーバー運送の倉庫からどこへ移されたのかという点だけだ。

サンホアキン郡の保安官たちはジョエル・ウェーバーとその息子ジョーダンを捜しているが、まだ見つけられずにいる。もう死んでいるかもしれない——デヴェローならやりかねない。もしかするとウェーバー親子は唯一、いまピエール・デヴェローと名乗っている男の顔を知っている人間かもしれないからだ。あるいは捜査が迫っているのを察知して逃げたということも考えられる。

ソニアとディーンが倉庫を発見したのは、ジョーンズが抱えるクライアントの所有不動産の記録を追跡した結果だった。デヴェローは既存の施設を使っているのだろうか？　それ以外の場所を見つけることはできるだろうか？　倉庫に残された証拠に基づけば、密入国させられた少女は少なくとも三十人はいるはずだ。長時間隠しておくのは簡単ではない。

ディーンが言った。「サムからだった。いまヴィクトリア・クリストプーリスを尾行中だそうだ」

「あっ、言い忘れてた。写真に写っていたあの女――」

「そう、あれはヴィクトリアだ」

「どうしてわかったの？」

「見覚えがあったんで、ぼくが資料として送った写真に目を通したとサムが言っていた」

「チャーリーから聞いたのに、うっかり言い忘れてたわ。ごめんなさい」

「狙撃があったんだ、しかたないよ」

ソニアは手の甲で鼻をこすった。「やっぱりこの事件、わたしには身近すぎるのかもしれないわね」

「彼を見つけよう、ソニア」ディーンの声は怒りと確信に満ちていた。「今度という今度は逃がすものか」

また電話が鳴り、ディーンが画面に目をやった。「支局からだ」電話を受け、相手の話に耳をすましたあと、切った。「ソニア、ジョーンズの日誌の暗号が一部解読できたそうだ。少女たちの監禁場所として二、三、考えられる場所があるらしい。すぐＦＢＩ支局に行こう」そうは言ったものの、いったん足を止めて汚れた服に目を落とし、視線をソニアに戻した。「着替える時間くらいとってもいいだろう」

ノエルは壁に向かってグラスを投げつけた。

「自分の仕事にプライドがあるやつはいないのか？　狙撃手がたかが女のひとり仕留められなくてどうする？　おまえもおまえだ。その目撃者を消せなかったから、ホテルを引き払わなきゃならないだと？」

好きなときに好きなように出入りできないプレッシャーが気に食わなかった。連中が自分を見張りながら、へまをするのを待っているかと思うと、これまた気に食わなかった。へまなどするものか。ノエルには次善の策があった。

彼はリオ・ディアブロ族の居留地内の家にいた。先住民は彼らに借りがあった――思えば、先住民を金持ちにしてやったのはノエルではないか。あくまでザビエルの発案ではあったが、資金は主としてノエルの金だった。そう考えれば、彼がその金を回収しに来ることになんら問題はなかった。

カジノが完成しさえすれば、いまよりはるかに自由になる。グリースンは完全に用済みとなる。リンはリオ・ディアブロ族とすでにいい関係を築いていた。

もう一個、グラスを壁に投げつけた。ものを破壊するのは爽快だった。リンのほうを向く。

「パイロット全員に電話しろ。信用できるやつ全員にだ。今夜、取引場所に来られるよう待機させておけ」

「今夜ですか?」

「二十四時間で全部移動する。もしバイヤーがこっちの条件に不満なら、そのときは女たちを殺して、ここを出よう。こんな忌々しい国でつぎの日の出を見るのはごめんだ」

「ソニア・ナイトはどうします?」

「おれたちがこの国をあとにするまでには死んでるだろう」ノエルが顔をこすった。くそっ。できることなら自分の手で殺したかった。喉を掻き切って、死にざまを眺めてやりたかったのに。あの女が憎かった。あの女には、これまで何者に対しても抱いたことのない激しい憎悪を覚えていた。仲間のなかには、敵ながらあっぱれとあの女を高く評価する者もいるが、ノエルは違った。だましたり買収したり殺したりできる間抜けが好みである。

「あの女ひとりを狙うとリスクが高まりますよ」リンが警告した。

「誰でもいい、あの女を殺したやつには一万ドルだ」ノエルがしぶしぶ言った。「生け捕りにしてきたやつには倍払おう。日の出前にだ。日の出後はもう、おれは帰途についている。アメリカの土など二度と踏むことはない」さも軽蔑したように床に唾を吐いた。

「すぐに手配します」

29

ディーンとソニアは回り道をして仮住まいであるアパートメントに寄り、狙撃事件とそれにつづくデヴェローのスイートルーム捜索で汚れた服を着替えるついでにシャワーを浴びた。ソニア警護のため、ディーンの命令で二名の捜査官が二人に同行したが、ディーン自身も彼女から片時も目を離さなかった。

ソニアがシャワーを浴びるあいだ、ディーンはサム・キャラハンに電話し、FBI支局でおこなわれる予定の合同捜査会議についてのメッセージを受け取ったかどうか確認しようとした。デヴェローとその女が発見できるまで、彼らは現場を離れられないのでは、とディーンは懸念していた。

「はい、キャラハン」

「会議の知らせは受け取ったか？」

「ああ。しかしあいかわらずヴィクトリア・クリストプーリスを尾行中でね。たったいまバンク・オブ・アメリカから出てきたところだ。なかにいたのは六十九分。おれは銀行に残り、トレースが女の車を尾行している。支店長から話を聞いたところ、二十万ドルを現金で引き出したそうだ。あと、ここに息子と共有名義の貸金庫を持っていたこともわかった。貸金庫の中身が何だったのか、支店長は知らなかったが、彼女は貸金庫室に入って、中身を全部持ち出したらしい——空の箱が開けっぱなしでテーブルに置いてあったというんだ」

「先をつづけて」

「トレースから電話で、彼女、どうもサンフランシスコ空港に向かっているようだとの連絡が入った。空港の運輸省オフィスに連絡して、彼女がチケットを買ったことも確認できた——時刻を考えると、まだ自宅にいたときのことだ。行き先はカナダのバンクーバーで、明日の朝にはそこからモントリオールへ、さらに乗り継いでギリシアへ向かうようだ」

「逃走中ってことか」

「そのとおり。できるだけ早く国外へ脱出したいんだろうな。ニューヨーク経由ならもっと速い便があるのに、とりあえず国境を越えてカナダをめざすってわけだから」

「死刑判決もありうる犯罪者だ、どこへ逃げようと引き渡しを受けられるさ」

「あの女が搭乗する前に逮捕状が欲しい。離陸しないうちになんとしてでも必要だ」

「罪状はどうする？」

「挙動不審じゃどうだ？」

「冗談はよせ」

「真面目な話、われわれが自宅を訪ねたとたん、あの女はオメガ海運の口座の残高をゼロにし、共有名義の貸金庫を空にし、外国行きの便に乗るってどう思う？　犯罪者たちとの付き合いも判明してるんだろ？　ほら、あの写真は？」

「彼女、いったいいつからアメリカに来ていたんだ？」

「十日前からだが、アメリカに来ることは仕事と休暇でたびたびあったらしい。一年のうち少なくとも三か月はアメリカにいるそうだ。オメガはこれまでも調べていたのに、誰ひとり逃げたりはしなかった。今度は何かもっと重大なことがあるにちがいない」

「捜査の手がいよいよ迫ってきたと思ったんだろう」

「あるいは、こっちが知らない何かを発見したのかもしれない」

「女を引き留めてくれ。極刑に値する犯罪がらみの尋問を拒否して逃走を企てたってことなら、少なくとも七十二時間は身柄を拘束できるだろう。連邦検事局にはいますぐ電話を入れて、臨機応変な対応をたのんでおく」

「トレースが彼女の身柄を確保したあと、どこへ連行させる？　管轄としてはＩＣＥってことになりそうだが」

「ＦＢＩ支局まで連れ戻してくれ。これは合同タスクフォースだから、管轄の問題はあとから処理しよう。ちくしょう。それじゃ、試しにあの女をつっついてみることにしようか。危険な真似はしないと思うが、念のためトレースに援軍を送れ」ディーンが電話を切り、すぐにこの事件担当の連邦検事に電話を入れた。

　連邦検事も二つ返事というわけにはいかなかったが、クリストプーリスを飛行機に搭乗させるわけにはいかないという状況は理解してくれた。いったん国外に出してしまえば、引き渡しを受けるにははるかに手間隙《ひま》かかることになる。おそらくは外交上の駆け引きが必要となり、ICEが関与しているとなれば、国土安全保障省が責任をとることになるはずだ。

ソニアがベッドルームから出てきた。シャワーのあとのせいで血色がいい。濡れた髪をアップにしている。「お先に」

ディーンが伝えた。「ヴィクトリア・クリストプーリスは逃走中だ」

ソニアの顔から血の気が引いた。「わたしが写真のことをすぐにあなたに言わなかったから？」

「そうじゃない。サムとトレースが昼からずっと彼女のあとをつけていたんだ。銀行で米ドルで二十万以上を引き出して、なんなのかはわからないが貸金庫の中身を全部出して、カナダ行きの便を予約した。サムには、とにかく彼女を引き留めて、尋問のために連れ戻すように言ったよ」

「あの女の尋問なら、わたしも立ち会いたいわ」ソニアが言った。

「十分待ってくれ。そしたら出発だ」

ソニアはシモーン・チャールズに電話をし、倉庫で殺されて置き去りにされた三人の少女から何か判明したことがないかを尋ねた。

「じつは、ありました」シモーンが答えた。

「教えて」

「三人とも妊娠してたんです」

「妊娠？」

「いずれも二週間から四週間」

ソニアは計算した。「四週間前はあの子たちが拉致誘拐されたころだわ」

「繰り返しレイプされていた痕跡があります。痣や裂傷。被疑者が浮上したとき、DNA検査ができるように胎芽は保存してあります。被疑者を見つけてくれれば、わたしが照合しますから。喜んで」

「あの子たちが妊娠してるってどうしてわかったのかしら？」ソニアが疑問を声に出した。

「えっ？　犯人は知っていたと思うんですか？」

「そりゃそうでしょう。納得がいくわ」胃のあたりにむかつきを覚え、ぎこちなく唾をのみこんだ。「メシの種は理由もなく殺したりしないものよ。こっちに到着したときに妊娠テストをしたにちがいないわ」

「そうか。あなたの言うとおりだと思います」

「どんな証拠がありそう？」

「テスト用のスティック。ほら、あの、おしっこをかけると、妊娠していれば青に変色するってやつです。現場を調べたとき、何十本ものスティックがごみといっしょに隅っこに捨てられていたんです」

「厳密には何本だった？」

「ちょっと待って――」紙をめくる音が聞こえた。「三十七本」

「青いのが三本だった？」

「かもしれません。いま手もとにないもので。生物的証拠はすでに損なわれているのではないかと思われます。でもなぜ妊娠した子を殺すんですか？」

「中絶手術は殺人よりお金がかかるからでしょうね」ソニアの声がかすれた。「ついでにわたしを威嚇したかった」

「ひどい話」

「あなたはまだその半分もわかってないわ。それじゃ、ほかにも何かわかったら知らせてちょうだい」電話を切り、ぎゅっと目をつぶった。深呼吸をした。つづいてもう一度、さらにもう一度。だが忌々しいことに涙があふれてきた。どうにも止められなかった。

もう少しのところまで来てはいたが、さらなる情報が必要だった。もっと精度の高い情報。ジョーンズの日誌が唯一の希望だが、あくまでもアナリストたちによる仮説であり、事実とはいえない。

だがチャーリーなら力になってくれるかもしれない。彼は言っていたこと以上に知っている。正確な場所は知らないとしても、ジョーンズと数か月間をともに過ごしてきた彼だ。候補地をしぼれるだろうし、経験に基づく推測もできるはずだ。

ディーンが白いTシャツとチノパンに着替えて戻ってきた。そういうカジュアルな格好をした彼を見たのははじめてだ。髪はまだ濡れていたが、グロックを入れたホルスターを着けていた。「準備はいい？」ソニアを見て、顔をしかめた。「どうかしたの？　何があった？」

ソニアは涙の跡を拭いた。「倉庫で殺されていた女の子たちね、あの子たち、妊娠してたの。だから殺されたんだと思う」

　ディーンはソニアをぎゅっと抱きしめた。かける言葉がなかった。

　ソニアはシャワー上がりのディーンの清潔なにおいに心地よく癒やされた。時間がないことが惜しまれた。大きく息を吸いこむ。「チャーリーにも協力させてやってほしいんだけど」

　ディーンが体をこわばらせてあとずさった。表情からは何も読みとれないが、ソニアは彼のこわばった体が発する怒りと不信を感じとった。

　ソニアは室内を行ったり来たりしはじめた。いけない癖だとわかっていたが、つねに動いていると考えることに集中しやすいのだ。神経をぴりぴりさせながらも、自分の考えに自信をもって先をつづけた。「彼には、もし会ってくれるなら逮捕はしないと約束した。彼はいい情報をこっちにくれた。約束はきちんと果たしてくれたわ。そしてもう、狙撃手を連れてきたのは彼じゃないとわかった。あれはグリースンの会議室に仕掛けてあった盗聴器の仕業だった」

「彼があいつらに加担していなかったとは断言できない」ディーンが低い声で言った。

「どうして？」ソニアが両手を上げ、窓の外に目をやった。ラッシュアワーもそろそろ終わるこの時間、ダウンタウンの車の数もだいぶ減ってきた。時間はどんどん過ぎていく。

「きみが彼を解雇に追いこんだ。それがひとつ」

「あれはもう十年前のことよ」ソニアが振り返り、ディーンと向きあった。彼の考えが読みとれないこと、彼が自分をいやに冷めた目で見つめていることがたまらなかった。もしかして、と考えたとたん、吐き気に襲われた。彼は理解してくれていると思っていたのに、もしかしたらあれは自分の勝手な思い込みで、自分は愛されるとか守られるとかの対象ではなかったのかもしれない。

「チャーリーはあの夜、わたしの家でわたしを殺すことだってできたはずよ。ディーン、お願い、聞いて。どうかわかって。彼はわたしを殺したいとは思っていないし、悪党たちと手を組んでなんかいないわ」

「きみがあいつをかばうなんて信じられないよ」

ソニアが大きく息を吸った。自分でも確信がもてずに困惑していたから、それが怒りに変わった。「かばってなんかいないわ！　わたし、彼や彼がわたしにしたことをかばったことなんかない。なんなの、ディーン、あなたはあの場を切り抜けたわけじゃないでしょう。あなたはあの場にはいなかった。わたしは十年間、あのときの出来事を抱えて生きてきた。自分の身に起きたことだけじゃなく、聴聞会でのことや、高官が居並ぶ委員会で何が起きたのかを説明したことも全部。高官のほとんどは現場を経験したことがないから、わたしたちが毎日どんな状況と直面しているのかなんて想像もつかない人たちばかり。わたしも反対尋問をされたり、疑われたり、罪に問われることなんか——世間知らずで、自分の相棒を信用したこと以外——何ひとつしていないのに、罪悪感を抱かせられたり。あなたのその正義の怒りだけど——わたしになんか向けないで。もっと重大な問題があるでしょう。チャーリーならひと役買ってくれるわ。ジョーンズの組織に数か月もぐりこんでいたんですもの。彼ならあの子たちを捜す手立てを何か知っているかもしれないわ。手遅れにならないうちに見つけなくちゃ！」

ディーンが一歩前に進み出てソニアの両腕をつかみ、引き寄せた。二人の顔は十センチほどしか離れていない。ディーンは身じろぎひとつしなかったが、ソニアは彼の筋肉が震えているのがわかった。「ぼくは、きみをひどい目にあわせたあいつが憎い。あいつは自分勝手だ。自分以外の人間のことは考えない。ことの重大さや傷つくかもしれない人間のことなど眼中にないやつなんだ。こんなに胸を痛めたんだ、ぼくは忘れやしない。ひどい目にあったのが**きみ**だから、ぼくは忘れやしない。ぼくはきみ、ソニア・ナイトのことを考えずにはいられなくなってる。きみなしではいられないんだ。この仕事よりきみのほうが大事なものになっている。**きみ**が欲しい。あいつがきみにしたことを考えると怒りがおさまらない。きみの痛みをここに感じるんだよ」ディーンが自分の胸を叩いた。「悪質きわまる裏切り行為を受けたあと、たいていの人間は二度と立ち直れないってことを知っているからこそ、きみを見ているぼくはこんなに誇らしい。悪質きわまりない裏切り行為――チャーリー・カマラータのきみに対する行為だ。あいつはよくよく考えたことはないのかもしれない。自分自身に対してもあれこれ言い訳をして、あの行為を正当化したんだろうが、刑務所にぶちこまれていて当然だ」

ディーンが震えていた。ソニアは頬に涙を伝わせながら、ディーンの顔に手を伸ばした。

ディーンが顔を横に向け、ソニアの手に唇を押し当てた。そして両腕をソニアに回し、きつく抱きしめると唇に唇を重ね、なおいっそう強く自分の体に、心に、魂にソニアを引き寄せた。ディーンからあふれんばかりに注がれる怒り、情熱、愛情を感じることで、ソニアに謙虚な気持ちがわきあがり、力がみなぎってきた。

ソニアがキスを返し、彼の首に両手を絡ませた。ディーンの手がソニアの背中を握りしめる。彼の唇がソニアの首筋から耳へと這ったとき、彼がいきなりひざまずいて、ソニアを抱きしめたまま、顔をみぞおちあたりに押し当てた。体を震わせるディーンに、ソニアも床に膝をつき、両手で彼の顔をはさんだ。

「ディーン――」ソニアがささやいた。

ディーンは涙こそこらえてはいたが、真っ赤になった目でソニアを見つめた。「きみを失うわけにはいかないんだ、ソニア」

ソニアは息をのんだ。「大丈夫、そんなことにはならないわ」

30

ディーンは捜査官二名を派遣し、チャーリー・カマラータを西サクラメント警察の留置場からFBI支局へと移送させた。ソニアは戦略会議室で、サム・キャラハンとともに地図の検討に入っていた。少女たちが監禁されているのは、ジョーンズあるいは主要クライアント三社のどれかが所有する建物だとソニアは確信していた。ディーンとも意見は一致している。残念なことに、アナリストたちはジョーンズの日誌解読に大きな進展を見せてはくれたものの、少女たちの監禁場所がわかるところまでは達していなかった。しかし、ジョーンズが少女の拉致誘拐に二千ドルを支払った点は確認できていた。

サムとソニアは手腕を十二分に発揮し、みごとな作戦を練った。一方のディーンは、ワイルドカードとなった男——捜査においてのみならず、ソニアとの関係においても——とは一対一で対峙する必要を痛感していた。ソニアが気づいているかどうかはともかく、二人と将来のあいだにはカマラータが立ちはだかっていた。

捜査官たちが元INS捜査官を取調室に連れてきた。カマラータはディーンをひと目見るなり、いやな顔をした。

ディーンはすわるよう手ぶりで示した。

「この手錠、はずしちゃもらえないか？」

「協定を結ぶまではだめだ」ディーンは捜査官たちの退室を待ってから、カマラータと向きあう位置に置かれた椅子に腰を下ろした。

「おれを拘束なんかできないだろう。おれに関してなんにもつかんじゃいない。立件できるはずがない。おれはなんにもしちゃいないんだから」

「偽造の身分証と社会保障番号を所持していた。連邦レベルの犯罪じゃないか」

「軽罪だ」

「隠匿凶器所持」

「軽罪」

「人身売買の現場幇助。公務執行妨害。連邦捜査官に対する情報隠匿。住居侵入。さあ、そろそろかなりな重罪をいくつか挙げてみようか」

カマラータが顔をしかめた。「フーパー、おまえいったい何をどうしたい？」

「あんたに刑務所に入ってもらいたいところだが、ひとつ提案がある」

「弁護士を呼んでもらおうか」

ディーンが平手でテーブルを叩いた。「選択の余地はない」

「ちょっと訊くが、憲法はいつ廃止になった？」

「あんたが嫌いだからだよ」

「お互いさまだ」

「あんたがここにいる理由は唯一、ソニアがあんたなら協力してくれると思っているからだ」

ソニアの名前が出た瞬間、カマラータの目つきが変わった。そわそわして唾をのみこみ、ぶっきらぼうに尋ねた。「彼女、大丈夫だったか？　今日あんなことがあったばかりだが？」

ディーンは質問には答えなかった。「これは取引だ。オメガ海運がこの地域に運んできた中国人少女の監禁場所を突き止めるのに協力しろ。そうすれば無罪放免だ」

「もしそれがわかっていりゃあ、ソニアに教えていたさ」

「日誌を彼女にわたしたようにか？　遅すぎたうえに中身もイマイチだったな？」

カマラータが前かがみになった。「おまえはおれのことを何もわかっちゃいない。ソニアのこともだ」

ディーンは挑発に乗るものかと思ったが、どうにもむかついた。「あんたは彼女のことを思いやるふりをしているが、自分の欲しいものさえ手に入れたら、真っ先に犠牲にするのは彼女だろうが」

「おれが欲しいものがおまえにわかるわけないだろう？　おれの経歴はそりゃあ華やかなもんさ」

「あんたの経歴は、あんたが利用したり犠牲にしたりした捜査官を踏み台にして築いたもので、手柄や栄光はあんたが独り占めだ。ああ、そうだ。ぼくにはあんたが理解できない。自分の相棒をどうして売ることができたのかも、どうしてバックアップを送りこむことすらしなかったのかも理解できない」

「おれたちは何十人もの無辜《むこ》の民を救ったんだよ」

「そしてソニアを見殺しにしようとした」ディーンが立ちあがった。「あんたののどでかいエゴのなかにちょこっとある思いやりより、ソニアの小指一本分の思いやりのほうが大きいくらいだ。彼女はもう、あんたを許してるらしい。ぼくはだめだ。この先もけっして許さない。いいか、選択肢は二つだ。協力に同意し、入手した情報をすべて開示し、こっちの条件をすべてのむなら、今回の件に関しては免責特権を与えよう。あるいは、このまま留置場に戻ってもいい。その場合、ぼくと連邦検事とで考えられるかぎりの罪状を列挙して告訴してやる。そうなれば、あんたは二度と塀の外には出られない。その二つのどちらかを選べ。五分やる」

ディーンは部屋を出てドアを閉めた。壁にもたれて目を閉じ、深く息を吸った。こんなことはしたくなかった。あんな悪党と手を組むのはごめんだった。しかしこの時点でとるべき手段はほとんどない。時間が刻一刻と過ぎていくなかで、少女たちの監禁場所を突き止める手がかりとなる情報があの男の記憶のどこかにあるはずだとソニアは考えた。だとしたら、あいつを利用しない手はない。たくさんの命が危険にさらされているのだ。この人身売買組織を止めないかぎり、ソニアの命も危ういままだ。

こういうやりかたが望ましいとは言えないが。

ボブ・リチャードソンが廊下の角を曲がって近づいてきた。「同意したか？」

「いま考え中です」

「記者会見の知らせとリンとデヴェローの写真をメディアに送っておいた。集まりしだい、声明を発表するつもりだ。リスクもあるが」

「ぼくも承知してます。ですが、ここはやるしかないでしょう。デヴェローを自由にしておくかぎり、ナイト捜査官の身が危険です。監禁された少女たちは言うまでもなく。発表するも地獄、しないも地獄って気分ですよ」

「そうだな。しかし、きみの言うとおり、現時点での唯一の選択肢はこれだろう。必要な人間は誰でも駆り出してかまわないからな」

「ありがとうございます」

リチャードソンが歩き去ると、ディーンは腕時計にちらっと目をやり、ふたたび取調室に戻った。

ディーンとは目を合わさないまま、カマラータが言った。「やるよ。きちんと書面にしてくれ」

「ぼくの口約束だけでじゅうぶんだろう」ディーンは手錠をはずしながらも、けっして油断はしなかった。

カマラータはディーンを殴りたそうな顔をしていたが、そうはしなかった。

「さあ、手に入れた情報を見せてもらおうか」

会議室に入ってきたチャーリーを見てソニアは緊張した。チャーリーもディーンもこの協定に不満げな表情をしていたし、ソニアもこれが正しいと百パーセントの確信があるわけではなかった。だがとにかく捜査は行き詰まっていた。デヴェロー、あるいは彼の命令を受けた何者かがすでに三人の少女を殺害しており、目的達成のためなら犯罪者たちはさらなる殺害に走るものとソニアは信じて疑わなかった。

ソニアはチャーリー・カマラータをこの捜査における民間コンサルタントと簡単に紹介してから、ディーンの目をちらっと見た。ディーンの表情からは何も読みとれなかったものの、彼がアパートメントでのぞかせた強い気持ちは忘れられない。ディーン・フーパーは〝賢者は黙して語らず〟を身をもって体現している男だ。ソニアはその彼の思いやりと敬意をこれっぽっちも疑ってはいなかった。

「ミスター・カマラータはザビエル・ジョーンズについて、殺害以前の数週間にわたる動きを知っていますので、彼の協力によって捜査の幅がしぼられることを期待しています」

サムが言った。「公開捜査に踏み切ることで、連中がビビッて逃げ出すんじゃないかと心配しているんだが」

「その場合、彼らはまず少女たちを殺すはずです」ソニアは確認のため、チャーリーに目をやった。チャーリーがうなずくのを見て、先をつづける。「ミスター・カマラータがジョーンズから入手した情報に基づけば、少女たちは山麓地帯にある発覚の恐れのない施設に監禁されているものと思われます。自動車はもちろん、小型飛行機ないしはヘリコプターが着陸できる場所であることが必要条件となりますが、同時に人里離れていて、民間人が偶然に足を踏み入れることがない場所であることも条件となります」

ディーンが部屋を横切ってソニアの横に立った。「そして個人が所有する場所、と考えていくと、筆頭に挙げられるのはリオ・ディアブロ族の土地です」

「リオ・ディアブロ？」サムが言った。「あそこはわれわれも踏みこめないだろう」

「だからこそ、そこなんだよ」ディーンがホワイトボードを手で示した。**リオ・ディアブロ居留地、ウエーバー運送、オメガ海運、XCJ警備保障、XCJコンサルティング**と横並びに記された見出しの下に数字がずらりと書きこまれている。「XCJコンサルティングの記録をはるか以前にさかのぼって調べたところ、こうした多額の取引が見つかりました。これについてはすでに時効ですが、現在の支払いとかぶさるパターンがあります」手際よくリストの数字に説明を加えていく。「ジョーンズがコンサルティング会社を創設した十五年前からずっと、支払額は増えつづけています。さらにこの三社は、ジョーンズの警備会社に人件費やその他警備関連費用として、追跡も確認も困難な経費を支払ってきました。胡散臭いロビー活動同様、ここでもXCJに支払われた金額は同業他社に比較するととんでもなく多額です」

チャーリーが質問した。「だから何が言いたい？　やつらがジョーンズに金を払ってたのはたぶん、みかじめ料とか賄賂とかというようなものだと思うね。多額の取引なんかどうでもいい。いまはもっと緊急を要する問題があるだろうが」

ソニアは身のすくむ思いがした。はじめて不正経理やマネーロンダリングを捜査していると聞かされたとき、自分も同じような受け止めかたをしたことに気づいたからだ。「チャーリー、問題は、ジョーンズが人身売買で儲けたお金をどう洗浄しているかをフーパー捜査官が突き止めたってことでしょう」

「あいつはもう死んだんだ、そんなことはどうでもいいだろう。あいつをブタ箱にぶちこめるわけじゃなし。な、エリオット・ネス」チャーリーがうぬぼれた笑いを浮かべた。

ディーンはそんなチャーリーを無視した。「そこでわれわれは、ジョーンズがこの三法人にXCJへの報酬を支払うための金をわたしていたものと考えました。初年度が二十五万ドル、二年目が三十万ドル、そこから急激に増加していき――昨年は千五百万ドルを超えています」

サムがかぶりを振った。「あいつはそれを正当な収入として受け取り、税金を納め、問題なしという形にしていたわけか」

「そうです」

「おれはそんな与太話は信じないね」チャーリーがあきれたように言った。

ソニアはきっぱりと言った。「あなたが何を信じようが、こっちには関係ないわ、チャーリー。あなたには全貌が見えなくなっているのよ。リオ・ディアブロは先住民の部族として承認されている。われわれに裁判権はない。土地を捜索することもできなければ、捜査令状をとることもできない。いちいち先住民の部族評議会を通さなければならず——」

「時間と手間がかかる」ディーンが締めくくった。

「そういうこと」ソニアが言った。「やっぱり女の子たちはあそこだわ。あの土地」くるりと回って大きな地図に向かい、赤のマーカーを手にリオ・ディアブロの土地の境界をたどった。「およそ千エーカーです」

「おれが行って徹底的に捜してみよう」チャーリーが言った。

「ノー」ソニアとディーンが同時に言った。

「もっと手際よくやりましょう」ディーンが言った。「一匹狼じゃ通用しません。有罪判決を得るつもりなら正攻法でいく必要がある」

「女の子たちはどうなるんだ？」チャーリーが言った。「あんたらＦＢＩは検挙率が気にかかってしかたがないんだろうが、監禁されているチャイナドールの運命は考えてるのか？」

「チャーリー！」ソニアが部屋を横切って近づいた。「いいかげんにして。もしわたしたちが首謀者を捕らえなければ、あいつらはこれからも人身売買をつづけ、次回はもっと巧妙な手を使ってくるのよ。今回、わたしたちがここまであいつらに迫ったのはひとえに、ＩＣＥとＦＢＩが情報を共有して合同捜査したからだわ。あなたにはこういうことはできないのよね。さあ、わたしたちに協力するの？　それとも留置場に戻る？」

「なんだよ、きみも丸めこまれたってわけか」チャーリーがぼそぼそとつぶやく。

「あなたって人がわからないわ」ソニアが小声で言った。深い悲しみが胸に広がっていく。

チャーリーがあ然とした。「ソニア、おれは協力しようとしてるんだ。だからひとりで行かなきゃならない。おれはあの一帯を知ってる。リオ・ディアブロの土地に行ったことがあるんだ。ジョーンズは毎週あそこへ行っていた。部族の長老三人と仲がいい。あの部族は一ダースくらいの人間しかいない。それをべつに大したことだとは思っていなかったが、立派な詐欺だな。いまカジノを建設中だよ。ロケーションもいい」

「たとえあなたの話を信じたとしても、あなたをひとりであそこへは行かせられないわ。でももし本当に協力する気があるのなら、あの地図の前に行って」——地図を指さす——「少女たちが監禁されている場所を示してちょうだい」

チャーリーが何か言いたげな顔をした。ソニアは気づきはしたが、彼はわずかに口を開きかけただけですぐに閉じてしまった。チャーリーがソニアの前を通り過ぎる。ソニアは思わず安堵のため息をつき、額をこすった。

顔を上げると、ディーンがこっちを見ていた。かすかに微笑みながらうなずく彼に、ソニアの頭痛はどこへともなく消えた。彼の目はしばしソニアの視線をとらえていたが、まもなく地図に向かうチャーリーを追った。

「この一帯はどこもかなり深い森になっている」チャーリーが説明をはじめた。

サムが彼の隣に立った。「ぼくもこのあたりはかなりよく知ってます。リオ・ディアブロ族の土地ではなく、シエラネバダ山脈ですが。ここは全域が鉱山地帯です。北はネバダ郡からカラベラス郡を通ってずっと、金、銀、銅と。道はたくさんあります——ここと、ここと、れます」

ここにも」蛍光ペンを使ってそれらにしるしをつける。「どれもかなり大型のトラックも通

「カジノはどのあたりになる？」チャーリーが訊いた。

ディーンがグリーンのピンを指さした。「ほぼ完成している。来春オープンの予定だ」

「ここに飛行機が発着できるとは思えないな」チャーリーが言った。「そう広い面積は必要ないが、滑走路を造れるほどの平地はないだろう」

「道路に着陸はできないだろうか？」サムが訊いた。「サラマンダー峡谷道路がここからまっすぐに延びて、ここまでつづいているが」

「もちろん可能だ。路面の状態がよければなおのこと」チャーリーが答えた。「とはいえ、開墾地さえあれば、どこだろうと着陸はできる」

「自家用機での国外旅行は厳しく規制されているけど」ソニアが言った。

チャーリーがソニアのコメントを手を振って却下した。「国境なんかどこででも越えられるさ――国境を三百六十五日、二十四時間態勢で一キロごとに見張れるはずがない。金が絡めばやつらは天才になって、陸だろうが、空だろうが、海だろうが、体を張る。低空飛行用の航空機、商業車、ありとあらゆる大きさの船。ジョーンズは先週メキシコに行ったが、楽勝だった。問題などいっさいなし」

「どうやって？」ディーンがきつい口調で訊いた。

チャーリーは教えたくなかった。秘密にしておきたいというのではなく腹いせからだが、

抵抗はよした。「彼は飛行機を二機もっている。一行は国境に近い砂漠の真ん中にある小さな民間飛行場に着陸し、偽造の身分証とパスポートを見せて車で税関を通過し、アリシアで飛行機に乗った」

「メキシコで何をしてきた？」ディーンが訊いた。

「今度の事件とはまったく関係ないね」

「その判断はこっちが下す」

チャーリーは地図のほうを向き、ディーンを無視した。ソニアがディーンの腕に手をやると、筋肉がこわばっていた。ソニアはぎゅっとつかんだ。

チャーリーが言った。「まずは厳重に管理できないとな。そう広い空間はいらないが、体を洗える場所が必要だ」

「それはなぜ？」サムが質問した。

「あんた、一週間も同じ服のまま寝起きして、自分の汚物にまみれて歩きまわってた女を買うか？」

「チャーリー」ソニアが鋭い口調で言った。「わたしたち、いまは同じチームのメンバーなのよ。わかってる？」

チャーリーはソニアをにらみつけたが、毒は和らいでいた。ソニアはこのゲームにほとほと疲れてきた。

「つまり、水源ってことね。それとシェルター。脱走者が出ないようながっちりした施設。

けど」

どんなに大声を出しても、誰にも聞こえない場所。恐怖に怯えておとなしくしてるとは思うけど」

　そのときトレース・アンダーソンが会議室に入ってきた。「あの女を取調室に連行しました」チャーリーを見て、はっと息をのむ。

　ソニアがさらりと言った。「彼、わたしたちに協力してくれてるの」

「すぐに行く」ディーンがトレースに言い、つづいてソニアに言った。「クリストプーリスの取り調べだが、いっしょに来る？」

「誰だって？」チャーリーが横から口をはさんだ。

「これはあんたには関係ないと思うが」ディーンが冷ややかに言った。

「〝あの女〟って言ったな。クリストプーリスって女はひとりっきゃいない。クイーン・ビッチのヴィクトリアだ」

「あなた、彼女を知ってるの？」ソニアが尋ねた。

「チャック・アンジェロとしてのおれがな。そいつはおれにやらせてくれ」

「冗談じゃない」ディーンが言った。

「おれならあの女にはったりかましてやれるぜ。あいつのダーティーな秘密を知ってるからな――おれがあの女と会ったあと、ジョーンズが教えてくれたんだよ」チャーリーが興奮に目を大きく見開き、その一瞬、ソニアにはかつてのチャーリーが見えた。理想に燃える若き日のチャーリー、有能な捜査官であり貴重な師でもあったチャーリーが。「おれがあの女に、ジョーンズは共犯証言をする気でいた、と言えば、あの女は頭にくるはずだ。きっと態度を変える。約束する。もしおれに任せてくれたら、あの女は寝返るさ」

ソニアはディーンを見てうなずき、部屋を出るよう手ぶりで合図すると、いっしょに部屋を出てドアを閉めた。

「彼の言うとおりだと思うの。もし彼女が監禁場所を知っていたら、こっちとしては大幅な時間の短縮になるでしょ。彼をあなたといっしょに連れてって」

「そんなことをしたら公判を維持できない――」

「ディーン、彼が何者か、あなたから言う必要はないわ。はったりですもの。あなたたち二人が何も言わなくても、彼女はこっちの狙いどおりに状況判断してくれると思う。彼は嘘をつける人よ。考えてもみて。ジョーンズ死亡はこっちの偽装で、彼はいま証人保護によって守られているって嘘だってつけるのよ。唯一の問題は、彼女が人身売買に関与してるかどうかって点だけ」

「そうだな。わかった」ディーンは親指でソニアの顔と唇をそっと撫で、手を下ろした。

「体調はどう?」

「わたしなら大丈夫」

「あいつは好きになれない」

「なる必要ないわ」

ディーンは気が乗らなかったが、作戦自体は理解していたし、効果のほどにも期待は抱けそうだと思っていた。そこでソニアのうなじを撫でながら、二人は会議室に引き返した。カマラータがじっと見ていた。「サム、連邦検事補がどこにいるか探して——どこかこのあたりにいるはずだ——彼女に立ち会ってもらいたいとたのんでくれ。カマラータ、いっしょに来い」

ディーンは取調室に入った瞬間から、これはうまくいくと直感した。ヴィクトリア・クリストプーリスはこわばった背中を入り口に向けてすわっており、ディーンはテーブルの反対側へと回り、自己紹介をした。「ミズ・クリストプーリス、FBI長官補佐、ディーン・フーパーと申します。チャーリー・カマラータとはすでにお会いになっていますね——もしかするとチャック・アンジェロとしてご存じかもしれませんが」

カマラータもテーブルの反対側へと回り、クリストプーリス一族の長である堂々たるギリシア婦人の向かいに腰かけた。椅子の背にもたれて微苦笑を浮かべる。リラックスを装っているにしては、いやに若々しく自信にあふれたようすだ。「ヴィッキー！　また会えてうれしいよ。そのうちいつか刑務所かどっかで会えるような気はしていたんだ」

女の顔をよぎったショックは絶品だった。ショックにつづいてはまさかの表情。「いったい——いったいどういうこと？　なぜわたしがここにいるのかわからないわ」しゃべるうちに自信を取り戻したようだ。「今日は一日じゅう、この国の政府の嫌がらせを受けてばかり」

「わたしの相棒、キャラハン捜査官の失礼はお詫びします」ディーンが言った。「彼はいささかしつこいところがありましてね」

ヴィクトリアの視線は何度となくカマラータに引き戻されている。「あなた、ここでいったい何をしているの？」

「わからないかね？　利口なあんたのことだ、それくらいわかるだろう、ヴィッキー」

「ヴィクトリアと言いなさい」きっぱりと言う。

「わかったよ。トーリ。わかったわかった。さてと、きちんと知らせてはいなかったが、おれは潜入捜査をしてたんだよ。ザビエルはきわめてたちの悪い商人だった。ついこのあいだのＦＢＩの家宅捜索の件はあんたも耳にしただろう」

女は疑念と憎悪が微妙に交錯する表情で彼をねめつけた。「あなたが？　なんて悪党」

「ああ、誰かにもそう言われたっけ」カマラータがディーンをちらっと見た。ディーンは、これほど計算された冷酷な戦略を目のあたりにするのははじめてだった。

「そう、そのあとだったな、ザビエルがもう命はないと悟ったのは。ここにいるおれの部下のディーンが――こいつはシカゴでマフィアのファミリーを二つとあのトマス・ダニエルズをつぶした男なんだが――やつも殺した。そうだろ、ディーン？――というか、こいつがザビエルの尻尾を完全につかんだ。ザビエルはそうと知って、自分から取引を申し出てきた」

「嘘も休みやすみおっしゃい」

「やつもあんたがすわってる、その椅子にすわってたんだよ。本当だ。おれが運転して、やつをここまで送ってきたんだから」

ヴィクトリアは上唇の震えを抑えこもうと必死だったが、冷静さが失われていくのはディーンの目にも明らかだった。カマラータが言った。「やつの証言の条件についちゃ、おれも交渉を手伝ったんだよ。証言の対象はというと、あんたの息子のジョージ、リオ・ディアブロの長老たち、ウェーバー運送、それから――」

おもむろに写真を取り出し、中央に写っているデヴェローを指さす。「こいつだ」

ヴィクトリアの顔から血の気が引いた。「ノエル――」

ディーンは新たな名前が出てきても身じろぎひとつしなかった。作戦のこの部分に関して、カマラータは事前にひとことも言っていなかった。本当に何をしでかすかわからない男だ。

「ノエルもこれまでだな」

「あなた、彼に殺されるわよ」

「おれが？　いやあ、それはないと思うね。いいか、トーリ、ジョーンズはみずから進んでパクられた。グレッグもだ。なんとも寂しい話だ」カマラータは二人の墓の上で踊っているような口調だ。ディーンは腰をずらした。「どういうことか、ベイブ、おれが説明してやろう。ジョーンズは密告したんだよ。誠意をもっておれたちに情報を提供し、こっちも裏付けがとれたが、やつはおれたちの保護を受けようとはしなかった。逃亡の恐れがあるかもしれないから、おれたちはやつの飛行機を押収し、口座を凍結し、そのほかありとあらゆる手を打った。このフーパーがやつを尾行していて、川のそばで見失ったと思ったら、ズドン。やつは死んだ」

カマラータがやりすぎないうちにと、ディーンが口を開いた。「ジョーンズの供述書はとりました。それさえあれば、公判はなんとかいけるはずです。少なくとも令状をとって、彼の供述を裏付けることができる。たとえば、オメガ海運の直近の香港からの船荷とか」

ヴィクトリアは彼をにらみつけたまま、ひとことも発しない。震える手でダイヤモンドをちりばめたプラチナの時計をいじっている。

カマラータが身を乗り出した。「ザビエルがあんたは若い子が好みだって話をしてくれたよ。十四か十五だって？　ジョージはあんたから逃げてアメリカまで来たのに、あんたが追いかけてきたって話だ。もちろん、あの子はもう、セックスの相手としちゃ歳がいきすぎてるが、あんたはあの子を養子にして特別な命令を下したんだってな」

ヴィクトリアが唇を震わせて下を向いた。カマラータが平手でテーブルを叩く。「おれを見ろよ、ビッチ！」

ぎょっとしたヴィクトリアが、大きく目を見開いて彼を見た。「おれが知らないとでも思ってるのか？　ほら、あの子は十三歳だったな、あんたの息子がメキシコに運ぶ強制労働者の船荷といっしょにチリから連れてきたあの子だよ。そして息子はザビエルに、あんたのために飛行機で引き取りにきてくれとたのんだ。あんたはあの子を二週間、倉庫に監禁したが、たっぷり味わって飽きたところで帰国した。ただし、あんたは誰にも、あの子を倉庫から出してやれ、とは言わなかったな？　そうだな、ビッチ！」

ディーンがすっと姿勢を正した。「もうよせ」きっぱりと言った。

ヴィクトリアが小さな声で言った。「免責特権が欲しいんだけど」

「だめだめ」カマラータが言った。「あんたには、めちゃくちゃにした他人の人生や殺した人に対する償いをしてもらわないとな」

「人を殺したことなんかないわ！」ヴィクトリアがすすり泣いた。涙があふれると、厚化粧が流れ落ちる塗料のように顔を伝った。

「小さな子どもを置き去りにして脱水症状で死なせてもか？　ベイブ、おれはああいうのを殺人と判断するんだがね」

「免責特権と保護をたのむわ。あなたがたはノエル・マルシャンを知らないのよ」

「それじゃ教えてもらいましょうか」ディーンが言った。

「条件を検討したいわ。まずうちの弁護士をここへ呼んで、取引がすんだら、あなたがたの知りたいことを教えてあげるわ」

くそっ、弁護士を呼べときた。

「じゃ行こう、カマラータ」

「いや」

「早く」

「取引はなしだ。こっちは言い逃れのきかない証拠をつかんでる……立証できる情報をこっちに提供してくれないかぎり、あんたは終わりだ。情報といっても、捜査に役立つ情報でないとな。女の子たちはどこだ？」

「なんのことを言ってるのかわからないわ」女は顔をそむけた。見るからに震えているが、つんと顎を上げている。

手の甲で女を叩こうと構えたカマラータの手首をディーンがつかみ、背中にひねりあげた。そのままドアの外に押し出して、ドアをぴしゃりと閉める。

「彼女が何者か、何をしたのか、そんなことはかまわないが、ぼくの取り調べで被疑者を殴るのは困る」

カマラータの顔は怒りのせいで真っ赤だ。「あの子どもの話なんか、ほんの一部なんだぜ」

「キャラハン」ディーンはカマラータから目を離さずに呼んだ。「こいつを見張っててくれ」

連邦検事補が顔をしかめた。「彼女、弁護士を呼んでくれと言ってますね」

「ああ、わかってる」

ディーンは取調室に戻った。

ヴィクトリアは激しく体を震わせて泣いていた。「あの男に殺されるわ。あの男、ザビエルを殺して、グレゴリーも殺したんだもの。わたしも殺すわ、きっと。守ってもらわなくちゃ」そしてディーンに哀願した。「お願いです。死ぬのが怖いんじゃないの。だけど、あの男がどこまでひどいことをするか、あなたがたは知らないのよ」

「こちらは取引をしたいんですよ」ディーンが言った。「しかしその前にまず、質問が二つある。それに正直に答えてもらわないと。いいですね？」

ヴィクトリアがこっくりとうなずいた。

「今週のはじめごろ、息子さんが香港から運んできた若い女性たちはどこにいるんですか？」

「知りません。嘘なんかじゃないわ。わたしは知らないの！」

「思い当たる場所くらいあるでしょう？」

ヴィクトリアが目をかっと開いてうなずくと、涙と同じくらい鼻水も垂れていた。

「教えてくださいよ、ヴィクトリア。もし彼女たちの発見が間に合ったら、そのときぼくはあなたのために個人的に判事のところへ出向きますよ」

ヴィクトリアが鼻をすすり、手の甲で顔を拭った。しみの目立つ手が年齢を表している。

「どことははっきり知らないけれど、ジョージがジョーダン・ウェーバーに、あの子たちを鉱山に連れていくように言っていたわ」

「鉱山？」

「ええ、そう。たしかにそう言ってたわ。それがどこにあるのか、わたしは知らないけど。本当に知らないのよ。誓ってもいい。もし知っていたら、きちんと教えるわよ」

シエラネバダ山脈にはそこいらじゅうに鉱山があるとサムが言っていた。リオ・ディアブロ族の土地にある鉱山のひとつだろうか？

「信じましょう」

「ほんとに？」ヴィクトリアが笑みを浮かべた。「ありがたいわ。わたし、本当のことを言っているのよ」

「もうひとつだけ質問です」

ディーンは人身売買業者が並ぶ写真を取り出した。「これがノエル・マルシャンだと言いましたね」

ヴィクトリアがうなずいた。「ええ、そうよ。名前はずっと昔から知っていたけど、はじめて会ったのはこの釣りの旅行」

「この写真を撮ったのはどこですか？　うちのアナリストたちはアカプルコだと言ってますが」

「アカプルコの近くの小さな町。トレスパロス。ノエルはあそこの要塞に住んでるのよ」

「この釣りの旅行はどういう目的で？」

「た、たぶん」ヴィクトリアはそこで口をつぐみ、顎をまたつんと上げた。「弁護士が来るのを待ってから、この先の質問に答えることにします」

ディーンはむかつきながら部屋をあとにした。このニュースをソニアに伝えたくなかったが、伝えないわけにはいかなかった。ほかの人間から聞くよりは自分からのほうがいいだろうと考えた。

カマラータが言った。「けっこううまくやったじゃないか」

「驚いたみたいな言いかただな」ディーンが切り返す。

カマラータは肩をすくめた。「ソニアは間抜けなやつは好きじゃないからな」

31

ディーンがサムとチャーリーの先頭に立って会議室に戻ってきた瞬間、ソニアは何かまずいことになったと直感した。「サム、カマラータと二人でリオ・ディアブロの所有地内あるいはその周辺に鉱山があるかどうか調べてくれ。ソニア、ちょっとこっちへ」

ディーンは閉じたドアが並ぶ長い廊下の先へと進み、広いスペースを八個から十個の小部屋に仕切ったワークグループ用の部屋へと入っていった。さらに奥のドアを開けて外に出たあと、車両検証場に行った。焼け焦げたSUVの周囲であわただしい検証作業が進行中だ。

ディーンはソニアの手を取ると、車両検証場の脇を回り、プライバシーがいくらかはある場所へと連れていく。外はもう暗かった。太陽は完全に沈んでいる。まもなく夜の十時になろうとしていることにソニアははじめて気づいた。外灯があたりを照らしている。

「ヴィクトリア・クリストプーリスが免責特権と引き替えに協力するそうだ」

「ああ、よかった。そろそろ突破口を見つけなくちゃって焦ってたのよ。彼女、女の子たちの監禁場所を知ってるの？　鉱山って言ってたけど、なんのこと？」

「彼女は詳しいことまでは知らないが、少女たちは鉱山に連れていかれたと言っていた。もしぼくらの分析が正しくて、監禁場所がリオ・ディアブロの土地だとしたら、難題に挑むことにはなるが――」

「国家の安全保障問題については国土安全保障省が司法権を持っているわ。責任はわたしがとる。女の子たちの発見に間に合うなら、何もかもわたしが引き受ける」

「そんな必要はないよ。ぼくたちには法的な根拠があるんだし、この時点では許可を願い出るよりも寛大にご容赦願うって形でいくつもりだ。これからちょっと段取りを練って、リオ・ディアブロの土地の境界に向かう途中で部族評議会に連絡を入れ、事態を説明する。評議会がこの小さな部族に大きな義理がないことを祈るばかりだな」

「チャーリー、うまくやった?」

「認めたくはないが、ああ、あの女を死ぬほどビビらせた。おかげですんなり協力する気になったようだ」

ソニアはディーンのもう一方の手を取って握りしめた。「あともう少しね。ほんとにもうちょっとのところまで来たのに、その浮かない顔はどういうわけ? まさか、もうみんな殺されたってあの女が言ったとか?」ソニアの表情を緊張がよぎった。「あるいはもっとまずい状況だとか?」

ディーンがかぶりを振った。「いや、違うんだ、そうじゃない。まだみんな生きているはずだ。しかし、きみのお父さんのことでちょっと」

ソニアが叫びを押し殺した。「パパが? どうかしたの? 大丈夫なの? ひょっとして心臓が——」

「違う。オーエンじゃない。セルジオ・マーティンのほうだ」

「ああ、そっちね」ソニアが一瞬目を伏せ、深く息をついた。こういうことに早く慣れなくては。すべてが明るみに出たときは——。もっと面の皮を厚くし腹をくっておく必要があった。ディーンの目を見た。「遠慮なく話して。知っておきたいから」

「あの男がノエル・マルシャンだそうだ」

ソニアはすぐには表情ひとつ変えずにディーンをじっと見ていただけだったが、まもなく彼が言ったことの内容——**ノエル・マルシャン**という名——を理解した。

ゆっくりとかぶりを振った。「そうは思えないわ。マルシャンは北半球一悪名高い人身売買業者よ。ICEにはそんな人間は実在しないと思ってる人もいるくらい。少なくともひとりの人間としては、ってことだけど。人の名前じゃなくて組織の名前だと思ってる人もいるわ。まさか——そんなこと——ありえない」つっかえながら言った。

「ヴィクトリア・クリストプーリスが確認した。彼女はあの写真を撮った日にはじめて彼に会ったそうだ。彼を死ぬほど恐れている。殺されると思いこんでいる。彼ならジョーンズやグレッグ・ベガも殺せると言ってた。ごめん、ソニア。でも、こういうことはぼくから聞くほうがいいと思ったんだ」

ソニアは彼に背を向けて口を押さえたが、嗚咽がもれた。**嘘よ。そんなの嘘！**

父親はソニアを売った男だ。その父親が恥ずべき存在であることにいまさら驚かなくてもいいはずだったが、自分にも彼の血が流れていると知った瞬間、全身が凍りつき、屈辱感がこみあげ、自分がひどく汚れた存在になった気がした。餌食となった人びとにどう顔向けすればいいのだろう？　鏡に映った自分の顔をどう見ればいいのだろう？

車両検証場のブロック壁に手をやって体を支え、声を押し殺してすすり泣きながら深呼吸を繰り返した。怒りと悲しみは拷問に等しかった。忘れたかったし、どこかへ消えてしまいたかった。やがて心のどこかに自己憐憫が忍びこんできた。**なぜわたしばっかり？**

「ソニア、きみは知らなかった。知りえなかった。だがぼくは伝えなきゃならなかった。たとえきみに憎まれても」

ソニアは胸を締めつけられ、首を前後に激しく振った。「あなたを憎むわけないでしょ？　わたしは自分自身が憎いの。知らなかった自分が憎いのよ！」

ディーンはソニアの肩に手を置き、自分のほうを向かせた。「そんなことを言っちゃだめだ。きみは神じゃない。なんでも知ってるわけじゃない。きみはソニア・ナイト、一流の捜査官で、思いやりのある警察官で、美しい女性だ。きみはオーエン・ナイトの娘で、あの人は最高の親父さんだ。それを忘れちゃだめだ」

ソニアは両腕をディーンに回し、力いっぱい抱きついた。あいかわらずすすり泣きながら、つらい思いを解き放った。ディーンはそれを受け止め、共有してくれた。ソニアはそんな彼を愛していた。彼は本当に大切なことは何かを思い出させてくれる。自分の家族は遺伝子を受け継いだ男ではなく、自分を望んで引き取ってくれた父と母、自分を家庭に迎え入れ、実の息子たちに対してと同じように無条件の愛を注ぎながら世話をしてくれるあの父母なのだ。オーエンとマリアンヌこそ、ソニアの真の家族といえた。

ソニアはディーンの胸に顔をつけたまま、ささやいた。「ありがとう……大切なことを思い出させてくれて」

「愛してるよ、ソニア」

ソニアは強く息を吸いこんで彼の言葉を胸にとどめ、その愛情と献身を嚙みしめた。彼はすでに限りない思いやりを示してくれていた。ソニアも彼に秘密、恐れ、苛立ちを打ち明けているが、彼はただ理解してくれるだけでなく、打ち明けた彼女をより強くしてくれた。彼女の過去をまるで自分の過去にするかのように。人生には心から信頼できる人、家族をも超える人が必要なんだとこれほどまでに感じたことはなかった。自分の運のよさに驚きながらも、ソニアはディーンに背を向けてはならないと心に刻んだ。

角を曲がった中庭のほうから声が聞こえてきた。「誰かフーパーを見なかったか？」

ディーンが大きな声で答えた。「こっちだ、サム！」

ソニアが彼から離れた。

サムが角を曲がって駆け寄ってきた。「見つけたよ。クリストプーリスの言うことが本当なら、間違いないだろう。リオ・ディアブロの所有地の境界線からすぐのところにある廃鉱だ。しかも、そこは部族の本来の土地じゃない。彼らは過去何年にもわたって隣接する土地を少しずつ買っていたんだよ。おそらくジョーンズの非合法マネーでってことだろうな」

「よくやった、サム。行こう」

ミスター・リンは、ノエルが愛用の銃の装塡を終えるのを待って歩み寄った。

二人とも黒ずくめ、夜の屋外に出たら周囲に難なく溶けこめるいでたちである。

「全員の了解がとれた」とノエルが言った。「あと一時間だ」

「ミスター・マルシャン、ニュースです」リンがリモコンでテレビの音量を上げた。

「……ボブ・リチャードソンは今夜」ニュースキャスターがしゃべっている。

FBI支局らしき映像が映し出された。演台の紋章と背後の合衆国国旗とカリフォルニア州旗からそれとわかる。画面の下部にテロップが繰り返し流れている。

FBI支局担当特別捜査官ボブ・リチャードソンは新たなサクラメント地区最重要手配犯リストを公開し、市民に凶悪逃亡犯の発見への協力を広く呼びかける。

リチャードソンが言った。「FBIは今夜、悪名高き人身売買犯ノエル・マルシャンがサクラメント周辺に潜伏中だとの情報をつかみました。慈善家でありロビイストであったザビエル・ジョーンズが、クラークスバーグにあるみずからが所有するレストラン付近で射殺された際、現場近くでマルシャンを見たという目撃者が現れたのです」

ノエルの古い写真が画面に映し出され、リチャードソンの声がかぶさった。「はじめて彼がノエル・マルシャンだと確認された写真を公開します。これは七年前から十年前にメキシコで撮影されたものです」

ノエルはかっとなった。ＦＢＩはこんな写真をいったいどこで手に入れた？　写真はぜったいに撮らせないようにしていたが、これを見るかぎり、ポーズをとっている。そのとき思い出した。トレスパロスで友人たちと釣りをした。彼の所有地内でのことだ。トビアスはあのとき新しいカメラを持っていた。死んだ父親からの贈り物だった。父親は梅毒で半ば正気を失っていた。ノエルはトビアスに写真を撮らせていたが、フィルムは毎晩処分していた。あの趣味はひと月とはつづかなかった。トビアスがカメラを壊したからだ。いったい誰がフィルムを？

ジョーンズ。あいつにちがいない。ＦＢＩがあいつの家を捜索したときに見つけたのだろう。またしてもジョーンズを苦しませずに死なせたことが悔やまれた。

コンピューターで解像度を高めた写真に声がかぶさる。「ＦＢＩの科学捜査技官がこの写真のマルシャンに加齢処理し、現在の彼の風貌を推定する画像を作成しました。マルシャンの身長は百七十五センチから百八十センチ、体重は八十キロ弱かと思われます。髪はライトブラウン、あるいは白髪まじりのブラウン、目はブルー、年齢は五十五歳から六十歳です。スン・リンと名乗る中国系アメリカ人とともに移動中かもしれません」画面にはリンの不鮮明な古い写真が。「もしこの二人のどちらかを見かけたときは、けっして近づかないように。二人とも武装しており、きわめて危険です。すぐにＦＢＩか最寄りの警察への通報をお願いします。専用のホットラインも設置しました。特殊訓練を受けた捜査官が対応いたします」

画面はふたたびリチャードソンの顔に戻り、ホットラインの番号がテロップで流れた。

「マルシャンはアメリカ合衆国、メキシコ、さらには中南米における複数の重罪の首謀者と目されています。複数の偽名を使っていまして、判明しているものはセルジオ・マーティンとピエール・デヴェローです」

ノエルは手にした四五口径をテレビ画面に向けて発砲した。早口のフランス語で悪態をつく。「あのばか女！　そんな名前をなんでやつらに教える！　見てろよ、八つ裂きにしてやるからな。指を全部切り落として喉に詰めこみ、死にかけたところで置き去りにして、コヨーテの晩メシにしてやる。あの女、そもそも気に食わなかったんだ。あいつのおふくろの喉を掻っ切ったあと、溺れさせとくべきだった！」

何度も何度も引き金を引き、弾《たま》がなくなると部屋の向こうに銃を投げた。ナイフを取り、こぢんまりしたキャビンに優雅さを添えているハンドメイドのレザーの長椅子にぐっさりと深い切れ目を何か所も入れた。その手を止めると、室内の音は彼の速く荒い呼吸音だけになった。

「すぐにここを出ましょう」リンが静かに言った。

「そうだな。客が来る」ノエルはかぶりを振り、咳払いをした。

「そうでなく、この国を出ましょうということです」

「だめだ」

「ですが、あまりに危険だと――」

「だめだと言っただろう！　おれは自分の金をどぶには捨てない。日時変更となれば自腹を切らなきゃならないんだ。五十万ドルをみすみすここに捨てていけるか」

「前金の五十万ドルはすでに口座に入ってます。わたしは——」

「だめだ。さあ、鉱山へ行こう」

「わたしは刑務所が苦手で」

「刑務所になど行くものか」

「飛行機の準備をしてきます」

「おれといっしょに来るんだ！」リンが挑むような目で彼を見た。ノエルは頭にきた。この期におよんで命令に従わないとは。反駁《はんばく》するとは。ボスはおれだ！

「あなたは目標を見失ってます」リンが言った。

ノエルは心してゆっくりと呼吸した。心拍数を抑えないと。気持ちを静めて。

「そうかもしれない」

リンが緊張を解いた。「安心しました。それでは滑走路へ行きましょう」ノエルに背中を向け、歩きだす。

二つ目の間違いがそれだった。

ノエルがナイフを投げた。ナイフは狙いどおり、リンの左右の肩甲骨の中央に深く突き刺さった。リンは悲鳴どころか声ひとつ発することができなかった。

彼が犯したひとつ目の間違いは、ノエルに指示めいたことを言ったこと。

ノエルはけっして逃げを打ったりしない。とりわけ相手は女だ。

投げ捨てた銃を拾いあげ、冷静に再装塡した。すでに作戦もできており、気分は上々だ。そのときヘッドライトの明かりが室内を横切って止まった。長く一回、つづいて短く三回、クラクションが鳴り、到着したのがイグナシオだと確認できた。

今回の作戦で合衆国チームの半数を失っていた。この損失について誰かに償わせる必要があった。くそっ、数えきれないほどのやつらに償わせてやる。

出口に向かうため、とりたてて何を考えるわけでもなくリンの死体を踏みつけた。長年にわたって彼に仕え、命令どおりに人びとを殺し、友情めいたものすらあった男だというのに。もしいささかなりとも後悔が残るとしたら、それはこれからはリンがいれる極上のモーニングティーを飲めないから、という一点に尽きた。

32

　ディーンの命令下、ＦＢＩ＝ＳＷＡＴ隊長ブライアン・ストーンは戦闘訓練を受けた捜査官からなるチームを十五分で招集した。ディーンはまた、サム・キャラハンにカラベラス郡博物館の学芸員をベッドから引きずり出して、集合場所である保安官事務所に連れてこさせた。ウォレン・シェフィールド。彼は閉山になった鉱山の現存する唯一の地図を手にしていた。キャラハンの迅速な調べにより、廃鉱の地盤はひどく不安定だとわかったため、専門家の助言が欲しかったからだ。

　一行は午後十一時、サンアンドレアスにあるカラベラス郡保安官事務所に集結した。サラマンダー峡谷道路をはずれたところにある廃鉱までは約二十キロの道のりである。曲がりくねった道路はあいにくところどころで幅が狭まったり路肩が崩れたりしていることがあり、保安官によれば、三十分はかかるだろうとのことだった。

「ヘリコプターはありますか？」ディーンが訊いた。

「はい、フーパー捜査官、二機あります。主として救難用に使用しているものです」

「使わせてください」

「パイロット一名は家が遠いもので——」

ブライアン・ストーンが言った。「ヘリの操縦ならわたしが」

保安官が了承し、自宅が近い保安官代理兼パイロットに電話を入れた。ヘリの準備がととのうあいだ、ディーンは学芸員の意見を聞いた。

シェフィールドは懐疑的だった。「癇癪《グラウチ》は危険ですよ。あんなとこへは誰も行かないでしょう」

「グラウチ？　峡谷《ガルチ》鉱山のことじゃないんですか？」

「厳密にはあそこは第二石英《クオーツ》鉱山といいます。第一鉱山はあそこから八キロほど離れていて、夏季は観光客向けに開放します。洞穴が素晴らしいんで、あなたもぜひ——」

「こっちのことが知りたいんです」ディーンがもどかしげにさえぎった。

「グラウチか。この鉱山が癇癪《かんしゃく》持ちなんで、労働者がつけたあだ名ですよ」

「癇癪持ちの鉱山か」カマラータが割りこんできて、かぶりを振った。

ディーンはうんざりした。チャーリー・カマラータを同行させたくはなかったが、最近のマルシャンを見た唯一の人間なのだから連れていく価値があるとキャラハンが言ったのだ。ディーンは折れた。利用できるものはなんでも利用すべきだからだ。

シェフィールドがうなずいた。「グラウチでは、操業がおこなわれていた二十六か月間に十四人の労働者が命を落としました。建設に五年近い年月をかけながら、採掘がおこなわれた期間はその半分にも満たなかったんですな。立坑《たてこう》がわけもなく崩壊したため、板でふさいであります」

「この鉱山内の青写真は正確なんですか？」ディーンが尋ねた。

「最後の立ち入り検査は五年前でしたが、そのときは正確でした。立ち入り検査中に地質学者のひとりが十メートルほど転落して、両脚を骨折しましてね。落ちた穴から彼を引きあげるのに六時間かかりましたよ。つっかい棒で補強しなければならなかったんです。さもないと生き埋めになる可能性がありましたからね」

「楽しそうなところだこと」ソニアが言った。「ディーン、早くそこへ行かなくちゃ。もしマルシャンがあのニュースを見たら――」

ディーンとソニアはリチャードソンに、マルシャンの身元については発表を控えさせようとしたが、時すでに遅し。少し前までそれが賢いやりかただと思っていたのだ……少女たちの監禁場所が判明するまでは。おかげでノエル・マルシャンが無謀な行動に打って出る恐れが生じた。

「わたしも同行して、青写真の説明をしましょう」シェフィールドが鼻梁に沿ってしきりに眼鏡を押しあげながら言った。

「危険ですよ」

「グラウチもですよ！　わたしはリスクを理解しているが、あなたがたはおわかりではない」

ディーンは民間人を帯同《たいどう》したくなかった。とりわけ歳のいった視力の弱い学芸員とあっては。しかし、ほかに手立てがなかった。シェフィールドにはちんぷんかんぷんな青写真の解説をしてもらう必要があるが、ディーンたちはいつまでも保安官事務所にすわって彼の話を聞いているわけにはいかなかったからだ。

「ぼくから離れないでくださいよ」ディーンが言った。「ソニア、ブライアン、カマラータとSWAT隊員三名。ブライアン、きみのチームの半数は陸路で向かってもらうほかない。トレキャラハンはもうひとりのパイロットのへリで三名の隊員といっしょに向かってくれ。トレース、きみは先頭の車に乗って、見張りに注意してくれ。もしマルシャンが付近にいるとしても、できるだけ長く気づかれないようにしたい」

ブライアンが隊員を脇へ呼び集め、命令を下した。

ディーンはマーカーを取り出し、地図にしるしをつけた。「保安官、道路封鎖をたのみます。ここ……ここ……そしてここ。すでに上に一味の人間がいるとしたら、これで逃走経路を遮断できるだろうし、これから向かおうとするやつらの足止めにもなる」

「そこですが、われわれが足を踏み入れるわけにはいかないんですよ。リオ・ディアブロの土地ですから。あの部族は友好的とは言いがたい連中でしてね」

「では、できるだけ近くまで行ってください」

「やってみます」

ディーンは腕時計にちらっと目をやった。「ブライアン、二分くれ」

「了解」

ディーンは西部地区部族評議会議長に電話を入れた。族長の友人である地元議員から自宅の番号を入手してあった。

「レイントゥリー族長ですか？」

「そうだが」

「FBI長官補佐、ディーン・フーパーと申します。お電話しましたのは、これから部族の土地に隣接した地域である作戦を実行することになりましたため、ひょっとしたら境界線を越えて、そちらの土地に踏みこむことがあるかもしれません」

「部族の土地というと？」

「リオ・ディアブロ居留地です」

「ほう？」

「いけませんか？」

「リオ・ディアブロの土地なら、われわれも独自の調査を進めているところでね、フーパー捜査官。現在進行中の調査情報をもらすわけにはいかないが、わざわざ電話をありがとう。事情は了解した。必要とあらば、聖なる土地に足を踏み入れたとしても、評議会の了解は取り付けたということで問題は起きないことを約束しよう」

「ありがとうございます。ご協力に感謝します」

ディーンが電話を切った。予想以上にすんなりいった。この先も作戦が円滑に進行できることを祈るばかりだった。

グラウチ鉱山について説明するシェフィールドの声に耳をすました。かつては七百万ドルを上まわる金の採掘がおこなわれた鉱山だった――小さな鉱山にしては莫大な実績だ――が、相次ぐ事故でオーナーは破産に追いこまれた。銀行に財産を差し押さえられたとき、彼を排除しにきた警察に抵抗するうち、呪われた立坑へと何十メートルか転落して死亡したという。

「この鉱山の位置を決める際、地質学者たちは地下水について致命的な判断ミスを犯しました。ここから数キロのところに温泉がありましてね、いまはそれが地下の深いところを流れているとわかっています。とにかくこの狭い面積に岩と泥の独特な組み合わせですから、それが原因で地下洪水が繰り返し起き、地盤のずれが立坑を繰り返し崩壊させたわけです。オーナーがこの道路の先一・五キロに鉱山をつくっていれば――そこも彼の所有地でしたからね――悲劇を生むことなく同じ金脈を掘り当てていたはずなんです」

歴史の講義を拝聴する一方、ソニアの関心は黄ばんだ青写真につけられたしるしに向かっていた。「これはなんですか?」赤で記された×じるしを指さす。

「落盤が起きた坑道です。ここ……こっちが立面図です。入り口そのものはしっかりしていますが、足もとには注意してください。そうです……ここ」――赤で二重線を指さす――「ここは一・五メートルから六メートルくらいの幅で崩れています。坑内にはそこいらじゅうに標識や警告がありますが、蛍光オレンジのしるしにはとくに注意してください。それが見えたら止まらないと。危険のサインですから、来た道を正確に一歩一歩あとずさらないかぎり、まずいことになります」

　ソニアが部屋とおぼしき箇所を示した。「ここはなんでしょう？　事務所か何かのようですが」

「そう、事務所だったところです。現場主任はここから指示を出し、労働者たちはここで休憩をとったんじゃないでしょうか。地下部分は三層構造になっていまして、鉱山全体のなかでおそらく唯一の安全な部分となります」

「きっとそこだわ。安全で、外に出られなくて、暗い」

「換気はどうなってますか？」ディーンが質問した。

「上の層にはかなりの数の換気装置がありますが、三十メートルより下になると保証のかぎりではありません。じつはもう何年もグラウチには入っていないもので、最後の立ち入り検査時以降、内部環境が劇的に変わっている可能性もあります」

　よく晴れた夜で、空から近づいていく一行の眼下に鉱山が徐々に姿を現した。高くそびえる金属製の屋根には歳月を物語る錆《さび》が。わびしく不気味な過去の遺物。四分の三ほどの下弦《かげん》の月が山々の頂《いただき》を背後から照らし、ぼんやりと青ざめた光を地表に投げかけていた。

　ブライアンがヘッドセットを通じてディーンに問いかけた。「どれくらい接近してから着陸しましょうか？」

「できるだけ近づいてくれ」ディーンが答えた。「付近にいる人間には警戒されるだろうが、いたしかたない。そろそろ十二時だ。土地勘のない森のなか、鉱山を捜して駆けずりまわるわけにもいかないだろう」

シェフィールドが言った。「そこに道路が。ほら、見えますか？　鉱山を通過して北東の方角にちょっと行った道路上にかなり広い退避所があります」

ブライアンが地図と計器をチェックした。「そこに着陸します」

もう一機のパイロットに無線で情報を伝えたあと、ディーンに言った。「われわれは着陸できますが、一機分の面積しかないので、もう一機には六百メートルほど西の地点に着陸してもらいます」

「了解」

ソニアは青写真をにらみ、その構造を記憶にしっかりと焼きつけた。「この部屋に行くにはどうしたらいいのかしら？」

「方法はひとつしかありません。昔のエレベーター。手動式のエレベーターです」

「手動式エレベーター」

「クランク、滑車、ロープ、チェーン。乗りこんだら手でクランクを回して上下させる」

「ロープですが、重たいものを支えられない可能性もありますよね」

「もしロープが劣化していれば、検査官がオレンジ色で大きな×じるしをつけたはずですが、ここには何もありませんね」

ソニアが深刻な面持ちで唾をのみこんだ。鉱山に近づくにつれ、神経がぴりぴりしてきた。なんとしてでも閉所恐怖を抑えこまなければ。

ディーンがちらっと視線を投げかけてきた。彼は気づいているのだ。はた目にもわかるほど緊張している自分がいやになった。ヘリコプターが降下をはじめると、目をつぶった。

山をこの高さまでのぼると寒かった。全員がヘリから降りた。ブライアンが隊員のひとりに見張りとして残るよう命じたため、鉱山に向かうのは残る七名だけとなった。

「フーパー」ブライアンが言った。「残りのメンバーの到着を待ってから動いたほうがいいと思うんだが」

「どれくらい待つことになる？」

「二十分」

ディーンとソニアが首を振った。「マルシャンの居場所もつかめていないんだ」ディーンが言った。「時間も足りない」

懐中電灯とかすかな月光をたよりに一行は道路を速足で用心深く進み、さらに道路をはずれたあとは鉱山の敷地を囲んだフェンス沿いに入り口へと向かった。錠前は見たところ新しい。マルシャン一味が取り付けたものなのだろうか。二機目のヘリコプターの旋回音が夜の闇のなか、徐々に小さくなって止まった。ソニアはゆるやかに呼吸しようとするものの、心拍があまりにも激しく、全身の血管を駆けめぐる血流音以外何も聞こえない。

少女たちを救出しなければ。とはいえ、立坑を地表から三十メートルあまり手動式エレベーターで下りてその部屋へ行くことを考えるだけで、両手に汗がにじんだ。

ブライアンがフェンスの錠前を切除して数分間、一行は鉱山に到達してからも木立《こだち》のなかに身をひそめたままでいた。ディーンが全員に、明かりを消して音を立てぬよう手ぶりで指示した。

ソニアの耳には恐れおののく自分の鼓動しか届いてこなかった。

ディーンがささやいた。「よし、二名はここで見張る必要がある。どんな状況になろうと、単独行動はだめだ。シェフィールド博士の説明は全員聞いていたな？　蛍光オレンジを見たら引き返せ。カマラータ、ナイト、二人はシェフィールドとともに上に残れ。あとはぼくといっしょに」

「わたしも下に行かないと」ソニアが言った。「中国語、しゃべれないでしょう。女の子たちを発見したとき、少なくとも静かにさせておかないと。それくらいならわたしは話せるわ」

ディーンがかぶりを振った。「きみには上にいてもらわないと。きみは幹部捜査官だ。ほかのメンバーが到着した際、ここで指示を与える必要がある」

彼はソニアの面子を立てているのだ。

「おれが行く」チャーリーが言った。

「だめだ、カマラータ。あんたは信用ならない。これは遊びじゃないんだから」

「そんなこと思ってるもんか、フーパー。おれは北京語だけじゃなく方言も何種類か知っている。それ以外もだいたい理解できる。こういう捜査、おれははじめてじゃないが、あんたははじめてだろう」

　ソニアはうんざりした。チャーリーはなぜこうまで横柄な態度をとらなければならないのだろう？　しかし彼の言っていることは間違いなかった。これからどうすべきかを彼はわかっている。一方、ディーンが彼を信用できないのも当然だ。

「おれの命令に従えよ、カマラータ。さもないと、ここから担架で運び出されることになるぞ」

　ブライアンが言った。「ローソン捜査官、きみはぼくといっしょに。クリンチ捜査官、きみはナイト、シェフィールドについていてくれ」

　四人が木立から出ようとしたとき、ソニアはディーンの腕に手をやった。「気をつけて」声は出さずに口を動かして伝えた。

　ディーンはウインクしてうなずくと、鉱山のなかへと姿を消した。

　鉱山の裏側にある開墾地に車が停まり、イグナシオがエンジンを切った。未舗装の道を走ってきたため、いくら四輪駆動のＳＵＶでも石ころや穴ぼこの上は徐行を余儀なくされた。あの粗末きわまるキャビンに追いやられずにすんでいれば、前人未踏も同然のリオ・ディアブロの土地など横切らなくてもよかったものを。

　ノエルは一瞬耳をすまし、悪態をついた。ヘリコプターだ！

「いやに早いな。そういや、気づくべきだった。もしやつらがおれの商品を盗もうとしているなら、気の毒というほかないな」

銃をたしかめ、ナイフを――「おれのナイフはどこだ？」

「さあ、知りませんが、ボス」イグナシオが答えた。

「そうだ、思い出した」スン・リンをやむをえず殺したあと、背中からナイフを引き抜くのを忘れたのだ。この国をあとにする途中で回収するとしよう。気に入っているナイフなのだ。いちばんのお気に入りと言ってもいい。

「それじゃ行こうか。たとえやつらが罠にかけたとしても、少なくとも半額はすでにこっちの口座に入っているんだ。とはいえ残額が惜しいな。しばらくは鳴りをひそめなきゃならないとなれば」あたりのようすをうかがう。「ドンとサイモンはどこにいる？　取引のことは間違いなく伝えたな」そう言いながら銃に手をやった。

「はい、ボス、伝えました。十二時にここへ来るはずです」

「もうそろそろ十二時だろう。時間前に来ないでどうする」

　トレース・アンダーソンの乗った車は、ライトを点灯しサイレンは鳴らさずに山道をのぼった。六名の保安官代理を従えていた。運転手にできるだけ速度を上げるよう促す。速度をやや落として九十度のカーブを曲がったとき、はるか前方にテールライトが見えた。黒いトラックだ。

「追いついてくれ」運転手に命じた。

　近づくと、前を行くトラックはどんどん速度を上げ、よろめきながら走っていく。

「あのスピードでこの山をのぼるのは自殺行為ですよ」保安官代理がトレースに言った。

「無理はしないでいいから、できるだけ近づいてくれ」

「わかりました」保安官代理はふたたびアクセルを踏みこみ、逃げるトラックのナンバーを無線で知らせた。

トレースはソニアにメールを送信した。

不審な黒い大型トラックが追跡を振りきろうとしています。ナンバーは5EET608。追跡続行中。待機願います。


ディーンがライトで坑内を照らした。シェフィールドが一行にライト付きヘルメットを用意してくれたのだ。ディーンがそうすると、ほかの者もそれにならった。カマラータが用心深くエレベーターに近づいていく。

「動かしかたを知ってるか？」ディーンが訊いた。

「ああ。だがその前に、点検しないことには。それにしてもなんだか……変だな」

「何が？」

「第一、見張りがいない。値の張る資産を野ざらしにしておくはずはないだろう」

ローソンが言った。「こういうのを野ざらしとは言いませんよ」

ディーンも同感だったが、このての捜査にかけては門外漢だ。現場も体験してきたとはいえ、ホワイトカラー犯罪の場合、かなり型にはまっている。逮捕されまいと抵抗する者もいるにはいるが、状況に応じて対処してきた。この鉱山に来て思い出されるのは軍隊時代。ずいぶん昔のことではあるが。

チャーリー・カマラータにたよりたくはなかったが、こういう状況での選択肢はかぎられていた。

カマラータがエレベーターを点検するあいだ、ディーンは入り口の周囲をライトで照らし出した。山側に暗い穴が数か所、掘られている。ひとつの脇に派手な蛍光色で×じるしがつけられ、その下方にこう記されていた。〝60メートル崩落〟。

それ以外の坑道にはなんのしるしもないが、チェックするつもりなどなかった。とにかく早く下りて、少女たちを――もし本当にここにいるのなら――救出して、ここを離れたかった。そして二、三日、ここで張りこみ、マルシャンが現れるのを待つ。

「くそっ。ちくしょう、あの野郎！」カマラータが叫んだ。

「どうした？」

「ふざけやがって」

「どういうことだ？」

「あいつはべつの入り口を使ってる。この箱の底は偽装だ。これに乗って動かしたら最後、底が抜けてストーン！　おれたちは三十メートル下まで転落だ。本当のエレベーターは下の部屋にあるにちがいない」

「どうやればそれを引きあげられる？」

「下へ下りる道を見つけよう」

「シェフィールドはべつのルートのことなど言ってなかったが」

「べつのルートが必ずある」

「シェフィールドに訊いてこないと」

「青写真は持ってきてるんだ。時間を無駄にするな！」

「頭を使おう」ディーンが言った。「無謀な行動は慎め。チームを危険にさらすわけにはいかない。まず安全を確認しないと」

　カマラータがディーンをじろりとにらんだ。「鉱山で働いたことがある。潜入捜査だ。下へ下りるべつのルートは必ずある」手を差し出し、ディーンが折りたたんで防弾チョッキの内側に入れていた青写真を、こっちへよこせ、とばかりの手ぶりを見せた。

　エレベーターの罠に関してカマラータを信じるつもりなら、鉱山に詳しいという彼を信じないわけにはいかない。ディーンは彼に青写真を手わたした。

　カマラータはそれを広げた。エレベーターに指先を置き、地図を回して現在位置と方角を一致させたあと、一本の坑道をなぞり、顔を上げた。

　ディーンが彼の視線を追った。

　そこは〝六十メートル崩落〟と記された坑道。

「あれはこっちの注意をそらせるためだ」カマラータが言った。

「あそこから下りるわけにはいかない」

「いや、おれは下りる」

「だめだ」

「ここしかないんだよ。見てみろ。検査官が入ってからもう何年もたっている。この青写真にその×じるしはついていない。おそらくクリストプーリスかマルシャンが自分で描いたものだろう」

「だめだ。勘にたよって、部下を危険な目にあわせるわけにはいかない」

「おれはあんたの部下じゃない」

カマラータが坑道の入り口に向かって歩きだした。

ディーンは彼の腕をつかみ、岩の壁にぐいと押しつけた。砕けた土が二人の頭上にぼろぼろと落ちてきた。「これだからあんたは仕事を失ったんだよ。みんなを危険にさらすからだ」

カマラータがパンチを繰り出すとディーンも反撃に出て、カマラータのこぶしをつかんでひねりあげながら後ろを向かせ、背中の高い位置へぎゅっと押しつけた。カマラータがうめきをもらす。「いいかげんにしろ」

「あんた、彼女の恋人だろう」カマラータが吐き捨てるように言った。

「彼女の話はするな。考えるだけでもだめだ」

「エレベーターは部屋のなかにある。それをここまで上げるにはその部屋に行くほかない。ここにあるクランクは罠だ。ということは、階段は大丈夫ってことだ。おれは喜んで命を賭けるね。あんたらもそうしろって強要するわけじゃない。おれが下りていって、女の子たちがいることを確認して、エレベーターで上がってくる。そうすれば罠は意味をなさなくなる」

「少女たちに階段をのぼらせちゃどうですか？」ＳＷＡＴ隊員が言った。

「そうできるかもしれないが、下に行って確認するまでは彼女たちがどんな状態なのかはわからない」ディーンが言った。

カマラータがうなずいた。「地獄をくぐりぬけてきた子たちだからな。フーパー、おれにやらせてくれ」

ディーンが彼の腕を離した。「ぼくもいっしょに行く」

「そんな必要ない——」

ディーンが彼をさえぎった。「これはルールだ。単独行動は許されない。あんたみたいな悪党でもだ」

ディーンがあとの二人に言った。「油断するな」そしてカマラータのほうを向いた。「案内をたのむ」

カマラータは躊躇することなくしるしのついた坑道を下りはじめた。

ディーンもあとにつづいた。

33

「いまの音、聞こえた？」ソニアがクリンチ捜査官にささやいた。

ディーンたちが鉱山に入ってからまだ十分しかたっていなかったが、ソニアには一分一分が一時間に感じられ、気づくたびに行ったり来たりする足を止めていた。

「あなたが乾いた松葉を踏む音では？」

ソニアがぴたりと動きを止めた。耳をすます。何も聞こえてこない。

シェフィールドはソニアのすぐ横に立っていた。鉱山の入り口に近い木立のなかだ。「どんな音でしたか？」ソニアの耳もとでささやく。

「車のドアが閉まるような」

「鉱山のほうからでしたね。エレベーターでしょう」

おそらくは。だがソニアは身構えたままだ。総毛立つ感覚。直感的に、自分たち以外にも誰か森のなかにいると感じた。

「しいっ」目を閉じて耳をすました。

最初は自分の呼吸音。それを自分のなかに吸収して排除した。つぎにクリンチのゆっくりと落ち着いた静かな呼吸音。シェフィールド博士の呼吸はより速く、やや雑音がまじっている。怯えているのだろう。

つづいては、はるか遠くでヘリコプターの回転翼が徐々に速度を落としていく音。

ホーホーというフクロウの声。それに対する返事らしき鳴き声。

落ち葉のあいだをせわしく走る小動物の足音。

そうした音をすべて吸収し、ある音に全神経を集中させて耳をすました。

「東の方角から人間が二人、近づいてくる」小声で言った。

クリンチが地面に耳を当てた。「西の方角からです。キャラハンたちでしょう」

ソニアはかぶりを振り、ホルスターから銃を抜いて安全装置をはずした。「間違いなく東から来るわ。キャラハンじゃない。信じて」

クリンチはいぶかしく思いながらも、ソニアにならって銃を抜いた。

「もっとゆっくり行け、カマラータ」

「チャーリーでいい」

ディーンはカマラータと友だちになるつもりなどなかった。無言のまま、二人はさらに五、六メートル、坑道を進んだ。階段は地面を削り、そこに板切れを大ざっぱに張っただけのものので、二人の体重を受けた古い板切れには裂け目が入った。下りていくにつれ、空気がひんやりとしてくると同時に、硬い土の壁が湿ったような感触をおびてきた。遠くで水の流れる音が立坑を通じてこだましてくると、ここが地表から少なくとも十五メートル下であることを考えて不安になった。

「あんた、彼女を大事にしてやってるだろうな？」カマラータが訊いた。

ディーンはこんなやつとソニアの話をしたくなかった。

「おれはあの子にふさわしい男じゃなかった」カマラータがつづけた。

「何が言いたい？」

「たんなる雑談だよ」

「ばかばかしい」ディーンは彼が仕掛けてくるゲームに巻きこまれまいとした。

「おれはずっとあの子を愛してた」

ディーンが歯を食いしばる。「足もとに気をつけろよ」

「あの子には幸せになってもらいたいんだ」ヘルメットのてっぺんについたライトが四方八方に影を投げ、階段の先になおいっそう暗い坑道が垣間見える。また曲がり、螺旋《らせん》状に下りていくと、左手に蛍光オレンジで×じるしが記された坑道があった。ディーンが穴の内部をのぞくと、大きな塚のように盛った土が入り口を一部封じていた。

クウェートで遂行した任務のひとつで、罠にかかった隊商を救出したときを思い出した。敵をかわすため、彼らは放棄された掩蔽壕《えんぺいごう》を占拠していたのだが、ディーンの部隊が突入したとき、すでに全員が息絶えていた。

「フーパー？」

「黙れ、チャーリー」ディーンの堪忍袋の緒が切れた。もし〝すまなかった〟ですべて元どおりになると考えているなら、こいつは大ばかだ。

「おれが間違ってた、と彼女に伝えてくれ」

「そんなこと、彼女はもうわかってるさ」

「おれもわかってるってことは知らないからだ」

「ソニアは乗り越えようとしている。そっとしておいてやれ」

「おれは許してほしいんだ」チャーリーの言葉はほとんど聞きとれなかった。

ディーンが足を止め、額の汗を拭った。

「彼女はぼくに、あんたを起訴しないでくれとたのんだ。あんたは約束を守る、とも言った。それだけじゃない。あんたはよく捜査を台なしにするが、直感が鋭いから協力してもらうべきだと主張したのも彼女だ。とはいっても、彼女にあんなひどいことをしておきながら許してもらおうなんて、いったいどのツラさげて言えるんだ？」

二人はさらに十歩下った。ゆっくりと、一歩一歩足もとをたしかめながら慎重に。

ディーンが言った。「あんたがこの捜索に参加したのは、被害者を思ってのことなんだろう？　無力な人びとを救うためなら、あんたはなんでもする気でいる。そのためなら、相棒や友人、あんたを信じている人間を犠牲にしてもいいんだろう。彼らは訓練を受けていて、いざというときにどうすべきか、誰に連絡すべきかを知っているんだからと、自分の行動を正当化する。彼らには自分の身は自分で守らせればいいと気楽に考えてる。もし彼らにそれができなかったとしても、あんたのせいじゃないと考える。あんたはただ、ソニアに嘘をついただけなんだから」

「おれは彼女に嘘なんかついたことはない」

「あれが嘘じゃなきゃ、いったいなんと呼んだらいいんだ、カマラータ？　彼女は変態男に自分を売ることに同意したわけじゃない。彼女はあの部屋にひとり監禁されることに同意したわけじゃない。彼女はあんたが近くにいると思っていたんだ」

「おれはそうは言わなかった」

ディーンはカマラータを階段の下に突き落としたい衝動をぎりぎりでこらえた。

「声に出しては言わない嘘も嘘のうちだろうが。彼女にしてみれば、あんたがバックアップしてくれているものと当然思っていた」

沈黙。

「そうだな」

ディーンにようやく聞こえる程度の小声だった。

カマラータが先をつづけた。「ソニアがもう少しで死ぬところだったとわかってからというもの、おれはひと晩たりともぐっすり眠れた夜はなかった」

「あんたは上司に嘘の報告をした」

「彼女が大丈夫だったとわかったあとにな」

「彼女はどじを踏んだ間抜けだと思わせ、自分は英雄だと思われたかった。くそっ。あんたは最低なやつだし、これからだって最低のままだろう。ぼくはあんたが嫌いだ。あんたのことをもっと知りたいとは思わないし、あんたの謝罪や弁解に耳を貸すのもごめんだ。ソニアはあんたの影響にもかかわらず、ああいう人間だ。これが一件落着したら、二度と彼女に連絡するな。もしもそんなことをしたら、ぼくがあんたを逮捕する」

「容疑はなんだ？」カマラータが声高に言った。

「あんたは時効のない犯罪を数々犯してきているだろう」

ディーンが足を止めた。引っかくような音。「聞こえたか？」

「ネズミかな？」

「よく聞いてみろ」

しきりに何かを引っかくような音。

女性の声。懇願するような弱々しい声だが、ディーンに言葉は理解できなかった。全身に安堵感が広がっていく。少女たちの居場所を突き止めたのだ。

チャーリーが言った。「中国語だ。方言だな。たぶんこう言ってる。『ミンが死にそうだ。ミンを助けて』」

「行こう」

ソニアの目は東の方角に男たちの姿をとらえた。最初はただ月明かりのなかに浮かぶ二つの人影だった。

まもなくはっきりと見えてきた。ひとりは長身で全体に黒っぽい。もうひとりは背はさほど高くなく、百七十八センチほどか、淡い色の髪をしている。全体に白っぽい。

セルジオ・マーティン。ピエール・デヴェロー。ノエル・マルシャン。どれが彼の本名なのだろう、とソニアは思った。

ぐっと唾をのみこむと人差し指を立てて、シェフィールドとクリンチに音を立てないよう合図した。クリンチには手ぶりで、キャラハンのチームに急ぐようにと連絡をするよう指示した。木の陰に身をひそめて、じっとようすをうかがう。

二人の殺人者は森のへりで足を止めたが、木々が邪魔して姿がよく見えなくなった。耳をすましているのだろうか？　あたりをうかがっているのだろうか？

父親の姿をまた見る日が来ようとは思ってもいなかった。父親のこと、幼いころのこと、嘘の数々、何もかもが憎かったが、それでも自分を育ててはくれた。村から村へと彼とともに移動した。なぜ宣教師のふりをしていたのだろう？　人びとを助ける人間のふりをしていたのだろう？　あれも全部嘘だった？　みんなをだますための隠れみの？

自分たちが二度と同じ村には行かなかったことに気づくと、息が詰まりそうになった。なぜ？　彼が極悪非道なことをしたから？　ソニアの知らないところで父親はいったい何人の少女を売り飛ばしてきたのだろう？

男たちの影が木々のあいだを動きはじめた。鉱山に向かっている。

ディーンがなかにいる。知らせなければ。でも、どうやって？　どうしたら男たちに気づかれずに知らせられるのか？

ディーンは海兵隊員だった。軍隊ではもうモールス信号を使ってはいないが、ディーンがいたころはまだ使われていたはずだ。

ソニアは無線機を叩いた。

危険。男が二人、接近中。危険。男が二人、接近中。

応答がない。モールス信号も、声も返ってこない。

「このままじゃ待ち伏せされるわ」クリンチにささやいた。鉱山に入って警告しなくては、とじりじりしていた。

クリンチがソニアの肩に手をやった。「ここにいてください」

男たちが木々のあいだから出て、速足で鉱山へと入っていった。銃を持っている。

ディーン。

ソニアが石を手に立ちあがった。それを鉱山に向かって力いっぱい投げつけた。石が**ゴツン**と壁に当たって、地面に落ちる。ソニアもしゃがみこんだ。じっと待つ。

男がひとり、姿を見せた。

父親だ。

こっちを見た。しまった。気づかれたか？

父親はすぐまたくるりと背を向けて、鉱山のほうへと引き返していった。彼の声が聞こえた。「なんでもない。動物だろう」

違うわ！

ソニアがぱっと立ちあがり、松の木の高いところを狙って銃を撃った。バキッ。枝が折れた。

「くそっ！」鉱山のなかから声がした。

男が二人出てきて、坑道の入り口の外に積みあげられた木材の後ろにうずくまった。

身動きできずにいる。ソニアはクリンチにささやいた。「キャラハンたちを呼んできて」

「ここを離れるわけにはいきません」

「何言ってるのよ。すぐに来てもらわなくちゃ！」

「向こうはあなたの銃声を聞いたんですよ。こっちに来るはずです」


ディーンが立ち止まった。「何か聞こえなかったか？」

「いや」カマラータも足を止め、ライトでドアを照らした。「ここだな。南京錠がかかってる」ドアをノックし、中国語で呼びかけた。なかの少女たちが一斉に叫んだり泣いたりしだした。

「助けにきたんだと言ってくれないか？　静かにしてもらってくれ」ディーンが言った。

「怯えてるんだよ」

「もしマルシャンがここに来たら、みんな殺される。耳をすましていないと」

ディーンの無線機から雑音めいたものが聞こえてきたが、部屋のなかからの声で聞きとることができない。

　危険。

　誰かが危険を知らせてくれている。何者かが鉱山に近づいている？　あるいは鉱山自体が危険な状態にある？

「チャーリー、誰かが来る」

　チャーリーはドアごしに中国語でしきりに何か言っていた。泣き声はやまないが、多少静かになった。

「この子たちを出してやらないと。数人が病気だそうだ。水を欲しがっている。錠を銃で撃ってくれ」

「待て。それは危険だ。上の誰かがモールス信号で危険を知らせようとしている」

　坑内にかすかな音が反響した。

「銃声だ」ディーンが言った。

「早くなかの子たちを出してやらないと。急ごう」

　ディーンに選択の余地はなかった。南京錠に向かって銃を撃った。


　敵は身動きできずにいた。木々の陰に殺人者が二人。ソニアは物陰を伝いながら、じりじりと近づいた。

　黒っぽい男がわずか一メートル半ほど離れた入り口へと走り、ソニアの方向に向かって発砲するあいだにマルシャンも走りこんだ。

「またなかに入ったわ!」ソニアが叫んだ。「どうしよう。ディーンがなかにいるのに」

「われわれは彼から明確な命令を――」

「入り口を見張れって言われたわね。あいつらに突破させるなってことよね! キャラハンたちはどこまで来てるの?」

ソニアは返事を待ってはいられなかった。

隠れていた場所から外に出た。「マルシャン!」大声で呼びかけた。「尻尾はつかんだわよ、この悪党。出てきなさい!」

応答なし。

そしてまもなく、父親が鉱山から出てきた。すぐにでも撃ち殺したかった。父親とも、彼がもたらした悲惨な過去とも、決別するのだ。

「ソニア。どういうわけかおまえがここに来ることはわかっていたよ」

「セルジオ・マーティン、またの名をノエル・マルシャン、またの名をピエール・デヴェロー、そのほか偽名は数えきれないけど――あなたを逮捕する」

彼は声をあげて笑った。ソニアの指は引き金を引きたくてむずむずしていたが、非情に徹して殺すことはできなかった。

「両手を上げて!」大きな声で命じた。彼は笑い声をあげたまま、一本の木の陰に跳びこんだ。だが、少なくとも鉱山からの距離は広がった。ディーンたちから遠のいたことになる。

ソニアは低木の茂みに身をひそめ、笑い声の動きに耳をすました。もうひとりの男はどこだろう？

「クリンチ、ナンバー2は？　彼はどこ？」

鉱山から無数の銃声が一斉に響いた。

ドーン！

地面が揺れたが、ソニアは足を踏ん張って立っていた。「しまった、クリンチ、落盤だわ」

クリンチが返事をする間もなく、入り口が崩れた。崩壊の音がソニアの胸を引き裂く。ディーン。いやよ、いや。死んで終わりなんて許せない。少女たちを死なせるわけにはいかない。愛する人を失うわけにはいかない。

後方の森では、笑い声がまだつづいていた。「やつらを助けにいってみるか？　やってみるがいい。ソニア、おれはおまえを捜し出す。来週か、来年か。おまえが大切に思っている人間を皆殺しにしたあと、おまえを殺してやる。おまえが苦しむところを眺めるのは、さぞかし楽しいだろうな」

ソニアは声のするほうへじりじりと進んだ。「だめだ」クリンチが腕をつかんだが、彼はわかっていなかった。誰にもわかるはずがない。

天井が陥没しはじめ、ディーンの周囲に崩れてきた。室内では少女たちが悲鳴をあげている。カマラータが古びたドアを押し開き、早口の中国語でまくしたてた。少女たちを奥へ押しゃった瞬間、花崗岩の大きな塊《かたまり》がゆるんで滑り落ち、入り口を部分的にふさいだ。腐った食べ物と糞便の強烈なにおいが鼻と肺に充満した。

「エレベーターが動くようにしてくれ。もう階段からは上に戻れそうもない」

「なんでだ？」

ディーンが懐中電灯で階段を照らし出した。

最後の三メートルが消えていた。

34

マルシャンは逃げた。

ソニアは鉱山の入り口のほうをちらっと振り返った。掘り進むとしても道具がない。キャラハンはまもなく到着するだろう。機材と応援部隊もいっしょだ。ここで待つこともできるが、父親が遠くへ逃げてしまう。国境を越えて逃走したあと、ソニアが警戒を解くのを待って家族を殺しにくるのだ。

もしいま父親を捕らえなければ、逃走した彼はふたたび人間を外国に売る。彼をまたいままでどおりの状況に戻すようなことになったら、ソニアは自分らしく生きることができなくなる。彼がふたたび動くのを待ちながら、眠れぬ夜を過ごすことになるはずだ。

クリンチの命令を無視し、ソニアはマルシャンのあとを追って駆けだした。

シェフィールドが「鉱山が！」と叫ぶ声が後ろから聞こえたが、ソニアにははっきりとは聞こえなかった。鉱山ではなく、森のなかへと向かっていたからだ。マルシャンを視界にとらえていた。もし抵抗するようなことがあれば、実の父親を撃つことができるだろうか？

あの男はあなたの父親なんかじゃない。オーエン・ナイトがあなたの父親よ。

狙いを定めた。

二回目の、さっきより大きな轟音が響きわたり、ソニアは地面に倒れた。

「おいおい、かんべんしてくれよ」カマラータがドアを押して閉め、転がり落ちてくる岩をせき止めた。

「さあ」ディーンが歯を食いしばりながら言った。もはやソニアのことを考えてなどいられなかった。目の前の少女たちのことを考えないと。

懐中電灯で照らしたところ、中国人の少女はおよそ三十人いた。とうてい女性とはいえない年齢。十六歳以上はひとりもいない。全員が汚れきった粗末なワンピースを着せられていた。空になった水のボトルが壁際に並んでいる。ひょっとしてこの四日間を、それだけの水で生き延びてきたのだろうか？

カマラータは少女たちをけっこううまく落ち着かせていた。揺れが止まったとき、この部屋は花崗岩の地層にシェルターのように造られたものだろうとディーンは気づいた。空気がどこから入ってくるのかはわからない。むっとしたにおいがするが、もしかするとそれは少女たちの汗のせいかもしれなかった。とはいえ落盤によって通風孔がふさがれた可能性はある。となれば時間がない。

「エレベーターを動かせ」ディーンが命令した。「早く」

今度ばかりはカマラータは言い返すことなく、すぐにエレベーターに行き、作業にとりかかった。

ディーンは無線機を試してみたものの、誰からも応答はなかった。電波が届かないのか？　この岩は信号を通さないのか？　部下たち――とソニア――が無事かどうか知りたかった。地上ではどんな地獄絵が展開しているのか知っておきたかった。

しかし無線機から聞こえてくるのは雑音ばかりだった。


マルシャンが木々のあいだを抜けた瞬間、ソニアは彼を見失った。歩調を落とし、耳をすましたが、心臓の鼓動ばかりがいやに大きく聞こえる。

また笑い声が響いた瞬間、太い松の木の陰に素早く隠れた。

「ばかな子だ」マルシャンの声がした。

「逃げられないわよ。こっちはあなたが誰だかわかっていて、どんな顔かもわかっているんだから。とことん追いかけてやる」

「そうはいくものか。おまえの命はない」

彼が仕掛けてくる心理戦に引っかかってはならない。ソニアはあたりを見まわし、自分がいまいる地点を確認し、どうしたら彼を森からおびき出すことができるかを考えた。カサカサッと音がし、何かが動く気配がした――彼はどこへ？

ソニアは目を閉じ、じっと耳をすました。

サクサクサクサク。

瞬時に身をかわして伏せた。頭上を銃弾が通り過ぎる。つぎの瞬間、落ちた。

どしんと穴の底に激突し、声も出なかった。

上を見あげる。彼が月を背に立っていた。ソニアが落ちた穴に狙いを定めた銃のシルエットが浮かびあがる。ソニアはあわてて懐中電灯を消し、彼に見られなかったことを祈った。だが穴は大きくない。おそらく目をつぶっていても弾は命中するはずだ。

「マルシャン!」ソニアは叫んだ。「殺したらいいわ。さあ、早く。わたしの仲間があなたを獲物みたいに追いつめるから待ってらっしゃい」

湿った泥を手で探り、銃を探した。しまった、どこへ行ったんだろう? 銃弾が脚からわずか数センチの泥に撃ちこまれた。穴の底まで明かりはいっさい射しこんでこない。弾がはずれた理由はそれしかないはずだが、あの悪党のことだ、猫がネズミを捕まえたときさながら、いたぶって楽しんでいるのかもしれない。クリンチか誰かが銃声を聞きつけて、近づいてきてくれることを祈った。ソニアがマルシャンを相手にたとえ一分でも時間を稼いでいれば、チームがここに来て彼を逮捕し、ソニアにロープを投げてくれる確率は高まる。

じっと動かずにいようと神経を集中したが、真っ暗な穴のなか、窮屈な空間がソニアに陰謀を企てていた。身動きがとれない。パニックがはじまり、だんだんとエスカレートすると、銃を探りつづけていた手が震えだした。胸からしゃくりあげるような声がもれ、耐えがたい苦痛に襲われた。**だめよ、ソニア! 恐怖心になんか負けちゃだめ!**

ディーンの声が頭のなかで響いた。きみはぼくが知っているなかでいちばん勇気ある女性だ。

父親が頭上で笑い、もう一発撃ちこんできた。今度の弾はソニアの頭から優に三十センチは上に当たった。

「おれはおまえのパパじゃないんだよ、ソニア。いくらなんでも、もうそろそろわかっただろう？」

ソニアは答えなかった。ソニアを挑発しているのだ。彼女を傷つけたいのか、あるいは残りの弾が減ってきたため、しゃべらせて、穴のなかのどこにいるのかを知りたがっているのか。

「おまえの母親は売春婦だった」話をつづける。「おれとおれの親父の下で働いていた。一日に四、五人の客の相手をしていたから、おまえの父親が誰なのかは誰も知らない。ジョンってことにでもしておこう」マルシャンがまた笑った。正気を疑いたくなるような薄気味悪い、低い笑い声。「親父はガブリエルに弱かった。人あしらいがなかなかうまい売春婦だったからな。おまえと似てる。もしかしたらおまえはおれの妹って可能性もある。親父はよくあの女とやってたんだよ。

セルジオ・マーティンはおれの下で働いてた男で、ガブリエルに堕胎手術を受けさせるため、町に連れていった。女がまだ来ないと医者から電話がかかってきたとき、おれは心底驚いたね」

ソニアはもう聞きたくなかった。マルシャンは嘘をついていると思っていた。嘘に決まっている。なぜそんな突飛な話をでっちあげる必要があるんだろう？

「なんと、二人はそれから何年ものあいだ、身をひそめていたんだ。おれは捜しつづけた。おれを無視する人間は許しちゃおかない。セルジオだろうが、ガブリエルだろうが、あの女の娘だろうが。あの女の喉を掻っ切ったように、おまえの喉も掻っ切っておくんだったよ。そうは苦しまなかったな、セルジオの死にざまに比べりゃ」

マルシャンがまた一発、穴に撃ちこんできた。銃弾はソニアの太腿の外側をかすめた。悲鳴を押し殺して、体を回転させた。痛むが、大した傷ではない。

そのとき、背中の下に銃を感じた。泥で濡れたせいで滑る。湿ったシャツでできるだけ汚れを落とした。

ソニアはマルシャンの言葉をシャットアウトした。彼はソニアを怯えさせるため、危険な状態にいる彼女の意識をそらせるためにしゃべっているのだ。たしかに効果はあがっていた。ソニアのパニック、怒り、そのほか何もかも。いまにも負けそうだった。

母親のことはほとんど記憶にない。いっしょに暮らしていた小さな小屋から放たれる悲しみだけ。だがガブリエルは命懸けでソニアを守り、死んでいった。母親が犠牲にしたものを考えれば、マルシャンに勝たせてはならない。

「どうしてそのときにわたしを殺さなかったの？」穴の底からわめいた。「どうして四歳の子どもに対してパパのふりなんかしたの？」

彼の声は冷ややかだった。「子連れで旅をする男やもめの宣教師なら、みんなが信用するからさ」

ソニアの閉所恐怖はどこかへ消えた。利用されたことの悲しみと怒りが膨れあがったせいで、それに比べたら小さなことになった。頭上の悪党のシルエットに照準を合わせ、引き金を引いた。銃は機能した。もう一度引き金を引く。さらにもう一度。

銃弾が命中するたび、マルシャンの体が空を背景にびくびくっと動いた。まもなく彼も穴に落ちてきた。

ソニアがとっさに体を回転させてよけたとき、足が滑りはじめた。何かにつかまろうと必死でもがくが、どこもかしこも湿ってつるつる滑り、そのままゆるい泥のなかを転がり落ちていく。下へ、下へと落ちるにつれて加速度が増し、ついに悲鳴をあげた。口のなかに泥がいっぱい入りこんできた。

ディーンが最後の中国人少女とともに上がってきた。チャーリーがエレベーターを調整して動くようにしたあとは、全員を救出するのにわずか十分しかかからなかった。上までたどり着くと、ローソンが片脚に銃弾を受けて壁に寄りかかってすわっていた。応急手当ては受けたようだ。もうひとり、正体不明の男の死体が横たわっていた。鉱山の入り口が消えている。

ブライアン・ストーンが無線機を操作しながら苛立ちをのぞかせている。

「どういうことだ?」ディーンが訊いた。

「男が二人入ってきて、ローソンに気づくや、ひとりはすぐに走って出ていきました。死んでいる男はわれわれを見てパニックを起こして発砲しました。小さな爆発のような事象が生じました――自分はこの男が古いランプを撃ったからだと思いますが、何が原因だったのかはわかりません。すると天井が落ちてきました。われわれも撃ち返しました。正当防衛でした、フーパー捜査官」

「この男の身元は特定できたか?」

SWAT隊長が財布を投げてきた。「ジェリー・イグナシオ、サクラメント在住です。そのほか所持していたのはパスポートと約三千ドル、銃二丁、ナイフ一本」

「脱出は試みたのか?」

「キャラハンと連絡がとれました。このすぐ外側にいます。這い出ることができる穴があるんで、女の子はそこからひとりずつ外に出しました」

ディーンが無線機に向かって言った。「ナイト捜査官はいるか? キャラハン?」応答なし。「クリンチ? アンダーソン? 誰かいるか?」

「トレース・アンダーソンです、フーパー捜査官」

「ソニアはどこにいる?」

「彼女とクリンチはもう一名の被疑者を追跡中です」

「学芸員は?」

「眼鏡をかけた人ですね？　彼は無事です。ぼくの車のなかにすわっています。われわれは道路でトラックを発見しました。われわれに気づいて逃げた結果、ここから七、八百メートル下のカーブで崖から転落しました。爆発音が聞こえたかと思いますが」

「そのせいで坑道内で落盤が起きた」

「大丈夫でしたか？」

「ああ。少女たちは？」

「保安官事務所の救急班とバンがここに。救急車もこっちに向かっているとのことです」

「よかった。それじゃ、ソニアとクリンチを捜してくれ」

カマラータがそのやりとりを聞いていた。「彼女がマルシャンを追いかけたのか？」

「まだわからない」とは言ったものの、ディーンもきっとそうだろうと思った。

「くそっ」

ディーンは早くここから脱出し、みずから彼女を捜しにいきたくてもどかしかった。ソニアと父親の対決がどういうことになるのか、想像しただけでぞっとした。

クリンチが穴の奥深くをライトで照らし出した。「被疑者死亡」

「ソニアはどこだ？」サム・キャラハンがあたりを見まわした。「ソニア！　ソニア・ナイト！」クリンチに尋ねる。「本当に二人だけだったのか？」

「はい」クリンチが答えた。「まいったな。どこへ行ったんだろう？」

サムが大型ライトを取り出し、穴のなかに向けた。「あの音が聞こえるか？」

クリンチが耳をすました。「水が流れる音みたいですね」

サムがブライアン・ストーンに無線で呼びかけた。「緊急事態発生。ロープとライトが必要だ。ナイト捜査官の身が危険だとフーパーに伝えてくれ」

ディーンはトレースとブライアンのあとについて、ソニアが転落した謎めいた縦穴の縁へと行った。「彼女はどこに？」

「シェフィールド博士によれば、地下水脈に転落したのだろうということです」

ディーンはもはや報告を正確には聞きとれない精神状態に陥っていた。「よくわからないんですが」全身の皮膚がざわつき、胸が締めつけられた。「彼女はどこにいるんですか？」

シェフィールドが大型ライトで青写真を照らした。「この水脈は鉱山に向かって流れている。その昔、鉱山業者にとっても大問題で——」

「もういい」ディーンが言った。「彼女がどこにいるのかが知りたいんだ」

シェフィールドがつづけた。「これはもちろん、東から西に流れています。鉱山の方向に流れていますが、この時季は一年のうちでも水量が多いため、たとえ溺れなくても——」

ディーンが目をつぶった。「ぼくが行く。ブライアン、ロープを。ぼくを下ろしてくれ」

シェフィールドがかぶりを振った。「名案とは言えないな。この騒ぎで堆積《たいせき》物に変化が生じていますからね。ですが、彼女の流れ着く先はわかります」

「そんなばかな！」カマラータが叫んだ。「その前に怪我をするかもしれないし、ひょっとすると――」

「下ろしてくれ」ディーンが繰り返したが、もう遅かった。カマラータが縦穴に飛びこみ、すぐに見えなくなった。

「しまった！」ディーンがシェフィールドのほうを見た。「彼女が行き着く先へ連れていってください。急いで」

「きわめて危険な――」

「どれだけ危険だろうが関係ない。彼女を助けないと」

死なせるわけにはいかない。


ソニアは咳きこみながら泥水の水面に顔を出した。あたりは真っ暗だった。何も見えない。目の前にある自分の手すら見えない。ぐっしょり濡れた体を震えが走った。

ここはいったいどこ？

周囲に反響する流水音が耳をろうする。銃は転落したときになくした――銃はどこかと手探りすると水は深かった。あわてて着地した地点へと這って戻った。しばしのあいだ意識を失っていたようだ。そうにちがいない。転落したことは憶えているが、つぎの記憶は……いまの状態だ。

なおいっそう用心深く周囲を手で探りながら、水から這い出た。両膝両手が泥のなか深く沈みこんだ。両脚を抱きしめてすわりこみ、体を前後に揺する。

漆黒の闇。

なじみのあるパニックが胸のなかにわきあがり、全身に汗が噴き出した。なのに寒い。あまりの寒さに震えを抑えることができない。

闇のなか、自分の声が不気味に反響する。「動かないで、ソニア。じっとすわってらっしゃい。きっと誰かが見つけてくれる。動いちゃだめ。動かないで。動かないで」

でも誰も見つけてくれないかもしれない。ここに落ちてからどれくらいの時間がたったのだろう？　どれくらいの深さを落ちてきたのだろう？

自分で出口を見つけなければならない。さもないとここで死んでしまう。

さあ、ソニア！　あなたはもう犠牲者じゃないのよ。

ふたたび這った。そろそろと。慎重に。指のあいだに泥がまとわりつく。高いほうへ行けば行くほど地面がしっかりしてきた。よし。これでよし。ライトがないことが悔やまれた……

そうだ！　ブライアン・ストーンが全員に非常用ライトを配ってくれたじゃない。振ってから折る、と説明していた。そのライトスティックはまだポケットにあった。震える手でそれをポケットから引っ張り出し、救命胴衣よろしく抱きしめる。振って、それから折る。スティックのなかで弱々しい発光がはじまった。それを掲げる。

ソニアの顔からすぐのところに頭蓋骨が浮かびあがった。

思わず悲鳴をあげる。

ディーンが足を止めた。「いまの聞いたか？」

彼はブライアン・ストーン、シェフィールドとともに本来の鉱山に戻り、百五十年以上前に取り付けられた金属の手すりに沿って長い坑道を下っているところだった。

「水の音がする」ブライアンが言った。

「いい兆候だ」シェフィールドが答えた。年齢のわりにはかくしゃくとした足取りで先頭を歩いていく。「この先で洞穴が口を開けている。この百年あまりで水脈に劇的な変化が起きていなければ、の話だが」

ディーンはそんな話は聞きたくなかった。聞いていられなかった。何がなんでもソニアを見つけなければ。彼女をこんなふうに死なせるわけにはいかなかった。

三人は引きつづき坑道を進んでいく。

「**助けてぇ！**」

「いまの聞こえましたか？」ブライアンが言った。「遠くないですね」

彼女は生きている。

ソニアはもう一度叫んだ。どうしたら見つけてもらえるのだろう？　ライトを高く上げて照らしてみたが、洞穴はものすごく大きいらしく、三百六十度、どこにも壁は見えない。

ぶつぶつ何かを言う声と水のはねる音がした。「助けて！　ここよ！　ソニアよ」大声をあげた。

「ソニア！　ああ、よかった」

「チャーリー？　どこにいるの？」

「きみのライトは見えてる」

チャーリーの声がどこか苦しそうだ。ソニアがライトを高く上げると、水のなかに黒ずんだ赤いシャツが見えた。チャーリーがよじ登ろうと悪戦苦闘しているのは、ソニアが着地したところと同じ斜面だ。ソニアは泥の上を滑りおり、チャーリーに手を差し出した。

チャーリーがその手を取ると、ソニアはゆっくりと彼を水から引きあげた。

彼を最後に見たとき、シャツは赤ではなかった。

「たいへんだわ、チャーリー、どうしたの？」

「きみが落ちたって聞いたが、撃たれたんじゃないかと心配だったんで追ってきた」

「なぜ？」ソニアは彼をぎゅっと抱きしめた。「チャーリー、血が出てるわ」

「岩があって、それに――」チャーリーが咳きこむ。「ぶつかったんだ」

ライトで照らしながらシャツをまくりあげると、胸部が血に染まっていた。肋骨が一本、突き出している。

「チャーリー、横になってじっとしてて」ソニアは自分の防弾チョッキを脱ぎ、つづいてTシャツを脱いだ。それを患部に丁寧に巻いた。ソニアの頬を涙が伝い落ちた。チャーリーをこのままにしておくわけにはいかない。

「きみをここから出してやらなきゃ」チャーリーが目をつぶって咳きこむと、水と泥と血が口からあふれた。

「どうしてわたしのあとを追ったの？　どういう状況かわからなかったんでしょ。わたしは死んでいたかもしれないのに。わたしのせいであなたを死なせたくないわ」

「うれしいことを言ってくれるね」彼の声が弱々しかった。

「あなたがしたことは憎いけど、チャーリー、あなたを憎んではいないわ」

「憎んで当然だろう」

それからしばらく、彼は無言のままだった。やがて水の音にかぶって何かが聞こえてきた。かすかだが、「ソニア！」と呼んでいる。

ソニアはあらんかぎりの声を振りしぼった。「こっちよ！　助けて！」

「ソニア！　すぐに行く」

洞穴の壁を背に上下する明かりが見えた。

「助けが来たわよ、チャーリー。じっとしてて」

激しい震えとともにチャーリーがショック状態に陥った。

「チャーリー、しっかりして。もうすぐだから」

「おれは死にたいんだ、ソニア。死ななきゃいけない人間なんだよ」

「いやよ。いや、ぜったいにいや！　あなたはわたしにあんなにいろいろ教えてくれたわ。

わたし、あなたのおかげで強くなれたの」

「きみが強いのは」ふたたび咳きこんだ彼の口から、今度は血が噴き出した。「きみの努力の賜物だ」

「ソニア！」ディーンの声だ。

「ここよ！」ライトスティックを大きく振った。「チャーリーが怪我をしてるの！」

「いまそっちに行く！」

ソニアはチャーリーに言った。「ディーンがすぐに来るわ。もう大丈夫。しっかりして」

「おれを許してくれ、スイートハート」

「ええ、許すわ。許してあげる、チャーリー。だから、ほら！」

「たのむ。アシュリーがどうなったか、調べてくれ。たのむ」

「彼女はあなたが捜さなくちゃ。ほら、チャーリー、しっかり！」

いくつもの明るいライトがとてつもなく大きな洞穴の全貌を照らし出すと、ソニアがすわっている場所は壁にできた小さなへこみにすぎず、その水量たるや想像を絶していた。自分が生き延びたことが信じられない。

「死なないで、チャーリー」

洞穴のてっぺんをぐるりとめぐるようにくぼみがあり、手すりが取り付けてある。ディーンがその不安定な斜面を伝ってソニアに近づこうとしていた。落ちないで、とソニアは願った。彼を失うわけにはいかない。彼がソニアのいるところに達するまでの五分は永遠にも感じられる長さだった。

ディーンは何も言わず、ただ彼女を抱きしめた。彼は震えていた。

ソニアが言った。「チャーリーが怪我をしてるの」

ディーンはしぶしぶソニアから離れた。チャーリーの傷口を調べ、脈をとった。

「ハニー、もう死んでいる」

「いやよ。そんなのいや」泣き崩れるソニアをディーンが膝の上で押さえ、ブライアン・ストーンがロープで下りてくるのを待った。そして生き延びた者も命を落とした者も、全員が順々に引きあげられた。

35

四週間後

ソニアは両親の家にこれほど多くの人が集まったのを見たことがなかった。最高の笑みをたたえてその人たちのあいだをぬって歩き、ひとりひとりと挨拶をかわした。一時間前までは何もかもが完璧だったのだが、披露宴のさなか、ディーンがせわしくキスをし、すぐ戻ると言い残して出ていった。

ソニアとしては、すぐ戻る、は五分から十分くらいだろうと考えていた。まさかの——腕時計にちらっと目をやる——六十七分である。

キッチンに行くと、意外なことに誰もいなかった。部屋を横切って窓際に行き、裏庭をのぞいた。

両親がライリー、マックス、そしていとこたちとともにいた。マックスが独立記念日の週末に三日間の休暇をとって帰国してきてくれたときは心からうれしかった。前夜におこなわれたリハーサル・ディナーに合わせて帰宅し、「姉さんの結婚式に参列しないわけないだろ

らしい日になっていたはずだ。

最高の一日だったが、もしもウェンデル・ナイトがもっと長生きしてくれて、ソニアがディーン・フーパーのような男性と結婚するのを見届けてくれていたなら、なおいっそう素晴らしい日になっていたはずだ。

この先、ノエル・マルシャンのことを忘れられるかどうかはわからないが、彼が生物学上の父親ではないと知ったことは救いだった。とはいえ、そう考えるのはなかなかむずかしかった――彼とは中南米の村から村へと旅をしながら九年間、生活をともにしていたのだ。いまはもう、ソニアを利用して獲物をおびき寄せていたとわかったが、ソニアは子どもたちに英語やフランス語、算数の基本を教えたことを思い出す。農業を根付かせるのを自分も手伝ったことを誇りに思ってもいた。ソニアが眠れなかったある夜、ディーンがこう言ってくれた。前向きなこと、素敵なことだけに目を向けて、いやなことは棚にのせたらいい、と。

「そこにのせたことは思い出すだろうが、目の届かないところにあるものなんて、そのうち忘れるさ。たとえ思い出しても、いつもぼくがそばにいる。これからはずっと」

誰かが入ってきた気配に、ソニアはぎくりとして振り向いた。

「失礼」ディーンの弟、ウィルだ。フーパー兄弟は似てはいないが、チョコレート・ブラウンの目と角張った顎は共通点だ。「大家族なんだね、きみのところは」

ソニアは思わず訂正しようとした――ナイトの家族は実際は小人数である――が、自分の友だちも同僚も、ディーンの同僚もみんな家族であることに気づいた。ソニアはにっこりと笑った。「わたしってほんとにラッキーなの」

「ラッキーなのはディーンだよ。あいつが仕事以外のものと結婚するなんて思ってなかったからね。しかもワシントンでの役職を捨てて、あっ、ごめん。まずいこと言っちゃったかな」

「ううん、ぜんぜん」ディーンはワシントンの名誉ある役職を捨ててサクラメントに移ることを決め、支局担当特別捜査官補の席を選んだ。降格と考える人もいるかもしれないが、ディーンは心機一転、挑戦、そしてソニアを望んでのことだと言った。「サクラメントはきみの故郷で、きみの家族が住む街だ。彼らはぼくの家族になる人たちだから、遠く離れて暮らすつもりはない。きみを愛しているのと同じくらい、きみの家族も愛してるんだ」

ウィルが言った。「ここをちょっと抜け出そうかと思ったんだ。うちの奥さんがこの先の公園を歩いてみたいって言うんでね」

「あそこは素敵な公園よ。ライリーとわたし、いつもあそこで野球やサッカーやバスケットボールをして遊んだものよ。反対側まで行けば小さな動物園もあるわ。教会のすぐ隣に」

「それじゃ、いいかな？　三十分くらい？」

「好きなだけゆっくり行ってらっしゃい」

「ディーンはどこだろう？」

「さあ、わたしも知らないの。急用ができたみたいで」

ウィルの赤毛の妻が小走りに近づいてきた。「もう行ける？」そう訊くと、二人は手に手を取って散歩に出かけた。

ソニアはまた窓の外に目をやった。ローガン兄弟の、とりあえず二人が来てくれていた。ショーン・ローガンがアンドレスに何かを見せている――カードゲーム、らしい。やったわね、その調子よ――アンドレスはこのゲームでもまた、大人をやっつけるのだろう。あの子は天才だわ。これからどういうことになるかわからないが、ソニアは全力を尽くして――使えるコネはたくさんある――あの子をこのままここに置いておこうとしていた。オーエンとマリアンヌはあの子を愛していて、引き取りたいと考えている。身寄りが誰ひとりいない子なのだ。

ケイン・ローガンはとうとう来られなかったが、驚くほどのことではなかった。合衆国にいることすらめったにないという。それでもあの朝はソニアに電話をかけてきて、二人でチャーリーのことを話した。ついでに過去や未来のことも。「きみが許したこと、彼はわかったんだな」ケインが言った。「そして英雄として死んだ。彼の望みはかなったわけだ」

「わたし、アシュリー・フォックスを捜すつもり。ジョーンズの古い日誌も発見できたので、現在情報を分析してもらっているところです。でも――」

「もう死んだんじゃないかと思っている」

「ええ。でもそういうことなら、それを確認しないと。アシュリーの母親は娘がどうなったのかを知る権利がありますからね」そしてチャーリーのためにも。

鉱山での一夜をソニアはけっして忘れない。これでもかというほどの恐怖は忘れることができなかった。結果的に生き延びたとか、閉所恐怖に負けなかったとかには関係なく、いまでも身震いとともに目が覚め、自分にのしかかってくる重さを感じ……

「ソニア」

新郎の声が聞こえ、ソニアに笑顔が戻った。振り返ったソニアを驚かせたのは、彼の横に立っているきれいな少女だ。

「マヤ？」

少女がうなずき、大きな目でディーンを見た。「アンドレスは？」

「庭にいるわ」ソニアが言った。

ディーンがマヤを外に連れていき、ソニアはまた窓からなりゆきを見守った。姉を見た瞬間、アンドレスの顔を愛情と安堵感がよぎった。姉に向かって駆けだし、ぎゅっと抱きついた。姉と弟の顔を涙が伝い、ソニアも涙があふれて止まらなかった。

キッチンに引き返してきたディーンの足音に振り返り、彼を抱きしめた。「見つけてくれたのね、あの子を」

「またよけいな期待をさせたくなくて黙ってたんだ」鉱山の一夜の一週間後にジョーンズの暗号が解けてからすでに二度、二人はついにマヤを発見したと思ったが、二度とも間違いだった。とはいえ、その過程で未成年売春婦数人を救出してはいた。

「彼女、どんなようすだった？」

「あの子は大丈夫だ」ディーンがソニアの涙を拭いた。「あの子は強い。きみと同じだ。手助けは必要だろうが、克服するよ。家族もついているし」窓の向こうに目をやると、アンドレスが姉をオーエンとマリアンヌに紹介していた。「昨日の朝、きみのご両親に話してみたら、マヤも引き取りたいと言ってくれた」

「また泣きそうだわ」ソニアが大きく息を吸いこんだ。「なんて素敵なサプライズなの。あなたってほんとにすごい」

「ミスター・インクレディブル《インクレディブル》と呼んでほしいね」

ソニアが声をあげて笑い、キスをした。彼の唇をゆっくりと味わう。「今夜が待ち遠しくなってきたわ。ミスター・インクレディブルはどんなふうかしらね」

ディーンが眉をきゅっと上げた。「今夜？　今夜ってなんだろうな？」満面に笑みを浮かべ、ソニアにキスを返した。「じつはもうひとつサプライズがあるんだ」

「これ以上びっくりしたらどうにかなりそう」

「あとひとつだけだから」

「わかった。あとひとつだけね」ソニアは彼のあとについて脇のドアから外に出た。前の通りを先へと進んでいく。最高に美しい七月四日だ――暑くて、空が真っ青で、自由が満ちあふれて。ソニアは自由を満喫しながら、これまでの何もかもを――いいことも悪いことも――忘れてはならないと感じていた。そのおかげで自分はこの家、この人たち、この平和のなかにいるのだから。

「ねえ、どこへ行くの？」ディーンが角を曲がったとき、ソニアが訊いた。

彼は答えなかったが、彼女の手を引っ張った。にやりとし、いたずら坊主さながら跳ねるように歩いていく——ソニアの知っている冷静沈着なディーン・フーパーとは別人のようだ。

「ディーン、いったいなんなの？」

「そう焦らないで」

「わたし、短気なのよね」

「あと五十メートル」

「何が？」

ディーンがミッション様式の二階屋の正面で足を止めた。広いポーチがあり、至るところに花が咲き乱れている。サウスランド公園に面し、ソニアの両親の家から二ブロックのところだ。

前庭に〝売り家〟と記された不動産会社の看板が立っていて、その下に〝売約済〟の貼り紙が出ていた。

ソニアは心臓がばくばくしてきた。「この家がどうかしたの？」

「ぼくたちの家だよ」

訳者あとがき

南米で父親に売り飛ばされ、人身売買組織によってアメリカ合衆国に送りこまれた十三歳のソニアは、テキサスレンジャーにより奇跡的に救出された。そして二十一年後、成長したソニアはICE捜査官として、人身売買という巨悪に日夜立ち向かっていた。今回の捜査対象はサクラメントを拠点に手広く〝商売〟をするザビエル・ジョーンズ、そして彼の組織。複数のルートからの情報をもとにジョーンズ邸への張り込みを断行したソニアとそのチームだが、現場で同じくジョーンズを追うFBIのチームと鉢合わせする。千載一遇の貴重な手がかりを得たというのに、FBIの介入で作戦は水泡に帰してしまうのか……

前作『サドンデス』で陸軍の隠蔽体質に疑問を投げかけたアリスン・ブレナンが、FBIトリロジー二作目となる本書『シークレッツ』では人身売買をとりあげた。ICE捜査官ソニア・ナイトは、人身売買の底知れぬ邪悪さを肌で知っているからこその情熱をかたむけて捜査に臨む。世界では年間になんと八十万もの人間が国境を越えて売買取引されているという実情が、ソニアを通じて臨場感たっぷりに伝わってくる展開は本シリーズ三作中の圧巻といえよう。

国際的な人身売買は送出国・中継国・受入国が連携して取引が成立する。送出国には政情不安、内戦、自然災害、貧困などの個人レベルでは対処のしようもない過酷な要因が存在し、受入国には性関連サービスや児童との性行為、非合法の臓器移植や実験、テロリスト、搾取工場の労働力といった需要が歴然と存在する。取引の規模が年々ふくらんでいるこの犯罪の実態は垣間見るだけでも暗澹たる思いに駆られるが、とりわけ胸が痛むのは犠牲者の大半が女性と子どもだからであろう。甘言にだまされるにしろ拉致されるにしろ、組織の毒手にかかったが最後、逃げ出すことは不可能だ。監禁施設では監視カメラ、有刺鉄線、厳重なロック、麻薬が逃亡を阻止し、さらに最近では皮下にGPSを埋めこむ方法も使われ、逃げたところで逃げきれはしない現実が横たわる。

昨年、ある新聞記事に目を疑った。ナイジェリアで病院経営の男が逮捕され、三十二人の妊娠した少女が保護されたという内容だった。少女の年齢は十五歳から十七歳、産んだ子どもを男が買い取り、より高い値で売り飛ばす計画だったという。ナイジェリアにかぎったことではない。貧困につけこんだこのてのビジネスは世界各地で横行している。それ以降もアルゼンチン発、北京発、といった同種のニュースを目にしている。

ソニアが所属するＩＣＥ（移民税関捜査局）は、アメリカへの不法入国者や不法移民を取り締まる機関である。国土安全保障省の一組織だが、前身であるＩＮＳ（移民帰化局）はＦＢＩと同じく司法省の一組織で、ソニアも新人時代はＩＮＳの捜査官だった。司法省に比べていささか馴染みが薄い国土安全保障省とは、二〇〇一年九月十一日に起きた同時多発テロを踏まえ、それまで各省に多数分立していた国内の安全情報に関する機関を統合する形で翌二〇〇二年に立ちあげられた、国防総省に次ぐ巨大な省である。ちなみに、ＩＣＥの捜査はソニアのように人身売買組織を摘発することもあれば、一方ではオバマ大統領の移民制度改革を信じていた移民を数多く国外退去処分にして、アメリカンドリームを叶わぬものにしてもいるという。

背景こそ重い本書だが、アリスン・ブレナンの筆はますます軽やかに走っている。とびきりの美人ＩＣＥ捜査官ソニア・ナイトと、ホワイトカラー犯罪捜査においてはＦＢＩきっての俊英ディーン・フーパー長官補佐との縄張りを越えての連携捜査も手際がいい。

ＦＢＩトリロジー第３弾『エッジ』も本書につづいてまもなく刊行となるが、環境保護テロリストの一団が原発に侵入、爆薬を仕掛ける冒頭シーンは福島を経験したわれわれにとってよそごとではない。

二〇一二年八月

安藤由紀子

サスペンスを濃密にする、女たちの苦悩と男たちの闘い。
3部作第3弾を試し読み！

エッジ　FBIトリロジー3

アリスン・ブレナン　安藤由紀子／訳

（'12年11月刊行予定）

エッジ　FBIトリロジー3　予告編

その放火は派手かつ迅速、しかも破壊的だった。

消火後の鼻をつく刺激臭に、FBI捜査官ノラ・イングリッシュは口で息をしながら、ブッチャー＝ペイン・バイオテック社研究棟の残骸をぬって慎重に進んだ。非常用スポットライトの強烈な白い光線が焼けただれた建物内部を不気味なほどあからさまに照らし出している。消防士がかけた水をノラのブーツがばしゃばしゃとはねあげる。消火の際に放出された大量の水が建物内にあふれるなか、消防士らはふたたび発火の恐れがある個所はないかと隅々まで調べている。

運がよかったといえばよかった。冬の異常乾燥のせいで、木々が燃えやすい夏となっていた。ブッチャー＝ペイン社の後方には茶色く枯れた丘、二車線の高速道路の反対側には干からびた谷があり、いずれも火がつきやすく、いったん火がついたが最後、ぱりぱりに乾いた立ち木や下生えに瞬く間に燃え広がり、消火活動が困難になる。幸い、風がなかったので火が流れなかったうえ、第一発見者が屋根の上と周囲の地面を水で濡らすというみごとな対応をしてくれた。そのうえ、頑強な外壁と内部の防火壁のおかげで、築後五年のこの建物は火を完全に研究棟内に閉じこめた形になった。

「消火用スプリンクラーが作動しなかったんだよ」プレイサー郡消防署長アンセル・ノーベ

ルはそう言いながら、ノラを遺体発見現場へと案内した。「最後の立ち入り検査は三か月前で、そのときはちゃんと機能したんだが。どうしてなのかわからないね」

「給水装置は点検しましたか？　このあたりの水は水道水ですか？　それとも井戸水？」

「丘の上に貯水タンクがある――ちくしょう、あそこか」

「えっ？」

「貯水タンクは消火栓用で、スプリンクラーは郡が管理する給水システムの水を使っている。われわれは難なく消火栓につなぐことができたんで、隊長からスプリンクラーが作動しなかったと報告を受けたとき、てっきり故障だろうと考えてしまったんだ」

彼が懐中電灯で天井を照らした。スプリンクラーのヘッドは開いているのに、水が来なかった。

「相棒に調べるように言いましょう」ノラは携帯電話の無線機能を使ってピート・アントノビッチを呼んだ。厳密にいえば彼はもう相棒ではない。というのは、主任特別捜査官がクアンティコで講義をするために出かけているあいだの四週間、ノラが臨時のチーム・リーダーに昇格したからだが、いままでの習い性がなかなか抜けない。九年前にＦＢＩサクラメント支局に異動になったとき以来ずっと、ノラはピートと組んできた。

「ピート、ノラよ。ノーベル署長から聞いたところ、スプリンクラーが作動しなかったんですって。ポンプが壊された可能性があるわ――保安官事務所にポンプを調べるチームをよこすように連絡してもらえる？」

「了解。内部はどんなようすだ？」

「びしょびしょ」ピートが笑いをこらえているような声で言った。「ダメージのことだよ」

「一見したところじゃ、これまでの放火現場と同じパターン。研究室内から燃えはじめて、そこと隣接する部屋を九十パーセント焼いてる。ロビーの壁もある程度ダメージを受けてるわね。温度の上昇で電子装置が溶けるくらいに。放火の検証でもっといろいろわかってくると思うけど」

「クインはいつ到着するのかな？」

ノラは一瞬ためらった。妹の評判は知っており、それをあおるような言いかたはしたくなかった。だが相手はほかならぬピートだから、ひとことだけで答えた。「あの子、デートだったから」

「朝の五時半だぞ」

「サンフランシスコからなのよ。それにあの子、すぐに来るって約束したんでしょ。今夜は非番だったんだから」そう言って妹をかばった。

「批判するわけじゃないが、早く来てほしいんだ。きみに言うまでもないが、どんどんエスカレートしてきている」

彼らがこの二十か月捜査してきた連続放火犯は、これまで一度も人を殺してはいなかった。これまで三件の放火はいずれも同じ産業――バイオテクノロジー――を狙ったものだが、最初の二件は倉庫で起き、そして三件目はカリフォルニア州立大学サクラメント校内にある遺伝子研究用の小ぶりな建物で起きていた。ブッチャー＝ペインが何をしている企業なのか、ノラはよく知らなかったが、社名に〝バイオテック〟の語が含まれていることと、外壁にスプレー塗料で描かれた〝メッセージ〟――〈殺人はやめろ〉に〈BLF〉という、これまでの放火犯が使ったものと同じ署名が添えられていた――の二点が決め手となり、ノラとピートはブッチャー＝ペインをリストに加えることに抵抗はなかった。

ブッチャー＝ペイン社の放火現場が唯一ほかと違う点は犠牲者である。なぜ今回は殺人を？　偶然だったのか、計画的だったのか？　ジョーナ・ペインが標的となったのは、彼がジョーナ・ペインだからなのか、あるいは彼がたまたまこの研究所の所長だったからなのか？

「ほかにも何かありそうね。どうもしっくりこないのよ」ふと気づくと、短めのダークブロンドの髪を親指と人差し指でつまんでひねっていた。ゆるやかにカールした髪を耳にかけ、そのまま手を下ろした。

「もう被害者は見たのか？」

「いま発見現場に向かっているところ」

「こっちは落書きを調べたところで、これまでの放火で使われたペンキと一致した。これで模倣犯説の可能性は一気に低くなったな」

「だけど、ピート、この犯人、これまで人は殺さなかったのに」

「ま、あとは時間の問題だろう。それじゃポンプを調べにいって、また報告する」

ノラが携帯電話をポケットにしまうと、ノーベル署長が言った。「以前にもあったね」

ノラはもちろんだが、ノーベル署長も先立つ三件の放火事件についてよく知っており、同じことを考えていたのだろう。「何がですか?」

「犯人がなかに人がいることを知らずに火を放ったケースだよ」

「殺人の意図があろうがなかろうが、殺人犯に変わりはありませんよ」

ノーベルがジョーナ・ペインのオフィスの前で足を止めた。「覚悟したほうがいいよ。けっしてきれいなもんじゃないから」

ノラはさまざまな感情を深く抑えこんだ。何度死体を見てきたかとか、どんな姿だったかとかには関係なく、早すぎる死を迎えた命を目のあたりにするときはこうして感情を封じこめないかぎり、怒りと深い悲しみに圧倒されてしまうからだ。こういう場に不可欠な判断力を損なうわけにはいかない。警官はそのへんを区切って仕事をする術を身につけないと、死ぬかアルコールに溺れるかの結末を迎えることになる。警官の自殺率が一般の人のそれに比べてほぼ二倍にのぼるのはそれなりの理由があるのだ。

私情を完全に切り離すことができるノラの能力は、彼女を好意的に見ている人からは冷静沈着、快く思っていない人からは冷酷な女との評価を得ていた。

ノーベル署長が脇へどいた。犯罪現場を示す色鮮やかなテープが、研究室脇に位置するジョーナ・ペイン博士の黒焦げになったオフィスへの入り口に張られていた。金属のドアは開いた状態で、片側のペンキが焼け落ちている。消防隊が突入したとき、ドアは開いていたのだろうか？　閉まっていたのだろうか？　オフィスだけをとってもけっこう広く、四・二メートル四方ほどの部屋だ。ここでは大量の紙が燃えたにちがいない。ずぶ濡れになったパルプの残骸がそこここにあった。水をかぶったうずたかい灰の山。大きなデスクの後方の書棚には部分的に焼けた書類。窓はひとつもなく、自然光はいっさい入ってこない——こんな部屋で仕事ができる人の気が知れない、とノラは思った。ノラはどうしても太陽光が欲しい人間だから、ささやかなカントリーハウスもすべての部屋に天窓をつけていた。

母親がノラにしてくれたことは唯一、自然を愛する心を教えてくれたことだけだった。

一生懸命仕事をしていれば、あの女が頭に浮かんだときも感情を抑えることができた。

ノラはジョーナ・ペインとおぼしき被害者に意識を集中した。デスクの正面に仰向けに倒れている。その姿勢がノラには奇妙に感じられた。焼死者を出した国内テロ事件を、これまでに一件だけ捜査したことがあった。十四人の被害者が燃えるビルから脱出できなくなり、全員が煙を吸いこんで死亡した事件だが、死体はどれも胎児のように縮こまるかうつ伏せに倒れるかの姿勢をとっていた。

ペインの全身に目を向けると、皮膚を露出している部分には二度から三度の火傷を負っている。毛髪は残っておらず、眼鏡の金属部分は溶けて黒焦げの皮膚と同化していた。シャツは完全に燃え尽きていたが、ジーンズをはいていたのだろう、真っ黒になってはいても、原形をそのままとどめていた。デニムはほかの天然繊維素材より火に対して長時間の耐久性があるのだ。ペインに何が起きたのかを正確に突き止め、彼の死亡が意図的なものか偶発的なものかを知るためには、こうした細かな事実を組み立てていかなければならない。

さまざまな犯罪のなかで、放火は捜査が最も困難なもののひとつだ。被害者の体の損傷は消火活動によるものが多いが、消防士はたとえ犠牲者に気づいても、証拠を残そうと最善を尽くしつつ、一方では消火活動を続行するのだからしかたがない。体内から銃弾が発見されたり、鈍器による外傷が明らかだったり、それ以外にも外部からの力の作用が明白でもないかぎり、死因の究明はきわめて困難となる。

死体を検分していた男が顔を上げた。「署長」

「キース、こちらはFBIの国内テロ対策班のノラ・イングリッシュ特別捜査官だ」

「入ってこないでくれ」キースが命令口調で言った。

「ノラ、監察医のキース・コフィーに会うのははじめてだったかな?」

「ええ。ドクター・コフィー、被害者が仰向けに倒れているって奇妙じゃありませんか?」

コフィーが検分の手を止めて、ノラを見た。「ああ、すごく奇妙だ。しかし放火捜査官が到着する前に軽々に結論を出したくないんでね」

「もうこっちに向かってはいますが」ノラが言った。「彼女、ちょっと遠出していたので――」

背後からだみ声が響いた。「彼女だと？　さっきたしかめたとき、おれはまだ男だったけどな、お嬢ちゃん」

ノラはかっとなって振り返った。長年の喫煙者だとすぐにわかるその声の主は、ノラのおじいちゃんでもおかしくない年配の男だった。黒いズボンに赤いチェックのシャツを着、消防部長のバッジをつけている。

男はノラを見てにやりとし、ウインクをした。「ほら、まだ男だろう」

「ユリシーズ、こちらはＦＢＩのノラ・イングリッシュ特別捜査官だ。合同捜査の話をしただろう――」

ユリシーズが署長の紹介をうるさそうに手ぶりでさえぎった。「合同捜査か」ばかにするような口調だ。「そんなもの口先だけだ」

「これについてはきちんと話しあうべきでしょう、ミスター――」ノラが言った。

「ユリシーズ」

「州の火災調査官事務所のコンサルタントにも参加してもらっています。二十か月前に発生した最初の放火事件からずっと合同捜査で――」

「ここはおれの管轄なんだよ。それともきみは何か、連邦政府の名の下に強引に割りこんで、何もかもめちゃくちゃにしようっていうのか？」

地元の捜査陣との摩擦は避けたいが、必要とあらば連邦政府の名の下に強引に割りこむことも辞さない。国内テロの阻止はまさにＦＢＩの双肩にかかっているのだ。そう言おうとしたとき、妹のクインが部屋に飛びこんできた。いかつい消防部長とは正反対の存在だ。

「ユリシーズ！」エネルギーの塊のような小柄なブロンドがネズミ色の男にじゃれついた。

必要以上に長いハグ。ノラが困惑しながら見守る前でユリシーズが相好《そうごう》を崩す。

「きみが来ると知っていりゃ、レッドカーペットを敷いておくんだったな、スイートハート」

クインが華やかに笑った。「ノラはわたしの姉なんです。ＦＢＩだからっていじめないでやってくださいね」

「ああ、きみのためならなんだってするよ」

クインがさも楽しそうな得意顔でノラと目を合わせると、ノラはけっして笑顔を返したりしないよう、口もとを歪ませた。しかし、少なくとも被害者は安心して任せられる。妹は、ほかのことはどうあれ、仕事には真剣に取り組む。それが姉妹の長年にわたる争いの種ではあるものの、今回の事件に関してはクイン以上に信頼できる人間はいなかった。クインならばユリシーズにこれ以前の放火事件のことを説明してくれるだろうから、ノラはそのあいだにペインのパートナーやスタッフからの事情聴取に専念できるというものだ。この放火にそうした人びとが関与した疑いがほとんどないとしても、なんらかの形で脅迫があったかどうか、この数週間に不審者の侵入があったかどうかなどを調べたり、ブッチャー＝ペイン社で現在進行中のプロジェクトに関する情報も集めたりする必要がある。

ドクター・コフィーがノラのほうを向いた。「さっきの質問の答えだが、イングリッシュ捜査官、火災発生時に被害者がすでに死亡もしくは意識不明の場合を除けば、仰向けに倒れている被害者を見たことは一度もないね」

クインが入り口に立っていたノラのところに戻ってきて、声をひそめて言った。「向こうでサンガー保安官がコール教授のことで息巻いてたわ。あのごますりリポーターが来てて——」

「ベルハムね——」

「そう、あのばか。あいつがサンガーの周りをうろついてたら、ほら、コールってどっか情熱的で背が高くてセクシーな男だもんだから、彼をボロクソにこきおろしてるの。コールがペインのパートナーなのかどうかは知らないけど——」クインは、**あのへんにきっとなんかあると思うわ**、みたいな横目づかいでノラを見た。

「いいこと教えてくれてありがとう」

「ユリシーズのケアは任せて——彼、怒りっぽいけど、この世界じゃいちばんの切れ者のひとりなんだから」

ノラは最後にもう一度、ジョーナ・ペインの遺体を見てから、その場をあとにした。

火災発生以前に意識不明あるいは死亡。ということは、彼の死は事故ではない——意図的に殺害された。放火の現場を目撃したのだろうか？　非常ボタンを押さなかったのはなぜ？　警備室に素早く通報する手段もあったはずだが、それについては警備会社に再確認する必要があった。警報装置はどうしたのだろう？　なぜ警察に通報しなかったのか？　できなかったとか？　もしかしたら放火犯と対決して殺されたとか？　あるいは彼は犯人を知っていたのかもしれない。ペイン殺害が計画的だとしたら、放火はただ犯行と証拠を隠蔽する手段にすぎないのかもしれない。となれば、この犯行は彼個人を狙ったものであり、犯人は彼の死によって利益を得る者の可能性が高まる。たとえばパートナー、妻、あるいは親類。だが手口はＢＬＦのこれまでの放火と一致しており、彼個人を狙っての犯行というシナリオである可能性はきわめて低い。

現場ではクインが、生活のなかのあらゆる場面同様、指揮を執っていた――てきぱきとしながらも甘く口当たりがいいものだから、誰ひとりこき使われていることに気づいていない。いまノラがしなければならないのは、誰もが知っているリーフ・コール教授に対するサンガー保安官の宿怨が捜査に与えたダメージを最小限に抑えこむことだった。この捜査はすでに法律的な駆け引きという危険な坂を滑っているような状況なのだ。バイオテック産業には異論も多いから、マスコミはハゲタカよろしく頭上で円を描いて飛んでいるし、有力政治家らはサクラメントで何が起きているのか、なぜさっさと犯人を逮捕しないのかをワシントンに向かって声高に叫んでいる。まずいことは坂道を一気に転げ落ちるものだ。

べらべらしゃべるサンガーの口を早いところふさがないと、捜査が危険にさらされそうだ。

S 集英社文庫

シークレッツ FBI《エフビーアイ》トリロジー2

2012年10月25日　第1刷　　定価はカバーに表示してあります。

著　者　アリスン・ブレナン
訳　者　安藤由紀子《あんどうゆきこ》
発行者　加藤　潤
発行所　株式会社 集英社
東京都千代田区一ツ橋2-5-10　〒101-8050
電話　03-3230-6094（編集）
03-3230-6393（販売）
03-3230-6080（読者係）
印　刷　中央精版印刷株式会社　株式会社美松堂
製　本　中央精版印刷株式会社

フォーマットデザイン　アリヤマデザインストア　　マークデザイン　居山浩二

ISBN978-4-08-760655-3 C0197